겐지이야기源氏物語 병풍도

德川家康

도쿠가와 이에야스

3부 천하통일

26 오사카의 고민

야마오카 소하치

대하소설

이길진 옮김

德川家康

3부 천하통일

26 오사카의 고민

도쿠가와 이에야스

솔

『도쿠가와 이에야스』를 바로 읽기 위해

1. 본문 중 °표시가 된 용어는 용어 사전에서 풀이하였다.

2. 본문 중 *표시가 된 용어는 용어 사전 외에 부록 및 지도 등에서 설명하였다(다른 권 포함).

3. 인명과 지명은 원음 표기를 원칙으로 하며, 된소리를 피하고 거센소리로 표기하였다. 단 도쿠가와와 도요토미만은 원음과 차이가 있지만 일반인에게 익숙한 이름이기에 외래어 표기법에 따랐다. 장음은 생략하였다.

4. 인명, 지명 및 고유명사는 처음 나올 때 원어를 병기함을 원칙으로 하였으며, 강과 산, 고개, 골짜기 등과 같은 지명 역시 현지 음대로 강=카와(가와), 산=야마(잔, 산), 고개=사카(자카), 골짜기=타니(다니) 등으로 표기하였다.

5. 성과 이름 중간에 나오는 것은 대부분 관직명과 서열을 나타내는 것인데, 그 당시의 관습에 따라 이름과 혼용하여 쓰이는 경우도 있다. 각 관청 및 관직에 대해서는 부록에서 설명하였다.
   ex) 히라테 나카츠카사노타유 마사히데 → 히라테 마사히데(이름)＋나카츠카사노타유(나카츠카사의 장관), 아마노 아키노카미 카게츠라→아마노 카게츠라(이름)＋아키노카미(아키 지방의 장관)

6. 시간과 도량형은 에도 시대에 쓰던 것을 그대로 따랐으며, 역시 부록에서 설명하였다.

차례

무우지옥無憂地獄 9

홍모초紅毛草 35

남만 반딧불 57

이에야스 외교 78

방울이 울리는 숲 99

작은 초록빛 상자 116

여자의 가을 138

삼백 년의 창窓 160

인생의 마무리 176

진한 피, 묽은 피 ·································· 207

쓸쓸한 윤기 ·································· 223

붉은부리갈매기 ·································· 250

광기狂氣 들린 정기正氣 ·································· 265

땅울림 ·································· 295

선진국 일본 ·································· 325

부록 ·································· 349

《 쿄토 · 나라 · 오사카 주요 지도 》

탄바

아즈치
야와타

비와 호

카모가와
쿠라마야마
이와쿠라
사카모토
히에이잔
아노
야슈

아타고야마
키타야마

뇨이가다케
미이데라
이치죠지
쿠사츠

카메오카
카츠라가와
쿄토
카구라오기
오츠

쿠츠키케
니시오카
야마시나
이시야마

오미

토바
후시미
오구루스
다이고 사

셋츠

텐노잔
야마자키
요도
야와타
쿠즈하

우에다

이케다
타카츠키
톤다
히라카타

시가라키

이타미
스이타
요도가와

후겐다니

키즈가와

야마시로

다이가쿠 사
나카지마
노다

키즈

토다이 사
카스가 신사
야규

오사카
야오

나라
코후쿠사

코리야마
후쿠스미

나카츠가와
텐노 사

야마토가와
츠츠이
류오

오츠가와

카와치

서카이

카타오카
하시오

야마토

하세

후카이
후루이치
타카야
고쿠부
코마가야
산죠가다케
타카다
우네비
사쿠라이
토우노미네
아키야마
마츠야마

이즈미

이이타카

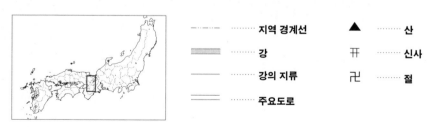

- ·········· 지역 경계선
- ·········· 강
- ·········· 강의 지류
- ·········· 주요도로
- ▲ ········· 산
- 卅 ········· 신사
- 卍 ········· 절

무우지옥無憂地獄

1

센히메千姬는 할아버지 이에야스家康가 슨푸駿府로 떠난 뒤부터 오사카 성大坂城 안 분위기에서 막연하게나마 불안을 느끼고 있었다. 어쩌면 사춘기에 접어든 센히메가 남편 히데요리秀賴에게 특별한 감정을 품게 된 탓인지도 모른다. 아니, 그렇다고 단정해도 좋다.

그 무렵 히데요리보다 한 살 위인 마츠다이라 카즈사노스케 타다테루松平上總介忠輝가 다테 마사무네伊達政宗의 딸 이로하히메五郞八姬(고로하치히메)를 아내로 맞았다. 그들 부부의 화목한 결혼생활에 대한 소문이 가끔 화제에 오르곤 했는데, 그 이야기를 들을 때면 센히메는 황홀하게 히데요리의 모습을 떠올리는 일이 많았다.

도쿠가와德川 가문에서 센히메를 따라온 시녀들은 이들 신혼부부의 아리따운 모습을 온갖 말로 다투듯 그려냈다. 어떤 사람은 그림 같다고 했고, 어떤 사람은 두 송이의 꽃을 나란히 놓은 것 같다고 형용했다. 실은 아무도 보고 온 사람은 없었다. 저마다 공상을 이야기했을 뿐. 그래서 더욱 아름답게 꾸며져 사람들의 부러움을 모을 수밖에 없었는지도 모른다.

타다테루를 만나본 적이 있는 센히메는 자기도 모르게 두 사람을 나란히 세워놓고 비교해보고는 했다. 센히메에게는 타다테루보다 히데요리가 훨씬 더 고귀하고 아름다웠다. 다만 늠름하다는 면에서는 좀 달랐다. 실은 그 늠름한 점에서 뒤진다는 느낌이 그녀를 점점 더 어른으로 만들어갔고, 그런 느낌에서 어떤 종류의 불안과 불만이 싹트게 되었는지도 모른다.

센히메 주변에서는 오사카 일보다도 에도江戶 이야기, 미카와三河 이야기, 슨푸 이야기 등이 더 많이 화제에 올랐다. 그 화제 중에서 특히 센히메를 불안하게 하는 것은 슨푸로 은퇴한 할아버지가 고로타마루五郎太丸 이하 나이 어린 세 아들들을 얼마나 엄격하게 키우고 있는지 모른다는 이야기였다.

고로타마루(오와리 요시나오尾張義直)는 케이쵸慶長 5년(1600)생으로 현재 여덟 살, 그 다음 나가후쿠마루長福丸(키이 요리노부紀伊賴宣)는 두 살 아래인 여섯 살, 막내 츠루치요鶴千代(미토 요리후사水戶賴房)는 다섯 살이었다. 막내 츠루치요는 지난 봄에 이에야스의 애첩 오카츠お勝 부인의 양자가 되어 히타치常陸 시모츠마下妻의 10만 석 영주가 되어 있었다. 물론 다섯 살의 영주이므로 오카츠 부인, 고로타마루, 나가후쿠마루 두 형과 더불어 슨푸에 있었다. 여덟 살인 고로타마루는 그해에 세상을 떠난 형 시모츠케노카미 타다요시下野守忠吉 대신 키요스淸洲 영지를 계승하여 코후甲府 25만 석의 오와리 영주로 결정되어 있었다. 나가후쿠마루 또한 케이쵸 8년에 형 노부요시信吉가 죽어 히타치 미토에 25만 석 영지의 후계자가 되었다.

센히메는 그들의 녹봉 따위에는 아무런 흥미도 없었다. 그러나 이 어린 세 숙부들이 어떤 가르침을 받고 있느냐에 대해서는 무관심할 수 없었다. 아니, 그 가르침이 특이할 만큼 엄격해 더욱 관심이 쏠렸다고 해도 좋았다.

여덟 살과 여섯 살과 다섯 살…… 아직은 세 사람 모두 말을 타고 매사냥을 할 수는 없다. 그래서 이에야스는 건강한 무사를 골라 무등을 태우고 훈련시킨다고 했다.

매사냥은 말할 것도 없이 무예를 단련하는 도량道場이며, 그 즐거움은 사냥이 끝난 후의 야외 취사에 있었다. 각자가 잡아온 사냥감을 큰 냄비에 맛있게 끓여서 나누어 먹는다.

이때 할아버지 이에야스는 그 어린 세 숙부에게는 결코 식사의 즐거움을 누리지 못하게 한다고 했다……

2

그 이야기를 처음 들었을 때 센히메는 할아버지가 이상해졌다고 생각했다. 여덟 살, 여섯 살, 다섯 살이라면 아직 누구에게나 귀여움받고 응석 부려도 좋은 나이라고 센히메는 생각했다.

말도 못 타는 어린아이를 일부러 연습장에 데리고 나가면서도 가장 큰 즐거움만은 주지 않는다……니 너무 잔혹했다. 그 까닭을 알 수 없어 센히메는 로죠老女° 한 사람에게 물어보기도 했다.

"할아버님은 어린 아드님이 귀엽지 않으실까? 나에게는 그처럼 좋은 할아버님이셨는데."

로죠는 당치도 않다는 듯 고개를 가로젓고 자세히 설명해주었다.

연습이 끝나고 각자의 행동에 대한 논평이 있은 뒤 드디어 사냥감을 끓일 큰 냄비를 불 위에 얹어놓으면 모두들 에워싸고 둥그렇게 앉는다…… 정면에는 어린 세 사람을 위해 작은 걸상이 놓인다……

센히메에게는 그 광경이 눈에 보이듯 생생히 떠올랐다.

거뭇거뭇 그을린 야전용 큰 냄비, 그 밑에서 활활 타오르는 새빨간 장작불…… 토끼, 멧돼지, 산새 등 사냥해온 고깃감들이 많은 야채와 함께 큰 냄비에 넣어져 부글부글 끓기 시작한다.

심하게 달리고 난 뒤여서 누구라 할 것 없이 몹시 배가 고프다. 후각을 자극하는 맛있는 냄새…… 배에서 꾸르륵꾸르륵 무섭게 소리를 낼 것이 틀림없다. 어린 세 숙부들은 정신 없이 몸을 앞으로 내민다.

드디어 먹음직스러운 고깃국이 야전용 나무그릇에 담겨 분배된다. 어린아이들을 먼저……라고 생각하는 센히메. 그런데 세 어린 대장들에게는 결코 먹이지 않는다는 말에 반문한다.

"야외에서 만든 음식은 어린 몸에 좋지 않아서일까?"

"아닙니다. 더할 나위 없이 맛있지요."

"그럼, 어째서 주지 않을까?"

"고로타마루 님은 이미 자라셨으니 참을 수 있지만, 막내 츠루치요 님이 자기도 달라고 조르신답니다."

"그런데 주면 안 된다는 건가?"

"예. 수행하고 있던 안도安藤 님, 나루세成瀬 님이 꾸짖습니다. 대장이 맛있는 음식을 먹으려는 야비한 마음을 가지면 안 된다고. 맛있는 것은 부하에게 먹이고, 대장은 말린 밥이나 먹어야 한다고 말입니다."

센히메는 자기 자신이 그 자리에 있으면서 허리에 찬 자루에서 꺼낸 말린 밥을 받아든 듯한 기분이었다.

"아셨나요? 그렇게 하는 것은 오고쇼大御所° 님의 엄한 분부가 있기 때문입니다."

"하지만 너무 가엾어……"

"아닙니다. 오고쇼 님은 세 어린 아드님들을 진심으로 사랑하고 계시답니다."

센히메가 그 의미를 깨닫기까지는 며칠이나 걸렸다. 그리고 깨닫는 순간 당황했다.

'할아버지의 그러한 마음이 진정한 사랑이라면 히데요리 님은 누구에게서 사랑을 받고 있는 것일까?'

3

인간의 불안이란 이상한 곳에서 스며드는 것.

히데요리는 다이묘大名°로서 현재 60여만 석, 고로타마루나 나가후쿠마루의 25만 석, 츠루치요의 10만 석에 비하면 훨씬 큰 다이묘였다. 따라서 엄하게 키우는 것이 애정이라면, 그들보다 세 곱절, 다섯 곱절은 더 엄하게 키워야만 한다는 느낌이었다.

그런데도 누가 히데요리에게 그런 가르침을 권한 일이 있다는 말인가. 아니, 히데요리만이 아니었다. 센히메 자신도 할아버지에게 진정한 사랑은 못 받은 것이 아니었을까.

"할아버님이 그렇게 엄하게 가르치려 해도 모두가 비뚤어지는 일이 있다면……?"

센히메가 이런 의문을 입에 올렸을 때, 어떤 사람은 웃고 어떤 사람은 나무랐다. 오고쇼는 만일 세 아들 중 비뚤어져 다이묘 자격이 없는 자가 있다면 서슴지 않고 그 자리에서 끌어내리고 잘못이 있으면 할복이라도 시킬 것이라고 했다.

내 자식……이라는 이유만으로 많은 녹봉을 받는 다이묘로 만든다면 오고쇼 자신의 양심이 납득하지 않는다. 그래서 각각 다이묘에 알맞은 그릇이 되도록 단련시킨다…… 그렇게 하는 데 무한한 애정이 있다고 했다.

"어린 분들에게 영지를 배정한 것은 당신의 나이를 생각하고 하신

일, 그러한 영지를 맡기기에 알맞은 인간이 되라는 진지한 부모의 기원이 담겨 있다고 생각합니다."

그 말이 이해되면 될수록 센히메의 쓸쓸함은 더해갔다. 그녀의 생각은 곧 히데요리에게로 연결되었다.

히데요리가 자란 환경은 어떠했을까……

히데요시秀吉가 얼마나 히데요리를 사랑했는가 하는 이야기는 여러 사람들의 입을 통해 들어왔다. 히데요리는 당연히 천하의 주인이어야 한다는 비난 비슷한 빈정거림도 자주 들었다. 그러나 천하인天下人이 되기 위한 진지한 교육을 누가 했다는 말인가?

우선 히데요시가 그런 일을 한 사실이 전혀 없다. 감기에 걸리지 않도록, 울리지 않기 위해 또는 넘어지지 않게 마음을 쓰고 염려했으리라. 그러나 그러한 배려만으로는 무사히 자라기는 하겠지만, 천하인의 자격과는 전혀 관계가 없을 터……

"다이묘는 많은 백성을 다스리게 됩니다. 그 책임을 어린 마음에 새겨주려고 맛있는 것은 부하들에게, 대장은 말린 밥을…… 이렇게 가르치고 실행하시는 게 틀림없습니다."

그 이후 센히메는 틈날 때마다 히데요리의 거실을 찾았다. 그렇게 하는 것은 단지 센히메가 사춘기에 들어섰기 때문만은 아니었다.

'가엾은 히데요리 님……'

히데요리의 밥상은 언제나 진수성찬이었다. 다 먹지 못하고 3분의 2는 남길 정도로. 시녀나 코쇼小姓°들은 그러한 상차림을 '천하인이 되실 분'에게 알맞은 식단이라 믿고 있었다. 물론 그러한 식단으로 신체는 무럭무럭 자란다. 그러나 천하인에게 알맞은 알맹이인 정신은 어떻게 된다는 말인가.

'나만이라도 정신을 차려야 한다……'

이 역시 사춘기의 한 징조일까……

4

어디까지가 사랑의 눈뜸이고, 또 어디까지가 모성 본능인가…… 그런 구별은 확실치 않다. 그러나 센히메가 히데요리와 자신이 끊을 수 없는 인연으로 맺어졌음을 확신하고, 어린 가슴에 수심의 불을 켠 것만은 의심할 수 없는 사실이었다.

센히메가 어린 숙부들의 매사냥 이야기를 히데요리에게 한 것은 그녀가 이 말을 들은 지 석 달쯤 지나서였다. 추위가 물러나고 차차 봄의 기운이 느껴져 이에야스가 차가운 바람 속에서 매사냥을 서서히 마감할 계절로 접어들었을 때였다.

히데요리는 재미있게 그 이야기를 들었다.

"오고쇼는 훌륭한 분이야!"

이렇게 칭찬한 뒤 그는 센히메를 슬프게 하는 비평을 덧붙였다.

"훌륭한 분이지만 요즘에는 좀 이상해. 모두 하야시 도슌林道春을 가까이하시는 것은 좋지 않다고 한다더군."

"어머, 어째서일까요?"

"전에는 미우라 안진三浦按針을 가까이하여 상인이 되시더니 이번에는 도슌을 가까이하여 학자가 되셨어. 여러 방면에 관심이 많으신 건 좋지만 몹시 오만해지셨다고 해."

"도슌이란 사람은 슨푸에서 에도로 초청되어 아버님에게도 글을 가르친다고 하던데요."

"하하하…… 그거 골칫거리를 쫓아버려 잘됐군. 하지만 도슌이 남긴 선물이 어린 사람을 괴롭히고 있어. 역시 그의 영향이야."

무슨 생각을 했는지 히데요리는 갑자기 킬킬 웃었다.

"왜 그러십니까?"

"일곱 장수가, 오고쇼도 이제 죽을 때가 되어 욕심이 많아졌다고 하는 거야. 그래서 내가 꾸짖었는데, 지금 문득 그 말이 생각나서."

"할아버님이 돌아가실 때가……"

"그렇지는 않아. 그런데 오고쇼는 지난해 삼월에서 사월에 걸쳐 후시미 성伏見城에 모아둔 금은을 슨푸에 보내지 않았어?"

"예, 그래요…… 황금 삼만 장과 은 일만 삼천 관…… 고스란히 아버님에게 물려주셨다고 해요."

"바로 그 말이야. 욕심이 많아져서가 아니라고 꾸짖었지…… 그런데 사람들은 후시미에 두면 나에게 빼앗길지 몰라 그랬다고 하더군."

"어머……"

"나에게도 금은은 남아도는데, 후시미에서 실려나간 짐바리 수까지 알려온 자가 있었어. 삼월 이십삼일에는 일백오십 바리, 윤 사월 십구일에는 팔십 바리, 합 이백삼십 바리가 틀림없다고 말이야."

센히메는 초조해졌다. 자신의 감동과 히데요리의 감동이 어울리지 않았기 때문이다.

"도련님은 그 일이 그렇게도 우습습니까?"

"물론 우습지. 죽음을 앞둔 욕심……이라는 말이. 실은 그런 말을 듣게 된 이유가 전혀 없지는 않아. 나한테도 금은을 소중히 하고 낭비를 삼가라…… 이를테면 절이나 신사 시주도 웬만큼 하라는 거겠지. 자기 돈뿐 아니라 세상 소문도 모르고 내 걱정까지 하는 거야. 죽을 때가 되면 욕심이 많아진다는 말이 사실인지도 몰라. 하하하……"

5

센히메는 몹시 불쾌했다. 전 같으면 불쾌감을 느꼈을 때는 말없이 일어나면 그만이었다. 요즘에는 그 태도가 바뀌었다. 불쾌감에 끌려들기보다 그대로 둘 수 없다는 관심의 포로가 되었다.

센히메는 나전칠기 화로에 공연히 부젓가락을 찔러댔다. 그러면서 아무 거리낌 없이 웃고 있는 히데요리가 세상에서 외톨이로 밀려난 비극의 주인공 같아 견딜 수 없었다.

"그럼, 도련님도 할아버님의 욕심은 죽을 때가 됐기 때문……이라고 진심으로 생각하시나요?"

"아니, 그렇지만은 않아. 그러나 자기 멋대로 하는 분이야. 하긴 위대한 사람이란 모두 그렇지만."

"자기 멋대로라니, 어떤……"

"처음에 오고쇼는 나에게 이렇게 말했어. 금은의 사장死藏은 좋지 않다, 조금은 백성들 사이에 유통하도록 내놓는 것이 좋다고."

"그 말은 우라쿠有樂 님에게 들었어요."

"그런데 이번에는 너무 낭비하지 말라고 하다니, 그러니 늙은이의 욕심이란 소릴 듣는 거야. 나는 어느 말을 들어야 할까?"

"도련님!"

센히메는 자기도 모르게 목소리를 높였다.

"그 점에 대해서는 우라쿠 님이 크게 감탄하고 계셨습니다."

"허어, 그 비뚤어진 사람이 오고쇼 님을 칭찬하던가?"

"예. 처음에 할아버님이 그렇게 말씀하셨을 때는 금화나 은화가 모자라서 곤란하던 때…… 할아버님도 고토 미츠츠구後藤光次에게 명해 한푼짜리 금화를 많이 만들어 세상에 내놓았다고 해요. 그렇게 하지 않으면 백성들에게 필요한 물건이 나돌지 않는대요…… 그런데 지금은 좀 남아돌게 되었다, 남게 되면 물가가 너무 올라간다, 그래서 금화도 은화도 동전도 창고에 쌓아두는 것이 좋다…… 과연 오고쇼는 그것을 잘 알고 있다면서……"

"하하하……"

히데요리가 손을 들어 가로막았다.

"그대가 노할 일은 아니야. 나는 제멋대로라고 했지만, 나쁘다고는 하지 않았어. 그대도 알고 있을 테지, 올 정월에 나는 일부러 슨푸까지 신년축하 사자를 보냈어…… 그대에게 소중한 할아버지는 이 히데요리에게도 아버지와 다름없는 분이야."

센히메는 더 이상 아무 말도 할 수 없었다.

'무엇인가 부족하다……'

그 부족한 무엇은 엄한 가르침. 그렇다고 알고는 있는데, 아무도 그것을 히데요리에게 주려고 하지 않는다…… 생각만 해도 가슴이 쓰리고 눈시울이 젖어왔다.

"왜 그래? 눈물을 흘릴 것까지는 없어."

"아니, 슬퍼서는 아닙니다."

"그럼, 화가 났어?"

"아닙니다. 기, 기뻐서 그렇습니다. 아니…… 저어, 걱정이 됩니다."

"뭐가 걱정인가? 걱정이 있다면 말해. 나는 그대 편이야."

"편이 아니라…… 남편입니다."

"허어……"

히데요리는 깜짝 놀란 듯 숨을 죽이고 센히메를 바라보았다.

6

히데요리는 센히메의 입에서 ─

"남편입니다."

그런 말을 들을 줄은 생각지도 못했다. 깜짝 놀라 다시 바라보니, 과연 그의 눈앞에 있는 센히메는 물론 어른은 아니었으나 이미 어린 소녀도 아니었다. 인형이 가진 귀여움과도 같은 교태를 조그마한 몸집이 풍기고 있었다.

"그래, 내가 그대의 남편이란 말이지?"

"그러면 그렇지 않다…… 생각하시나요?"

"아니, 물론 남편이야. 남편이지만…… 같은 편이라는 것도 거짓말은 아니야."

"예……"

센히메는 조용히 고개를 끄덕이고 자못 흐뭇한 듯 웃는 얼굴이 되었다. 교태도 아니고 수줍음도 아니었다. 뺨에서 눈언저리에 걸쳐 발그레하게 물들어, 깨끗한 아름다움으로 비쳤다.

"그래, 내가 남편이란 말이지."

"어머, 또 그런 말씀을……"

"센히메, 나는 별로 남편다운 일을 하지 못하고 있어. 그렇다고 해도 할아버지가 슨푸에서 고로타마루나 츠루치요에게 하고 있는 것 같은 매정한 매질을 한다고는 생각지 않을 테지?"

이 한마디로 센히메의 얼굴은 다시 굳어졌다.

'역시 마음이 통하지 않았어……'

그렇기는 하지만 센히메는 이러한 경우 적절한 말로 자기 의사를 상대에게 전달할 능력은 아직 미숙하기만 했다.

"도련님……"

"왜 또 그래, 그렇게 시무룩한 얼굴로?"

"할아버님은 슨푸의 어린 숙부들에게 입만 열면 이렇게 말씀하신다고 합니다."

"아니, 또 할아버님 이야기군."

"백성들이 과연 우리 영주님이라 자랑할 만한 영주가 되라고……"

"그건 누구나 하는 말이야. 이치노카미市正도 늘 그렇게 말해."

"그리고 백성들에게 원망받는 영주가 되면 할복하라고 할복의 예법도 가르쳤다고 해요."

"그것 참, 매우 엄하군."

"제가 그 이야기를 했더니 우라쿠 님은 그게 바로 이에야스의 정치라고 했어요. 할아버님은 다이묘나 무사보다 백성을 더 사랑하는 정치를 하신대요. 새로운 포고 중에는 영주가 나쁜 정치를 펴고 백성을 괴롭혔을 때는 직접 백성들이 고발해도 좋다는 게 있다고 해요."

"그대는 어째서 그런 어려운 일에만 흥미를 갖는지 모르겠군. 나는 몰라, 그런 일은⋯⋯"

"모른다고 해서 끝날 일이 아니에요."

센히메는 어른처럼 의젓하게 딱 잘라 말했다.

"가령 도련님이 영내 농민들에게 가혹하게 공물을 징수해 그들로부터 고발당하면, 고발한 농부도 벌을 받지만 영주도 영지를 몰수당한다⋯⋯는 뜻이라고 우라쿠 님이⋯⋯"

히데요리는 느닷없이 센히메의 목에 팔을 감아 끌어당겨서는 얼굴을 비비고 그 입을 한 손으로 막았다.

"이제 그만둬. 그런 이야기는 우리 가문과 상관없는 이야기야. 우리 가문은 칸파쿠關白°가 될 수도 있는 집안이야."

7

그 말에 센히메도 다시 생각했다.

'그렇다, 도련님과는 상관없는 일이다⋯⋯'

그녀의 작은 두뇌로 판단하더라도 도요토미豊臣 가문은 여느 다이묘와는 달랐다. 왜 그런지 확실하게는 알 수 없었다. 그러나 이 성도, 성의 주인도 태어나면서부터 어떤 특별한 권력을 가지고 있다는 느낌. 그래서 자기도 이곳에 시집오게 된 것이라고……

"자, 좀더 가까이 와. 그대는 나를 염려해주고 있어, 언제나…… 그러므로 이 히데요리도 그대를 위로해주어야 한다고 생각하고 있어."

"그 점은 저도 마찬가지예요."

천진난만하게 몸을 기대어오는 센히메의 어깨에 히데요리는 다정히 손을 올려놓았다. 역시 아내라는 느낌은 없었다. 여동생이 있었다면 이처럼 사랑스럽지 않을까 하는 생각은 들었다.

"그대는 성안에 있는 자들로부터 인질이라는 말을 못 들었어?"

"인질……?"

"그래. 그런 말을 듣더라도 언짢게는 생각할 것 없어. 그대와 이 히데요리는 이종사촌…… 무엇이든 험담하는 것이 아랫것들의 즐거움인 모양이야. 싸움이 없으니까 모두 심심해서 그러는 거야."

"예……"

"일곱 장수만 해도 모이면 싸움 이야기지. 전에는 밤낮 무용담만 얘기하더니 케이쵸 오년(1600)부터 벌써 십 년이나 싸움이 없지. 그래서 모두들 미칠 것만 같다는 거야."

"그래서 인질 이야기가 나왔나요?"

"응. 모두 옛날의 꿈 같은 이야기를 계속 즐기고 있는 것 같아."

"어떻게 말인가요?"

"싸움은 없어질 수 없다는 거야. 싸움이 없으면 사는 보람이 없다는 거지. 이 세상에서 싸움이 없어지면 무사란 필요치 않으니까."

"그렇군요."

"모두 싸움이 있을 것이라고…… 바라면서 스스로 위안하고 있어. 그대의 할아버지가 언젠가는 이 오사카에 쳐들어온다는 거야."

"어머, 할아버님이?"

"그래. 그대를 이 성에 인질로 보낸다, 겉으로는 천하님(타이코太閤°)의 유언을 지키는 것처럼 그대를 보내 이쪽을 안심시킨 다음 기습한다는 책략……이라는 거야. 어때, 재미있나?"

"호호호……"

센히메는 아직 그러한 이야기만은 들은 적이 없었다. 이 이야기는 일곱 장수들 사이에서만이 아니라, 두 내전 시녀들의 화제에도 곧잘 오르고 있었다. 그렇지만 차마 그 말을 센히메에게 하는 자는 없었다.

무리가 아니었다. 140년 동안 싸움이 없는 날이라고는 거의 없던 나라에 10년 가까이 싸움이 뚝 그쳤다. 이제 싸움이 사라지고 평화의 바다가 환하게 눈앞에 펼쳐지고 있었다……

무엇 때문에 칼을 갈고 무엇 때문에 창을 닦는 것인지 알 수 없어 무사들은 공허감에 사로잡혀 있었다……

8

센히메도 히데요리도 그런 의미에서 '평화의 자식'이었다. 그러나 자나깨나 싸움이 인생의 절반이었던 사람들, 그들에게 10년 동안 싸움이 전혀 없었다는 사실은 그들의 상식으로는 큰 이변이었다.

처음 6년은 모두가 다 갈망하던 평화를 맞아 찬탄의 합창을 아끼지 않았다. 그것이 8년이 되고 9년이 되었을 때 그 고마움은 엷어졌다. 내 몸이 아프지 않는 한 무언가 일이 생겼으면 하고 무의식중에 자극을 구하기까지 했다.

그런 사람들에게 '평화'의 재갈은 더욱더 단단히 물려갔다. 이런 때 사람들은 안심한 나머지 기이하고 과격한 꿈을 꾸게 마련이다.

'이제 평화는 확고부동하다.'

오사카 성의 일곱 장수가 기묘한 탁상공론卓上空論인 전쟁 이야기에 흥미를 느끼는 것도 실은 이 안도감이 있기 때문.

"그럼, 할아버님은 언제쯤 쳐들어오실까요?"

한참 동안 웃고 나서 센히메가 물었다.

"공격당하면 안 돼. 그래서 천하에 이름을 떨친 호걸과 떠돌이무사를 좀더 많이 고용하고, 인질인 그대를 심하게 다루어야 한다는 거야."

"어머……"

"오고쇼도 그대는 역시 귀여울 테지. 그러니 공격하려거든 해도 좋다, 당장 센히메에게 고통을 주겠다…… 그렇게 생각하도록 만들면 안심이 된다고 말이야."

"호호호……"

"웃지 마라. 한쪽 의견을 말했을 뿐이야. 의견은 또 있어."

"그 밖에…… 또 어떤 것이 있나요?"

"더욱 가혹해. 오고쇼는 처음부터 버릴 작정으로 그대를 인질로 보냈다…… 그러니 지금처럼 미적지근하게 대하면 안 된다는 거야."

"그럼, 어떻게 하라는 건가요?"

"그게 재미있어. 어차피 오고쇼나 쇼군將軍°이 다시 상경할 때가 있을 테니, 그때까지는 화목한 체 꾸미고 있다가 후시미나 니죠 성二條城에 들어갔을 때 포위하여 없애는 게 상책이라는 거야."

히데요리는 자기 무릎에 얹혀 있는 센히메의 손을 두 손으로 잡고 웃었다.

"그러니까 고로타마루 등에게 할아버지가 엄한 가르침을 베푼다는 이야기 따위는 하지 않는 게 좋아. 그것 봐라, 오고쇼는 그처럼 냉정한 사람이라고 그들을 기쁘게 만들 뿐이야."

"어머……"

"오고쇼는 자기 자식에게까지 냉혹하기 때문에 천벌이 내려 자식들이 모두 일찍 죽는다는 소문까지 돌고 있어."

"자식들이 일찍 죽는다구요……?"

"그래. 적자 노부야스信康는 우라쿠의 형 노부나가信長 공에게 할복을 명령받았다고 하더군. 둘째아들 에치젠越前의 히데야스秀康는 바로 얼마 전인 윤 사월 팔일(케이쵸 12년)에 죽었어. 다섯째아들 노부요시는 케이쵸 팔년(1603)에 스물한 살로, 넷째아들 타다요시는 올해 삼월 오일에 스물여덟 살로 죽었어…… 남은 것은 셋째아들 쇼군과 여섯째아들 타다테루뿐이야."

말하다 말고 히데요리는 다시 웃었다.

"아, 또 있군. 고로타마루, 나가후쿠마루, 츠루치요가…… 그래, 아주 훌륭한 아들들이야."

9

센히메는 조금씩 히데요리의 이야기에 끌려들었다. 주위에 있는 시녀들의 이야기와 히데요리의 이야기는 달랐다. 히데요리가 아무 주장도 없이 슨푸에 있는 어린 숙부들에 대한 할아버지의 가르침을 일소에 부쳤더라면 그녀의 거센 성격이 좀더 강하게 반발했을 터였다.

히데요리에게는 나름대로 생각이 있었다. 그것도 결코 이에야스에 대한 증오나 반감이 아니라 오히려 호의에서 출발하고 있었다.

"할아버지의 엄한 가르침은 다이묘로서 부하나 백성들에 대한 마음가짐을 세우려는 거지. 그러나 따분해진 자들은 곧 소문거리로 삼을 거야. 고로타마루, 나가후쿠마루, 츠루치요들을 무사로 키워 앞장세우고 이 오사카 성을 공격하려는 속셈……이라고 말이야."

"그렇다면…… 그 어린 숙부들이 무사가 되어 대군을 지휘하게 된다면 할아버님은 연세가 얼마나 되실지……"

"그야 올해 분명히…… 예순여섯일 테니까……"

"그럼, 여든과 아흔 사이가 되겠지요."

"맞아!"

히데요리는 감탄한 듯이 무릎을 쳤다.

"진구 황후神功皇后°를 따라 삼한三韓을 정벌한 타케노우치 스쿠네 武內宿禰는 삼백 살이었다고 오츠ぉ通가 가르쳐주었어. 거기에 비하면 아직도 매우 젊지."

"하지만 할아버님이 돌아가실 때가 되어 욕심을 부리시다니 이야기 의 앞뒤가 맞지 않아요."

"이야기란…… 하하하…… 이야기란 앞뒤가 맞으면 재미가 없어. 맞지 않을수록 재미있는 거야. 다만 이 때문에 그대가 모두에게 괴롭힘 을 당하게 되면 안 돼…… 그대는 나에게도 어린 숙부들에게 지지 않도 록 열심히 문무를 연마하라는 것일 테지. 알고 있어."

역시 나이 차이는 있었다.

이야기하는 동안 센히메는 저도 모르는 사이에 히데요리의 말을 이 해하고 있었다.

이때 사카에榮 부인이 두 사람의 흥을 깨지 않도록 살며시 다과를 가 지고 들어왔다. 그녀는 두 사람 앞에 놓고 그대로 나갈 생각이었다. 기 분이 풀린 센히메가 밝은 표정으로 말을 걸었다.

"아, 사카에, 그대도 이리 와요."

"예…… 예."

"오늘은 좋은 말씀을 들었어. 그대도 듣고 증인이 되었으면 싶어."

"증인……이라니 무슨 약속을 하셨나요?"

"응, 도련님이 누구에게도 지지 않도록 열심히 문무를 연마하겠다고 하셨어."

"예, 참으로 고마우신 말씀. 잊지 않겠어요."

"그대는 나에게도 소중한 부하, 나를 대신해서 도련님의 아이를 낳아주었어."

결코 비꼬는 투로 들리지는 않았으나 사카에는 당황하여 얼굴을 숙였다. 히데요리는 의외일 정도로 태연했다. 원래 그런 일에 죄책감을 느낄 필요가 없는 자신의 환경 때문인지도 모른다.

센히메가 다시 명랑한 목소리로 질문을 했다.

"사카에, 그대도 따분한가?"

10

"따분……하다니요?"

센히메의 질문이 너무나 갑작스러웠으므로 사카에는 반문하지 않을 수 없었다.

"그래, 따분하냐고 물었어…… 인간이란 따분하면 좋지 않은 생각을 하게 돼. 될 수 있는 한 따분해지지 않아야 해."

사카에로서는 그 순진한 한마디가 무언가 떳떳하지 못한 자신의 과거를 들춰내는 빈정거림으로 들렸다.

사카에는 히데요리의 딸을 낳았다. 그리고 이 딸은 벌써 아장아장 걸으려 하고 있었다. 딸이기도 하고, 그 출생이 너무 빨랐기 때문에 이름은 아무렇게나 지었다. 히데요리의 내전에서는 '오타이おたい 님'이라 부르고, 그녀말고도 두 사람의 유모가 딸려 있었다. 오타이의 '타이'는 천하태평의 타이泰라는 사람이 있는가 하면, 그렇지 않고 사정은 어쨌거나 도요토미 타이코의 손녀이므로 썩어도 타이鯛(도미)라는…… 바로 그 타이라고 시녀들은 수군거리고 있었다.

사카에로서 딸의 출생은 센히메에게 얼굴 붉어지는 사건이었다. 지금까지는 별 느낌이 없지만 앞으로 성인이 된 후 그 감정이 어떻게 될지 언제나 바늘방석에 앉은 것만 같았다.

그 센히메가 요즘 눈에 띄게 성장하고 있었다. 그리고 지금 느닷없이 따분한 것은 좋지 않다……고 하고 있다. 사카에가 놀란 것도 결코 무리가 아니었다.

사카에는 살며시 히데요리의 눈치를 보면서 말했다.

"사카에는 별로 따분하지 않은데요……"

주저하며 탐색하듯 대답을 기다렸다.

"그렇다면 다행이야!"

센히메는 무엇을 생각하는지 힘차게 고개를 끄덕였다.

"그대가 별로 따분하지 않다면 오타이를 내가 맡아 키우겠어."

"예…… 무어라고 하셨습니까?"

"그대가 나 대신 낳은 오타이를 내가 오늘부터 맡아서 기르겠어."

사카에는 아직도 그 말의 속뜻을 알지 못했다.

"아니, 센히메 님이 오타이를 손수……?"

말하다 말고 사카에는 얼굴이 새빨개졌다.

'드디어 센히메 내부의 여성이 눈을 뜨기 시작했다……'

히데요리 곁에 있는 사카에가 마음에 걸리기 시작한 게 틀림없다.

'그래, 오타이를 기르겠다……는 구실로 점점 나를 멀리하려는 마음이라면……'

곰곰이 앞뒤를 생각하고 있을 때.

"나는 따분할 때가 많아."

센히메는 고개를 갸웃거리며 다시 거침없이 말했다.

"따분하다는 것은 좋지 않아. 오타이는 내가 길러야 해. 내가 어머니가 돼야 해."

"어머……"

"도련님도 반대하시지 않겠죠?"

"응, 반대는 하지 않아. 하지만 그대가 과연 키울 수 있을까?"

히데요리가 능청스런 표정으로 말했다.

"그렇게 하는 것이 아내의 의무, 어머니의 의무입니다. 도련님이 문무를 연마하신다면 저도 한가하게 있을 수 없어요."

사카에는 안도했다. 그와 함께 갑자기 눈앞이 흐려지며 자기 무릎이 보이지 않았다……

11

화기애애……하다고도 할 수 있는 이 자리의 분위기. 어디에도 악의 같은 것은 전혀 없었다. 그러므로 악인이 있을 리 없는데도 왠지 불안했다……

사카에는 센히메가 사람으로서 또 여성으로서 의지가 뚜렷해질 때 자기 뜻대로 일신의 진퇴를 결정하리라 마음먹고 있었다. 약혼자인 챠야 시로지로 키요츠구茶屋四郎次郎淸次는 현재 쿄토京都나 오사카보다 주로 나가사키長崎에 있으면서, 이에야스가 직접 손을 대고 있는 무역의 총대리인 격으로 교역로 개척과 감독에 열중하고 있었다.

이따금 성에 들어오는 사카이堺 사람들의 말로는, 나가사키에서 그의 지위는 나가사키 부교奉行° 하세가와 후지히로長谷川藤廣 이상이라고 했다. 하세가와 후지히로는 이에야스의 소실 오나츠於奈津 부인의 오빠였다. 직책명을 남만南蠻°식으로 부르기 좋아하는 요즘 사카이 사람들의 표현으로는, 금화의 주조 및 수납을 맡아보는 고토 쇼사부로後藤庄三郎는 재무장관, 챠야 시로지로 키요츠구는 상공장관이라고.

'남자에게는 사업이 있다······'

그런 의미에서 그들은 새벽을 맞이한 사나이 중의 사나이들, 밤의 규방 같은 것은 잊고 자기 직책에 몰두하고 있었다.

이러한 신흥계급은 그들만이 아니었다. 이토 왓푸糸割符° 상인인 요도야 카이안淀屋介庵, 카메야 에이닌龜屋榮任, 스미노쿠라 요이치角倉與市 들 외에 오츠大津의 다이칸代官°인 스에요시 칸베에末吉勘兵衛 등이 비와 호琵琶湖로 연결된 쿄토, 오사카에서 사카이까지의 경제권을 그대로 세계에 연결시키기 위해 밤낮 없이 분주했다.

이들과는 달리, 생각 없이 한가롭기만 한 것은 정치에 무관심한 센고쿠戰國 다이묘들과 그 녹봉으로 살고 있는 싸움밖에 모르는 무사들이었다. 그들 중 얼마 안 되는 사람들이 관리로서 서투르게 주판알을 굴리고 있었는데, 그들의 주판은 모자라는 것은 모자란 대로, 생산적인 면에서는 눈뜬장님이나 다름없었다. 그들은 몹시 따분해하고 있었는데, 그 정상에 공교롭게도 오사카 성이 홀로 떠받들어지고 있었다.

사카에 부인으로서는 홀로 동떨어진 한적함이 실은 커다란 불안이기도 했고, 반대로 하나의 구원이기도 했지만······

'이제 서서히 바람이 불기 시작했다······'

센히메까지도 무언가 움직이려 한다······면 드디어 오사카 성도 새 시대의 바람이 불어닥치는 창문이 될지도 모른다.

'센히메 님의 마음에는 전혀 질투나 적의는 없는 모양이다······'

사카에 부인 또한 오랜 침체를 털어내고 히데요리와 센히메를 위해······ 아니 이에야스도 히데타다秀忠도 은근히 그 앞날을 마음에 두고 있는 오사카를 위해 무언가 일해야만 한다는 기분이었다.

"왜 그래, 울고 있지 않아? 사카에, 오타이를 내주기가······"

"아니, 아닙니다!"

수상하다는 듯 묻고 있는 센히메의 말을 사카에는 무서운 기세로 가로막았다.

"사카에는 기쁩니다. 도련님의 약속도, 센히메 님의 각오도…… 저도 열심히 일하겠어요! 열심히 충성을 바쳐 이 성에 새로운 바람이 시원하게 불도록 하겠어요."

12

힘차게 말하는 사카에의 말을 히데요리도 센히메도 만족한 듯이 듣고 있었다. 아직 사카에의 마음속에 그늘을 떨구고 있는 섬세한 감정의 일면까지는 알 리 없는 두 사람이었다.

이때 코쇼인 키무라 시게나리木村重成가 들어왔다.

"말씀 드립니다. 아카시 카몬明石掃部 님이 인사차 오셨습니다. 접견을 허락하시겠습니까?"

히데요리가 흘끗 사카에를 바라보았다. 그녀가 옆에 있으면 아직도 의지하려는 버릇이 남아 있었다. 사카에는 안도한 듯 가만히 히데요리에게 고개를 끄덕여 보였다.

"좋아, 또 무언가 재미있는 세상 이야기를 들려주려 왔는지도 모른다. 센히메도 동석이야…… 그렇게 말하고 들어오라고 해라."

히데요리는 담담하게 말했다.

"그럼, 이리 안내하겠습니다."

시게나리가 나가고, 좌중의 이야기는 잠시 끊겼다.

아카시 카몬 역시 현재는 떠돌이무사. 그러나 언제나 옷차림이 단정한 열성스러운 천주교도……로 사카에도 믿고 있었고, 히데요리의 신임도 두터웠다.

"모시고 왔습니다."

시게나리에 이어 아카시 카몬과 하야미 카이노카미速水甲斐守가 문 앞에 와서 무릎을 꿇었다.

"언제나 변함 없으신 도련님을 대하니……"

카몬의 말을 히데요리가 가볍게 제지했다.

"가까이 오라. 그런데 그대의 인사는 여전히 옳지 않아."

"죄송합니다."

"나는 도련님이 아니야. 도련님이란 아버님이 계실 때 부르는 말. 지 금 이 히데요리는 이 성의 주인이야."

"더더욱 황송할 따름입니다. 그만 입버릇이 되어……"

"하하하…… 꾸짖고 있는 게 아니야. 어떤가, 지금 그대가 기르고 있 는 공작인가 하는 새는 잘 자라나?"

"예, 아주 활기가 있습니다마는, 아직 알을 낳지 않습니다. 알을 낳 으면 곧 새끼를 까게 하여 바치겠습니다."

"좋아. 나는 본 적이 있지만, 아직 센히메는 보지 못했어. 그래서 물 어본 거야."

"예…… 앞으로 센히메 님에게도 보여드리겠습니다."

"그런데, 요즘 색다른 이야기는 듣지 못했나?"

"글쎄요…… 전혀 없는 것은 아닙니다마는, 이것은 좀 도련님…… 아니, 주군에게는……"

"말할 수 없다는 것인가?"

"아닙니다…… 말씀 드릴 수 없다……고까지는 할 수 없습니다마는 약간 불쾌한 일인 듯하여."

"무슨 일인가, 말해봐."

"예…… 예. 실은 머지않은 장래에 우리나라에도 우려되는 배가 올 지 모른다……는 소문입니다."

"뭐, 우려되는 배라니?"

"예. 오고쇼 님 측근인 미우라 안진이 드디어 홍모국紅毛國° 배를 불렀다고 합니다."

"홍모국의 배를?"

"예. 오란다(네덜란드) 배가 아닙니다. 안진의 고국인 이기리스(영국)에서 세계의 바다를 노략질하는 해적들을 불렀다고……"

사카에는 섬뜩하여 카몬과 히데요리를 번갈아 쳐다보았다.

13

"그런데, 그 이기리스인가 하는 홍모국의 해적은 강한가?"

아카시 카몬이 무슨 생각으로 그 이야기를 꺼냈는지 사카에는 어렴풋이 짐작되었다. 그러나 히데요리는 순진하게도 흥미 이상은 느끼지 않았다.

"예, 강하다고는 하나 남만에는 당하지 못한다고 합니다…… 하지만 그런 골치 아픈 난폭한 무리를 불러들인다면 큰일입니다."

"그러니까 미우라 안진은 그 해적을 불러들여 일본에서 남만인을 몰아내려는 것인가?"

아카시 카몬은 단정한 얼굴을 일그러뜨리며 일동을 둘러보았다.

"원래 안진이 이 나라에 표류해왔을 때 신부들이 엄벌하도록 당시 나이다이진內大臣°이었던 오고쇼 님에게 탄원했습니다. 언젠가는 반드시 이러한 일이 생기지 않을까 염려해서였지요."

"하하하…… 걱정할 것 없어. 오고쇼는 홍모국 따위는 겁나지 않기 때문에 허락했을 거야."

"가까이하지 않도록 말씀 드리는 것이 당연한 일인데도……"

강한 어조로 나오다가 카몬은 말꼬리를 부드럽게 했다.

"인간이란 좀처럼 고향을 잊기 어려운 모양인지, 미우라 안진은 오고쇼 님에게 영지와 아내까지 얻고도 뻔질나게 이기리스 배에 편지를 보내고 있었다 합니다……"

"아니, 안진은 자기가 직접 배를 만든다고 하는데 어째서일까?"

"그야 남만국 배가 무서워서였을 것입니다. 안진이 혼자 바다로 나간다면 도중에 격침될 것은 뻔한 일입니다…… 그러므로 머지않아 자기 나라 해적선을 불러올 게 분명하다……고 짐작하고 있었는데 그대로 되었습니다."

"으음…… 그 홍모인이란 자가 자기편을 일본에 부른 것인가?"

"예. 그자들과 함께 안진이 고향에 돌아가는 것뿐이라면 문제가 안 됩니다. 그런데 홍모인 해적들은 성질이 사나워 순순히 안진을 데리고 돌아갈 리가 없다는 소문입니다."

"그러니까 아주 싸움을 좋아한다는 말인가?"

"예. 그자들도 싸움을 좋아하지만, 그 해적들의 여두목도 여간 난폭하지 않은 자라고 합니다."

"뭐, 여두목……?"

"예. 좋은 말로 하면 여왕님. 여왕에게 충성을 바친다고 하면서 남만국 사람들의 짐을 뺏거나 배를 노략질하고, 또 영토를 짓밟으며 닥치는 대로 약탈한다……고 합니다. 게다가 간교한 꾀가 많은 자들이어서 반드시 오고쇼를 설득하여 일본에 큰 풍파를 일으킨다……고 신부들은 모두 경계하고 있습니다."

갑자기 히데요리는 눈을 빛내며 웃기 시작했다.

"그것 참 재미있군. 그러면 홍모인을 사로잡아 이 성에서 어느 쪽이 센지 남만인과 씨름을 시켜보면 어떨까?"

"농담을 하시는군요…… 씨름쯤으로 끝난다면 다행이지만, 그들의 배에는 나라를 뒤엎을 수 있다는 대포가 많이 실려 있다고 합니다. 이러한 무기를 지닌 홍모인 해적들이 요도가와淀川 어귀를 통해 침입해 온다면 도련님…… 아니, 주군도 이렇게 웃고 계실 수만은 없지 않을까 싶습니다만……"

"이것 봐, 너무 놀라게 하면 안 돼, 카몬."

히데요리는 다시 밝게 웃으며 그의 말을 가로막았다.

홍모초紅毛草

1

에도의 니혼바시日本橋 가까운 안진마치按針町. 안진마치는 물론 이 기리스 인 윌리엄 아담스, 곧 미우라 안진에게 저택을 하사한 데서 붙여진 거리 이름이었다. 그 이웃에는 리프데 호° 선장이었던 얀요스도 살고 있었으며, 그곳은 야에스마치八重洲町라 불렸다. 지금 그 얀요스 로부터 하인이 편지를 가지고 왔다. 미우라 안진은 거실에서 그 편지를 펴보고 있는 중이었다.

요즘 안진은 비록 머리털과 눈빛은 달랐지만 생활도 복장도 완전한 일본인이었다. 아니, 일본인보다 더 일본인 같다고 해도 좋았다. 수수한 검정색 나사의 소매 없는 웃옷에 짧은 하카마袴°를 입고 있는 모습은 바닷바람에 머리털이 붉게 바랜 에도 근방의 선주 그대로였다.

안진이 일부러 이런 옛 무사 같은 차림을 하게 된 것은 우선 이에야 스를 안심시키기 위해서였고, 처자를 안심시키기 위해서였다.

이에야스는 안진이 가슴속 깊이 간직하고 있는 강한 고향 생각을 간파하고, 만날 때마다——

"어떤가, 돌아가고 싶은가?"

이렇게 묻곤 했다. 이 질문에 의리 깊은 안진은 차마 돌아가고 싶다는 말을 그대로 하지는 못했다.

"모든 것은 하늘이 정하신 바. 언젠가는 돌아갈 수 있는 은혜가 내릴지도 모릅니다."

처자의 경우 그 아픔은 더욱 뼈저렸다. 마고메 카게유馬込勘解由의 딸로 이에야스가 중매한 안진의 아내는 벌써 두 아이를 낳았다. 맏아들은 조셉, 딸은 스잔나라 불렸는데, 안진이 고국인 이기리스에 두고 온 아이들의 이름과 같았다.

지금 처자는 그의 영지 미우라 반도에 있다. 미우라 반도 헤미逸見에 있는 그의 저택은 안진마치의 집보다 조용하고 넓었으며, 이곳에서처럼 사람들의 이목에 신경을 쓰지 않아도 되었다. 어쨌거나 처음으로 무사의 딸이 일본에 온 홍모인의 아내가 되었기 때문에.

"어떤 아이가 태어날까?"

이렇게 에도의 호기심 많은 사람들의 관심사가 되었으며, 그 관심은 안진이 과연 일본인 처자를 평생토록 거느리고 살 것인가 하는 소문을 낳기도 했다. 누구로부터 나왔는지, 호기심 많은 사람들은 안진이 고향에 처자를 두고 왔다는 것도, 못 견디게 고향으로 돌아가고 싶어한다는 것도 잘 알고 있었다.

"언젠가는 배를 만들어, 그 배를 타고 돌아가겠다고 한다더군."

"그렇게 되면, 눈빛이 다른 아들과 딸은 아비 없는 자식이 되겠군. 어이없는 일이야."

안진은 이런 말이 처자의 귀에 들어가지 않도록 무척 애를 썼다. 그래서 일부러 복장과 생활도 일본인답게 했다. 처자를 안심시킴으로써 스스로 마음의 상처를 건드리지 않으려는 마음에서였다.

그 안진은 이에야스에게 명령받은 두번째 선박을 이즈伊豆의 이토伊

東에서 만들고 있었다. 120톤에 돛대 셋을 단 서양식 범선으로, 머지않아 아사쿠사가와淺草川로 몰고 올 예정이었다. 그런데 이 배로 귀국할 수 있게 이에야스의 허락을 받았다고, 지금 읽고 있는 얀요스의 편지에 씌어 있었다……

순간 안진은 잊으려 했던 고향 생각이 또다시 세차게 끓어오르는 것을 누르기 어려웠다.

2

"그렇구나, 얀요스는 기어코 귀국을 청원했구나."

귀국을 청원했더니 허락이 내렸다……는 사실만으로 그 희망이 이루어졌다고 생각한다면 너무 조급한 일. 당시의 항해가 그토록 안전한 것이었다면 그들이 낯선 타국에서 이처럼 고향 생각에 사로잡혀 있을 필요가 없다. 그들이 케이쵸 5년(1600) 봄, 분고豊後 해변에 표류했던 구사일생九死一生 자체가 당시의 항해가 얼마나 어려웠는지를 증명하고도 남음이 있다.

해상에는 폭풍우라는 자연의 위협 외에 해적도 있고 질병도 있었다. 게다가 요즘에는 다시 신구 두 세력으로 크게 갈린 유럽의 '싸움'이라는 위험이 해상에서 점점 확대되어가고 있었다. 그렇지 않다면 안진도 이미 포르투갈 배에 편승하여 일본을 떠났을 터였다.

일본에 오는 배의 선주나 선장을 설득하기는 어렵지 않다. 어떤 종류의 토산물…… 구리나 은이라도 좀 많이 주겠다고 하면 그들은 배를 태워주겠지만, 그 다음 일은 결코 안심할 수 없다. 도처의 기항지에 신구 양교 대립이 날카로워 이기리스 인이란 말만 들어도 우르르 몰려들어 죽이려 하는 위험한 무리가 있다. 그런 위험을 피하려면 상당한 무력을 갖춘 이기리스나 오란다 함대가 일본에 찾아올 날을 기다리거나, 아니면 스스로 무력을 길러 원정하는 수밖에 없다.

안진은 자신의 희망을 숨긴 채 벌써 배 한 척을 만들었다. 그리고 지금은 두번째 배를…… 자신의 배가 아니라 이에야스의 배를.

이에야스는 이 배로 안진을 루손(필리핀)이나 멕시코에 사자로 파견할 생각이었다. 이를 눈치채고 얀요스는 이에야스에게 일본을 떠나고 싶다고 청원했을 것이 틀림없다.

얀요스는 선장, 안진은 항해사로 일본에 표류해온 지 어언 9년…… 얀요스는 그 배가 어느 곳에 닿든 거기서 다시 배편을 구해 고국으로 돌아갈 작정이었다.

지금 오란다는 일본인이 자카르타라 부르는 자바 섬에 근거지를 가지고 있었다. 거기까지 갈 수만 있다면 얀요스의 희망은 가능성이 있다. 그런데 가는 곳이 루손이나 멕시코라면 일본을 떠난다뿐 고국으로부터는 더욱 멀어진다.

안진은 얀요스의 편지를 읽고 회답을 쓰기 위해 붓을 들었다. 단정히 탁상 앞에 앉아 모국어로 글을 쓰기 시작했다.

'반대해도 헛일이 될지 모른다……'

쓸쓸함이 가슴을 적셔 처량해졌다.

"자네 심정을 모르는 바는 아니나 지금껏 기다리지 않았나. 조금만 더 안전한 기회가 오기를 기다려보는 것이 어떨까? 이기리스의 해군도 곧 일본에 올 게 틀림없네. 번번이 헛된 일이 되고 있지만, 나는 일본에 이기리스 사람이 있다는 편지를 자주 자바 섬으로 띄우고 있네. 그 편지를 읽은 사람이 모두 모른 체할 리는 없다고 생각하네……"

안진이 편지를 다 썼을 때 젊은 무사 산쥬로三十郎가 손님이 왔다고 전해왔다.

손님은 오쿠보 나가야스大久保長安였다.

3

안진은 누구에게 전해질지도 모르는 편지를 몇 년 동안 계속 써왔다. 오란다와 긴밀히 제휴하고 이기리스 인이 드디어 동양으로 항로를 확장하여 찾아올 날이 멀지 않다…… 아니, 이기리스 인이 아니라 오란다 인이라도 좋다. 오란다 배는 이미 희망봉을 돌아 인도를 지나서 자바 밴텀이라는 곳까지 진출했다…… 안진은 그들이 일본 분고 해변에 표류한 날부터 포르투갈과 스페인 선교사들에게 박해를 당한 일, 이에 야스에게 도움을 받은 일, 그 후 일본에서 받고 있는 대우에 이르기까지 자세하게 편지에 썼다.

그 편지들은 지금도 탁자 위에 허무하게 쌓여 있다. 오란다 배도 이기리스 배도 아직 일본에는 오지 않았고, 오는 것은 포르투갈 배와 스페인 배뿐이었다. 안진은 결코 실망하지 않았다. 일본인보다 더 끈질긴 인내로 언젠가는 동포가 일본에 찾아올 날에 대비하고 있었다.

안진은 슨푸 성에서 오쿠보 나가야스에게 문득 그러한 자기 심정을 말한 적이 있었다. 나가야스 역시 해외에 관심 이상의 관심을 가지고 있다……고 느꼈기 때문인데, 그보다는 널리 큐슈九州 천주교 다이묘들에게 얼굴이 알려져 있는 나가야스가, 혹시 귀국할 때 도움이 될 것 같은 기분이 들었기 때문이다.

그 나가야스가 찾아왔다.

"내가 에도에 와 있다는 것은 비밀로 하고 있는데……"

안진은 젊은 무사에게 중얼거리며 탁자 위를 정리하고 나서 손수 깔개를 매만지고는 손님이 들어오기를 기다렸다.

"나는 안진 님 거처이기 때문에 틀림없이 진기한 외국 물건으로 꾸며져 있을 줄 알았는데 뜻밖에도 세간이 조촐하군."

나가야스는 젊은이와 명랑하게 말하면서 들어와 단정하게 앉아 있는 안진을 보았다.

"으음, 과연……"

그러더니 선 채로 나직이 말하고 다시 명랑하게 웃었다.

"이렇게 하지 않으면 오랜 세월을 일본에서 살 수 없을지 몰라. 안진 님은 아주 일본인이 되려는 모양이지요?"

"오쿠보 님, 얼마 동안 뵙지 못했습니다. 별일 없으셨는지요……"

"하하하…… 제발 그런 딱딱한 인사는 그만두시오. 귀하가 완전한 일본인이 되려는 심정, 뒤집어보면 쓸쓸하기 때문이지요. 어떻소, 아 직도 고향의 그, 메리라고 하셨던가, 종종 부인의 꿈을 꾸십니까?"

"이것 참, 죄송합니다. 오쿠보 님은 어떻게 그런 일까지……?"

"하하하…… 그 밖에도 많은 것을 알고 있지요. 에스파냐와 이기리 스의 사이가 나빠진 원인도."

"허어, 오쿠보 님은 어떻게 보십니까?"

"사랑의 쟁탈전으로 보고 있지요. 이기리스 엘리자베스 여왕에게 에 스파냐 펠리페 이 세가 홀딱 반했다고요. 그래서 결혼을 청했더니 꺽지 센 이 처녀 여왕님은, 내 배우자는 이기리스……라고 퇴짜를 놓았다지 요. 어떻습니까, 이 나가야스도 제법 많이 알지 않습니까?"

나가야스가 찾아오자 대번에 집안이 명랑해졌다.

4

"오쿠보 님은 돈 로드리고에게 많은 질문을 하신 모양이군요?"

안진도 웃었다. 나가야스는 굳이 숨기려 하지 않았다.

"정보의 출처를 아시는 모양이군. 그럼, 화제를 바꿉시다."

돈 로드리고는 에스파냐 인으로 전 루손 태수太守였다. 그는 임기를 끝내고 루손에서 멕시코로 가던 중 심한 폭풍우를 만나 지난해…… 곧 케이쵸 13년(1608) 7월 25일, 카즈사노쿠니上總國 이스미고리夷隅郡의 이와와다岩和田 근처에 태풍과 같이 밀려와 좌초했다. 지금은 일본에 머물며 보호를 받고 있다.

난파와 좌초 때 익사자 36명을 냈으나 나머지 350명 가량의 선원들은 돈 로드리고와 함께 구조되어 우라가浦賀로 이송되었으며, 지금은 귀국하기 위해 배를 건조하고 있었다……

이즈 금광에 있던 나가야스가 그런 기회를 놓쳤을 리 없다. 그는 직접 조선造船 현장에 찾아가 여러 가지 새로운 지식을 흡수했을 터였다.

"안진 님, 실은 이 나가야스, 오늘 귀하에게 두 가지 큰 소식을 전하러 왔소."

"허어, 두 가지 큰 소식…… 길보입니까 흉보입니까?"

"글쎄요, 귀하의 마음에 따라 길하기도 흉하기도 하겠지요."

"거 참, 빨리 알고 싶군요."

이렇게 말하면서 젊은이가 가져온 차를 나가야스 앞에 놓고 잠시 사이를 두었다.

"하하하…… 역시 궁금하신 모양이군. 그 하나는 오란다 배가 일본에 온다는 소식입니다."

"뭐, 오란다 배가?"

"그렇소. 오란다는 여전히 포르투갈을 원수같이 생각하는 모양이라, 마카오에서 일본을 향해 오는 상선을 나포하려고 추격해오고 있지요. 일본이 포르투갈 배의 입항을 허락한다면 추격해온 오란다 배와 항구 안에서 싸움이 벌어질 것이라는 정보가 있습니다."

"으음. 그 정보를 누구에게 들으셨습니까?"

"큐슈의 어느 다이묘에게 온 명明나라 배 선장에게서요."

나가야스는 그 이상은 말하지 않겠다는 듯이 고개를 저으면서 곧 다음 이야기를 시작했다.

"또 하나는 귀하가 만든 배와 귀하의 운명에 관계가 있소. 어떻습니까, 안진 님이 만든 배 이름은 정했소?"

"예, 산 보나반츄르 호. 어설픈 일본 이름보다는 그게 좋겠다고 오고쇼 님도 허락하셨습니다."

"하하하…… 이제야 알았소!"

"무엇을 아셨다는 말씀입니까?"

"안진 님, 귀하 덕택에 일본에도 서양식 범선을 만들 수 있는 목수들이 꽤 많이 생겼다고 생각하시오?"

"과연…… 그렇기는 합니다."

"그 한 사람이 돈 로드리고 귀국을 위한 조선 현장을 보러 갔다…… 그리고 하는 말이 이래서는 배가 만들어지지 않는다고……"

"허어……"

"규모만 컸지 알맹이가 빠졌다, 이런 것을 바다에 띄우면 에도江戶에도 가지 못한다…… 그렇다면 안진 님, 귀하가 만든 배는 어떻게 되리라 생각하시오?"

나가야스는 목소리를 낮추면서 크게 눈을 떴다.

5

돈 로드리고는 물론 스페인 령인 멕시코로 가려 하고 있었다.

이와와다에서 좌초되어 크게 파손된 그의 배를 우라가까지 끌어갔지만, 도저히 수선할 수 있는 상태가 아니었다. 그래서 남아 있는 선박 도구를 활용해서 배를 새로 건조하기로 했는데, 루손에서 로드리고가 데리고 온 목수의 솜씨가 미숙해 도중의 침수처리 정도를 할 수 있을 뿐 태평양을 건너갈 만큼 튼튼한 배는 만들 것 같지 않다……고 지금 나가야스는 말하고 있다.

"오고쇼 님이 특별히 로드리고를 보호해주신다는 것은 안진 님도 아시겠지요."

"그렇습니다. 일시동인一視同仁°, 적의가 없는 자는 보호해준다고 하시면서 우리가 표류해왔을 때와 똑같이 돌보고 계십니다."

안진이 진지하게 대답했다. 나가야스는 싱글거리면서 손을 저었다.

"안진 님은 예의가 바르시군. 아주 고지식하게 말씀하십니다. 확실히 그렇습니다. 오고쇼 님의 방침은 항상 일시동인…… 그러나 그 일시동인으로 대하는 이면에는 다른 목적도 있지요."

"……"

"그렇게 낯을 찌푸리지 마시오. 나는 터놓고 이야기하고 있어요. 일본과 루손의 교역, 일본과 멕시코의 교역……이란, 포르투갈 령 마카오에서 오는 배에 비해서는 훨씬 적어요. 오고쇼 님은 에스파냐 펠리페 대왕과 어떻게 해서라도 가까워지려 생각하고 계시오. 이번 로드리고 일행의 조난은 아주 좋은 기회가 된다고 생각지 않소?"

"……"

"아시겠지만, 삼백오십 명이나 되는 사람들을 친절하게 구조해서 보내준다…… 그러면 저쪽에서도 자연히 고맙다는 생각이 들겠지요. 그럴 작정으로 자재를 주어 건조시킨 배가 도저히 쓸 만한 것이 못 된다면 오고쇼 님은 어떻게 하시겠소? 쓸 만한 배를 만들 때까지 그냥 내버려둘지, 아니면 안진 님이 만든 그 뭐 산 보나반츄르 호던가요? 그 배로 돌려보내겠다고 하실지……"

"오쿠보 님, 그럼 오쿠보 님은 오고쇼 님이 나에게 돈 로드리고를 멕시코까지 보내주라……고 분부하시리라 생각하십니까?"

"그렇게 되지 않을까요, 안진 님?"

"저는 그 사람들이 아주 미워하는 자이기 때문에……"

"아니, 그건 그렇지 않아요!"

나가야스는 크게 손을 흔들었다.

"물론 안진 님은 이기리스 사람으로 오란다 배를 타고 왔습니다. 그러나 이번은 사정이 전혀 달라요. 안진 님은 일본의 실권자가 임명한 사신, 더구나 그들을 도와 돌려보내는 구세주지요. 따라서 그들도 미워할 수 없고, 폭력을 가할 리도 없지요. 결국 안진 님과 에스파냐 인 사이에 화해가 이루어져 안진 님만은 어느 나라의 배를 타더라도 안전하게 세계를 돌아다닐 수 있게 될지도 몰라요."

"으음."

안진은 진지한 얼굴로 물었다.

"그래서 내가 오고쇼 님 분부대로 멕시코로 가게 된다……면 오쿠보 님은 무슨 특별한 볼일이라도 있습니까?"

날카롭게 묻고 다시 무릎 위에 손을 가지런히 놓았다.

6

"하하하…… 안진 님의 관찰은 날카롭군요. 바로 그렇소…… 귀하가 멕시코에 가시게 된다면 실은 한 가지 부탁할 일이 있어요."

오쿠보 나가야스는 몸을 앞으로 내밀었다.

"아직 결정도 되지 않았는데 묻기는 좀 뭣합니다만, 그 일은 무엇입니까?"

"첫째는 광맥을 찾는 데 정통한 저쪽 사람을 두세 명 채용해서 데려와달라는 것. 나의 충성을 뒷받침하는 아주 중요하고도 공식적인 부탁입니다."

"으음."

"또 하나는 멕시코의 은광, 그 밖의 이익분할 제도에 대해 조사를 해주었으면 합니다."

"이익분할……이라고 하면?"

"광산에서 얻은 이익을 분할하는 일이오. 예전부터 영주나 권력자가 몇 할, 현장 채굴자, 그러니까 덕대가 몇 할이라는 식의 분할 제도가 있었지요."

"으음, 그런 것이 있었군요."

"그렇소. 채굴해도 과연 나올지 안 나올지 모르는 광산, 말하자면 권력자가 위험부담을 피하려는 교활한 생각에서 나온 것이지만……"

"오쿠보 님, 그 분할 제도를 조사해 어떻게 하시렵니까?"

"하하하…… 더욱 날카로운 질문을 하시는군. 현재 일본에서 이 이야기에 이런 질문을 할 수 있는 분은 안진 님 외에는 없습니다. 좋습니다. 분명하게 털어놓지요. 일본 덕대의 분배율이 외국에 비해 너무 적으면 오고쇼에게 말씀 드려 늘려달라고 한다…… 치사한 듯하지만 그게 아니오. 외국의 분배율 여하에 따라 오쿠보 나가야스는 일본 광산기술자들을 데리고 전세계 광산에 도전해보고 싶소."

"으음, 과연……"

"아시겠소? 현재 세계의 바다는 안진 님이 뭐라 하시건 아직은 포르투갈, 에스파냐의 구교舊敎 세력이 크오. 그렇다고 우리는 결코 이기리스나 오란다를 우습게 여기지는 않아요. 그 점에서는 나도 오고쇼 님도 같은 생각…… 아니, 오고쇼 님의 방침에 따라 세계의 바다로 진출하는 이상, 이곳저곳에 금은이 쏟아져나오는 산을 소유하고 있다면 얼마나 좋겠소. 뭐니뭐니 해도 교역품 가운데 제일 중요하게 여겨지는 것은 황금과 은…… 안진 님은 그렇게 생각지 않소?"

"으음."

안진은 자세를 가다듬고 신음할 뿐 당장에는 대답할 수 없었다.

나가야스의 말은 옳았다. 온갖 위험을 무릅쓰고 유럽인이 세계의 바다로 진출한 것도 실은 금은에 이끌렸기 때문. 그 때문에 얼마나 많은 사람들이 서로 죽이고 또 물에 빠져죽어갔는가……

나가야스는 자기 말에 감탄하는 안진을 흘끗 보고는 점점 더 신이 나서 허풍을 떨기 시작했다.

"비밀입니다마는, 나는 땅속에 있는 금은을 알아내는 능력을 가지고 있소. 세계 어느 곳에 가건 금은이 있기만 하다면 당장 알아낼 수 있어요. 하하하…… 황금의 지팡구(일본)에서 온 이 나가야스는 모든 것을 황금으로 만드는 희대의 마술사라 할 수 있겠지요. 어떻습니까, 재미있는 이야기 아닙니까?"

7

미우라 안진은 녹색과 청색이 뒤섞인 유리알 같은 눈으로 나가야스를 똑바로 바라보았다.

전세계의 여러 인간들을 접촉해온 안진이었다. 인간을 사로잡는 것의 정체가 무엇인가도 너무 잘 알고 있었다. 식욕과 성욕을 제외하면 인간을 미치게 하는 가장 큰 것은 황금이었다.

이 황금에 대해 일본인은 의외로 담백했다. 안진을 지금까지 일본에 묶어놓은 진정한 원인은 이에야스가 세키가하라關ヶ原 전투를 앞둔 중대한 시기에 그들 일행에게 선뜻 건네준 황금 5만 장이라는 매력 때문이었다고 해도 과언이 아니다……

그 후 가만히 관찰해보니 이에야스는 결코 낭비하는 사람이 아니었다. 그의 생활태도는 안진 자신이 본받을 만큼 소박하고 검소했다. 그러면서도 유사시에는 놀랄 만큼 많은 돈을 던지고도 아까워하지 않았다. 이번에 120톤의 산 보나반츄르 호를 만들 때만 해도 이에야스는 돈을 아끼지 않았다. 돈 로드리고에 대해서도 마찬가지. 이상理想을 위해서는 황금을 아끼지 않았다…… 일본인의 특색이 아닐까 생각하고 있는데 오쿠보 나가야스가 하는 말 또한 놀라웠다.

'이 사람은 배포가 크다……'

유럽에는 그 옛날 누군가가 감추었거나 간직했다고 전하는 보물을 찾기에 목숨을 건 자들은 숱하게 있었다. 그러나 나가야스처럼 세계 도처에서 광산업을 하겠다는 인물은 아직 만난 적이 없었다. 지하에 광물로 매장되어 있는 금은을 노리는 일은 너무나 느긋한 간접적인 보물찾기, 파도 나오지 않으면 헛수고라는 절망감이 먼저 사람을 사로잡기 일쑤일 터였다.

"어떻습니까, 내 이야기를 못 믿겠습니까? 이 오쿠보 나가야스는 오고쇼 님에게 등용된 이후 벌써 열여덟 군데 남짓 지하 황금을 찾아내어 지금도 매일 금고에 수납시키고 있어요. 이것만으로는 재미가 없습니다. 앞으로는 일본인도 세계 바다로 진출합니다. 각처 기항지에 황금 산출용 광산을 마련하여 교역을 넓힌다……면, 이게 바로 앞날을 위한 진정한 준비 아니겠소?"

"오쿠보 님……"

잠시 후 안진은 바싹 마른 혀를 축이면서 말했다.

"귀하가 나에게 부탁하려는 것은 광산의 이율분할 제도를 조사해달라……는 것만은 아닐 테지요?"

"하하하…… 놀랐소! 바로 그렇습니다. 앞으로 일에 귀하가 흥미를 느끼지 않는다면 털어놓아도 헛일, 우선 그 흥미가 있나 없나를 알아보려 했소."

"이 안진에게 무엇을 하라는 말씀이오?"

"아니, 특별한 일은 아닙니다. 오고쇼 님께 바치는 성실성을 가지고 나에게도 귀하의 지혜를 빌려주었으면…… 그뿐입니다."

나가야스는 잠시 말을 끊고 냉정하게 안진의 표정을 살폈다.

8

안진이 줄곧 신경을 쓰고 있는 것은 나가야스의 기발한 착상, 큰 포부만이 아니었다.

'오란다 배가 온다……'

나가야스가 처음에 말한 한마디가 가슴에 커다란 충격으로 남아 있었다. 지금의 그의 지위와 세력이라면 그 오란다 배 정도는 쫓아버릴 수도, 몰래 정박시킬 수도 있을 터. 이는 곧 안진의 운명을 다시 한 번 유럽과 연결시킬 수도, 단절시킬 수도 있는 힘이기도 했다.

"오쿠보 님, 나는 오쿠보 님을 오고쇼 님의 얻기 어려운 충신으로 믿고 말씀 드리겠습니다."

"그러니까 나의 꿈에 협력해주시겠다는……?"

"그 대신……"

안진은 당장 교환조건을 내놓으려는 자기 자신을 부끄럽게 생각하면서 말을 꺼냈다.

"나도 오쿠보 님께 부탁 드릴 일이 있습니다."

"좋습니다. 동지가 되면 어떤 협력도 아끼지 않는 것이 오쿠보 나가야스, 무엇이든 말씀하십시오."

"귀하는 조금 전에 오란다의 배가 머지않아 포르투갈 배를 추격해서 일본에 온다고 하셨지요……"

"그렇소, 마카오에서 온 명나라 사람의 말이오. 나는 히라도平戶, 나가사키는 말할 것도 없고 분고에도, 하카타博多에도, 사카이에도……
해외정보는 하나도 빠짐없이 들을 수 있게 해놓았답니다."

"그 오란다 배가 일본에 왔을 때 쫓아내지 말고, 어딘가에서 보호받을 수 있도록 힘써주실 수 없을까요?"

"하하하……"

나가야스는 유쾌한 듯이 웃었다.

"인간에게는 각기 맹점이 있게 마련. 오고쇼 님께 청원 드리면 당장 일본 전국 다이묘들에게 명령을 내릴 수 있는 일……인데, 안진 님으로서는 청원할 수 없다는 말씀인가요?"

안진은 얼굴을 붉히고 고개를 끄덕였다.

나가야스가 지적한 대로였다. 이미 산 보나반츄르 호는 완성되었다. 그렇지 않아도 이에야스는 안진이 유럽으로 도망치지 않을까 은근히 신경을 쓰고 있었다. 그런 때인 만큼 이기리스와 동맹국 관계에 있는 오란다 배를 기다리고 있다……는 심정을 드러내고 싶지 않았다. 이에야스에게 그러한 자신의 마음을 알게 해 걱정을 끼친다면 예의가 아니라는 생각이었다.

"안진 님, 안심하십시오. 쫓겨오는 게 포르투갈 배라면 쫓아오는 쪽도 전혀 엉뚱한 곳으로 들이닥치지는 않아요. 아마 히라도가 되겠지요. 어떻습니까, 그쪽에는 내가 연락을 취해놓을 테니 안진 님은 포르투갈 배를 기다리는 체하며 오란다와 연락을 취하고 오시면……?"

"그, 그런 일을 오고쇼 님에게……"

"아니, 그렇지 않소. 오고쇼 님은 신구 양교의 어느 나라와도 교분을 가지려는 생각이시오. 귀하가 히라도에 가셨을 때 우연히 오란다 배가 들어왔다……고 하면 기뻐하실지는 몰라도 노하시지는 않을 것이오. 그렇다고 해서 그대로 오란다 배를 타고 일본을 떠난다……고 하면 이야기가 달라지지만."

9

미우라 안진은 오쿠보 나가야스가 뭔가 커다란 대가를 원하고 있다고 느끼면서도 그의 제의에 따를 수밖에 없었다.

"머지않아 오란다 배가 일본에 온다……"

나가야스의 이 정보는 그의 향수에 불을 지르는 큰 유혹이었다.

"그럼, 오란다 배가 큐슈에 왔을 때는 당장 쫓아내지 않도록 오쿠보 님께서 여러 다이묘들에게 넌지시 부탁 드려주시겠습니까?"

나가야스는 가슴을 탁 치며 고개를 끄덕였다.

"동지를 위해 그런 일도 못하겠습니까."

"그러면 다시 한 번 여쭙겠습니다. 이 미우라 안진이 오쿠보 님을 위해 어떤 일을 하면 되겠습니까?"

나가야스는 크게 웃고 눈을 가늘게 떴다.

"과연 안진 님과는 뜻이 빨리 통하는군요. 이것으로 양자의 계약…… 안진 님이 늘 말씀하는 계약이 성립된 셈입니다."

"아니, 이 미우라 안진은 아직 어떻게 해야 좋을지…… 그 말씀을 듣지 못했습니다."

"어려운 일이 아닙니다."

나가야스는 다시 한 번 덮어씌우듯이 말하고 나서 품안에 손을 넣었다. 이윽고 그가 꺼낸 것은 한 권의 조그마한 두루마리였다.

"자, 안진 님께서도 여기에 서명을 하시고 일본식으로 혈판血判˚을 찍으십시오."

"혈판…… 말입니까?"

"그렇습니다. 연판장이라고 하는데, 일본에서는 배반하면 안 될 소중한 계약에는 이 방법을 사용합니다."

"허어……"

안진은 신기한 듯 두루마리를 펼쳤다. 맨 처음에 누구의 필적인지는 모르나 아주 웅건한 필체로 이렇게 씌어 있었다.

"우리는 천지신명 앞에 맹세코 마츠다이라 카즈사노스케 타다테루를 맹주로 삼고, 오쿠보 나가야스의 계획에 따른 일본국 백 년의 발전을 도모하는 데 동의한다. 반드시 배반하지 않을 것을 서명함."

맨 먼저 마츠다이라 타다테루가 서명한 혈판이 있었다. 다음에는 오쿠보 타다치카大久保忠隣, 아리마 슈리노다이부 하루노부有馬修理大夫晴信, 이나 타다마사伊奈忠正(무사시武藏 코노스鴻巢 성주), 이시카와 야스나가石川康長(신슈信州 후카시深志 성주), 이시카와 카즈노리石川數矩(신슈 치쿠마筑摩 영주), 토미타 노부타카富田信高(이요伊豫 우와지마宇和島 성주), 타카하시 모토타네高橋元種(휴가日向 노베오카延岡 성주) 등의 이름이 나열되어 있었다.

"어떻소, 일본에도 큰 꿈을 품은 자가 결코 적지는 않지요."

나가야스는 가슴을 젖히듯이 하고 말했다.

"머지않아 일본 다이묘 전체의 혈판을 받아 한마음으로 세계의 바다로 진출하려 하오. 그렇게 되면 안진 님이 자주 말씀하시는 북쪽 바다에서 이기리스로 가는 항로도 반드시 실현시켜 보이지요. 자, 여기에 혈판을 찍어주시도록……"

"허어……"

안진은 감탄한 얼굴이었다.

"그럼, 나는 서명하고 무엇을 해야 합니까?"

"우선 서명을 하십시오. 그것만으로도 이 연판장의 신용이 높아집니다. 오쿠보 나가야스의 꿈은 온 세계를 두루 돌아다닌 미우라 안진이봐도 조금도 실현 불가능한 일이 아니라는."

"과연, 이제 납득이 됩니다. 그럼……"

안진은 붓을 들어 서명했다.

10

안진이 서명을 끝내고 단도로 피를 내어 혈판을 찍을 때까지 나가야스는 입을 다문 채 숨을 죽이고 있었다. 그리고 안진이 연판장을 나가야스 앞에 내밀자 자못 유쾌한 듯 웃으며 그것을 말았다.

"정말 고맙습니다. 이제 이 연판장은 빛을 보게 되었습니다. 소견이 좁아 내 꿈을 단순한 허풍으로밖엔 생각지 않는 자들이 있거든요. 그들도 이제는 납득하겠지요."

"좌우간 오쿠보 님은 좀 이상한 분이군요."

"하하하…… 세상을 좀 넓게 보는 눈을 가졌다뿐이지요. 그런데, 안진 님, 여기에 서명하신 이상 신교, 구교 구별에 구애되어 양쪽 싸움에 가담한다는 것은 당치도 않습니다."

"그럴…… 테지요."

"아니, 그런 각오 없이는 세계의 바다를 자유롭게 헤엄칠 수 없어요. 이 오쿠보 나가야스의 눈에는 엘리자베스도 펠리페도 없습니다. 다 같이 서로 유무상통有無相通해야 할 일시동인의 동포. 그런 심정으로 지혜를 빌려주십시오."

"오쿠보 님, 그 연판장에는 마츠다이라 카즈사노스케 님을 맹주로 하여…… 이렇게 되어 있었지요?"

"그렇소. 일본이 세계의 바다로 진출하여 각지에 기항지를 갖게 되면 쇼군 님만으로는 손이 모자랍니다. 그래서 쇼군 님은 전적으로 내정만을 전담케 합니다."

"으음."

"교역과 관계되는 외국과의 절충은 우리 주군인 쇼군의 아우님 타다테루 님에게 맡깁니다. 외교대신外交大臣으로 모실 생각이오."

"참, 묘안이군요. 그래야만 되겠지요. 이제 모두 납득되었습니다."

"그럼, 오고쇼 님이 지시만 내리시면 귀하는 어느 곳, 어떤 나라 사람과도 절충하신다…… 이렇게 알고 돌아가도 좋겠지요?"

"미우라 안진은 약속을 어기는 자가 아닙니다."

"하하하…… 이거 실례했습니다. 참, 이것은 내가 이즈 광산에서 발굴한 황금조각인데 선물 대신 드리겠습니다."

보자기를 끌러 주먹만한 황금덩이를 다다미疊° 위에 놓았다. 눈부시게 빛나는 한 마리의 닭이었다.

"아니, 이런 귀중한 것을……"

"사양하실 것 없습니다."

나가야스는 얼른 일어섰다.

"냄새를 맡으면 이 코가 씰룩거리고 당장 튀어나오는 닭입니다."

"그러나, 이것은……"

"하하하. 지팡구 섬은 황금으로 이루어져 있다는 마르코 폴로의 전설을 안진 님은 믿지 않으십니까? 그렇다면 잘못이오. 그럼, 이만!"

아연해 있는 안진을 남겨놓고 나가야스는 거침없이 현관으로 나가 버렸다. 한동안 넋을 잃고 황금 닭을 바라보다가 안진은 급히 그를 배웅했다. 나가야스는 이미 젊은이가 가지런히 놓아준 짚신을 신고 타고 왔던 가마 쪽으로 가고 있었다.

11

"아사쿠사 병원으로……"

나가야스는 가마가 미우라의 집 대문을 나서자 이렇게 명하고는 성급하게 덧붙였다.

"거지의 병원, 천민의 병원 말이야. 소텔이 운영하고 있는……"

가마꾼 외에는 창을 든 자와 짚신을 든 하인이 따를 뿐, 나가야스로서는 보기 드문 미행微行이었다. 미리 행선지도 알려놓지 않았다. 아사쿠사 병원이라는 말에 가마꾼은 얼굴을 찌푸렸다. 소텔이 박애병원이라 부르고 있는 아사쿠사 병원은 일반 시민에게는 별로 평판이 좋지 않았다.

그 원인을 오쿠보 나가야스는 잘 알고 있었다. 어떤 병원이나 개원 당시에는 세상에 알려지지 않은 탓으로 한산했다. 그런데 아사쿠사 병원은 문을 열기가 무섭게 문전성시門前成市를 이루며 환자들이 밀어닥쳤다. 그들은 대개 누추한 차림으로 일반 시민은 아니었다. 단자에몬彈左衛門이 지배하는 천민들로, 뒤에 조사해보니 그들은 일당 스무 푼씩을 받고 모인 위장환자들이었다.

'과연 소텔이 쓸 만한 수법이다……'

그들은 천민들을 빈민과 혼동했다. 그리고 신의 이름으로 이처럼 가난한 사람들의 동지로서, 정치의 눈이 미치지 않는 곳까지 인간애를 펴려고 노력하는 모습을 바쿠후幕府°에 애써 보이려고 했다.

이들 천민의 행렬은 이튿날 부교의 관리들에 의해 해산되었다. 개중에는 일당을 받은 사실을 부정하고 피부병 치료를 받았다고 주장하는 자가 있어 조사해보니, 종기나 부르튼 피부에 유황가루를 녹인 뿌연 물을 그냥 그 위에 발라준 것으로 판명되었다.

그 뒤 근처 센소 사淺草寺 승려 중에—

"일본의 관세음보살님도 효험이 있다."

유황가루를 작은 봉지에 담아, 나누어주는 자가 나타나기도 했다.

소텔도 천민이 어떤 종류의 사회적 제재가 가해진 특수한 계층이라는 사실까지는 몰랐다. 이런 계층에 속하는 자들이 노상에 모이는 것을 바쿠후가 좋아할 리 없었다. 시민들은 물론 깜짝 놀라 오히려 반대로 발길이 멀어지는 경향이 있었다.

그렇다고 지금도 사람들이 오지 않는 것은 아니었다. 한번 일당을 받았거나 무료로 치료 받은 재미를 잊어버릴 수 없어 천민들은 병자가 생기기만 하면 달려왔고, 정말 곤궁에 빠진 사람들은 얼굴을 가리고 문을 들어서고는 했다.

다만 소텔이 생각했던 만큼은 바쿠후 고관들이 그를 칭찬하거나 고마워하지 않을 뿐, 병원 설립의 의의가 전혀 없는 것은 아니었다.

소텔도 전략을 바꾸었다.

요즘 소텔은 선교사들과 같이 난치병 환자들을 찾아다녔다. 어떻게든 연줄을 대어 다이묘나 하타모토旗本°, 유지와 큰 상인들까지도.

"이 댁에 이런저런 환자가 있다는 말을 들었습니다마는……"

찾아갔다가 없다고 하면, 그럼 잘못 들은 모양이라고 공손한 태도로 물러났다. 그러나 소문이 나면서 환자가 늘어나고 있다고……

가마 안에서 그런 일들을 생각하며 나가야스는 히죽이 웃고 있었다.

남만 반딧불

1

아사쿠사 병원에 가마가 도착한 것은 이미 한낮이 지나서였다. 아침부터 찾아오는 환자의 모습은 없었고, 문 안에 나란히 심은 버드나무 가지가 조용히 바람에 흔들리고 있었다.

건물의 겉모습은 전혀 특이하지 않았다. 현관 앞 입구 지붕 위에 문장처럼 십자가가 세워져 있을 뿐이었다.

"게 누구 없느냐!"

나가야스가 가마에서 내리기도 전에 창을 들었던 젊은이가 현관 안으로 들어서면서 큰 소리로 안내를 청했다.

"오쿠보 나가야스 님이 원장을 뵙고자 하신다."

부르는 소리에 나온 것은 희고 긴 수술복을 입은 곱사등이 사나이였는데, 물론 일본인이었다.

"그 오쿠보 님은 어디가 편찮으십니까?"

사나이의 말을 들으면서 나가야스는 현관 앞에 서 있었다.

"아니, 오쿠보 님을 모른단 말인가?"

창을 든 젊은이는 답답하다는 듯 혀를 찼다.

"원장님은 아실 테니 전달만 해. 오쿠보 나가야스 님이라고."

사나이는 뭔가 입속으로 투덜거리면서 그대로 안으로 사라졌다. 환자가 아니라면 이리로 들어오지 말라……고나 하는 듯한 모습이었다.

"좀처럼 나오지 않는군."

나가야스가 젊은이에게 말했다.

"소텔이란 놈은 또 장사하러 거리에 나가고 없는지도 몰라."

젊은이는 가볍게 고개를 숙여 보였다.

"주인님, 오늘은 묘한 곳만 다니시는군요."

"그래. 나는 지금 둘로 쪼개진 유럽을 하나로 만들어 써먹을 수 있을지 없을지 땜장이 같은 일을 시험하고 있어."

"둘로 갈라진 찻잔…… 말입니까?"

"아니, 찻잔이 아니라 유럽. 니치렌 종日蓮宗°과 정토종淨土宗°이야."

"원 이런……"

사도佐渡 태생인 젊은이는 고개를 저으며 입을 다물었다. 자기가 이해할 수 있는 일이 아니라고 단념하는 눈치였다.

"안진도 소텔도 미운 데는 없는 사나이야. 뿌리는 선량한…… 그렇지, 신의 아들이니까."

젊은이는 이미 대답하지 않았다. 그는 다시 텅 빈 현관 안을 들여다보듯이 하며 발소리를 기다리고 있었다.

"그런 선량한 인간들이 자기만이 옳고 자기만이 잘났다고 생각해 때때로 맞서고는 있으나 말을 해보면 알아들을 수 있는 생물들이야."

"주인님, 나오는 모양입니다."

"그래? 일본인 의사인지도 몰라."

"한 사람이 아닙니다. 아, 신부와 여자들을 데리고 대머리들이 떼지어 나옵니다."

"좋아, 그 대머리 중에서 머리가 제일 많이 벗겨진 게 소텔이야."

젊은이와 교대로 안을 들여다본 나가야스는 웃었다.

"호호호……"

천민인 가짜 환자들에게 질려서일까, 소텔은 종자들을 거느리고, 어마어마하고 예의 바른 모습으로 걸어나왔다.

"아, 이거 오쿠보 나가야스 님, 잘 오셨습니다."

소텔의 일본말은 『다라니경陀羅尼經』을 읽듯 혀가 잘 돌지 않았다.

2

"아, 신발 신으신 채 그냥 들어오십시오."

소텔은 점잖은 몸짓으로 몸을 돌려 가슴을 펴고 안으로 향했다. 나가야스는 여러 사람의 공손한 인사를 받으며 그 뒤를 따랐다.

'역시 피는 속일 수 없는 모양이로군……'

미우라 안진은 원래 서민의 자식이었으나 소텔은 그렇지 않은 듯. 그는 자기 아버지가 유력한 정치가이며 명예로운 세비야 시市 참의원이었다는 사실을 자랑스럽게 말한 적이 있다. 미우라 안진과 소텔 두 사람이 일본에서 생활하는 방식은 극단적으로 달랐다. 안진은 소박한 일본 사람이 되려 하고 있고, 소텔은 어디까지나 위엄 있는 에스파냐 사람이기를 원했다.

소텔은 안진처럼 서원書院 모양의 거실에 살거나 차를 즐기는 일은 하지 않을 터…… 그런 생각을 하며 짚신을 신은 채 따라들어갔다. 예배당 옆 그의 거실은 자단紫檀 의자가 놓인 남만식 방이었다. 벽에는 남만 그림, 얇은 천을 간 침대 위에는 천개天蓋가 있고 그 옆에 세계지도가 걸려 있었다. 탁자 위 꽃꽂이 통은 두툼하고 빛나는 유리였다. 그 탁자 앞에 서서 소텔은 병원 사람들을 소개했다.

"우리 병원의 소중한 의사 부르길리요입니다. 그 다음이 신부 무니요스 님, 이어 바르나바 신부님, 다음은 일본인 의사 요하네스, 그 다음이 수간호사 마리아입니다."

그들은 자기 이름이 불릴 때마다 점잖게 머리를 숙였으나, 나가야스는 일부러 가볍게 고개를 끄덕였을 뿐이다. 그는 짐짓 거만하게 수간호사라는 여자를 바라보았다. 소텔이 다테 마사무네에게 바친 벽안의 여자와 이 여자는 어느 쪽이 더 미인인지 비교해보았다.

'역시 이쪽이 더 매력 있군.'

나가야스는 생각했다. 그로서는 결코 무의미한 관찰이 아니었다. 나가야스는 인간에게 성직聖職의 진지성 같은 것이 있다고는 믿지 않았다. 소텔이 아름다운 쪽을 마사무네에게 바쳤는지, 아름다운 쪽은 자기 곁에 두고 조금 못한 편을 바쳤는지 알아볼 생각이었다.

마사무네와 소텔의 교제도 재미있었다. 마사무네는 더할 나위 없이 거만한 인간, 소텔 역시 그보다 한술 더 뜨는 권위주의자로, 옆에서 보고 있으려면 웃음이 터질 지경이었다.

마사무네는 소텔을 만나고 싶어 못 견딜 지경이었다. 물론 바라는 바는 교역을 통한 이익, 외국 사정을 알고 싶어서였다…… 시녀를 급한 환자로 꾸며 밤중에 소텔과 부르길리요를 집으로 부르는 번거로운 연극을 꾸몄다. 그리고는 환자는 완쾌된 것으로 하고, 마사무네 쪽에서 금은과 계절에 맞는 옷이며 비단 몇 필을 선물로 보냈다.

소텔은 이를 받지 않았다.

"저는 오직 도道를 위해 일할 따름입니다."

오히려 빵 50개, 양초 30자루, 정향 3근, 후추 3근을 보냈다.

이들 여우와 너구리, 나가야스는 그 한쪽 우두머리인 소텔을 이제부터 농락해볼 셈이었다.

3

병원 간부에 대한 소개가 끝나고 방안에는 소텔 외에 일본인 의사와 수간호사 두 사람이 남았다. 양쪽에 앉은 그들은 소텔의 위엄을 더하기 위한 장식물처럼 보였다.

소텔 역시 일본말이 유창해 통역할 필요는 전혀 없었다.

"오늘 찾아온 것은 다름이 아니오. 귀하는 세계의 바다를 누구의 소유로 생각하고 있는지 묻고 싶어 왔소."

나가야스는 우선 거창하게 말문을 열었다.

"그런 질문을 받을 수 있다니 영광으로 생각합니다."

소텔 또한 순간의 주저도 없이 즉석에서 대답했다.

"말할 것도 없이 세계의 바다는 에스파냐와 포르투갈의 것입니다. 대부분의 일본인들은 아직 모르고 있지만 천사백구십사년, 일본 메이오明應 삼년에 로마 교황 알렉산드로 육 세가 결정하셨지요."

"허어, 어떻게 결정했는지 후학을 위해 알아두고 싶소."

"바로 대서양 중앙을 남북으로 꿰뚫는 자오선子午線…… 정확하게 말하면 베르데 섬 서쪽 삼천칠백 리 자오선으로 양국 세력 범위의 경계선을 정했습니다. 포르투갈 사람은 항상 이 자오선에서 동으로 향하여 희망봉(아프리카 남단)을 돌아 인도 고아로 항해하고, 다시 인도지나의 말라카로 나가서 마카오로부터 일본 히라도, 나가사키로 항해한다…… 이에 대해 에스파냐 사람은 경계선에서 서쪽으로…… 서인도 제도의 쿠바로 항해하여 북미의 새로운 에스파냐 령 노비스판(멕시코)을 거쳐 남미 마젤란 해협을 거쳐 태평양으로 나와서 마리아나 제도로, 다시 필리핀 마닐라로 항해하며, 거기서 일본 히라도, 나가사키로 와서 포르투갈과 만납니다."

소텔은 침대 옆 세계지도를 막대로 가리키면서 설명했다.

오쿠보 나가야스는 빙긋이 웃었다.

"그렇다면 둥근 세계 바다의 해상권은 지금도 모두 두 나라의 것이라는 말이오?"

"그렇소이다. 우리는 로마 교황 밑에서 성직을 맡고 있는 몸, 그 결정을 존중합니다. 또 양국의 왕이신 펠리페 대왕도 그 결정을 지키려 하십니다."

"그럼, 지금 세계의 바다로 진출해 있는 이기리스, 오란다의 배는 모두 불법적인 해적이 되겠군요."

"옳습니다…… 일본에서도 이에야스 님이 그 일에 대하여 확실하게 외교관례를 만드셨지요. 케이쵸 팔년(1603)에 오란다 해적들이 마카오에서 오는 포르투갈 배를 습격해서 약탈한 일이 있습니다. 실은 그 배에는 우리 선교사 봉급이 실려 있었지요. 그 사실을 말씀 드렸더니 오고쇼 님은 즉시 삼백오십 테일의 봉급에 다시 오천 테일이라는 거금을 곁들여 선교사들의 포교를 도우셨죠. 이는 상대인 오란다가 옳지 못함을 인정하신 전례입니다."

소텔의 말은 두뇌에 한 점의 흐림도 없는 물 흐르는 듯한 답변, 옛 무사를 연상시키는 미우라 안진의 눌변과는 대조적이었다.

나가야스는 더욱 투지가 치솟았다.

4

나가야스는 상대의 말이 끝나기를 기다렸다가 다시 빙긋 웃었다.

"오고쇼 이에야스 님이 세계의 바다를 조금 나누어 갖고 싶다…… 이런 희망을 가지신 경우에는 어떻게 하면 좋겠소…… 이기리스의 여왕 엘리자베스 님처럼 해전을 벌여 이기는 방법밖에는 도리가 없겠소?

지금은 이기리스 배도 오란다 배도 유유히 두 나라의 바다를 침범하고 있으니까 말이오."

"그 일이라면······"

이번에도 소텔은 지체 없이 응했다.

"즉시 펠리페 대왕께 동맹을 청하시는 것이 좋겠지요. 아니, 대왕만으로 안심이 안 된다면 미력하나마 이 사람이 로마 교황께 알선할 수도 있습니다."

나가야스는 그만 웃음을 터뜨리며 손을 내저었다. 그렇게 하는 것이 소텔의 과장된 자존심을 가장 잘 짓밟을 수 있음을 알고 하는 장난이었다.

"아니, 오쿠보 님, 왜 웃으십니까?"

"하하하······ 신부님은 무언가 착각하고 있는 것 같군요. 오고쇼 님은 귀하보다는 생각이 깊습니다. 펠리페 대왕에게 동맹을 청한다······는 것은 멕시코나 쿠바처럼, 또 루손처럼 대왕에게 나라를 바쳐야 하는 일임을 잘 알고 계시지요."

순간 소텔은 낯빛이 변했다.

"이것 참, 뜻밖의 말씀을 듣는군요."

"하하하······ 그럼, 그 뜻밖의 말을 조금만 더 하리다. 실은 케이쵸 십년(1605)에 오고쇼는 루손 태수에게 친서를 보내, 최근 에스파냐에서 오는 배가 적은데 어찌 된 까닭인가, 좀더 활발하게 교역하고 싶다······ 그런 뜻으로, 새로운 에스파냐 령인 노비스판으로부터 루손으로 어떤 물품이 실려오는지 정중하게 물어본 일이 있었소."

"무엇을 싣고 온다는 대답이었나요?"

"하하하······ 천하의 소텔 님도 거기까지는 생각이 미치지 못했을 것이오. 그때 태수의 대답은, 실어오는 것은 군사뿐······ 하하하······ 그래서 산프란체스코 파인 귀하에 대해서는 처음부터 오고쇼께서 이것도 군사수송이 아닐까 경계의 눈으로 보시게 되었소. 일이란 시작이 중요하지요. 하하하……"

소텔은 당황하여 좌우에 있는 두 사람에게 물러가라고 명했다.

"아 참, 당신들은 오래간만에 오신 오쿠보 나가야스 님을 위해 식사 준비를 해주오."

두 사람만 남게 되었을 때 소텔도 껄껄 웃었다.

"오쿠보 님."

"말씀하시오."

"귀하는 친구로서 숨김없는 사실을 알려주었습니다. 고맙습니다."

"아직 감사하기에는 좀 이를 텐데요, 소텔 님."

"아니, 그렇지 않소. 오고쇼의 목적은 나도 잘 알고 있어요. 그분이 각별히 높은 식견을 가지신 것은 아니오. 바라시는 것은 다만 교역의 이득, 그뿐이지요."

"하하하…… 바로 그렇소. 마치 소텔 님이 일본의 대주교가 되고 싶다…… 그렇게 되면 태수나 총독 이상의 권력을 가질 수 있다, 그런 생각으로 급급해하는 것과 마찬가지로 말이오."

5

소텔은 더 이상 기다리지 못하고 탁상의 종을 두들겼다.

이번에는 어린 소년이 나타났다.

"커피를!"

그리고는 한참 동안 묵묵히 나가야스를 바라보고 있었다. 나가야스는 아무렇게나 상체를 흔들며 코틸을 뽑기 시작했다. 이도 소텔을 흥분시켜 그에게 꼬리를 드러내게 하려는 작전의 일부였다.

"오쿠보 씨."

소텔이 말했다. 어느 틈에 님이 씨로 바뀌어 있었다. 나가야스는 그 차이도 분명히 의식하고 있었다.

"귀하는 이 소텔에게 무얼 원합니까?"

"무언가를 원한다면 순순히 응할 분인가요, 귀하는?"

"그럼, 뭔가 교환조건이라도?"

"그렇소. 귀하는 지금까지 포르투갈의 제주이트 선교사들과는 아주 다른 대성인……이라는 사실은 이 나가야스도 인정하겠소. 여하튼 이 병원은 결코 해로운 게 아니니까."

"그래요. 우리가 목숨을 건 성스러운 사업이오."

"좋아요, 인정하리다. 그 대신 세계의 바다는 에스파냐와 포르투갈의 것……이라는 터무니없는 말은 하지 말아야 합니다."

"으음."

"나는 여기 앉아서도, 텐쇼天正 십육년(1588)에 에스파냐 대함대가 영불해협에서 이기리스 해군에게 어떤 참패를 당했는가 하는 정도는 알고 있소."

"그야 알고 있을 테죠. 미우라 안진이 오고쇼 곁에 있으니까."

"병선 백이십구 척, 대포 삼천 문, 수병 이만, 육군 삼만 사천을 태우고 출격했던 에스파냐 대함대가 불과 삼십 척인 이기리스 함대와 칠 일 낮밤에 걸친 격전 끝에 삼 분의 일로 줄었다…… 그래서 이기리스가 세계의 바다로 진출했소. 그런데도 아이들에게 옛이야기라도 들려주듯 세계의 바다는 에스파냐와 포르투갈……"

"오쿠보 씨, 잠깐. 나는 아직 귀하가 원하는 조건을 듣지 못했어요. 그걸 말해주시오."

"좋소, 말하지요. 머지않아 일본에는 오란다의 배도, 이기리스의 배도 올 것이오."

"그렇겠죠."

"오고쇼 님은 그들 배에 대해서도 차별하지 않으실 방침이오."

"으음."

"물론 나도 귀하나 귀국의 배에 대해 이기리스나 오란다가 일본 항구에서 폭행하지 않도록 힘쓰겠소. 그 다음 일은 귀하의 수완 여하에 달려 있소."

"그 취지는 잘 알겠소이다."

"나에게도 조건이 하나 있소. 귀국 사람으로서 오고쇼를 접견하는 사람에게, 오고쇼가 만일 광산의 이익분할 비율을 물어보시는 경우가 있다면……"

"이익분할의 비율 말이오?"

"그렇소. 그때는 육 대 사가 최저이고, 보통은 칠 대 삼이라고 대답해주시오. 오고쇼 몫은 삼이고 덕대의 몫은 칠이라고 말이오."

6

소텔은 당장에는 나가야스가 한 말의 뜻을 이해하지 못한 듯했다. 세계 해상권 이야기에서 갑자기 광산의 이익분할로 옮겨졌으니 무리가 아니었다.

잠시 나가야스를 바라보다가 소텔은 탁 하고 자기 무릎을 쳤다.

"아셨소?"

나가야스는 지체 없이 예의 그 미소를 띠면서 물었다.

"놀랍소이다!"

소텔은 다시 한 번 무릎을 치며 고개를 끄덕였다.

"귀하는 세바스찬 비스카이노 장군이 온다는 것을 어떻게 알았소?

그것을 아는 사람은 우리뿐일 텐데."

"일본에는 말이오, 여자는 마물魔物이라는 속담이 있어요. 어떤 여자에게서 들었지요."

나가야스는 굳이 그 여자의 이름은 말하지 않았다. 그 사실은 눈빛이 다른 다테 마사무네의 소실에게 알아낸 것이었다.

"으흠, 이상한 일도 있군."

소텔은 크게 신음했다. 바로 그때 커피가 나왔다.

"알았소이다."

다시 거만한 태도로 돌아가 점잖게 커피를 권했다.

"오고쇼 이에야스 님이 에스파냐나 새로운 에스파냐 령에서 광산기사를 구해 광산업을 하신다…… 그 경우 에스파냐의 조건은, 산출되는 금은의 칠 할은 에스파냐 몫이 되고 남은 삼 할이 오고쇼의 몫, 이렇게 된다는 것이군요?"

나가야스도 순순히 고개를 끄덕였다.

"오고쇼는 이번에 온다는 비스카이노 장군에게 물어보실 것이오. 그때는 확실히 칠 대 삼이라 대답하게 해주시오."

할말을 분명히 한 뒤 다시 두 사람만이 남았을 때 나가야스는 무릎 위에 다리를 포개면서 자세를 편히 가졌다.

"소텔 님, 귀하는 무슨 생각에서 세바스찬 비스카이노 장군을 불렀소? 이제 내게는 숨길 필요가 없지 않소?"

"원 이런, 우리에게 어찌 다른 생각이 있겠소. 에스파냐의 전 루손 태수 돈 로드리고가 일본 신세를 많이 지고 있으니, 그 답례로 누구든 상당한 신분을 가진 자를 파견하는 것이 옳다는 생각으로 알선한 데 지나지 않아요."

"하하하…… 아직도 숨기시는군. 비스카이노 장군이 그 정도로 대왕의 신임이 두터운 사람인가요?"

묻는 어조가 비위에 거슬린 모양인지 소텔의 파란 눈동자가 다급하게 깜빡였다.

"그것도 벌써 알고 있나요, 오쿠보 씨는?"

"내 귀는 지옥의 귀, 지옥의 옥졸들이 하는 밀담까지도 똑똑하게 들려서 질색일 정도요."

"숨기지 않겠소!"

소텔은 혀를 차고 손가락을 탁 퉁겼다.

"사실은, 비스카이노 장군은 마르코 폴로의 『동방견문록』을 보고 보물을 찾으러 옵니다. 요즘 에스파냐 사람들은 그런 미끼라도 던지지 않으면 움직이지 않아요. 게으른 버릇이 생겨서. 그래 가지고는 이기리스, 오란다에 이길 수 없기 때문에 이 소텔도 힘이 듭니다."

드디어 소텔은 나가야스에게 입을 열었다.

7

나가야스는 이것으로 소텔 방문의 목적을 달성했다. 아니, 세바스찬 비스카이노 장군이라는 어마어마한 에스파냐 사람이 일본에 온다는 수수께끼가 완전히 풀렸다.

소텔의 궁극적인 목적은 일본의 대주교가 되는 것. 그 목적을 이루기 위해서는 반드시 오고쇼 이에야스가 좋아할 교역량을 늘려서 일본인의 환심을 사야만 한다. 이 점에서 지금까지 에스파냐 사람들은 일본인에 대해 너무 도도했다.

돈 로드리고 일행 350여 명이 구조된 것을 계기로 이에 대한 사례 형식으로 적당한 인물이 일본에 와주었으면 했다…… 그런데 상당한 지위에 있는 사람은 아무도 오고 싶어하지 않았다. 오직 한 사람 세바스찬 비스카이노 장군이라는 군인 출신의 사나이가 계속 일본에 군침을 흘리고 있었다. 말할 것도 없이 마르코 폴로의 『동방견문록』에 있는 황금의 섬 지팡구(일본)의 기사에 모험심이 부추겨진 결과였다.

『동방견문록』에는 지팡구를 다음과 같이 소개하고 있다.

　지팡구는 태평양 동쪽에 있는 섬나라로 대륙(중국)에서 일만 오천 리, 그 땅은 넓고 백성들은 색깔이 희며 개명했고, 자연의 혜택을 받고 있다. 그들의 종교는 우상숭배에 독립된 정치 형태를 유지하고 있는데, 아직까지 외국 통치를 받은 일이 없다. 이 나라는 황금이 풍부해 거의 무진장이라 할 수 있다. 국왕이 수출을 엄금하고, 또 그 땅이 대륙과 멀리 떨어져 있어 외국 상인들의 왕래가 극히 드물기 때문이다. 이 나라에 갔을 때 특히 놀라운 것은 광대하고 화려한 왕궁의 모습이다. 왕궁 지붕에는 서양 제국의 사원이 연판으로 덮여 있는 것과 같이 순 황금판으로 덮여 있으며, 그 바닥도 황금판을 깔았고, 창문에도 황금을 사용한다. 구조가 아름답고, 그 가격이 막대한 점은 우리가 상상도 못할 정도다……

마르코 폴로는 카마쿠라鎌倉 시대°인 분에이文永 11년(1274)에 원元나라 수도 연경燕京에 와서 10여 년을 머물렀고, 코안弘安 4년(1281)에 이탈리아로 돌아갔다. 당시 집권자 호죠 토키무네北條時宗가 몽고 사신을 벤 사실도, 10여만 대군을 태운 원나라 대선박이 하카타 앞바다에서 섬멸된 사실도 알고 있을 터였다.

그렇다 해도 지붕에서 마룻바닥까지 황금으로 되어 있다는 기술은 이 얼마나 어이없는 과장이란 말인가.

비스카이노 장군도 이를 그대로 받아들이지는 않았을 터. 그의 상상으로는 막대한 황금이 일본에 있다는 그 말은 일본열도에 굉장한 황금

섬이 숨겨져 있다는 신비한 이야기라고 추측한 듯. 아니, 그 사람보다 앞서 이런 꿈을 펼친 사람이 있었는지, 황금섬 지도라는 것이 있었고, 그것을 장군이 은밀히 손에 넣은 모양이었다.

비스카이노 장군이 그 황금섬을 찾으러 온다……는 것을 알고 그에게 돈 로드리고 등이 구조된 데 대한 사례의 사절 임무를 겸하게 하려고 하고 있으니, 그 계획은 정말 대단했다.

8

"그 말씀은 잘 알았습니다. 이 소텔도 한 가지 오쿠보 씨에게 부탁할 일이 있습니다."

소텔이 말을 꺼내자 나가야스는 거만하게 손을 저었다.

"그런 것은 굳이 말하지 않아도 좋아요, 소텔 님."

"아니, 이 소텔은 아직 아무 말도 하지 않았는데……"

"말하지 않아도 알고 있소. 비스카이노 장군이 일본에 왔을 때는 국빈으로 오고쇼 님과 대면할 수 있게 해달라는 말이겠지요?"

"놀랍습니다."

소텔은 대답과는 달리 오만하게 의자에 등을 기대며 가슴을 폈다.

"모처럼의 귀한 손님, 그렇게 하는 편이 오고쇼에게도 이익이 되실 겁니다."

"소텔 님, 그 생각은 조금 지나치지 않은가 합니다."

"무슨 말입니까?"

"오고쇼 님이 국빈으로 정중하게 대접하면, 장군이 나중에 보물찾기를 할 때 거북하지 않을까 하는데, 그래도 상관없단 말인가요?"

"으음."

"오고쇼와 장군이 점잖게 대면하고 나서 작은 배로 섬을 찾아다닌 다…… 이렇게 보물을 찾기 시작한다면 에스파냐란 나라의 존엄성이 훼손되지 않을까 생각하는데 어떻소?"

소텔은 가슴을 젖힌 채 다시 싱긋 웃었다.

"오쿠보 씨, 귀하는 산에 대해서는 밝지만 바다에 대해서는 어두운 모양이군요."

"그럴까요?"

"실은 보물찾기의 편의를 얻기 위해 기필코 국빈이 되었으면 하는 것이 장군의 희망이랍니다."

"허어."

"이 국빈은 아마 오고쇼 님께 이렇게 말할 것이오…… 이제부터 양 국간 교역선을 늘리기 위해 근해의 측량을 허락해주시오……라고. 좋은 항구의 발견도 발견이지만, 특히 폭풍우를 만났을 때 피난처가 어디에 있는지, 어디에 암초 같은 장애물이 있는지. 그런 것들을 양국의 공동이익을 위해 자세히 조사해드리겠다고…… 그렇게 하지 않고는 보물찾기를 할 수 없으니까요."

소텔은 이렇게 말하고 의기양양하게 나가야스를 바라보았다.

나가야스도 당황했다. 소텔의 두뇌회전은 나가야스와 대결해도 조금도 손색이 없었다.

"으음, 양국의 공동이익을 위해 측량을 해야겠다는 것이군요."

"그렇소. 일본에는 육지 지도는 있어도 아직 바다 지도는 없는 것 같더군요. 세계의 바다를 제패할 만한 자라면 이 바다 지도쯤은 가져야 합니다. 그런 면에서는 역시 에스파냐 사람이 한발 앞서 있지요. 어떻습니까, 국빈 대접을 원하는 이유를 납득하겠습니까?"

"알았소!"

이번에는 나가야스도 깨끗이 시인했다. 후려친 장검은 재빨리 피해

두어야 안심할 수 있다.

"그런데 그 장군, 얼마 동안이나 일본에 체류할 예정인지…… 일본에는 정말 황금섬이 전혀 없는 것도 아니니까요. 사정에 따라서는 이 나가야스가 한두 군데 증정하지 못할 바도 없어요."

9

뜻하지 않은 나가야스의 제안에 소텔은 잠시 고개를 갸웃했다.

'또 뭔가 조건이 나올 모양이다……'

이렇게 생각한 듯. 반들거리는 정수리에 그림자가 비친 것 같았다.

"오쿠보 씨, 설마 귀하는 비스카이노 장군을 사도 섬으로 안내할 작정은 아니겠지요?"

"하하하…… 소텔 님은 그 황금섬을 국빈에게 보이면 안 된다고 생각합니까?"

"아니, 장군은 보물찾기에 빠져 있는 분이므로 자칫 잘못하다가는 땅속 보물을 귀하보다 더 정확히 발견할지도 몰라요."

"허어…… 그래서요……?"

"계속 일본에 체류하고 싶다고 하면 이 소텔이 곤란해집니다."

"과연, 소텔 님은 일본의 대주교가 소원…… 그렇게 되면 비스카이노 장군의 장기체류는 방해가 되겠지요."

"오쿠보 씨, 국빈이란 그렇게 오래 체류하는 게 아니오."

"그렇게 되면 꼬리가 잡히나요, 보물찾기의?"

나가야스는 거침없이 웃었다.

"그렇다면 그만두어도 좋소. 그러나 여기저기 측량만 하고 전혀 소득이 없다면 비스카이노가 가엾지 않겠소?"

"그 점에 대해서는 내게도 생각이 있어요. 국빈의 에도 체류는 적당히 끝내고 그 뒤에는 센다이仙臺로 옮기게 할 작정이오."

"허어, 무츠노카미陸奥守 님을 끌어넣었군요."

"아니, 그분 역시 신지식에 굶주려서 꼭 보내달라는 부탁이었소."

말하다 말고 무슨 생각을 했는지 소텔의 눈빛이 이상하게 변했다.

사로잡은 여우를 방망이로 때리면 바로 이런 눈빛이 되는데…… 나가야스는 생각했다.

"오쿠보 씨."

"불쾌한 안색인데, 왜 그러시오?"

"세상에 묘한 소문이 떠돌고 있는데, 알고 계시오?"

"묘한 소문이라니?"

"사도 금광에서는 요즘 황금 산출량이 현저하게 줄었다고요."

"그 말도 무츠노카미 님에게 들었소?"

"아니, 그분만이 아니오. 정말 사도 황금 산출량이 줄었습니까?"

"그건 무슨 뜻이죠, 소텔 님?"

"세상에서는 오쿠보 씨가 농간을 부린다는 말이 돌고 있어요."

"뭐, 농간을……?"

"그렇소. 일본에서는 그걸 사복을 채운다고 한다더군요. 파낸 황금을 사사로이 감추거나 어떤 광맥을 숨기고 파들어가는 것도 역시 사복을 채우는 일…… 그런 말을 하는 자가 나타나기 시작하면 위험합니다. 충분히 신변에 주의를 하시도록……"

나가야스는 온몸에 오싹 소름이 끼쳤다. 보통사람이 말하는 것이 아니다. 세계를 두루 다닌 금발의 구미호九尾狐가 일부러 무서운 기세로 말하는 것이다.

'고약한 소리를 하는 녀석이야……'

이때 의사 부르길리요가 식사 준비가 되었다고 알려왔다.

10

소텔은 오쿠보 나가야스가 더 이상 함부로 지껄이지 못하도록 입을 봉할 작정으로 꺼낸 말. 그렇다 해도 땅속에 있는 광맥을 일부러 숨기고 파들어간다는 말은 온당치 못했다.

그 점에서 이에야스는 완전한 문외한. 그런 소문을 누군가를 통해 듣게 되면 약간의 의혹을 품을지도 모른다.

'무서운 놈이야, 소텔은……'

이런 생각을 했을 때 이미 소텔은 유유히 의자에서 일어나 아무 일도 없었다는 표정으로 앞서 걸어갔다.

"자, 식당으로 갑시다."

'어떻게든 보복하지 않으면……'

나가야스의 불안은 얼마 안 가서 다른 불안으로 변했다. 그들이 회식하고 있을 때 뜻하지 않은 소식이 들어왔다.

돈 로드리고가 건조 중인 배가 큰 파도에 휩쓸려 흔적조차 남기지 않고 떠내려갔다고. 이 때문에 로드리고가 에도로 가서 쇼군 히데타다를 만나고 다시 슨푸로 가서 이에야스에게 탄원하여 미우라 안진이 만든 120톤 범선을 빌리게 될 것이라는 소식이었다.

그 소식을 전한 사람은 루이 소텔의 동지이며 심복이기도 한 알론소 무니요스 선교사였다. 무니요스는 쇼군 히데타다의 보좌역으로 있는 늙은 콘스케에게 들었다고 하면서 몹시 당황해 나가야스가 있다는 것도 깨닫지 못하고 성급히 말했다.

나가야스가 그들의 말을 모두 이해할 수는 없었다. 늙은 콘스케란 혼다 마사노부本多正信를 말하고, 아담스란 안진의 이름임은 알 수 있었다. 그리고 오고쇼와 그 아들의 이름이 나왔다. 이렇게 되면 가만히 있을 나가야스가 아니었다.

"이거 정말 큰일이군요, 소텔 님."

일부러 목소리를 낮추어 말했다. 소텔은 숨길 수 없다고 생각했는지 사실대로 말하기 시작했다.

"로드리고 총독은 뛰어난 사교가로 외교관 가운데서도 유명한 분이오. 그래서 오고쇼 님도 여러모로 포섭하시려고……"

소텔은 사정을 말한 뒤 몹시 난처한 표정으로 한숨을 쉬었다.

나가야스도 그 난처해하는 의미를 잘 알 수 있었다.

소텔은 이에야스가 특별히 천주교 가르침을 환영하는 것이 아니라, 실은 에스파냐, 새로운 에스파냐 령, 루손 등과의 무역량을 늘리려는 것이 목적임을 잘 알고 있었다. 따라서 교역이라는 미끼는 소텔에게도 가장 소중한 포교의 무기였다. 그런데 전 루손 태수로 외교수완이 능란한 로드리고가 나타나 포교와는 관계없이 교역 이야기만 추진하게 된다면 그의 입장은 완전히 허공에 뜬다.

"과연, 내 예상보다 빠르군."

오쿠보 나가야스로서도 근심거리였다. 이에야스가 로드리고를 접견하면 반드시 광산 일을 물을 것이었다.

"폭풍우가 비스카이노보다 빨랐군. 그럼, 나도 이만 실례하겠소. 여러 가지 상의할 일도 있으니까."

나가야스는 교묘히 구실을 대고 자리에서 일어났다.

11

나가야스가 돌아간 뒤 소텔과 무니요스는 이마를 맞대고 상의하기 시작했다. 그들 역시 전 루손 태수 돈 로드리고가 배를 만든다는 데 대해서는 처음부터 두려움을 느끼고 있었다. 그러나 이렇게 빨리 일이 허물어지리라고는 생각지 못했다. 어쩌면 배 만드는 데 자신이 없는 목수가 일부러 파도에 휩쓸리게 했는지도 모른다. 아니, 돈 로드리고 자신이 이미 완성된 미우라 안진의 120톤짜리 배가 있다는 것을 알고 생각을 바꿨는지도 모른다.

어쨌든 태평양으로 나가 멕시코까지 가야 한다. 더군다나 타고 갈 사람은 로드리고 자신, 위험한 배에 타고 싶지 않을 것은 당연한 일이었다. 그렇더라도 돈 로드리고가 갑자기 쇼군 히데타다와 오고쇼 이에야스에게 면담을 청했다는 사실은 커다란 타격이었다.

안진이 건조한 배 때문에라도 로드리고는 이에야스가 제시하는 조건을 실행가능성 여부를 생각지 않고 순순히 받아들일지도 모른다. 그렇게 되면 병원까지 세워 일본 바쿠후를 회유하려고 안간힘을 다하는 소텔의 계산에는 크게 차질이 생긴다. 소텔은 정직하게 에스파냐 사정을 바쿠후 요인들에게 말해주지는 않았다.

"팔짱만 끼고 있을 때가 아닙니다."

"물론이오."

소텔은 잠시 팔짱을 낀 채 생각에 잠겨 있었다.

"그렇군. 당신은 한 걸음 앞서 슨푸로 떠나도록 하시오."

그리고는 무니요스에게 말했다.

"내가 편지를 쓰겠소. 그 편지를 가지고 오고쇼의 대신 젊은 콘스케 님을 로드리고보다 먼저 만나도록 하시오."

젊은 콘스케 님……이란 말할 것도 없이 혼다 코즈케노스케 마사즈미本多上野介正純를 가리키는 말이었다.

"콘스케 님을 만나 로드리고에게 약속을 지키도록 촉구하고, 우리 두 사람도 같은 배를 타고 새로운 에스파냐 령의 노비스판으로 가는 것을 허락하도록 청원해야 하오."

"우리 두 사람이 일본을 비운다면……?"

"비울 수는 없어요. 그때 누구 한 사람이 병이 났다고 하면 될 것 아니오. 아마 이 소텔이 그렇게 될 거요. 당신은 그곳에 한번 가보고 싶다고 했으니까."

무니요스는 눈을 크게 뜨고 소텔이 한 말의 뜻을 분석했다.

먼저 이에야스의 신임이 두터운 혼다 코즈케노스케를 만나, 로드리고는 귀국하고 싶은 일념으로 혹시 무책임한 점이 있을지 모른다, 그 때문에 자칫 우리가 일본과 일본 신자들을 배반하는 결과가 될지 모른다, 그래서 두 사람이 함께 같은 배로 노비스판에 가서 그의 약속을 확실하게 실행시키겠다…… 이렇게 말하면 마사즈미도 이에야스도 기꺼이 동의할 터. 그런 뒤 한 사람은 병이 났다고 에도에 남는다……고 하면 인질을 남기는 셈이므로 진실성을 띤다.

"좋습니다. 제가 곧 슨푸로 가겠습니다."

무니요스는 힘있게 말하고 소텔에게 고개를 숙였다.

이에야스 외교

1

전 루손 태수 돈 로드리고가 에도에서 쇼군 히데타다와 면회하여, 외교에 관한 것은 슨푸에 있는 오고쇼 이에야스와 직접 담판하라는 말을 듣고 육로로 슨푸를 향해 떠났다는 소식이 전해졌을 때, 일본측 관계자들은 거의 슨푸에 모여 있었다.

처음에 통역은 접견을 알선한 안진이 담당할 예정이었다. 도중에 선교사 알론소 무니요스로 바뀌었다. 소텔의 비밀명령을 받고 슨푸로 간 무니요스가 혼다 마사즈미와 만나 넌지시 귀띔을 한 결과였다.

오쿠보 나가야스는 사가미相模 도이야마土井山 광산을 시찰하기 전에 이에야스의 지시를 받고 싶다고 와 있었다. 다테 마사무네는 마츠시마松島에 즈이간 사瑞嚴寺를 건립하고 싶다고 하여 그 양해를 받고도 역시 '문안차'라고 하면서 와 있었다.

이에야스는 그 무렵 자기 지시가 없는 츄고쿠中國 부근 축성공사에 불쾌한 빛을 보이고 있었다. 그 기미를 재빨리 눈치챈 마사무네는 즈이간 사의 대대적인 토목공사는 어디까지나 신앙 때문이지 군사적인 의미는 없음을 이해시키려 하고 있었다. 이렇게 관계자들이 모인 슨푸에 로드리고가 나타난 것은 케이쵸 14년(1609) 9월 초였다.

그해 8월 20일에 완공된 슨푸 성의 7층 텐슈카쿠天守閣°는 이에야스가 보기에는 상당히 사치한 모습이었다. 그러나 과연 로드리고의 눈에는 어떻게 비쳤을까……?

로드리고의 보고서 첫머리에는 다음과 같이 기록되어 있다.

(전략) 그 후 스루가駿河로 갔다(에도에서 히데타다를 만난 후). 황태자(히데타다) 거처가 훨씬 더 훌륭했다. 에도 인구는 십오만, 스루가는 십만이라고 한다. 가옥과 건물도 에도 쪽이 더 아름답고 화려하다. 스루가에 도착한 이튿날 황제(이에야스)는 그의 대신(혼다 마사즈미)을 내가 머물고 있는 한 무사의 집에 보내 의복 열두 벌과 칼 네 자루를 선물로 주었으며, 간곡히 그 사명을 전했다. (중략)

오후 두시가 되어 이백여 자루의 총을 휴대한 호위병과 나를 태울 가마가 와서 나는 그 가마를 타고 상당히 먼 거리를 지나 성의 해자垓字°에 도착했다. 이때 성안에서 급히 다리를 올렸다. 호위무사가 신호를 하자 곧 다시 내렸으며, 한 관리가 소총수 삼십 명을 거느리고 마중 나와 견고한 철문 앞에 이르렀다.

그 문은 호령소리와 더불어 열리고 안에도 역시 총을 가진 이백여 명의 군사가 정렬하여 나를 영접했다. 관리가 나를 인도하여 그 열 사이를 지나 약 오백 보쯤 가서 조교釣橋가 있는 연못의 해자에 도착했다. 나를 안내하던 관리는 다른 관리에게 나를 인계하고, 다시 또 하나의 문이 나를 위해 열렸다.

두번째 문 안에는 창부대가 정렬해 있고, 약간의 소총수가 섞여 있었다. 정중히 경례를 했으며 궁전 복도에 이르렀는데, 복도와 첫째 방 주위에는 소총수를 합해 일천여 명의 경비병이 있었다. 거기서 다시 여덟번째, 아홉번째 방을 지나고 (중략) 천장은 금색으로 찬란, 벽에는 에스파냐에서 수입한 병풍 그림과 비슷하나 그보다 더 절묘한 그림이 있었다. 황제 어소御所에서 두 개의 방을 지난 곳에서 대신 두 사람이 나를 맞아 잠시 휴식하라고 했다……

이 글에서 이에야스는 외교부문에서도 권력자였음을 알 수 있다.

2

주권자로서 접견하는 방법, 영접절차 등의 조언자는 미우라 안진으로, 그는 어디까지나 이에야스의 위엄을 보이려고 고심했다.

이에야스가 그들 눈에 어떻게 비쳐질까. 이 일은 안진 자신의 운명과도 결코 무관하지 않았다. 현재 세계 제일의 강국인 에스파냐 고관의 눈에 비쳐지는 일본의 주권자는, 그 고문으로 측근에 있는 이기리스 인 윌리엄 아담스의 가치를 그대로 결정하기 때문이다.

접견실로 마련된 큰방 옆방에 돈 로드리고를 기다리게 하고, 혼다 마사즈미는 이에야스에게 남만인을 데려왔다고 고하러 갔다.

그 다음 일은 다시 로드리고의 보고서를 빌려 살펴보기로 한다.

대신은 나의 도착을 황제에게 알리고자 안으로 들어갔다가 십오분 후 나타나 말하기를, 일본에서 전례가 없는 명예로운 대우가 주어질 테니 만족하게 여길 것이며, 또 안심하고 어전에 나가라고 했다.

나는 그가 시키는 대로 안으로 들어갔다. 광대한 실내 중앙에 세 개의 계단이 있는 한 장소가 마련되어 있었고, 단 위에는 두 개의 의자가 놓여 있었다. 에스파냐에서는 도금한 물건으로 보일 테지만,

이곳은 일본이다. 그러니 순금제일 것이다(이 얼마나 황금섬 지팡구가 잘 선전되어 있단 말인가……)

황제는 그 뒤 녹색 우단 같은 것을 간 둥근의자에 앉아 있었다. 활달한 태도로 금색 버선에 녹색 비단옷을 입고 칼은 두 개를 찼으며, 그 머리는 한데 묶어 위로 올리고 있었다. 나이는 대략 육칠십 세 가량으로 뚱뚱한 체구의 존경할 만한 노인이었다. (중략)

나는 가까이 가서 그 손에 입을 맞추려 했으나, 그건 금지되어 있었으므로 그의 위치에서 여섯 걸음 내지 여덟 걸음 되는 자리에 섰다. 그는 나에게 자기 오른쪽으로 여섯 걸음쯤 떨어진 의자에 앉아, 모자를 쓰라고 손으로 신호했다. 그리고 잠시 나를 바라보고 나서 두 번 손뼉을 쳐서, 의자 뒤쪽에 열 명인지 스무 명인지 나란히 부복하고 있는 자 중에서 한 대신을 불렀다. 한 대신이 앞으로 나와 명령을 받고 내 옆에 앉은 대신 한 사람을 손짓해 불렀다……

이에야스와 로드리고의 문답은 우선 이에야스가 마사즈미에게 말을 하면 마사즈미는 이를 격자창 안에 대기하고 있는 무니요스에게 전하고, 무니요스는 보이지 않는 곳에서 로드리고에게 말하는 거추장스런 방법으로 시작되었다. 로드리고의 말도 무니요스와 마사즈미의 입을 거치지 않으면 이에야스에게 전달되지 않았다.

이에야스는 처음부터 명령하는 어조로 말했다.

"나는 이자를 보았다. 그리고 기뻐한다고 전하라."

마사즈미가 부복하고 이를 무니요스에게 전했다.

"저도 황제를 뵈어 영광으로 생각합니다."

돌고 돌아서 말이 되돌아왔다.

"무사는 바다 위의 불행 정도로 마음을 상해서는 안 된다. 많은 고생을 했을 테지만 걱정할 필요 없다. 그대에게 소원이 있다면 에스파냐의 국왕과 마찬가지로 내가 들어줄 것이니 사양하지 말고 말하라."

이에야스는 버릇처럼 된 설교조로 로드리고에게 말했다.

3

로드리고는 화려한 예복이 잘 어울리는 후리후리한 체구로 남만인 중에서도 한층 돋보이는 귀골貴骨이었다. 그러나 작달막하고 뚱뚱한 이에야스 역시 털끝만큼도 위축되어 보이지 않았다. 듬직하게 의자에 앉아 뿌리가 단단히 내린 큰 바위처럼 보였다. 더구나 짧은 문답 사이 세계 제일의 왕자王者라고 그들이 자랑하는 펠리페 대왕을 친구로서 다루며 조금도 꿀리는 태도를 보이지 않았다.

그런 면에서 이에야스는 뛰어난 왕자의 태도여서 아랫자리에 있는 미우라 안진을 감탄시켰다. 처음에 크게 보이던 로드리고가 차츰 작게 보였다. 그 자신도 깨달았는지 말투까지 눈에 띄게 공손해졌다.

나는 대답하려고 일어났으나 그는 앉은 채로도 좋다고 했다. 나는 명령하는 대로 앉아 대답했다. 지난 손실과 어려움이 나를 우울하게 했다. 그러나 이렇듯 강대한 왕자 앞에 나올 수 있다는 것은 나의 큰 불행을 감소시킬 만한 가치가 있었다. 나도 전하의 은총을 입어 과거의 어려움을 잊고 시기를 보아 새로 은혜를 청할 것이다.

로드리고는 보고서 속에서도 놀라운 외교관이었다. 그런데 이에야스는 그 겸손이 딱하게 보인 듯.

"사양할 것 없다. 원하는 걸 말하라. 나는 무서운 인간이 아니다."

이날 돈 로드리고가 이에야스에게 청한 희망사항은 다음과 같았다.

첫째, 일본에서 제주이트(포르투갈 계통) 신부 및 신도들이 학대받지 않고, 일본 각파의 승려와 마찬가지로 안전이 보장된 상태에서 자유롭게 전도할 수 있게 허락할 것.

둘째, 어디든 일본 항구에 들어오려는 오란다 해적은 에스파냐 국왕의 적이다. 전하와 같은 대왕이 도둑을 보호함은 옳지 않다. 그러므로 이들 해적이 입항할 때는 즉시 추방할 것.

셋째, 에스파냐 국왕과의 친교는 계속되어야 하며, 마닐라에서 일본에 입항하는 모든 선박은 후하게 대해줄 것.

이에야스는 듣고 나서 쓴웃음을 지으며 마사즈미에게 말했다.

"아직도 진짜 용건은 말하지 않는군. 오늘은 이쯤 해도 좋을 테지. 선물을 주고 성안을 구경시킨 뒤 돌려보내라. 수고했다."

이렇게 이에야스와 돈 로드리고의 회견은 끝났고, 그 후 로드리고와 혼다 마사즈미 사이에 절충이 진행되었다. 로드리고의 직접적인 목적은 미우라 안진이 만든 배로 태평양을 건너 멕시코에 가는 것이었다. 그러나 그는 이를 말하기 전에 안진이 무엇을 생각하고, 이에야스가 에스파냐에 대해 과연 호의를 가지고 있는지 탐지해야 했다.

이에야스가 그가 제의한 3개 조항에 대한 회답과 함께 가능하다면 멕시코에서 광산기술자를 150명, 최소한 50명을 보내달라고 혼다 마사즈미를 통해 제안한 것은 접견이 있은 지 이틀 후의 일이었다.

4

이에야스의 의견은 슨푸의 안도 나오츠구安藤直次 저택에서 혼다 마사즈미, 미우라 안진, 알론소 무니요스, 오쿠보 나가야스 등이 동석한 자리에서 전달되었다.

이에야스는 로드리고와의 회견이 끝나면 오래간만에 에도에 가서 어머니를 위해 코이시카와小石川에 건립하기로 되어 있는 덴즈인傳通院의 규모를 정하기로 되어 있었다.

"오랫동안 마음에 담아놓고 계셨겠지요. 덴즈인 건립으로 요즘 무척 기분이 좋으신 걸 보니."

마사즈미는 나가야스나 무니요스에게 이렇게 말했다. 이에야스의 정식 회답은 무니요스를 통역으로 하여 매우 간결하게 전달되었다.

첫째, 에스파냐 사람인 산프란체스칸 파는 말할 것도 없고 포르투갈 사람인 제주이트 계통의 선교사에게도 박해를 가하지 않고 일본에 거주시킨다.

둘째, 오란다 인의 일에 대해 그들이 해적인지 아닌지는 이에야스가 관여할 바 아니다.

셋째, 에스파냐와 같은 강대한 나라의 왕과 친교를 맺는 일은 이에야스도 원하는 바, 일본에 오는 왕의 모든 배에 대해서는 될 수 있는 대로 편의를 허용한다……고 회답한 다음, 겸해서 광산기술자에 대해 언급하고 있었다.

광산기술자에 대해서는 케이쵸 7년(1602) 에스파냐 선교사 헤로니모가 일본에 왔을 때 이야기가 있었던 것으로, 이에야스는 그 독촉 형식을 취했다. 이에 대해 돈 로드리고는 과연 뭐라고 대답했을까?

모두 언어가 통하지 않아서 정확히는 알 수 없었다. 무니요스가 통역한 바에 따르면──

"차라리 일본 황제는 펠리페 대왕과 함께 일본 광산을 경영하시면 어떻겠습니까?"

이렇게 제의했다고 한다. 이 경우 광산기술자 쪽에 산출량의 반을 주고 나머지 반을 이에야스와 펠리페가 분배하게 될 테지만, 그러기 위해 담당자를 일본에 파견해 주재하도록 한다……는 것이었다.

이 말을 듣고 오쿠보 나가야스는 싱글벙글 웃고 있었다. 이 일은 그 자리에서 기록되었으므로 혼다 마사즈미가 이에야스에게 전할 것이었다. 그렇지만 이에야스 역시 자기 몫이 2할 5푼이라면 그런 조건에 응할 리 없었다.

로드리고와 이에야스 측근 사이에 친밀감이 생겨서였을까, 로드리고는 차차 오만한 말을 하게 되었다. 이런 점에서 그는 과연 당시의 일류 외교관이었다.

처음에는 다만 선교사를 박해하지 말라는 희망뿐이었으나, 에스파냐 인이면 어느 파 선교사든 마음대로 포교를 하게 해달라거나, 에스파냐와 국교를 맺은 이상 오란다 인은 단호히 추방시켜달라고 요구하기도 했다.

이에야스는 마사즈미가 그런 말을 전할 때마다 쓴웃음을 지을 뿐.

"배는 빌려주어야겠지."

나름대로 전혀 다른 것을 생각하는 듯했다.

5

돈 로드리고에게 안진이 만든 120톤짜리 배를 빌려주는 일에 대해 이에야스 측근에서는 이미 누구도 의심하는 자가 없었다. 혼다 마사즈미 같은 사람은 로드리고가 배를 빌려달라고 청할 때에 대비하여 안진과 무니요스에게 유럽의 예를 자세히 질문해 알아두었다. 그런데 로드리고는 좀처럼 그런 눈치를 보이지 않았다.

이에야스는 자기가 먼저 다른 안을 제의했다.

"마사즈미, 로드리고는 배를 빌려달라는 말을 하지 못하는군."

"예, 그게 유럽의 줄다리기 외교라는 것인지도 모르겠습니다. 일본에 거주하는 에스파냐 사람에 대해서는 에스파냐 왕이 재판권을 가졌으므로 오고쇼 님은 범죄자를 임의로 처벌하지 못한다……고 처음부터 그 교섭을 위해 파견되어온 것처럼 거만을 떨고 있습니다."

"하하하…… 그것 재미있군. 일본에도, 넘어져도 그냥 넘어지지 않는다는 속담이 있으니까. 그러나 언제까지 지체할 수만은 없어. 그만이제는 우리 조건을 제시해볼까?"

"하지만, 그렇게 되면……"

"염려할 것 없어. 상대의 헛소리를 봉쇄하는 거야."

"헛소리……?"

"그래. 이쪽에서 만만하게 대하면 점점 더 기승을 부릴 것이야. 그게 남만식이라면 일본에도 이에야스 식이 있어. 미리 알려주는 편이 장래를 위해서도 좋을 것 같군."

혼다 마사즈미는 그 뜻을 이해하지 못하고 고개를 갸웃했다.

로드리고가 좀처럼 배를 빌려달라고 하지 않는 것은 막대한 값을 내고 배를 사라는 말을 경계해서인 듯했다. 더구나 선원과 목수를 일본에서 모집해 태우고 가야 한다면, 그 고용조건 역시 까다로운 문제가 된다. 그래서 외교적인 수단을 부리면서 말할 시기를 노리고 있다……고 보았던 만큼 이에야스 식이라는 것이 마음에 걸렸다.

"그럼, 오고쇼 님은 로드리고에게 다시 배를 만들라고……?"

"그게 아니야."

이에야스는 쓴웃음을 지었다.

"로드리고나 그 주위에 배를 만들 수 있는 자가 없다는 것은 이미 확실하게 알았어. 나는 펠리페 대왕인가 하는 사람의 가신인 노비스판(멕시코) 태수에게 사자를 보내겠어."

"오고쇼 님이 사자를……?"

"그래. 사자로는 소텔과 무니요스를 보내면 되겠지. 그들에게 노비스판과 일본의 교역조건을 이것저것 적어서 보내는 거야."

"그러면, 돈 로드리고는 어떻게 됩니까?"

"가는 길에 태워보내겠어."

"표류자로서……?"

"원래 표류자로 대우한 거야. 그런데 외교가로 둔갑했어. 그렇게 하는 게 로드리고도 호주머니 계산을 하지 않아도 되니까 좋을 거야."

"소텔이나 무니요스가 만일 그대로……"

"돌아오지 않는다고 해도 상관없어. 배를 태워 추방시켰다고 생각하면 그만 아닌가. 오란다 인을 처벌하라는 그 말이 나는 불쾌해."

마사즈미는 숨을 죽이고 이에야스를 쳐다보았다.

6

사실 혼다 마사즈미도 로드리고의 외교술에는 적잖은 불쾌감을 느끼고 있었다. 원래 루손에서 멕시코로 가다가 카즈사上總의 이스미고리 이와와다에 표류한 로드리고가 아니었던가. 오타키大多喜 성주 혼다 타다토모本多忠朝의 보호를 받으면서도, 분고에 가면 에스파냐의 배편이 있다고 장기간 여행을 하기도 하고, 또 돌아와서는 이즈에서 배를 만드는 등 여간 말썽을 부리지 않은 로드리고였다.

만약 타이코였다면 이렇게 멋대로 하는 행동을 묵인하지 않았을 터였다. 상대가 이에야스인 것을 기화로 배를 빌리러 왔으면서도——

"일본에 거주하는 에스파냐 인의 재판권은 펠리페 왕에게 있지 일본 측에는 없다……"

남만식 억지이론을 늘어놓아 속으로 조마조마했다. 그런데 이에야스는 별로 노여워하지 않고 그들이 남만식으로 나온다면 이쪽에서도 이에야스 식으로 대하겠다며 웃고 있다…… 그 정도로 큰 배포가 아니라면 세계를 상대로 교역을 할 수 없을지도 모른다. 로드리고가 의기양양하여 외교 솜씨를 보인다고 자부하는 사이에 이에야스는 그 솜씨를 꺾는 방법을 생각하고 있었다니, 두 사람의 두뇌는 실로 큰 차이를 보이고 있었다.

"그럼, 오고쇼 님은 소텔도 무니요스도 가고 싶으면 가도 좋고 돌아오고 싶으면 돌아와도 좋다……는 생각이십니까?"

"그래. 하지만 분명히 돌아올 거야. 그들은 이에야스의 사자로 로드리고 등의 조난자를 호송해 보내주는 거야. 따라서 로드리고보다 훨씬 유리한 입장이 될 수도 있으니까."

"그렇군요."

"그대가 집으로 로드리고와 무니요스를 불러서, 로드리고 앞에서 무니요스에게 이렇게 결정했으니 소텔과 둘이서 이에야스의 사자를 맡아주지 않겠느냐고 물어보도록 하게."

"그야 선뜻 승낙할 것으로 생각합니다마는……"

"그럴 테지. 승낙하거든 그 자리에서 결정하게. 나머지는 안진과 의논해서 출발 날짜를 정하는 거야."

이에야스는 옆에 있는 지구의를 돌아보며 눈을 가늘게 떴다.

"그러나저러나 재미있군."

"예……?"

"타이코는 전세계를 제패할 생각이었으나 조선의 압록강도 건너지 못했어. 그런데 이에야스는 일본인이 만든 배로 태평양이란 넓은 바다를 건너려 하고 있어."

"참으로 놀라운 일입니다."

"알겠나, 그쪽 태수가 좋아할 선물을 가득 실어주게, 마사즈미!"

"예…… 예."

"내 방법을 이해할 수 있겠나?"

"오고쇼 님이 하시는 일이라면……"

"인간은 말이야, 가장 많은 인간을 기쁘게 한 자가 가장 크게 영화를 누리는 법이야. 로드리고처럼 그 근본을 망각한 홍정은 머지않아 전세계의 미움을 받게 될 거야, 하하하…… 그렇다고 로드리고를 구박하지는 말게. 어디까지나 표류자로서 대우해주는 게 좋아. 다른 삼백오십 명도 마찬가지."

마사즈미는 이에야스의 말에 용기를 내어 자기 집으로 돌아갔다.

7

돈 로드리고는 마사즈미의 호출을 받고——

"오고쇼 님은 알론소 무니요스와 루이 소텔 두 사람을 사자로 삼아 노비스판으로 배를 출항시키기로 했소. 따라서 귀하도 표류자를 데리고 그 배를 타도록……"

이런 말을 들었을 때 깜짝 놀라는 표정을 지었다.

"무슨 말씀을 하십니까. 무니요스와 소텔을 사자로 삼아…… 과연 안전한 항해가 될 수 있을까요?"

혼다 마사즈미는 일부러 냉담한 태도를 취했다.

"아니, 걱정된다면 타지 않아도 좋소. 이쪽 배가 가면 펠리페 대왕은 충성스런 귀하를 위해 곧 마중하는 군함을 보낼 것이오."

이미 그 무렵에는 혼다 마사즈미 역시 에스파냐 해군이 얼마나 배 부족으로 곤란을 받고 있는지 그 사정을 눈치채고 있었다.

"어떻소? 오고쇼 님의 호의를 받으시겠소, 아니면 사양하겠소?"

로드리고는 완전히 이에야스에게 선수를 뺏기고 있었다. 그는 배의 차용을 청하기 전에 너무나 충실한 외교관인 체했다. 배 빌리는 삯을 깎으려고 했을 뿐만 아니라, 오란다와 이기리스를 일본에 가까이하지 못하게 하려 하고, 또 치외법권 인정을 위해 욕심을 부리기도 했다…… 그런 만큼 외교적 실패를 깨닫는 데도 민감했다.

"아니, 강대한 황제가 하시는 일, 설마 자신이 없는 선원으로 항해를 떠나보내지는 않으실 테죠. 나도 기꺼이 그 배를 타겠습니다."

통역을 끝낸 뒤 무니요스는 마사즈미의 귀에 속삭였다.

"이 조치는 역시 미우라 안진 님의 지혜입니까?"

마사즈미는 빙긋이 웃고 고개를 저었다.

"어떻소, 오고쇼 님의 제안은 그대들의 마음에도 든 것 같은데?"

"오고쇼 님의……?"

"그렇소, 귀하에게 통역하도록 했으니 그 의미를 모르고 상대에게 말하지는 않았을 것이오."

"의미를 모르고……라니요?"

"귀하와 소텔이 오고쇼 님 사자로 멕시코에 가는 것 말이오."

"그야 이미……"

무니요스는 낯을 붉히고 이마의 땀을 닦았다. 그들의 위기마저 이 결정으로 무사히 순풍에 돛을 다는 셈이었다.

"오고쇼 님은 참으로 위대한 분입니다."

"소텔에게도 이의가 없겠지요?"

"예…… 예. 소텔 선교사는 요즘 건강이 좋지 않으나, 물론 이 결정을 기꺼이 받아들일 것입니다."

"그렇소? 그럼 이 일은 귀하가 잘 전해주도록…… 그동안에 선원의 인선을 끝내고 다시 에도에 연락할 테지만."

마침내 로드리고 송환방침은 결정되고, 이에야스와 펠리페 3세의 영토인 멕시코와의 새로운 교섭의 길이 열리게 되었다.

8

케이쵸 14년(1609)이란 해는 이에야스에게나 일본에도 여러 의미에서 잊기 어려운 해가 되었다. 그 전해부터 이듬해까지의 3년 간이 이에야스의…… 아니, 중세中世 일본인의 개척정신이 더욱 활발하게 바다로 향해 타올랐던 시기였는데 그 중심은 역시 이해였다.

조선 부산포가 다시 왜관倭館 건설지로 정해진 것도 이해였고, 시마즈 이에히사島津家久가 류큐琉球 평정을 마사즈미에게 보고해와 이에야스로부터 영지로 인정한다는 승낙을 받은 것도 이해 5월 하순이었다. 조선과 기유조약己酉條約을 맺은 것이 7월 4일. 오란다 국왕으로부터 통상을 원하는 서신을 접하고 히라도를 무역항으로 정한 것도 이해였고, 명나라 배가 10척이나 무리를 지어 사츠마薩摩에 교역을 하러 온 것도 이해였다.

사츠마뿐만 아니라 다이묘라 불릴 만한 자의 눈이 한결같이 해외로 돌려졌다 해도 지나친 말이 아니다. 다테 마사무네가 푸른 눈의 소실을 둔 것도 결코 호색이나 호기심 때문만이 아니었다. 카가加賀의 마에다前田 가문에서 타카야마 우콘高山右近이라고 불렸던 토하쿠等伯나 나이토 쵸안內藤如安 등을 은밀히 우대하고 보호하고 있었던 것도 그들의 순수한 신앙을 인정해서만이 아니었다.

"시대가 바뀌었다……"

이미 과거와 같이 무력에 의한 강탈을 무사의 신조로 하며 폭력에만 의존하던 시기는 지났다. 이에야스의 무력과 높은 인망이 새로운 국가 건설의 초석이 되어 부동의 것이 되었다. 그에 따라 자연히 그들도 다른 데로 눈을 돌리게 되었다. 이에야스는 물론 그러한 움직임을 기뻐했다. 아니, 그렇게 함으로써 국내의 통일을 굳건한 것으로 하려고 솔선수범해왔다.

일본인의 손으로 이루어진 배가 처음으로 태평양을 건너기 위한 준비를 갖추고 에도 항을 출발한 것은 다음해인 케이쵸 15년(1610) 6월 13일, 무사히 목적을 달성하고 캘리포니아 주 마탄체르에 도착한 것이 9월 11일이었다. 그 배를 타고 간 일본인은 무사나 선원들만은 아니었다. 쿄토의 슈야 릿세이朱屋立淸, 타나카 카츠스케田中勝助 등 상인만도 23명이 타고 있었다. 새로운 시대를 만난 일본인의 눈이 얼마나 줄기차게 세계로 뻗고 있었는지는 상상을 초월했다.

이때 일본에서 에스파냐 국왕에게 보낸 외교문서는 지금도 스페인의 세비야 시 인도 문서관에 보관되어 있다.

　일본국 세이이쇼군征夷將軍 미나모토 히데타다源秀忠
　에스파냐 국왕과 우사이 테이 레르마 전하의 노비스판으로부터 우리 나라에 이르는 상선 도해령渡海令이 내렸다는 사유를 전 루손 국왕(돈 로드리고)이 전해왔음. 일본 땅 어느 항구든 기항하는 데 이의가 없음. 이에 갑옷 5벌을 보내는 바임. 자세한 것은 신부 프라이 아로스 무니요스와 프라이 루이스 소텔에게 하문할 것.

이에야스는 은퇴했으므로 보내는 사람은 히데타다로 하고, 로드리고의 이름도 문서에는 썼으나 자세한 것은 무니요스와 소텔에게 문의하라고 하는 등 이에야스다운 치밀성을 엿볼 수 있는 문서이다.

9

같은 내용이 돈 로드리고의 일기에는 상당히 과장되어 있다. 황제(이에야스)가 에스파냐 국왕 폐하에게 사신을 보냈다거나, 그 인선을 로드리고에게 부탁했다고 되어 있다. 이에 로드리고는 선교사 무니요스를 지명했다고.

무니요스 일행이 가게 된 것은 소텔이 병을 핑계로 가지 못하겠다고 한 직후의 일로, 소텔은 처음부터 일본에서 떠날 생각이 없었다. 그에게 불구대천不俱戴天 원수인 오란다 배가 처음 일본에 와서 히라도 입항을 허락받고, 이기리스 배도 온다 하므로 섣불리 일본을 떠날 수 없었다. 미우라 안진, 곧 윌리엄 아담스가 이기리스와 오란다 쪽 사람이라는 경계심이 소텔의 가슴에 크게 자리잡고 있었다.

여러 가지 의혹과 체면, 희망 등을 싣고 일본을 출발한 안진 호가 캘리포니아 마탄체르에서 멕시코의 아카푸르코에 도착하여 과연 어떤 역할을 하고, 어떤 의미를 지니게 되었을까.

이 배로 태평양을 건넌 쿄토 상인 슈야 릿세이는 많은 비단을 가지고 돌아왔으나 돈벌이는 별로 하지 못했다고 『가이반 통서外蕃通書』에 기록되어 있다.

"일본인의 항해는 무용한 일……"

이렇게 기록된 것으로 미루어 상인의 눈으로 본 멕시코 무역의 앞날은 별로 밝지 못했던 것 같다. 그럴 만도 했다. 이미 에스파냐 왕국은 몰락의 길로 접어들었고, 그들이 일본에 바라는 것은 황금섬 지팡구의 전설과 노골적으로 이어지는 일확천금의 꿈이었으니까……

슈야 릿세이, 타나카 카츠스케 등과 같이 갔던 고토 쇼사부로는 케이쵸 16년(1611) 여름에 귀국했다. 그는 포도주와 나사를 많이 가져왔는데, 이를 보면 안진 호는 무사히 태평양을 왕복하고 일본에 돌아온 모양이었다. 그렇다면 이 항해는 많은 의미에서 일본의 역사를 장식할 만했지만, 유감스럽게도 그 후 계속 쇄국정책을 썼기 때문에 한 장의 일기조차 남아 있지 않다.

물론 누군가가 자세히 이에야스에게 보고하고, 이에야스도 또한 멕시코 사정이나 태평양 항해의 어려움을 충분히 인식하여, 그 후 답례 사절로 온 비스카이노 장군을 맞이했을 것이지만……

비스카이노가 일본에 온 것은 케이쵸 16년(1611) 여름으로, 슨푸 성에서 이에야스를 만난 것은 6월 20일이었다. 그는 로드리고 일행을 보내준 답례로 이에야스에게 시계와 비단 우비, 포도주 외에 에스파냐 국왕과 왕비 및 황태자의 초상을 선사했다.

이에야스는 그 답례품을 기꺼이 받았고, 비스카이노 장군의 일본 연안 측량 신청을 쾌히 허락했다. 그가 황금섬을 탐험할 목적으로 일본에 왔다는 것을 잘 알면서도, 나가사키에서 우라가로 오는 동안 폭풍우를 만나 피난항을 찾겠다는 그의 말을 순순히 받아들였다. 그런 의미에서 이에야스는 그야말로 너구리였다.

10

비스카이노 장군은 일본에서 건너가 있던 상인 타나카 카츠스케를 동반하고 왔는데, 그가 원하는 대로 일본 연안 측량을 이에야스가 허락한 데 대해 오란다 인과 이기리스 인이 계속 중상모략한 모양이었다.

비스카이노는 그의 보고서에 이렇게 기록하고 있다.

나는 이 땅의 한 기독교인으로부터 다음과 같은 말을 들었다. 체류해 있는 이기리스 인 및 오란다 인은 나의 항해 목적이 금은으로 이루어진 섬의 발견에 있다는 것을 황제(이에야스) 및 황태자(히데타다)에게 고했다. 또 에스파냐 인은 싸움을 좋아하고 이에 숙달해 있어 대함대를 거느리고 공격할 것이니 유럽 각 국에서는 해안 측량을 허락하지 않는다고 말했다.

황제는 대답하여 말하기를, 이를 허락하지 않으면 그들을 두려워하는 것과 같다. 만약 에스파냐 인이 싸우고자 한다면 얼마든지 와도 좋다. 결코 두려워하지 않는다······(하략)

비스카이노 자신이 이렇게 기록했으므로, 이를 이에야스의 말이라고 그에게 고한 자가 있었던 것이 틀림없다. '이 땅의 한 기독교인'이란 소텔일지도 모른다. 소텔은 비스카이노에게 황금섬 탐험을 허락하더라도 일본에 대해 특별한 야심을 품게 하거나 그의 본심을 털어놓을 정도로 신용해서는 안 된다고 처음부터 말하고 있었다.

이 비스카이노의 보고 중에 이에야스의 외교방침을 엿보게 하는 데 충분한 대목이 있다는 것은 재미있는 일이다. 이에야스는 교역과 광산 사업 개발을 통해 사람들의 눈을 새로운 방향으로 돌리고자 했다. 오늘날의 말로 표현하면 정경분리政經分離 방침을 견지하면서 무력면에서는 자신만만하게 대처하고 있었다.

어쨌든 이것은 아직 나중의 일······

케이쵸 14년(1609) 초겨울, 이에야스는 소텔과 무니요스를 사절로 삼아 돈 로드리고를 송환하는 안진 호 출항을 결정하고는 그 길로 슨푸를 떠나 에도로 향했다. 생모 덴즈인의 명복을 빌고 사원 건립의 지시를 하기 위해서였다.

수행한 사람은 안도 나오츠구와 타케코시 마사노부竹腰正信. 당시에는 아직 모두 이에야스 밑에서 훈육 중인 다음 세대를 짊어질 젊은이들이었다.

물론 이에야스는 가마, 두 젊은이는 말을 탔다. 그 밖에 약간의 호위는 카치徒士°였다. 별로 서두를 필요가 없어서 440여 리 남짓 되는 거리를 열흘 가까이 소비하며 도중의 견문을 그대로 교재로 삼는 수학여행이었다고 해도 좋을 여행이었다.

일행이 일정의 중간쯤 되는 하코네箱根 신사 경내에서 스루가의 후
지산富士山을 바라보고 있던 날 오후. 하코네야마箱根山 콘고오인金剛
王院 토후쿠 사東福寺 주지로부터 마침 이곳에서 자란 소가 고로曾我五
郎˚의 이야기를 듣고 있던 안도 나오츠구가 무슨 생각을 했는지 문득
이에야스에게 물었다.

"앞으로 세상은 아주 달라지겠지요?"

"달라지다니……?"

"머지않아 이 일본에 에스파냐 사람이나 오란다 사람만이 아니라,
전세계 사람들이 살게 되지 않을까요?"

자못 불안하다는 듯이 묻는 나오츠구의 말이었다.

11

안도 나오츠구의 질문이 당돌했으므로 타케코시는 고개를 갸웃하고
이에야스와 나오츠구를 번갈아 보았다.

"그래, 그런 날이 오지 않는다고는 할 수 없지. 나오츠구는 그것이
불안하냐?"

"예, 아닙니다…… 그렇게 된다면 천하가 무사히 다스려질까요?"

"하하하…… 너는 요즘 남만인이나 홍모인을 너무 만난 모양이다."

이에야스는 웃으면서 정면의 파란 하늘 높이 솟아 있는 후지산을 가
리켰다.

"저것을 보아라, 저것을……"

"예……"

"높은 것, 뛰어난 것은 어디서 보아도 의연하지 않느냐?"

나오츠구는 시키는 대로 호수 건너의 후지산을 쳐다보았다. 그러나

아직 이에야스가 한 말의 뜻을 이해할 수 있는 나이는 아니었다.

"두 사람 모두 듣도록 해라. 내가 어째서 슨푸를 은거지로 택했는지 아느냐?"

"칸토關東와 칸사이關西를 볼 수 있는 요지이기 때문에……"

말하다 말고 타케코시는 입을 다물었다.

나오츠구가 조심스럽게 물었다.

"후지산이 있어섭니까?"

"허어, 후지산이 있으면 마음도 정신도 높아진다고 생각하느냐?"

"예……"

"그렇다면 그것으로 좋다."

이에야스는 가볍게 웃었다.

"에도에 도착하면 다시 한 번 후지산을 보아야겠어. 스루가의 후지, 카이의 후지, 하코네의 후지, 에도의 후지……"

"어디서 보나 아름다운 모습에는 변함이 없습니다."

타케코시도 그 뒤를 이어 크게 고개를 끄덕였다. 아무래도 그는 나름 대로 무언가를 느낀 모양이었다.

"마사노부는 알았느냐?"

"예, 알 것 같다……는 생각이 듭니다."

이에야스는 웃으면서 천천히 고개를 저었다.

"어디서 보나 변함 없는 후지…… 그게 아니야. 저 후지산이 바로 이에야스에게 세계의 바다로 진출할 각오를 가르쳐주었다는 말이야."

"……"

"저 후지를 어디서 보나 같다고 생각해서는 안 돼. 잘 보아라. 가까운 후지, 중간쯤의 후지, 먼 후지, 아침의 후지, 한낮의 후지, 해질 무렵의 후지…… 실로 천변만화千變萬化야."

"그러나…… 언제 어디서 보아도 아름답다고 생각합니다마는."

"하하하…… 마사노부는 팔방미인이 좋은 모양이로군."

"그래서는 안 됩니까?"

"안 돼."

엄하게 말하고 이에야스는 또 웃었다.

"어디서 보나 아름답다……는 데는 별로 이의가 없지만…… 참, 이에 대해서는 이번 여행의 숙제로 남기기로 하자. 에도에 도착할 때까지 생각해봐라. 내가 후지의 모습을 보고 어째서 세계로 진출할 각오를 하게 되었는지, 가르침을 준 것이 무엇이었는지……를."

나오츠구와 타케코시는 서로 얼굴을 마주보고 입을 다물었다. 벌써 고개 마루턱의 추위는 나무 그림자에 서리를 품은 채 살갗을 파고들었다. 주지가 땅에 한쪽 무릎을 꿇고 주종의 대화에 귀를 기울이고 있다는 것을 깨닫고 이에야스는 걸상에서 일어났다.

"실내에서 차나 한잔 대접받을까?"

방울이 울리는 숲

1

타케코시 마사노부와 안도 나오츠구는 하코네에서 오다와라小田原로 나올 때까지 이에야스가 말한 후지산 문제에 사로잡혀 있었다. 이상하게도 이에야스가 무슨 문제를 내면 대답할 수 있을 때까지 두 사람 모두 주술에 걸린 것처럼 되었다.

이에야스는 자못 즐거운 듯 이따금씩 생각난 것처럼 허점을 찔러오고는 했다. 그러나 이번에는 끝내 에도 초입인 스즈가모리鈴ヶ森에 접어들 때까지 후지 이야기는 나오지 않았다.

스즈가모리를 지나면 시나가와品川 거리는 바로 엎어지면 코 닿을 거리. 이전에는 히데타다가 곧잘 이 근처까지 마중을 나왔다. 그런데 히데타다에게 쇼군 직을 물려준 후로는 이에야스가 이를 금했다. 효도는 인륜의 첫째지만 공과 사의 구별은 엄격해야 한다고.

"쇼군이 반드시 이 아비를 마중한다는 것을 알고 발칙한 짓을 꾀하는 자가 있다면 부자가 함께 위험을 당할지도 모른다. 백성들에게도 폐가 될 터이니 직접 마중하는 일은 그만두는 게 좋겠다."

솔밭에서 휴식을 취하고 에도 앞바다 경치를 감상하면서 행렬을 정비하는 습관만은 그대로였다. 그러나 마중하는 일은 중지되었다. 타케코시 마사노부와 안도 나오츠구는 오모리大森에서 행렬의 선두가 되어 스즈가모리 해변에 있는 휴게소 준비상태를 점검하기로 했다.

"타케코시, 그 뒤 후지 이야기는 다시 나오지 않았지?"

"그래, 언제 나와도 이제 나는 절대로 놀라지 않겠어."

"하하하…… 그럼, 타케코시가 놀라는 것은 스즈가모리에서 갈아탈 말일까?"

"농담하지 말게."

타케코시 마사노부는 웃으면서 말 머리를 나란히 했다.

"그러나저러나 그 쇼지 진에몬庄司甚右衛門 녀석, 기어코 저 해변을 스즈가모리라는 이름으로 만들어버렸군."

"그래. 처음에 억지로 오고쇼 님을 쉬시도록 한 것이, 텐쇼 연간이라고 하더군."

"세키가하라 때도 기녀들을 데리고 와서 접대했다더군. 그것이 스즈가모리란 이름의 기원이 되었다는 거야."

"아주 자세히 아는군. 그럼, 원래는 스즈가모리라고 부르지 않았단 말이지?"

"물론이지. 자주 상어가 나타나기 때문에 상어의 해변…… 그런 이름이었어. 그런데 쇼지 진에몬이 거기서 오고쇼 님을 접대했다는 소문이 퍼져서 다이묘나 하타모토들이 모두 쉬게 되었다는군. 그러자 진에몬 녀석이 재빨리 눈독을 들였어."

"진에몬의 본거지는 시내 제니가메錢瓶 다리 근처가 아닌가?"

"맞아. 그런데 이 해변에서도 돈벌이가 된다고 판단하고 우선 여름 한철 갈대발을 치고 찻집부터 열었어. 보통 때는 인적도 없는 해변의 솔밭, 기녀들이 갑자기 나무 그늘에서 손님에게 소리를 지르면 손님은 깜짝 놀라 도망쳤다지 뭔가. 도둑놈이나 강도인 줄 알고 말이야."

"결국, 도둑임에는 틀림이 없어, 여자들이란."

"그런 일이 없도록 여자들의 허리에 말방울을 달게 했어…… 쇼지진에몬이란 녀석, 정말 멋쟁이라니까."

"으음, 그래서 스즈가모리(방울이 울리는 숲)란 말인가?"

"잘 알면서도 모르는 체하는군…… 안도 나오츠구란 자는 엉뚱한 사내야."

두 사람이 웃을 때. 갑자기 그들의 귀에 방울소리가 들려왔다……

2

"이상한데……?"

나오츠구가 먼저 말을 멈추고 귀를 기울였다.

"손님을 부르는 방울소리가 아니야."

"흥."

타케코시 마사노부도 상대가 자기를 속이려는 것이 아닌가 하고 역시 말을 세운 채 귀를 기울였다. 이번에는 분명히 방울소리가 이쪽을 향해 가까워지고 있었다.

"나타났어, 마사노부."

"틀림없어, 여자야. 그런데 달리는 발소리가 아무래도 심상치 않아. 무언가에 쫓기고 있는 것 같아."

"아룁니다!"

"뭐냐?"

두 사람은 긴장하여 이구동성으로 묻고는 서로 얼굴을 마주 보았다.

소나무 그늘에서 부리나케 달려나온 것은 틀림없이 이 고장 명물로 되어 있는 붉은 앞치마에 말방울을 두 개씩 매단 젊은 여자…… 그것도 둘이나 그들 앞에 나타났다. 의심할 여지없이 손님을 끄는 기녀…… 두 사람은 소지 진에몬이 짜낸 새로운 수법이라고 생각했다.

"오늘은 너희들과 희롱할 틈이 없다. 오고쇼 님의 선발대로 쉬실 장소를 점검하는 중이다."

타케코시 마사노부가 일부러 근엄한 태도로 말했다.

"잘 알고 있습니다."

한 여자가 빠르게 대답했다.

"오늘 이곳 해변을 오고쇼 님이 지나가신다고 미리 알고서 기다리고 있었습니다."

"뭐, 알고 기다렸다고?"

"예. 이 행렬 중에 안도 나오츠구 님이란 분이 계시지 않는지요?"

나오츠구는 깜짝 놀라 타케코시를 돌아보았다.

타케코시는 싱긋 웃었다.

"있다면 만나고 싶다, 그러니 그대는 안도의 단골…… 그렇다면 카마쿠라 강가의 여자로군."

"아니, 아닙니다. 그런 여자는 아니에요."

말을 듣고 보니 좀 이상했다. 단골이라면 당사자인 안도 나오츠구가 눈앞에 서 있는데 모를 리가 없었다.

"그럼, 너는 누구냐?"

"예. 후지富士라고 합니다."

"후지……? 이거 무서운 이름의 여자가 나타났군."

타케코시는 다시 한 번 안도를 돌아다보았다.

"우리는 그 후지 때문에 하코네에서부터 곤혹을 치렀어. 으음, 후지란 말이지…… 그래, 그 천하제일의 후지 아가씨가 안도 나오츠구에게 무슨 볼일이 있단 말이냐?"

"전해드려야 할 서신을 가져왔습니다."

"허어, 그럼 너는 나오츠구의 소문을 듣고 사모하고 있구나?"

"예…… 예."

"그렇다면 잘못 생각했어. 안도 나오츠구는 정말 훌륭한 사나이지. 그러나 풍채는 대단치 않아. 나보다도 훨씬 뒤질 거야. 작은 체구에 눈만 크고, 입을 열면 제법 말은 잘하지만 여자들에게는 실속이 없는 바람둥이거든. 그래도 서신을 전하고 싶은가?"

"예…… 예."

여자는 진지하게 두 손을 짚고 고개를 끄덕였다. 타케코시 마사노부도 그만 고개를 저으면서 물러섰다.

"여보게, 자네가 나서게. 나는 더 이상은 못 하겠어. 무서운 여자이니 조심해야 해."

3

안도 나오츠구는 약간 상기되어 미심쩍은 얼굴로 긴장을 보이면서 여자들 앞으로 한 발 다가섰다.

"내가 바로 안도 나오츠구인데, 후지라고 했지?"

"아, 당신이……?"

여자는 얼른 품안에서 한 통의 서신을 꺼내들고 다시 두 사람을 번갈아 바라보았다.

"틀림없겠지요? 이 서신을 귀하신 주인의 명으로 전해드립니다."

"뭐, 주인의 명?"

나오츠구는 아직 손을 내밀지 않았다.

"주인이라 하면 쇼지 말이냐?"

"아닙니다. 오쿠보 이와미노카미大久保石見守 님의 내실로 혼아미 코에츠本阿彌光悅 님의 혈육 되시는 분입니다."

"뭐, 혼아미 코에츠의…… 아, 생각나는군. 이제 알겠어. 오코於こ ら 님 말이지?"

"예…… 예. 저희들은 지금 에도에 와서 쇼지 님 댁에 몸을 의탁하고 있는데, 오코 님의 시녀입니다."

"으음. 그럼 오코 님은 지금 어디 계시는가? 전에는 분명히 사도에 계시다는 말을 들었는데."

"지금은 사도에서 하치오지八王子로 돌아가 계십니다."

이야기가 뜻밖의 방향으로 빗나가기 시작했다.

"안도, 그럼 내가 먼저 가서 쉬실 곳을 점검하겠네. 자넨 볼일을 끝내고 오게."

타케코시 마사노부는 이렇게 말하고 사라져버렸다.

안도 나오츠구는 말에서 내려 여자가 내미는 서신을 받아들었다. 받을 사람의 이름도 없고 보낸 사람의 이름도 씌어 있지 않았다. 미농지를 옆으로 여덟 번 접어 봉함이라고 씌어 있을 뿐이었다.

"그런가, 오코 님이……"

나오츠구가 오코를 안 것은 이에야스와 함께 후시미에 있던 무렵으로 쇼시다이所司代°인 이타쿠라 카츠시게板倉勝重가 개최한 다회에서 였다. 아니, 그 뒤에도 오코와는 서너 번 만난 일이 있었다. 챠야의 집에서도 만났고 코에츠의 집에서도 만났다. 약삭빠르고 기발한 말을 잘하는 여자로 사람을 조금도 두려워하지 않았다. 그러면서도 자연스럽게 행동해 여러 사람 중에서 눈에 확 띄는 한 점의 색채였다.

그 오코가 이런 장소에서 나오츠구를 기다려 서신을 전하게 한 것은 무엇 때문일까.

'뭔가, 오고쇼 님께 호소할 일이라도 있는지 모른다.'

나오츠구는 서신을 받고는 선 채로 얼른 겉봉을 뜯었다.

"급히 말씀 드립니다. 천하의 잘못된 일 세 가지 조목을 구면을 생각하고 알려드리고자 합니다. 첫째는 사도에 대한 일, 둘째는 부슈武州에 대한 일, 셋째는 무츠陸奧에 대한 일. 모든 것을 후지가 말씀 드릴 것입니다. 오코……"

안에도 받을 사람의 이름은 없었다. 그때까지 오코로부터 서신을 받아본 일이 없는 나오츠구, 그 서신의 필적이 과연 혼아미 코에츠의 사촌여동생이 쓴 것인지 아닌지도 분간할 수 없었다.

"자세한 말은 너에게 들으라고 되어 있군. 너는 이 서신을 읽어보고 가져왔나?"

"예."

"좋아, 어디 이야기를 들어보자."

나오츠구는 말고삐를 소나무 가지에 걸어놓고 가까운 나무 그루터기에 앉았다. 그때 후지와 같이 온 여자는 조금 떨어진 곳에서 감시하는 위치에 서 있었다.

4

"여기 보면 첫째가 사도에 대한 일이라고 쓰여 있는데, 사도에 대한 일이란?"

나오츠구는 나무 사이로 새어드는 햇빛에 눈을 가늘게 뜨고 사방을 한 바퀴 둘러보고 나서 물었다.

"사도 광산은 요즘 금의 산출량이 줄었다고 합니다."

"그래. 그래서 일부러 지난봄에 오쿠보 님을 보냈을 정도니까."

"그런데, 그 산출량은 조금도 줄지 않았다, 이 말씀만 드리라고."

"뭐, 산출량이 줄지 않았다고……?"

"나머지 일에 대해서는 모릅니다. 다만 그 말씀만 드리라고."

"으음."

안도 나오츠구의 눈이 야릇한 빛을 띠기 시작했다.

사도의 금은은 그 채굴량이 1, 2년 사이에 부쩍 줄어들고 있었다. 그 원인을 조사하기 위해 보낸 오쿠보 나가야스는 광맥이 엄청나게 벗어났기 때문에 큰 기대는 걸 수 없다고 보고했다. 그런데 지금 그렇지 않다는 것을 암시하고 있다.

'오코는 나가야스가 사복을 취한다고 고발하려는 것일까?'

"그럼, 둘째로 부슈에 대한 일이란?"

"예, 황금 저장고는 말씀 드릴 것도 없다고……"

"황금 저장고는 말할 것도 없다니?"

"열두 군데 쌀 창고의 바닥은 모두 황금과 은이라고."

"뭣이? 그, 그것에 대해서도 거기까지만 말하라고 하던가?"

"예…… 저는 뭐가 뭔지 도무지 알 수 없습니다."

"셋째로 무츠에 대한 일이란?"

안도 나오츠구는 이상할 정도로 흥분해 있었다.

물론 후지도 모를 리가 없다. 이것이 사실이라면 어마어마한 사리사욕私利私慾의 폭로였다.

사도에서 황금 산출량이 줄어들었다는 것은 거짓, 부슈 하치오지의 오쿠보 이와미노카미의 본거지에는 엄청난 금은이 은닉되어 있다.

"셋째는…… 장인과 사위가 같이 배를 타고, 첫번째 꿈인 세계의 바다로 진출한다 합니다."

"뭐, 뭣이, 장인과 사위가 배를 같이 타고, 첫번째 꿈인……?"

"세계의 바다로 진출한다고."

"으음, 장인도 사위도……?"

다시 한 번 상대의 말을 입 속으로 반복했다.

"그래, 너는 어째서 하치오지에서 나왔지?"

"도련님께 사랑의 글을 전했다가 로죠老女에게 발각되었습니다."

"도련님……이라면 이와미노카미의 아들 말이냐?"

"예."

"그 아들은 몇 살이지?"

"열네 살입니다."

"그래서 쫓겨나 기녀가 되려고 쇼지에게 갔었느냐?"

"그렇습니다."

"모두 오코 님의 지시겠지?"

"아닙니다. 저도 그렇게 해서 쿄토에 돌아가고 싶어졌습니다."

"쿄토로 돌아갈 준비는 되었느냐?"

여자는 힘없이 고개를 가로저었다.

"언젠가 쿄토에서 온나가부키女歌舞伎° 배우들이 내려오면 거기 섞여서 가려고 합니다."

감시를 맡은 여자는 온몸에 힘을 주고 사방을 살피고 있었다……

5

안도 나오츠구는 이상하게도 초조감에 휩싸였다. 묻고 싶은 것, 알고 싶은 것이 목구멍까지 꽉 찼으면서도 입 밖으로 나오지 않아 안타까웠다. 상대가 무엇을 호소하려는지 이미 알고도 남음이 있었다.

오쿠보 나가야스와 마츠다이라 타다테루는 이에야스가 보낸 싯세이執政°와 주군의 관계, 타다테루와 다테 마사무네는 사위와 장인 사이다. 그런 연결고리의 맨 처음에 위치하는 나가야스가 바쿠후 금광 감독

관으로서 사복을 채워 막대한 수량의 금은을 은닉했다고 한다…… 그
것뿐이라면 문제는 간단했다.

나가야스는 태평 시대의 보기 드문 수완가로 갑자기 출세한 자. 따라
서 동지도 많으나 질투하는 자도 많다. 게다가 광산의 일은 산출량에
비례한 할당제이므로 그의 몫도 결코 적은 양은 아닐 것이다. 부슈 하
치오지의 창고 마루 밑이 금은으로 가득 찼다는 것은 그 할당액의 축적
에 깜짝 놀란 자들의 중상에 지나지 않을지도 모른다.

셋째 조목인 무츠에 대한 일만은 그 문제가 복잡했다.

다테 마사무네가 마츠다이라 타다테루와 짜고 세계의 바다로 진출
해서 이에야스나 히데타다와는 별도로 대규모 해외무역을 시도하고 있
다…… 그 교역에 필요한 금은을, 밀령을 받은 오쿠보 나가야스가 금
광의 산출량을 속이면서까지 축적하고 있다면…… 정말 어마어마한
문제였다. 내용에 따라서는 모반도 될 수 있고, 손을 댈 수 없는 가문의
소동으로까지 발전할지 모른다. 지금 이에야스의 여섯째아들 타다테
루는 쇼군 히데타다의 바로 밑의 동생이 되었다.

둘째아들 유키 히데야스結城秀康도 지난해 윤4월 8일 에치젠에서 죽
어 세상에 이상한 소문이 퍼지고 있는 형편이었다. 일단 타이코의 양자
가 되었던 히데야스는 사사건건 수양동생인 히데요리를 동정하고 친동
생인 쇼군에게 거역했기 때문에 독살된 것 같다는 소문이었다. 물론 아
무 근거도 없는 이야기였다. 그렇지만 다섯째아들 노부요시, 넷째아들
타다요시가 연달아 죽은 뒤였으므로 현재는 셋째아들 쇼군 히데타다
다음은 여섯째아들 타다테루, 그 아래는 고로타마루 이하의 세 어린 아
들밖에 남지 않았다.

만약 타다테루가 그러한 소용돌이에 말려들었다는 소문이 난다면
히데타다는 고사하고 그 측근들이 가만히 있을 리 없다. 그리고 다테
마사무네는 히데요시 이래의 요주의 인물이라고 소문이 자자한 모략의

명수였다.

"너는 아무것도 모른다고 했지만……"

안도 나오츠구는 똑바로 여자를 바라보았다.

"모르고 호소하는 것으로 끝날 일이 아니야. 알아듣겠나, 오쿠보 나가야스야 어떻든 카즈사노스케 타다테루 님은 오고쇼 님의 아드님이고 그 생모님은 지금도 오고쇼 님을 측근에서 모시는 챠아茶阿 부인이란 말이다."

"예…… 예. 하지만 저는 그런 일을 전혀……"

"그렇게 말하는 것은 네가 사건의 중대성을 충분히 알고 있으면서도 관여하지 않겠다는 증거인 거야. 이 나오츠구가 너에게 두서너 가지 물어볼 것이 있다. 알고 있는 사실은 숨김없이 대답하도록 해. 그렇지 않으면 이 나오츠구는 너도 오코 님도 은밀히 처치하지 않을 수 없게 될지도 모르니까."

6

후지라고 자기를 소개한 여자는 나오츠구의 말에 별로 놀라는 것 같지 않았다. 어쩌면 갑작스러운 일이어서 말의 의미를 잘 알아듣지 못했는지도 모른다.

"오코 님이 너에게 이 서신을 부탁했다면 말할 것도 없이 이 나오츠구가 오고쇼 님께 말씀 드려주길 원했기 때문이야. 그렇지 않은가?"

"예…… 예."

"그런데 이것은 섣불리 말씀 드릴 수도 없어."

"……그, 그럴까요?"

"물론이야. 잘 생각해보아라. 오고쇼 님 부자 사이에도, 쇼군 님 형

제간에도 크게 금이 가는 일. 말씀 드려놓고 나서 잘못 되었습니다로 끝날 일이 아니야."

"그야 물론……"

"내가 혼다 마사즈미 님께 이 일의 전갈을 부탁 드린다고 하자. 그러면 혼다 님은 오고쇼 님께 말씀 드리기 전에 먼저 너와 오코 님을 베어 버리라고 할 것이 틀림없어. 소문이 퍼지면 큰일이니까. 우선 죽이고 나서 은밀히 나가야스의 신변을 조사하게 되겠지."

"어머……"

"그래서 너에게 묻는 것이다. 오코 님은 요즘 나가야스 님과 화목하시냐?"

후지는 깜짝 놀라는 눈치였으나 조용히 고개를 저으면서 눈을 내리깔았다.

"그렇겠지. 화목할 때는 여자가 남편을 고발하지는 않을 테니까."

"하지만…… 그것은……"

"어쨌든 좋아. 내가 묻는 말에 대답만 해주면 되는 거야. 어때, 하치오지에 다테 님 가신이 출입하더냐?"

후지는 다시 조용히 고개를 가로저었다.

"그럼 또 한 가지, 그 쌀 창고의 마루 밑은 모두 금은……이라고 했는데, 오코 님은 어떻게 그걸 조사했을까? 아니, 어떻게 알았다고 생각하느냐?"

"예, 주인이 취하셨을 때 말씀하시더라고……"

"좋아. 열두 군데 창고의 마루 밑은 모두 금은…… 그런 막대한 금은을 나가야스 님은 어떻게 하치오지까지 운반했을까? 그렇게 많은 양의 금은을 남 눈에 띄지 않게 운반할 순 없다고 생각하는데……"

"바로 그 말씀입니다!"

갑자기 여자는 크게 소리를 지르고는 사방을 둘러보았다.

"그때 마님(오코)이 놀라시던 모습은 저도 잘 기억하고 있어요. 아시다시피 주인님 행렬은 일본에서 제일 화려한 것……"

"으음, 언제나 여자들을 거느린 거창한 행렬이어서 세상에서는 화려한 행렬을 가리켜 나가야스 님 행렬 같다고 말할 정도니까. 하지만 그것은 광산에서 일하는 기녀들을 데리고 다니기 때문 아닌가."

"그 기녀의 짐으로 위장한 옷궤들이 실은 황금으로 가득 차 있었다……는 것을 마님이 아시고 깜짝 놀라셨습니다."

"뭐, 여자들의 짐이 모두……"

"예…… 예. 처음부터 광산에는 기녀들이 있어야 한다고 하면서 행렬을 거창하게 꾸민 것은 언젠가 금은을 운반하기 위한 준비였다고, 마님은 말씀하셨습니다."

후지는 점점 더 얼굴을 붉히면서 숨을 몰아쉬었다.

7

나오츠구는 아직도 반신반의半信半疑했다.

그가 상상했던 것처럼 오쿠보 나가야스와 오코 사이는 화목하지 못한 듯. 나가야스가 축첩으로 유명하다는 것은 천하가 다 알고 있다. 오코와 같은 거센 여자가 그런 많은 첩들 중에서 순순히 애무의 순서가 돌아오기를 기다리는 생활에 만족할 리 없다. 따라서 그 불평불만이 증오나 반발의 형태를 취하면 어떤 탈선을 할지 모른다…… 그 탈선에 춤을 추게 되면 정말 웃음거리가 아닐 수 없다.

그러나 후지의 마지막 말이 마음에 걸렸다. 여자들의 행렬은 처음부터 금은을 은닉할 속셈에서 나온 나가야스의 위장…… 사실 여자들의 옷궤는 금은을 운반하기에는 더없이 좋은 용기일지도 모른다.

"오코 님이 그 궤짝 안에 든 금은을 본 것은 언제였지?"

"사도에서 하치오지로 옮길 때였습니다."

"어떻게 오코 님이 그 안을 보게 되었나?"

"나카센도中仙道 산길에서 일꾼이 넘어지면서 마님의 옷궤를 떨어뜨렸을 때, 안에서 의복에 섞여 황금 보따리가 잔뜩 나왔다 합니다⋯⋯ 주인님은 엄하게 입막음을 하셨다고⋯⋯"

"좋아, 알겠다. 너희들은 오고쇼 님이 이곳을 지나가실 때 방울을 울리면서 차 대접을 해야 할 테니 그만 가도록 하라."

"예⋯⋯ 예."

"아니, 잠깐. 옷궤에서 황금꾸러미가 굴러나왔다⋯⋯ 거짓말은 아닐 것이다. 그러나 그 황금이 과연 빼돌리려는 것인지, 아니면 정당하게 나누어 받은 덕대 몫인지는 구별하기 어려워. 이 일은 당분간 혼다 님이나 오고쇼 님에게는 비밀로 하고 이 안도 나오츠구의 가슴속에만 담아두기로 하겠다. 너희들도 절대로 입 밖에 내면 안 돼, 알겠나? 엉뚱한 데서 발설하면 그 화가 너희들에게 미치게 된다."

여자는 아무 말도 않고 몸을 떨었다.

"죽임을 당한다."

나오츠구가 한 말의 의미를 그제야 겨우 깨달은 모양이었다.

"좋아, 이제 됐으니 돌아가라⋯⋯"

두 여자가 서로 눈짓을 교환하고 짤랑짤랑 방울소리를 내며 사라졌다. 안도 나오츠구는 팔짱을 낀 채 눈을 감고 생각했다.

'오고쇼 님에게 알려서는 안 된다⋯⋯ 맏아들, 둘째, 넷째, 다섯째아들을 잃은 오고쇼 님은 살아 있는 타다테루에게 아버지로서의 희망을 크게 걸고 계시다.'

그 타다테루가 장인인 다테 마사무네, 오쿠보 나가야스와 결탁해서 쇼군 히데타다의 방침과는 전혀 다른 길을 가려 하고 있다⋯⋯ 이에야스의 나이를 생각하면 이 사실을 차마 그대로 고할 수 없는 참담한 마음이었다.

이에야스는 이미 예순여덟 살의 노령이었다. 인생 50년이라는 평균수명에서 볼 때 18년이나 더 산 셈. 따라서 장래는 길지 않다……는 상식적인 해석은 누구에게나 금방 떠오르는 계산이다.

그런데 이 이에야스가 세상을 떠나고 나면 쇼군과 타다테루 사이에 다툼이 일어날 징조가 보인다……면, 이에야스의 생애는 그 마지막 장에 가서 비극을 약속받는다…… 이런 생각을 하며 나오츠구는 당장에는 그 자리를 떠날 수 없었다.

8

'그렇다, 아직 아무에게도 입을 열어서는 안 된다……'

이 이야기에 등장하는 인물의 배치 또한 어쩌면 이렇게도 마음에 걸리는 기가 막힌 배치란 말인가.

다테 마사무네라는 커다란 흑막 앞에 이에야스의 여섯째아들 마츠다이라 카즈사노스케 타다테루와 당대 제일의 재주꾼인 오쿠보 나가야스를 앉히고 보면 그야말로 놀라운 무대장치. 이에야스가 세상을 떠난 뒤 이 세 사람이 손을 잡고 현재의 쇼군 히데타다와 맞설 경우를 상상하면? 물론 쇼군은 후다이譜代° 다이묘들과 하타모토 8만을 총동원하여 토벌하려 할 것이 분명하다.

상대도 가만히 있을 리 없다. 즉시 토자마外樣° 다이묘들에게 격문을 보내 세키가하라 때의 서군西軍보다 더 결속을 다지려 할 터.

'맨 먼저 포섭해야 할 대상은 시마즈일까 모리毛利일까, 우에스기上杉일까 아사노淺野일까, 아니면 카토加藤일까 마에다일까……'

또 하나 중요한 거점이 남아 있다.

'그렇다, 오사카 성의 히데요리 님이다……'

세키가하라 때의 히데요리는 철없는 어린아이였다. 그렇지만 지금은 타다테루와 같은 연배의 젊은이로 성장했다. 아니, 그뿐만이 아니다. 히데요리는 쇼군 히데타다의 사위이기도 하다…… 그렇다면 다테 마사무네나 오쿠보 나가야스가 우선 히데요리에게 손을 쓸 것은 불을 보듯 뻔한 일.

세키가하라 때는 이에야스라는 우뚝 솟은 거인이 있어서 토자마 다이묘들에게 냉정하게 실력을 비교하게 하는 계산을 강요할 수도 있었다. 그렇지만 히데타다에게 과연 이에야스 정도의 실력을 기대할 수 있을까?

한쪽에 다테 마사무네와 도요토미 히데요리가 있고, 다시 쇼군의 동생 마츠다이라 타다테루가 있다는 것을 알면 토자마 다이묘들의 계산은 세키가하라 때와는 완전히 반대가 되지 않을까……?

아니, 만약 반대로 된다면 그것은 이에야스가 죽고 없다……는 사실이 가장 큰 원인이 되는데……

'그렇다! 세키가하라 때와는 전혀 다른 상황이 될 것이다.'

그때는 다테 마사무네가 어디까지나 이에야스와 밀착해 있었기 때문에 우에스기의 세력은 꼼짝도 못했다. 그러나 이번에는 거꾸로 된다. 게다가 사이고쿠西國의 여러 다이묘들 가운데는 모리, 시마즈와 같이 겉으로는 어쨌든 내심으로는──

'두고 보자.'

이렇게 투지를 삼키며 기회를 노리는 자가 결코 적지 않다.

'그런 계략이 있다는 것을 알면 세키가하라 때 흩어진 많은 떠돌이 무사들이 앞다투어 오사카 성으로 달려갈 것이다……'

나오츠구는 이런 생각을 해보다가 강하게 자신의 공상을 털어버렸다. 모든 것은 오코란 억척스런 여자의 질투심에 의한 호소에서 비롯된 망상이었던 게 아닌가……

'그러나저러나 기분 나쁜 망상이다.'

그는 허둥지둥 일어나 소나무 가지에서 말고삐를 풀었다.

차차 바다도 하늘도 밝아지고, 이미 이에야스의 행렬이 가까운 곳까지 다가오는 기척……

나오츠구는 거세게 고개를 흔들며 말에 올라 채찍을 가했다.

# 작은 초록빛 상자

1

다테 마사무네는 이에야스가 에도에 온 뒤로 거의 날마다 등성하여 잡담을 나누곤 했다. 잡담만이 아니라 혼죠本所 방면의 매사냥이나 코이시카와小石川 덴즈인의 공사장에도 동행하여 후다이 노신 이상으로 친밀한 접근을 꾀했다.

쇼군 히데타다도 겉으로는 퍽 기뻐하고 있는 듯이 보였다. 그렇지만 속으로도 과연 그럴 것인지……?

마사무네는 히데타다가 아직 자신에 대한 경계심을 완전히 버렸다고는 생각지 않았다. 그래서 히데타다 앞에 나갈 때는 전적으로 일본 교역에 대해서만 이야기하기로 했다. 교역은 이에야스가 생각하는 부국책富國策으로, 이에 대한 말을 하는 한 그는 이에야스의 정책에 대한 도취자이고 찬동자였다.

"역시 돈 로드리고는 일본이 만든 배로 태평양을 건너겠지요?"

오늘도 마사무네는 이에야스를 방문하고 돌아가는 길에 일부러 히데타다에게도 얼굴을 내밀었다.

"일본제 선박으로 태평양을 건널 때는 크게 조심해야 할 거요."

히데타다는 그 뜻을 짐작할 수 없어 얼른 되돌렸다.

"일본 목수도 세계의 바다로 나갈 수 있는 범선을 건조할 수 있게 됐다……는 것은 앞으로 다이묘들이 경쟁적으로 큰 배를 건조하여 마음대로 교역할 수 있다는 의미라고 생각하는데요."

이 말만으로도 히데타다가 위정자로서 어떤 불안을 느끼고 있으며, 무엇을 하려는지 잘 알고 있는 마사무네였다. 그런 뒤 또 한 가지 이에야스와 의논한 것을 털어놓았다.

"로드리고나 소텔이 하는 말은 믿을 수 있을 것 같기도 하고 없을 것 같기도 하고…… 아니, 그들로서는 진실을 말하고 있겠지요. 그러나 그들의 견문은 벌써 낡았어요…… 그러므로 초점이 빗나가면 우습게 됩니다. 범선을 건조할 수 있는 목수 전원을 모아 리쿠젠陸前의 츠키노우라月の浦에서 다시 한 척의 훌륭한 배를 만들게 하여, 믿을 수 있는 일본인을 태우고 직접 유럽으로 파견해보면 어떨까 하는 이야기입니다. 오고쇼는 이 이야기에 큰 관심을 보였어요. 만일 실현된다면 쇼군께서도 아무쪼록."

이렇게 하여 범선을 만들 수 있는 목수를 한 군데 모아놓으면 여러 다이묘들이 멋대로 배를 만들거나 이 때문에 일어나는 혼란을 통제할 수 있다는 사실을 은근히 내비치고 물러났다.

집으로 돌아와 시마즈 가문에서 보낸 쌈지담배를 자기 방에서 한 대 피우고 났을 때 오쿠보 나가야스가 찾아왔다. 그는 여전히 가벼운 농담으로 가신들을 웃기면서 들어왔다.

"무츠노카미 님, 일이 재미있게 되었습니다."

마사무네의 얼굴을 보더니 정중하게 자줏빛 비단 보자기에서 연판장을 꺼내 마사무네 앞에 놓았다.

"오사카에도 이렇게 많은 동지가 생겼습니다. 한번 보시지요."

마사무네는 잠자코 담뱃대를 시녀에게 건네고 나서 불쾌한 표정으로 그 두루마리를 나가야스에게 밀어놓았다.

2

"이와미노카미, 자네에게는 놀라운 재치가 있어. 재치란 참 좋은 것이지만, 좀 지나친 면이 있네."

마사무네는 나가야스를 보는 것도 아니고 보지 않는 것도 아닌……
그런 시선이었으나 이야기만은 날카로웠다.

"연판장이란 말일세, 목숨을 건 중요한 서약에 쓰이는 것이야. 그런데 자네는 그렇지가 않아."

"허허, 그럼 저는…… 어떻다는 말씀입니까?"

나가야스는 갑자기 얻어맞은 꼴이 되어 그 역시 노골적으로 불쾌감을 나타내며 반문했다.

"자네 연판장은 다분히 장난기가 있어. 지금은 저마다 무력을 가지고 쳐들어가는 센고쿠戰國 시대가 아니야. 따라서 뜻을 합쳐 세계의 바다로 진출하자……는 그 취지는 결코 나쁘지 않아."

"이 나가야스가 나쁜 일을 그처럼 열심히 할 리가 없지요. 이건 어디까지나 오고쇼 님의 뜻을 받든 충성입니다."

"바로 그것일세. 그러기 위해서라면 이런 연판장 같은 것을 만들면 안 돼. 연판장이란 어두운 그림자를 가진 음모를 할 때 쓰는 것. 자네에게는 그럴 생각이 없다 해도 오쿠보 이와미노카미가 연판장을 가지고 다닌다는 말이 나오면 남들은 곧 반역을 연상할 것일세."

"허어…… 무츠노카미 님은 이제 와서 새삼스럽게 그런 말씀을 다 하십니까?"

"그래. 내 생각은 예나 지금이나 다름없어. 나는 처음부터 서명도 하지 않았고, 보고 싶은 생각도 없네. 내심으로는 늘 못마땅하게 생각하고 있었네."

"으음."

나가야스는 더욱 험악한 표정이 되어 두루마리를 보자기에 싸서 품속 깊이 집어넣었다.

"해로운 말은 하지 않겠네. 그건 말일세, 연판장이라 하지 말고 어떤 취지서…… 정도로 보이게 상자에 보관하는 것이 좋겠네."

마사무네는 이렇게 말하고 손뼉을 쳐서 시녀를 불렀다.

"오래간만에 나가야스와 한잔하겠다. 상을 준비하도록."

언제나 그렇듯이 마사무네는 말할 틈을 주지 않았다. 충고와 친근감을 분명하게 구별하고 있었다.

오쿠보 나가야스는 싱긋 웃고 자기 앞에 놓인 담배합을 끌어당기며 마사무네 등뒤 벽으로 눈길을 옮겼다. 거기에는 카노 모토노부狩野元信가 그린 한 마리의 독수리가 노송나무 가지에 앉아 눈을 번뜩이고 있었다.

"무츠노카미 님."

"왜 그러나?"

"아주 고약한 분이십니다."

"천만에. 사람이 너무 좋다 보니 카가 님의 반밖에 안 되는 녹봉…… 여기저기 눈치나 살피면서 위축되어 있네."

"오쿠보 나가야스도 무츠노카미 님의 심중 정도는 읽고 있습니다. 지금까지는 이 연판장에 다이묘들이 얼마나 서명할 것인지 많은 관심을 가지고 계셨을 텐데요."

"그건 사실이야, 취미로 말일세. 대세를 읽을 줄 아는 사람이 오늘날 일본에 얼마나 있을까…… 하는 것은 흥미로운 일이지."

"그런데 갑자기 이제 와서 그런 말씀을…… 무슨 일이 생겼습니까? 이 나가야스는 마음에 걸립니다."

3

"말씀하신 것처럼 이 두루마리는……"

나가야스는 가슴을 가볍게 두드렸다.

"세계일주를 뜻하는 자의 취지서…… 소텔에게 받은 초록빛 보석이 있으니 그 보석을 박은 자개상자라도 만들게 하여 넣어두기로 하겠습니다. 그러나 단지 그것만으로는 이 나가야스가 납득할 수 없는 점이 있습니다."

"그게 좋겠지, 작은 초록빛 보석상자…… 좋은 생각이야."

마사무네는 다시 상대의 입을 막듯이 하고 말했다.

"원한다면 내가 가지고 있는 붉은 보석을 자네에게 주어도 좋아. 진귀한 상자가 될 것일세."

"무츠노카미 님."

"아직도 할말이 남았나?"

"독수리가 늙었다고 해서 솔개가 되었다는 이야기는 아직 듣지 못했습니다."

나가야스는 몸을 앞으로 내밀듯이 하고는 담뱃대로 재떨이를 두드리며 목소리를 높였다.

"오쿠보 나가야스는 무츠노카미 님이란 큰 독수리가 등뒤에 있다……고 여겨 비록 작은 때까치이긴 하지만 이곳저곳 날아다녔던 것입니다."

"허어……"

"그런데 갑자기 크게 경계하십니다. 아니, 처음부터 그런 생각이셨는지도 모르지요…… 아무튼 실망했습니다."

"이와미노카미."

"틀림없이 무슨 일이 있었다……고 생각하는 것은 이 나가야스의 지레짐작일까요?"

"으음."

마사무네는 나직이 신음하고 나서 고개를 끄덕였다.

"전혀 아무 일도 없었다……고는 할 수 없네."

"무슨 일이 있었는지 알고 싶습니다."

"그러나…… 말해도 소용없을 거야. 자네는 정말 눈치가 빠르군."

이때 시녀들이 상을 들여왔기 때문에 두 사람의 대화는 잠시 중단되었다. 시녀 하나가 마사무네와 나가야스의 잔에 술을 따랐다.

"참, 츠바키椿를 불러오너라. 이와미노카미가 오래간만에 얼굴이 보고 싶다고 했어…… 츠바키가 들어오거든 너희들은 물러가 쉬어라. 그게 좋겠다."

츠바키란 소텔이 소개한 남만 여자였다.

다테 마사무네는 이 여자에게 아직 일본말을 가르쳐주지 않았다 했다. 그가 서툰 포르투갈 말로 겨우 용건을 말한다……는 사실은 이 여자로부터 기밀이 누설되는 것을 염려한 마사무네 특유의 조심성……이라고 나가야스는 보고 있었다. 지금 그 여자를 부르는 것은 비밀을 지키기 위해서임이 분명하다.

시녀가 츠바키를 데려다놓고 나갔다.

"호응!"

오쿠보 나가야스는 크게 콧소리를 냈다. 어떤 의미에서 마사무네에 대한 도전이었다.

"과연 츠바키도 일본옷을 입으니 아주 훌륭하군요."

전설에 나오는 구미호와 꼭 닮았다고 하려 했으나 그 말은 삼갔다. 삼간 것은 홑옷차림의 이 남만 여자가 이상할 정도로 요염하게 나가야스의 관능을 자극했기 때문인지도 모른다.

"이 여자는 일본말을 몰라. 그러니 기탄 없이 이야기할 수 있네."

마사무네는 어깨에서 허리까지 잔뜩 할미꽃 자수를 한 홑옷차림의 츠바키를 바라보면서 나가야스를 향해 잔을 받으라고 했다.

4

나가야스는 마사무네의 잔을 공손하게 받았다. 그러나 속으로는 이대로 물러갈 나가야스가 아니다……고 투지가 가슴 한구석에서 치밀어오르며 소용돌이치고 있었다.

"무츠노카미 님, 술을 따르는 여자도 바뀌었으니 아까 그 말씀으로 돌아갔으면 합니다."

"이와미노카미, 자네는 오고쇼로부터 뭔가 마음에 걸리는 말을 듣지 않았나?"

"전혀……"

"그래? 그렇다면 내 억측이었는지도 모르겠군."

"무슨 일이 있었습니까?"

"자네가 광산으로 왕복하는 행렬을 본 적이 있느냐고 물으셨어."

"이 나가야스의 행렬을……?"

"그래. 아직 본 적은 없지만 소문은 들었다고 말씀 드렸네."

"허어…… 그랬더니 오고쇼 님은 무어라 하셨습니까?"

"보지 못했다면 좋다……고 가볍게 말씀하신 뒤, 나가야스는 무슨 일에도 사치를 좋아해서 큰일이라……고 중얼거리셨어."

"큰일이라고……?"

"이와미노카미."

"예, 말씀하십시오."

"자네는 에치고에서 사도에 이르는 광산의 금은 산출량이 줄었다고 했지?"

"그것도 실은 그 큰 독수리와 관계가 있습니다."

무슨 생각을 했는지 나가야스는 난데없이 마사무네 등뒤에 있는 독수리 그림을 가리켰다.

"마츠다이라 카즈사노스케 타다테루 님은 머지않아 에치고의 타카다高田를 합하여 오십여만 석 큰 다이묘가 되십니다."

"으음."

"그 땅은 아시다시피 우에스기 가문의 영지 이동 후 지력의 고갈이 심하고 게다가 눈의 피해가 많은 지방…… 더구나 표면상 녹봉은 도요토미 가문 다음으로 큰 다이묘…… 그렇다면 축성이니 그 밖의 비용이 예사롭지 않을 것 같아……"

용기를 내어 말했을 때 마사무네가 손을 들어 가로막았다.

"논밭이 메말라 있으니 산이라도 살찌게 하겠다…… 그런 생각은 좋지 않아."

"좋지 않다니요……?"

"카즈사노스케는 내 사위일세. 충분히 북방을 제압할 수 있는 훌륭한 축성이 되도록…… 자네는 아까 큰 독수리라고 했지 않은가. 큰 독수리가 함께 있으면서 사소한 장난을 했다면 듣기에 좋지 않아."

"으음."

나가야스는 저도 모르게 잔을 탁 내려놓고 어깨에 힘을 주었다.

"말씀하시는 것 하나하나가 모두 거꾸로 됐군요."

"그런가? 나는 전혀 변함이 없는데. 가령 에치고에서 사도에 이르는 광맥이 빗겨나가고 있다…… 그런 경우에는 더욱 근신하는 게 좋아. 하늘의 뜻은 어길 수 없다……고 생각하고 조심해야 해."

오쿠보 나가야스는 그 한마디로 겨우 마사무네의 속셈을 읽었다.

마사무네는 나가야스를 경계하기 시작했다. 이에야스에게서 행렬이 사치스럽다는 말을 들은 뒤부터 나가야스가 자신을 위해 부정을 저지르고 있지 않는가…… 의심하기 시작했는지도 모른다.

그렇다고 하면 정말 당치도 않은 일이었다.

5

나가야스가 볼 때 이에야스가 경계하고 있는 대상은 다테 마사무네, 신뢰를 받는 대상은 자기 쪽이었다.

이에야스가 무엇 때문에 타다테루의 아내를 다테 가문에서 맞아들였단 말인가? 그 자체가 마사무네를 경계하고 있다는 증거 아닌가.

마사무네가 많은 자식들 가운데서도 정실이 낳은 맏딸 이로하히메를 얼마나 사랑하고 있는가는 이에야스가 제일 잘 알고 있었다. 그 사랑하는 딸을 타다테루의 아내로 청한 것은 센히메를 오사카에 보내는 대신 그만한 가치가 있는 인질을 다테 가문으로부터도 받아두겠다는 계산에서였음이 틀림없다. 더구나 그러기 위해 타다테루 곁에 마사무네의 지모에 필적할 수 있는…… 아니, 마사무네가 무엇을 꾀한다 해도 간파할 수 있는 사람을 붙여두지 않으면 안심할 수 없어 일부러 싯세이로 뽑은 것이 이 오쿠보 나가야스가 아니었던가……

그동안 나가야스도 확실히 마사무네에게 매혹되어 있었다. 그것은 어디까지나 마사무네가 나가야스를 존중해주었기 때문이다. 그런데 마사무네가 이상하게도 자기를 경계하기 시작해 일일이 이의를 제기하다니 얼마나 기묘한 착각인가.

"무츠노카미 님."

"자, 좀더 마시게."

"무츠노카미 님도 저희 주군 타다테루 님이 머지않아 오십여만 석의 영주가 되신다는 사실을 알고 계시겠지요?"

"그래. 오고쇼 님과 쇼군이 그런 뜻을 슬쩍 풍기시더군."

"그래서 무츠노카미 님은 큰 독수리의 기세가 약간 꺾이셨군요."

"이와미노카미, 중요한 일일세. 물론 타카다에 견고한 성을 쌓는 것은 북쪽에 있는 나와 우에스기를 경계하기 위해서고, 호쿠리쿠北陸의 카나자와金澤를 위압하기 위해서이기도 하겠지."

"하하하…… 장인을 경계하기 위해 사위를?"

"그래. 또 축성 때는 이 마사무네에게 경계를 확실히 정하고 감독하라고 하실 테지. 내 충성을 추호도 의심하지 않는다는 뜻이지만…… 실은 의혹의 뒷면이야."

나가야스는 계속 웃기만 했다. 사실 그럴 것이다. 이에야스는 의심이 가는 자에게는 신뢰라는 무거운 짐을 지워 결국 꼬리를 드러내게 만드는 명수였다.

"무츠노카미 님, 그런 일은 새삼스럽게 말씀하시지 않아도 저희 주군과의 혼담이 벌써 그것이었습니다……"

"따라서 나도 이번에는 어떻게 해서든지 오고쇼의 신임에 보답하지 않으면 안 되네."

"그러므로 이 나가야스에게도 너무 가까이 오지 말라……고 하고 싶으시군요."

나가야스는 한껏 비꼬아주려 했다.

"이와미노카미! 참으로 잘 말했네, 바로 그 일이야!"

마사무네는 깨끗이 그 말에 동의했다.

"나와 자네는 요즘 소원해지기 시작했다…… 남이 이렇게 보도록 해주었으면 좋겠어."

"아니…… 더욱 뜻밖의 말씀을 하시는군요. 그렇다면 제게 무언가 잘못이 있어 가까운 시일 안에 면직시키겠다는 말씀입니까? 잘 생각해 봐주십시오. 이 나가야스는 오고쇼 님의 눈에 들어 마츠다이라 카즈사노스케 타다테루 님의 싯세이가 된 사람입니다."

나가야스는 저도 모르게 소리를 지르고는 당황하여 사방을 둘러보았다. 그만큼 마사무네의 말은 그에게 뜻밖의 놀라움이었다……

6

마사무네는 다시 무엇을 생각하고 있는지 알 수 없는 평소의 그 무표정으로 돌아와 술을 마시기 시작했다. 나가야스가 초조해하는 것을 확인하고 그는 도리어 침착하게 보이려 하는지도 모른다.

"무츠노카미 님, 아직도 이 나가야스에게 숨기고 계신 게 있군요."

나가야스는 이마에 흐르는 땀을 가만히 닦고 나서 말을 이었다.

"나가야스와 무츠노카미 님 사이가 요즘 소원해지고 있다……고 해서 끝날 일이 아닙니다. 죄송한 말씀입니다마는, 오고쇼나 쇼군 님이 이 나가야스를 멀리하게 되는 경우는 다테 가문이 기울 정도의 대풍이 휘몰아칠 때……라고 생각지 않으십니까?"

"으음, 공동운명체란 말이로군."

"웃을 일이 아닙니다. 나가야스가 사사로운 이익을 취했다고 합시다. 사도에서 일부러 광맥을 벗어나 채굴했다……고 해도 좋고, 화려한 행렬을 가장하여 여자들의 짐에 금은을 감추어 운반했다……고 해도 좋습니다."

"아니, 거기에 또 하나 아까 그 연판장이 있어, 이와미노카미."

"그것이 있어도 좋습니다. 의심스런 점이 세 가지, 네 가지 겹쳐 세상에 소문난다고 해도 그것을 과연 쇼군이나 오고쇼가 어떻게 받아들이시겠는지……"

"……"

"나가야스 놈이 드디어 다테에게 말려들었다, 그것이 큰 독수리와 때까치의 차이……라고 우선 경계를 당하고 주목받는 것은 무츠노카미 님 쪽입니다."

다테 마사무네는 외눈을 부라리고 나가야스를 노려보았으나 그냥 잠자코 술만 마셨다.

"큰 독수리라거나 외눈박이 용이라 불리는 무서운 어른께서 그 정도의 계산이 없으실 리는 없겠지요. 나가야스 놈은 다테의 뜻을 받아 금은을 빼돌렸다…… 아니, 언젠가는 사위 카즈사노스케를 내세워 큰 소동을 벌일 것이다…… 오쿠보 나가야스 따위는 불면 날아갈 존재지만 큰 독수리는 그렇지 않다…… 그렇다고 고작 때까치의 분수로 큰 독수리를 협박해보겠다는 생각은 이슬 한 방울만큼도 가지고 있지 않습니다. 그러나 무언가 큰일이 일어나고 있는데, 그저 감추기만 하신다면 꼼짝도 할 수 없습니다."

"……"

"꼼짝 못한다고 해도 살아 있는 한 날갯짓도 하지 않고 가만있을 수는 없습니다. 나가야스는 생각했습니다…… 그럼 어떻게 하면 내 몸이 큰 바람에 떨어지지 않고 견딜 수 있을까…… 방법은 단 하나…… 처음부터 명령받은 외눈박이 용의 감시역할을 상기할 것…… 그리하여 우선 쇼군 님의 의심을 풀기 위해 큰 독수리의 주변에 대해 이것저것 보고하는 일을……"

마사무네가 갑자기 껄껄 웃었다.

"웃어도 될 일일까요, 무츠노카미 님?"

"이야기가 재미있게 되어가는데 어떻게 참을 수 있겠는가? 어떤가 이 마사무네 주변에서 쇼군이 기뻐할 만한 비밀을 찾아낼 것 같나?"

"찾아낼 수 있습니다."

나가야스로서는 애써 대담하게 웃으려 했으나 도리어 표정은 굳어지기만 했다.

"무츠노카미 님이 카즈사노스케 부인에게 천주교 신앙을 권한 비밀 하나만으로도 쇼군은 깜짝 놀랄 것입니다."

다시 마사무네의 눈이 날카롭게 나가야스를 향해 빛났다.

7

"무츠노카미 님은 소텔과 나가야스 사이를 잊고 계십니다."

오쿠보 나가야스는 드디어 정면으로 마사무네에게 일전을 벌일 생각인 듯. 차차 그 눈이 붉어지고 입술이 빛을 잃어갔다.

"소텔은 무츠노카미 님보다 이 나가야스에게 말하는 편이 더 보람이 있다고 생각한 모양입니다. 아니, 그게 아니라 어쩌면 나가야스를 무츠노카미 님의 둘도 없는 심복으로 알고 고백했는지도 모릅니다."

"이와미노카미, 그 얘기는 이쯤에서 그만두는 게 어떨까?"

"모처럼 여기까지 진행된 재미있는 이야기…… 이 나가야스의 안주로 삼고 싶습니다."

"으음."

"소텔은 이렇게 말했습니다. 일본에서 제일 생각이 깊으신 분은 오고쇼 님……이라 생각했는데 그렇지가 않다, 또 한 분 오고쇼에 못지않은 분이 계시다……고."

"아부하는 거야. 그자는 교묘하게 아부하는 엉터리 신부야."

"그렇지 않습니다. 이 나가야스도 그 고백을 듣고는 온몸이 얼어붙는 것 같았습니다. 과연 지혜로운 사람이 세상에 있었다고……"

"……"

"일본에서 지금 천하를 뒤엎으려 한다면 그 방법은 오직 하나, 유럽의 바람을 이용하는 수밖에 없다…… 처음 들었을 때는 이 나가야스도 무슨 말인지 몰랐어요. 천주교도를 이용하는 것이라고…… 소텔은 큰소리쳤습니다. 산프란체스칸 파 선교사가 편들면 일본 천하를 뒤엎는 데는 시일도 얼마 걸리지 않는다고…… 무츠노카미 님은 이로하히메를 신자로 만드셨어요. 물론 영지에 천주교를 퍼뜨려놓고 천하를 빼앗기 위한 전투에 출진하셨을 때 백성들이나 무사들의 반란을 막는 게 목적…… 노부나가 공 시대의 잇코―向 신도 반란°을 떠올리고 이 나가야스는 머리가 수그러졌습니다. 소텔은, 혼간 사本願寺에 들어앉을 속셈…… 아니, 온 일본 땅을 천주교라는 강한 유대로 묶어놓고 그 안에 오사카의 히데요리 님과 에도의 카즈사노스케라는 보석을 박아놓는다…… 천주교도가 아닌 다이묘의 영내에는 신자들을 선동해 반란을 일으키게 한다. 물론 편을 드는 다이묘 영내에서는 상하가 일치하여 싸움을 돕는다…… 그들에게는 이 싸움이 잇코 신도 반란 이상의 성전聖戰이니까요. 그렇게 되면 적과 자기편의 치안은 천양지차. 여기에 또, 소텔 등의 청으로 펠리페 대왕이 대포 실은 군함을 파견한다…… 어렵지 않게 일본을 포연으로 둘러쌌을 때 과연 천하의 주인은 누구일까…… 도요토미 히데요리일까, 도쿠가와 타다테루일까, 아니면 확실히 다테 마사무네일까……"

여기까지 말하고서야 나가야스는 비로소 다시 웃을 수 있었다.

"하하하…… 소텔이 이 오쿠보 나가야스에게 말한 큰 독수리의 꿈입니다. 이 큰 독수리도 요즘 좀 난처해진 모양입니다. 물론 큰 독수리에게 깊은 신앙 같은 것은 있을 리 없다, 오직 하늘을 날아보겠다는 야망 뿐…… 그런데 뜻밖에도 이로하히메의 신앙이 일편단심이라, 큰 독수리가 쩔쩔매고 있다는 것입니다."

이렇게 말한 이상 당연히 다테 마사무네는 무어라 변명할 것이다…… 고 나가야스는 생각했다. 그러나 마사무네는 아무 말이 없었다. 깨닫고 보니 그는 앉은 채 자는 척하고 있었다.

8

오쿠보 나가야스는 시치미를 떼고 있는 상대를 흘끗 보고는 자기가 먼저 츠바키에게 잔을 내밀고 술을 따르게 했다.

눈빛이 다른 여자는 지루한 나머지 거의 졸다시피 하고 있었다. 마사무네는 이 여자를 제대로 다루지 못해 때로는 아사쿠사 병원에서 의사 부르길리요를 불러 천주교의 기도와 치료를 하게 한다고…… 이런 생각을 하면서 나가야스는 한결 마음이 편해졌다.

인간이란 얼마나 묘한 생물인가. 여자를 좋아하고 권력을 좋아하며, 술을 좋아하고 돈을 좋아한다. 게다가 '하나님' 따위의 거창한 것까지도 좋아하다니, 인간이란 정말 어처구니없는 생물이다.

"츠바키, 주군이 자는 체하시는 모양입니다. 어떻습니까, 요즘 지병인 울화증은……?"

이렇게 질문하고 나가야스는 웃었다.

"하하하……"

자기에게 말한다는 것은 안 듯, 그러나 고개만 갸웃거렸다. 의사는 전혀 통하지 않았으나, 깜박거리는 눈이 새끼 곰의 눈처럼 예뻤다.

'외눈박이 용이 드디어 자는 흉내를 내게 되었구나.'

이는 마사무네의 완전한 패배가 아닌가. 비록 조금 전에 자기가 한 말을 마사무네가 전혀 모른다고 해도 좋다. 소텔이 마사무네의 속셈을 이렇게 말하더라……고 일러주기만 해도 이에야스는 모르지만 쇼군 히데타다는 망설이게 될 터였다. 고지식한 이 2세는 그렇지 않아도 오사카의 움직임에 신경이 날카로워지기도 하고, 타다테루의 평판에 마음을 쓰기도 했다.

시치미는 떼고 있으나 마사무네는 그런 계산을 못할 인물이 아니었다. 아마도 속으로는——

"소텔 놈, 참으로 입이 가벼운 녀석이구나……"

이렇게 후회를 되씹으면서 대책을 강구하고 있을 터. 지금 자는 체하는 마사무네가 눈을 뜨고 무어라 할 것인지가 나가야스에게는 잔인한 재미였다.

그때 마사무네가 갑자기 눈을 떴다.

"오오. 이거 실례했네."

"이 나가야스가 한 말을 전혀 못 들으신 것 같군요?"

"그래, 좋아. 아무것도 듣지 못했어."

"그럼, 이 나가야스에게 하실 말씀은?"

"아무것도 없어. 자, 술이나 더 들게."

"아무것도 없다고요……?"

"그래. 나는 꿈과 현실도 분간 못하겠어. 나는 자네에게 충고 같은 것은 하지 않을 생각일세."

"그러면, 이 나가야스를 버리실 생각이십니까……?"

"그렇지 않아. 자네 생각은 나보다 훨씬 크고 날카로워. 큰 독수리는 자네, 나는 참새야. 대나무숲에서 짹짹거리기만 하는 얼빠진 참새."

"으음, 과연 훌륭한 연기자십니다. 그냥 끝을 낼 작정이군요?"

"그래. 끝났어. 자네가 작은 초록빛 상자를 가져왔어. 그 작은 상자

속에서 오색 연기가 허공으로 피어올랐다…… 오색 연기가 사라져간 곳에 하잘것없는 애꾸눈 노인이 혼자 멍청히 앉아 있었다…… 어떤가 이와미노카미, 꿈을 깬 뒤의 참모습 아닐까? 나는 쓸쓸해졌네."

마사무네는 자기 잔을 얼른 비우고 나가야스에게 내밀었다.

9

나가야스는 승리에 도취한 기분이었다. 그런데 그 밑바닥에는 묘하게도 응어리가 남아 있었다. 지나쳤다고는 생각하지 않았다. 마사무네의 마음속에는 몇 겹으로 뚜껑을 덮은 야심의 상자가 숨겨져 있다. 그 상자 속을 들여다보고ㅡ

"아니, 이게 무언가?"

분명히 한번 다짐해두지 않으면 언제 배반당할지 모른다. 더구나 그 야심의 상자는 마사무네가 살아 있는 한 태워버리려 해도 안 되고 묻어버릴 수도 없는, 말하자면 태어날 때부터 몸에 지닌 숙명적인 작은 상자였다.

그렇다고 해도…… 오늘 저녁의 마사무네는 너무나 쉽게 손을 든 것처럼 꾸미고 슬쩍 피해버렸다.

"손들었네. 이제 그 이야기는 그만두세."

이렇게 말하는 것 같기도 하고ㅡ

"자네는 나를 협박하는군. 그래서 진심을 털어놓지 못하겠어."

애매하게 말을 피하고 단념하려는 것 같기도 했다.

"무츠노카미 님, 연극이 좀 지나치십니다."

"뭐가 말인가, 이와미노카미?"

"시치미 떼시는 것 말입니다. 그렇게 시치미를 떼시면 이 나가야스는 버림받았다고 성급하게 생각하고 당황하여 쇼군에게 달려갈 기분이 들지도 모릅니다."

"그, 그건 곤란해. 꿈과 현실의 이야기는 어디까지나 분간할 수 있어야 하는 거야."

"그러시면, 자신은 아무 말도 안 하시면서 나가야스에게는 속셈을 다 털어놓게 할 생각이십니까?"

"이와미노카미, 자네가 그렇게 마음에 걸린다면 말할 수도 있어."

"예, 저는 그 말을 기다리고 있었습니다."

"실은 말일세, 카즈사노스케의 아내, 내 딸에게서 마음에 걸리는 소식이 왔어."

"아니, 이로하히메 님으로부터……?"

"그래. 자네가 광산에서 부리고 있었다는 한 여자가 이로하히메에게 달려와 터무니없는 걸 호소했다고 하더군."

"광산에 있던 여자가……?"

"그래. 딸이 전한 대로 말하겠네. 그 여자 말로는, 자네는 카즈사노스케를 천하의 주인으로 세우기 위해, 그날을 대비한 준비로 군자금을 모으고 있다고. 그 다음은 자네 말과 같은 내용이야. 화려한 행렬을 이룬 여자의 짐에 사실은 그 군자금이 숨겨져 있다고…… 딸은 그것이 마음에 걸려, 카즈사노스케가 그런 의심을 받지 않도록 부디 조심하라고 전해왔어……"

나가야스는 안도했다.

마사무네의 얼굴이 비로소 진지하게 비밀을 털어놓으려는 자의 표정이 되었다.

"그 일이었군요."

"충분히 조심해야 할 일, 소문이란 일단 남의 흥미를 북돋게 되면 각자의 꿈으로 연결되어 여러 가지 크기로 부풀려지는 것일세. 바로 자네가 조금 전에 말한 소텔의 이야기처럼."

나가야스는 웃기 시작했다.

"하하하…… 그런 일이라면 염려하지 마십시오. 없앨 수 있는 수단
은 얼마든지 있습니다. 하하하…… 그런 소문을 믿으시고 멀리해달라
고 하셨다면…… 태산명동泰山鳴動에 서일필鼠—匹, 아무튼 깊이 명심
하겠습니다. 하하하……"

10

마사무네는 여전히 요령부득인 채 술을 권했다. 돌아가기 위해 일어
설 무렵 나가야스는 원래 성격대로 꽤나 낙천적으로 되어 있었다.

여자들의 짐 속에서 떨어진 황금 따위에 대해서는 얼마든지 변명할
방법이 있다고. 여자들 중에는 광산촌에서 웃음을 팔아 막대한 금은을
번 여자도 적지않다, 다음에는 그런 여자들의 짐을 도중의 가장 사람
눈이 많은 곳에서 일부러 뒤집어 보여준다, 그러면 사람들의 호기심도
부러워하던 마음도 방향을 바꾸게 될 것이라고.

"광산에는 야마우바山姥°라는 게 있습니다. 그들은 모두 산에 정착
하여 유복하게 살고 있지요. 그 이야기를 선전하고 다니면 마음이 들뜬
자들은 광부를 지망해서라기보다 야마우바를 낚으려고 산에 들어오는
것이 유행할지도 모릅니다."

이런 말을 하면서 웃었다. 연판장만은 마사무네의 충고대로 작은 상
자에 보관하여 오해를 초래하지 않도록 충분히 주의하겠다는 말을 하
고 나가야스는 일어섰다.

나가야스가 돌아가고 난 뒤 마사무네는 왠지 모르게 한숨을 쉬었다.
마사무네의 눈으로 볼 때 나가야스는 아직 마음놓을 수 없는 장난꾸러

기였다. 결코 악인도 아니었고, 믿는 상대를 배신할 불성실한 사나이도 아니었다.

'인간이란 면에서는 도요토미 타이코와 많이 닮은 성격……'

마사무네는 재미있게도 생각했고 경계도 했다.

오늘 나가야스는 끝내 마사무네의 본심을 모르고 돌아갔다.

마사무네가 일부러 그의 기분을 상하게 할 말을 한 이유는 간단했다. 연판장에 서명하기가 싫어서였다. 지금 나가야스가 집요하게 요구하면 거절할 이유가 전혀 없었다. 마사무네 자신이 권해서 만든 연판장이었기 때문에…… 나가야스도 그러한 사실을 잊지 않고 있어서 몹시 감정이 상한 모양이었으나 이야기는 도중에 다른 데로 빗겨갔다. 아니, 그렇게 되도록 마사무네가 꾸몄다.

마사무네가 나가야스를 이용하면서도 경계하고 있는 이유는 또 한 가지가 있었다. 그것은 혼아미 코에츠와 연고가 있는 자가 나가야스의 처첩 가운데 한 사람 있다는 사실이었다.

마사무네가 볼 때 혼아미 코에츠는 아버지 코지光二 때부터 도쿠가와 가문의 첩자라 해도 과언이 아니었다. 본인이 그렇게 알고 있는가의 여부는 고사하고, 아버지도 자식도 전국 다이묘들과 접촉하면서도 이에야스에게만은 특별한 존경을 나타내고 있었다.

마사무네는 문제의 '오코'라는 여성을 몰래 알아보게 했다. 그랬더니 오코라는 여자는 보기 드문 기인이고 억센 여자…… 아니 강한 개성의 여자라고 하는 편이 좋을지도. 이 여자는 철이 들 때부터 사촌인 코에츠에게 남몰래 연정을 불태우고 있었던 모양이다. 그런데 양친은 코에츠에게 오코의 언니를 시집보냈다. 그때부터 오코는 상식적으로는 헤아리기 어려운 인생의 길을 걷고 있었다…… 그런데 최근에 오코의 언니, 곧 코에츠의 아내가 죽었다……

지금 오코의 심중에는 심한 갈등이 일어나고 있을 터.

11

오코라는 여자는 헤아릴 수 없는 인생의 무상과 집념 속에서 몸부림치고 있을 터. 언니가 먼저 죽을 바에는 자기가 코에츠의 아내가 되었더라면 좋았을 텐데…… 그러한 여자의 불타는 집념은 사나이의 야심과도 같아 그리 쉽게 사라지지 않는다. 새삼 나가야스에게 몸을 맡기고 그 곁에 있는 자기 자신이 저주스러워진다.

'여기에서 위기가 싹튼다……'

마사무네는 이렇게 판단하고 있었다.

나가야스는 개방적인 성격이었다. 게다가 예사로 주량을 넘기는 버릇이 있었다. 취하기만 하면 자기도 생각지 않은 일까지 마구 지껄이고, 그런 소리를 하며 즐기는, 무장과는 전혀 다른 사나이였다. 무장이 목숨을 거는 곳은 전쟁터지만, 전쟁터에서 목숨을 걸 줄 모르는 나가야스는 술자리에 목숨을 거는가 싶을 정도로 술잔과 격렬하게 싸우는 버릇이 있었다.

이러한 나가야스의 버릇 때문에 오코는 그에게 부정이 있다면 쉽게 알 수 있고, 같은 이유로 연판장에 대해서도 알고 있을 터였다.

마사무네의 또 하나의 걱정은 요즘 혼아미 가문의 사정이었다.

혼아미 가문은 본가와 분가라고는 하지만 지금까지는 하나였다. 코에츠의 어머니 묘슈妙秀가 코지를 남편으로 맞아들여 어린 동생을 도우면서 집안을 결속시키고 있었다. 코에츠의 아내로는 묘슈의 조카를 맞아들이고 본가 동생에게는 코에츠의 여동생을 시집보내는 등 집안끼리의 혼사가 계속되었다. 그런데 코지가 죽고 또 코에츠의 아내마저 죽었기 때문에 양자를 잇는 유대가 차츰 약해지고 있었다.

이러한 상황에 본가 주인이 한 가지 문제를 들고 나온 듯.

"칼을 만들거나 감정하는 일은 본가에서 할 일, 함부로 감정서 같은 것을 만들지 말라."

이 제안은 일단 이치에 닿는 말. 매사에 결백을 좋아하는 코에츠는 본업을 떠나서 살려는 생각으로, 카가의 마에다 토시나가前田利長 밑에서 하찮은 녹봉을 받으면서 지금 생활의 전환을 계획하고 있다……는 보고였다.

이러한 변화로 나가야스 곁에 있는 오코는 더욱 초조해질 터.

'내가 그대로 집에 있었다면……'

아무리 거센 여자라도 이러한 생각을 하게 되는 것은 당연한 귀결. 오코가 소박맞고 돌아와 그대로 집에 있었다면 묘슈나 본가 주인인 오코의 오빠는 두말없이 오코를 코에츠의 후처로 들여보내 양가는 그대로 하나가 될 수 있었을지 모른다……

마사무네는 손뼉을 쳐서 시녀를 불러 다시 술을 가져오게 했다.

여전히 무표정하고 바위덩어리를 앉혀놓은 것 같은 마사무네였으나 내심으로는 생각이 정리된 듯.

'나가야스도 오코라는 여자도 앞으로 얼마 동안 경계해야 한다……'

오코가 나가야스 곁에서 도망쳐 쿄토에 가서 코에츠에게 묘한 보고라도 하면 아주 귀찮은 파문이 일지도 모른다.

여자의 가을

1

오코는 그날도 하루종일 화로 곁을 떠나지 않고 묵묵히 보자기에 수를 놓고 있었다.

수놓는 기술을 오코는 고모 묘슈에게 배웠다. 혼아미 코에츠의 어머니이기도 한 묘슈는 아직 건재하여 쿄토에 살고 있었는데, 60이 넘은 지금까지도 절대로 명주옷은 입으려 하지 않았다. 삼베나 무명 외에는 몸에 걸치지 않았다. 그 이상의 사치를 하면 니치렌 대선사의 뜻에 어긋난다고 했다.

남편 코지나 아들 코에츠도 전국의 다이묘들 집에 출입하고 있었기 때문에 하사품이나 선물 가운데는 명주도 많았다. 묘슈는 그 가운데서 안감과 겉감을 골라 일일이 보자기를 만들었다. 그리고 이를 드나드는 상인이나 기술자들에게 나누어주고는 했다.

"사람은 혼자 사는 게 아니고, 그건 혼아미 가문의 노력을 인정받아 얻게 된 값진 물건이지. 이 값진 물건을 혼자 가진다면 밑에서 일하는 사람들의 수고한 대가를 가로챈 것이 돼. 남의 수고를 가로챈 자들을 어찌 대선사께서 벌하지 않고 그냥 두시겠느냐. 묘슈의 감사를 곁들여 나누어주어야 하는 거야.”

오코가 그 이유를 물었을 때 묘슈는 부지런히 바늘을 놀리면서 이렇게 설명했다. 그 묘슈는 즐겨 소나무나 대나무, 매화나무를 수놓곤 했다. 모든 일에 감사하는 의미였다.

그러나 오코가 지금 명주에 수놓고 있는 것은 소나무, 대, 매화 따위가 아니었다. 주로 가을 풀이었다. 그 가운데서도 도라지와 부용꽃을 주로 하여 마타리와 갈대를 곁들인 것이 많았다.

오코는 이들 가을 풀을 수놓은 보자기를 유품으로 할 생각이었다. 물론 묘슈가 하는 일을 보고 착안했는데, 그 마음속에는 인생의 가을바람을 느끼기 시작한 여자의 가련한 그림자가 아로새겨져 있었다.

오코는 이제야 자기가 사촌오빠 코에츠를 얼마나 사랑하고 있었는지 깨달았다. 그 코에츠를 언니에게 빼앗겼…… 오코는 처음에 이렇게 생각했다. 물론 빼앗긴 게 아니고, 인연의 실이 얽혀 있었다고 지금은 납득하고 있지만……

코에츠에게 시집간 언니가 죽었다는 소식이 있었다. 더구나 그 소식은 언니의 죽음을 계기로 혼아미 가문이 둘로 갈라져 따로 살게 되었다는 소식과 함께 사도에 전해졌다.

오코가 자기도 놀랄 만큼 인생에서 긴장감을 잃게 된 것은 그 소식이 전해진 뒤였다.

오코는 아버지 코세츠光刹와 사촌오빠 코에츠는 언제나 같은 이해 속에서 사는 가족이라 믿고 있었다. 그런데 역시 그렇지 않았던 듯…… 그 사실을 깨달았을 때 그녀에게는 자기 삶이 전혀 무의미한 것으로 생각되기 시작했다.

‘모두 하나라 생각했기 때문에 나는 언니에게 양보했는데……’

일가가 일가답게 원만히 지내기 위해서는 누군가가 소아小我를 죽이

지 않으면…… 그러나 이 일가도 역시 세상의 그 흔한 이해관계 때문에
뿔뿔이 헤어졌다……

그렇다면 오코의 희생은 무엇이었단 말인가……?

2

오코는 그 뒤 강력하게 사도로부터의 철수를 나가야스에게 요구했
다. 나가야스에게는 정실이라고 할 만한 여자가 없었다. 자기가 그 자
리에 앉는다면 혹시 마음의 안정을 찾게 되지 않을까……? 이런 타산
이 어딘가에 있었다. 그러나 그런 마음에서 가져본 기대도 하치오지에
있는 그의 본거지에 도착한 뒤 산산이 허물어지고 말았다.

나가야스는 여행을 하며 즐기는 사나이일 수는 있었으나 내 집에서
함께 살 상대는 아니었다. 그의 분방한 성격도 활달한 공상도 모두 놀
이 상대에게만 방사되는 특이한 광선. 본거지에 돌아온 총지배인 오쿠
보 이와미노카미 나가야스는 참으로 옹색하고 소심하여 사대주의적인
작은 폭군에 지나지 않았다.

안에서나 밖에서나 같은 점은 주정뿐이었다. 그 주정도 밖에서는 하
늘을 날아다니는 것 같은 재미로 나타났으나, 집에서는 땅속에 기어들
어 모래를 세는 것 같은 침울한 성격으로 폭발했다.

열둘이나 되는 소실들은 이를테면 마구간에 있는 열두 필의 말과 같
은 구속을 받고, 여자 종이나 하인에게까지 사람이 달라진 것처럼 허례
虛禮를 강요했다.

'역시 자수성가한 인색한 사람에 불과한 게 아닐까?'

생각하지 않으려 해도 자꾸 생각하게 되는 것은 전혀 표리가 없는 혼
아미 코에츠의 생활을 보아온 탓인지도 모른다.

코에츠는 편협한 면은 있으나 언제나 일본에서 제일 올바르고 제일 깨끗한 인간이 되기 위해 살아가고 있었다. 그런데 나가야스의 거짓은 확실하게 보였다. 본심으로부터 인간을 사랑하려는 마음은 없고 탁한 세상을 교묘히 헤엄쳐나가겠다고 버둥거리는 오기뿐.

'하치오지에 온 것은 잘못이었다……'

각별히 누군가에게 신경을 써야 할 일은 없었다. 그러나 오쿠보 나가 야스를 남편으로서 존경하고 감격할 수 있는 상태는 아니었다. 아니, 직접적으로는 하치오지에 왔기 때문에 코에츠와의 거리도, 나가야스 와의 거리도 더욱 멀어진 듯한 느낌을 떨쳐버릴 수 없었다.

'사도에 있었다면 카가로 옮겼다는 코에츠에게 노토能登에서 달려 갈 기회가 있지 않았을까……?'

오코는 두어 달 전부터 쓸쓸한 마음에서 보자기를 만들기 시작했다. 사치스런 옷에 집착을 버린 것도 하나의 변화였다.

'내 생애도 이제 종점에 가까웠다……'

이런 기분으로 새삼스럽게 고모 묘슈의 깨끗한 마음을 상기해보기 도 했다. 이러한 때 뜻밖에 나가야스가 찾아왔다.

"오코, 오코, 아직 일어나지 않았나?"

취한 모양이었다. 하기야 취하지 않으면 이곳에 매인 여자들은 거들 떠보지도 않는 나가야스였지만……

거침없이 장지문이 열렸다. 그와 함께 물씬 익은 감 냄새와도 같은 술냄새가 났다.

"원 이런, 어른이 납시었는데 왜 두 손을 짚고 인사하지 않는 거야. 요즘 집안 예절이 여간 문란해지지 않았어."

"어서 오십시오."

오코는 그의 말대로 두 손을 짚었다.

"그런데 웬일이세요?"

도전하듯 싸늘하게 말했다.

나가야스는 혀를 차면서 성큼성큼 안으로 들어왔다.

"허어, 차디찬 인사로군……"

3

"차디찬 것은 그쪽도 마찬가지. 이게 주인어른과 저의 모습임을 오코는 이제야 깨달았어요."

두 손은 짚은 채였으나, 그 대꾸는 전과 변함 없이 매서웠다.

"으음."

나가야스는 선 채로 입을 삐죽 내밀고 눈을 가늘게 뜨면서 뜨거운 술기운을 내뿜었다.

"그대는 이 나가야스 이와미노카미에게 싫증이 난 모양이군."

"아니, 싫증이 났다……기보다 실망했어요."

"실망했다고? 함부로 잘도 지껄이는군. 울화가 치밀어."

"울화가 치밀거든 마음대로 하세요. 그래서 오코는 이렇게 유물을 많이 만들었어요. 부디 하녀로부터 친척들에게까지도 이 보자기를 나누어주었으면 해요."

"그렇다면, 그게 그대의 유언인가?"

"예. 그런 일은 빠를수록 좋겠어요. 준비가 되어 있으니 언제든지 화를 내도 좋아요."

"으음."

나가야스는 다시 한 번 묘한 신음소리를 내고는 오코 곁에 앉았다.

"과연 오코는 그 편협한 코에츠의 혈육답군. 말 하나하나에 모두 독을 품고 있어."

"아니, 코에츠는 절대 편협한 사람이 아니에요. 주인어른이 편협한 거예요."

"이번에는 내가 편협하다고 말할 생각인가?"

"예. 편협하다는 것은 공평하다는 말과는 달라요. 한쪽에 치우치는 것은…… 바보들이나 하는 일이에요."

오코는 속에 품었던 독기를 토해내더니 겨우 호흡이 편해졌는지 희미하게 웃었다.

나가야스는 계속 혀를 찼다.

"세상에 오래 데리고 산 여편네만큼 처치하기 곤란한 것도 없어. 독을 내뿜기만 할 뿐 앞뒤도 모르고 멋도 없어."

"그것을 세상에서는 무미건조하다……고 합니다. 그런데 용건은? 만약 괜찮다면 수를 놓으면서 듣겠어요……"

"좋을 대로 해. 그러나 오코, 잘난 체하는 그대도 오늘밤만은 이 나가야스를 잘못 봤어."

"과연 그럴까요? 아무튼 주인어른의 비위를 거슬리고 죽임을 당해 저승에 갈 요량으로 있는 이 오코, 별로 잘못 보지 않았을 것으로 생각하는데요……"

"오코, 나는 오늘 저녁 오랜만에 그대에게 부탁이 있어서 왔어."

"이것 참, 놀랄 일이군요. 부탁에 따라서는 이 오코도 순순히 따를 수 있어요. 어서 말씀해보세요."

"아직 화를 내고 있나? 속이 좁은 여자로군."

이때 미리 지시해두었는지 세 사람의 젊은 여자가 술상과 주전자를 들고 들어왔다. 오코는 무시했다. 그들 가운데서 두 사람은 분명히 나가야스가 손을 댄 일이 있는 여자들, 아주 잠깐 동안이지만…… 그런 점에서는 유곽이나 내 집을 가리지 않는 나가야스였다.

"우선 한 잔 마셔. 오늘밤 이야기는 좀 복잡해."

4

나가야스는 오코가 다시 손을 놀리기 시작한 수틀을 난폭하게 빼앗
아 던지고 술상을 통째로 오코에게 밀어붙였다.

"너희들은 물러가 있거라. 참, 나는 오늘밤 여기서 자겠어. 잠자리를
준비하고 물러가라."

그리고 오코의 코끝에 잔을 내밀었다.

"오코, 그대가 예쁜 상자 두 개를 만들어주었으면 좋겠어. 그대는 코
에츠의 혈육, 그림도, 옻칠과 세공에도 솜씨가 있는 여자야."

"상자를……?"

"그래. 문갑 정도의 크기면 돼. 아니, 문갑보다는 조금 더 깊게. 자질
구레한 머리장식 같은 것을 넣을 수 있는 아름다운 상자를 두 개 만들
어주었으면 해. 알겠나? 물론 그 하나는 그대에게 주겠어. 다른 하나는
내가 소중히 간직하겠어. 참, 그대의 유물…… 이 나가야스에게 남길
유품이라 생각하고 만들어주어도 좋아."

"아니, 그런 상자를 무엇에다 쓰시려고?"

"소중한 것을 넣어두려고 그래. 금은은 아무리 많이 사용해도 좋아.
자개를 박아도 좋고 외국에서 건너온 납을 써도 좋아. 이 초록빛 구슬
을 그 한가운데에 별처럼 박아넣는 거야……"

나가야스는 품안을 뒤져 다다미 위에 두 개의 빛나는 초록빛 구슬을
꺼내놓았다. 오코는 아직 손을 내밀려고 하지 않았다. 나가야스의 말이
너무 엉뚱하여 무엇을 생각하는지 몰랐기 때문이다.

"아주 훌륭한 비취로군요."

"비취가 아니야. 소텔이 준 구슬인데 에메랄드라고 해."

"아니, 소텔이 이것을……?"

"그래. 이 구슬은 세상에서 가장 사랑하는 사람과 나누어 갖는 게 좋

다고 하더군. 이것을 상자에 박아 그대와 내가 하나씩 갖는다…… 하
하하…… 어때, 아직도 기분이 풀리지 않았나?"

오코는 다시 한 번 신중하게 고개를 갸웃했다.

이미 나가야스의 혀끝에 놀아날 정도로 호락호락한 오코가 아니었
다.

'흥, 오코와 한 개씩 귀중한 구슬을 나누어 갖는다고……'

이 보석을 장식하여 아름다운 자개상자를 두 개 만들라……고 하다
니, 도대체 무슨 속셈일까……?

그 꿈의 연속이라 생각했으나, 아무래도 갑작스러운 일이었다.

"뭘 생각하고 있는 거야. 이 아름다운 구슬을 손에 들고 보란 말이
야. 이것은 아무 데나 있는 구슬이 아니야."

"무엇을 넣는 상자인가요?"

"무엇을 넣느냐고……? 가장 중요한 것을……"

말하다 말고 나가야스는 입을 다물었다.

"넣는 물건에 따라 무늬가 달라지고 옻칠도 결정해야 해요. 무엇을
넣을 것인지 말하지 않으면 만들지 않겠어요. 오코가 만든 것이 후세에
까지 웃음거리가 된다면 참을 수 없으니까요."

나가야스는 다시 한 번 나직하게 신음하고 다다미 위에 있는 보석을
집어들었다. 정말 아름답고 빛깔이 고운 아침 햇빛을 받고 있는 고구마
잎에 맺힌 이슬을 그냥 주워올린 듯한 구슬이었다.

5

"으음, 그게 무언지 말하지 않으면 만들지 못하겠다는 말이군."

나가야스는 왼쪽 손바닥에 보석을 올려놓은 채 잔을 비웠다.

"예전의 오코라면 두말없이 털어놓겠지만, 요즘 오코는……"

"못 믿겠다는 말인가요……?"

"적의를 품고 있어. 어쩌면 그 유품인 보자기를 만들고 나서 나를 죽일 생각인지도 몰라."

"호호호…… 그럴 용기가 있다면 이렇게 눈앞에서 유품을 만들고 있지는 않아요. 오코는 이미 여자의 마지막이 왔다……는 생각으로 시들 준비를 하고 있는 거예요."

"여자의 마지막이라…… 홍, 그럴 리가 없지. 언제나 무언가를 생각하고 꿈꾸고 있는 여자야, 그대는……"

"그렇게 의심스러운 여자에게 귀중한 상자를 만들게 해도 될까요? 그런 일에 익숙한 자를 택해 송두리째 맡기면 될 텐데."

"오코."

"왜 그러세요?"

"한 번 더 그대는 옛날의 오코로 돌아갈 뜻이 없나?"

"옛날의 오코라니요……?"

"내게 반했던 무렵의 오코 말이야."

"참 우습군요. 싫증을 내고 귀찮다고 한 것은 그쪽이 아니던가요?"

"어느 쪽이건 상관없어. 나는 말이지, 실은 오늘 오랜만에 무츠노카미의 집에서 대접을 받고 왔어."

"그것과 이 보석을 박을 상자가 무슨 관계라도 있나요?"

"있다……면 있고 없다……면 없어……"

"말하시는 편이 좋을 거예요. 옛날처럼…… 그러면 오코도 또 옛날의 오코로 돌아갈 수 있을지 몰라요."

나가야스는 흘끗 눈을 들어 오코를 바라보고 나서 다시 손바닥 위의 보석으로 시선을 떨어뜨렸다.

'뭔가 있구나…… 심상치가 않아……'

나가야스에게 가끔 나타나는 깊숙한 고독에는 상대를 똑같은 외로움으로 끌어들이는 무언가가 있었다. 그 고독의 호리병박이 오늘밤도 입을 벌리고 있는 것 같았다.

"오코, 나는 그대가 좋아."

"흥."

"좋아하기는 했으나 실은 두렵기도 했어. 아니, 그대가 두려운 게 아니라, 그대의 배후에 있는 혼아미 코에츠가 두려웠어."

"……"

"그대도 잘 알고 있을 거야. 그 눈이 그것을 말해주고 있어. 내가 보기에 코에츠는 광인이야. 일단 생각하면 바꾸지 않는 사람…… 코에츠는 나를 경계하고 있었어. 나를 경박한, 일본이나 도쿠가와 가문을 그르치게 할 사나이로 경계하고 있었어…… 그런 코에츠도 카가에 의지하러 갔다고 하더군…… 그렇게 사이가 좋았던 이타쿠라 님과도 헤어지고 말이야……"

"그게 이 초록 구슬이나 상자와 무슨 관계가 있나요?"

"우선 내 말을 들어. 코에츠가 쿄토에 없다…… 그래서 그대에게 상자 안에 넣을 물건을 밝혀도 괜찮게 되었다……는 말을 하려 한다는 것을 모르겠나?"

나가야스는 다시 입을 다물고 생각에 잠겼다.

6

오코의 눈이 반짝반짝 빛나기 시작했다.

나가야스의 예사롭지 않은 태도와 아울러 소텔의 이름이 나오고 다테 마사무네의 이름이 나오기도 하고…… 아니, 그뿐 아니었다. 오코가 가장 관심을 두고 있는 코에츠가 카가로 간 일, 코에츠와 가장 사이가 좋았던 쇼시다이인 이타쿠라 카츠시게의 이름까지, 이건 더더욱 예삿일이 아니었다. 나가야스가 만들어달라는 상자가 그들과 관련된 일이라면 그냥 흘려들을 수 없는 일……

"사람에게는 좋고 싫은 것이 있게 마련이야."

잠시 후 나가야스는 다시 잔과 보석을 번갈아 노려보며 말했다.

"코에츠는 한번 싫다고 하면 싫어하는 까닭만 계속 캐내려고 해. 그런 눈으로 집요하게 노려보고 있으면 어떤 인간에게도 결점이 나타나게 마련이지."

"……"

"코에츠는 내게 접근하는 사람들을 모두 경계하고, 내가 하는 일을 모두 감시할 생각으로 있어. 그런 눈으로 볼 때, 이치리즈카―里塚°를 쌓으면 싸울 때 군량의 필요량을 계산하기 위한 것으로 보이고, 길을 내면 적을 끌어들이기 위한 것으로 보이지. 내가 금은을 좀 운반하면 불법으로 사사로운 이익을 도모하는 것으로 보이고, 다이묘들과 가까이 하면 무언가 모의를 하고 있는 것으로 보여. 그래서 나는 본의 아니게 그대를 멀리하는 결과가 되었어."

오코는 묵묵히 듣기만 했다.

나가야스의 말 가운데는 약간의 진실도 있었다. 그러나 그 이상으로 늘 과장도 따랐다.

"내 말을 알겠나, 오코. 나는 그대 같은 여자가 좋아. 남녀 사이도 일종의 싸움, 그대의 굴하지 않는 재기가 나의 피를 젊게 해주고 있어. 상대로서 부족함이 없는 여자……이기는 하나 코에츠는 무서워. 코에츠는 쇼시다이 이타쿠라와도 사이가 좋고, 후시미 부교 코보리小堀와도 사이가 좋아. 또 상인 대표 챠야와도 사이가 좋고 사카이 부교 나루세와도 사이가 좋아. 거기에다 오고쇼의 마음을 잘 파악하고 있어. 만일 코에츠가 오쿠보 나가야스를 조심하십시오…… 그런 말을 하면 이 나가야스는 목이 날아갈 거야."

오코는 갑자기 큰 소리로 웃기 시작했다.

'이건 진심인 것 같다……'

그런 생각과 함께 우스우면서도 나가야스가 조금은 불쌍해졌다. 물론 나가야스와 오코의 사이가 나빠진 것은 그런 일 때문만은 아니었다. 오코는 나가야스가 만취하여 저지르는 음탕한 짓에 불결함을 느끼고 멀어졌다. 이러한 오코의 반항에 나가야스는 술기운이 깨기도 하고 쩔쩔매기도 하면서 두 사람 사이는 이렇게 되었다.

'분명 코에츠의 일도 관계가 있을 것이다……'

"무엇이 우스운가. 그대는 내가 두려워하는 걸 모른다는 말인가?"

"알겠어요. 잘 알았으니 만들 상자 이야기나 어서 털어놓으세요."

"오코."

"왜 그러세요?"

"내가 털어놓아도 다른 데서 말하지 않겠다고 맹세할 수 있겠어?"

"가끔 이상한 말씀을 하시는군요. 오코가 중요한 일을 누설할 것 같으면 두말 못하게 베어버리면 되지 않겠어요? 오코는 주인어른이 기르고 있는 한 마리의 벌레에 지나지 않는데……"

"그래? 그 벌레가 조롱 안에서 도망가려 하지 않겠다는 말이지?"

나가야스는 한 번 더 다짐을 하고 다시 잔을 비웠다.

7

"그렇다면 말하겠어. 그 상자 안에 넣고 싶은 것은 이거야."

나가야스는 초록빛 구슬을 무릎에 놓고 품속에 두 손을 넣었다.

꺼낸 것은 바로 그 연판장.

나가야스는 술에 취한 손으로 그 끈을 풀고는 내던지듯 오코 앞에 펼쳤다. 오코는 짐짓 무시하는 체하면서 그 위에 시선을 던졌다가 하마터면 비명을 지를 뻔했다. 마츠다이라 카즈사노스케 타다테루를 필두로 오쿠보 타다치카 등의 서명이 나란히 쎄어 있지 않은가……

"이건 도대체 무슨 장난…… 그래요, 무슨 장난이지요?"

애써 태연하게 물으려 했으나, 그 소리는 저도 모르게 떨리고 있었다. 다이묘들 중에서 코에츠가 가장 경계하고 있던 타카야마 우콘과 나이토 죠안의 이름까지도 있었다.

"어때, 놀랐나……?"

나가야스는 단단히 각오한 것처럼 태연히 연판장을 손에 들고 둘둘 말았다.

"실은 오늘 여기에 무츠노카미의 서명을 받고 끝내려 했어. 그런데, 그런데……"

"무츠노카미가 거절했군요."

"그래, 무츠노카미는 떨고 있었어."

나가야스는 내뱉듯이 말했다.

"도쿠가와 가문에 대한 반역 연판장……이라고 오해받기 쉽다, 사람들 눈에 띄지 않게 단단히 봉해두는 게 좋다고…… 그러나, 자세히 봐. 이게 어디 반역 연판장인가. 온 일본 유지들이 손잡고 힘을 합쳐 세계의 바다로 진출……할 것을 맹세한다고 분명하게 쎄어 있어."

"이 연판장을 넣기 위한 상자를 오코에게 만들라는 말이군요."

"맞아…… 나도 그런 말을 듣고 다소 겁이 났어. 과연 이 연판장으로 지금의 쇼군 히데타다 공의 천하라면 뒤엎지 못할 것도 없다……는 사실을 알았기 때문이지."

"……"

"오고쇼는 누가 무어라 해도 늙었어. 오고쇼가 세상을 떠난 뒤 현재의 쇼군이 우리 의견에 반대하여 교역을 엄격히 하고 오란다와 이기리스가 오는 것을 기다리는 게 좋다고 한다면…… 아니, 그렇게 말할 가능성이 있기 때문에 소텔은 필사적이야. 이 대 쇼군도 어쩐지 소텔보다는 미우라 안진을 더 믿으시는 모양이니까."

"……"

"그렇게 된다면 쇼군을 물러가게 하고 삼 대 쇼군에는 우리 주군인 동생 되시는 카즈사노스케 님을 옹립하면 천하에 별 혼란이 없다…… 아니 그 편이 훨씬 안전하다고 나는 생각했는데 무츠노카미는 그렇지 않았어. 자기 사위를 세워 도쿠가와 천하를 뒤엎는다……는 혐의를 받아서는 큰일이라고 생각했겠지. 서명은커녕 자칫하면 나 한 사람에게 죄를 뒤집어씌워 밀고라도 할 것 같은 기세였어. 나는 돌아오는 길에 여러 가지로 생각했어."

오코는 자기도 모르게 깊이 한숨을 쉬었다. 지금 나가야스가 말한 일에 오사카의 히데요리가 가담한다면 코에츠가 상상하던 최악의 사태가 도래하게 된다.

"그래서…… 그래서 어떻게 되었나요?"

마침내 오코도 나가야스에게 묻지 않을 수 없었다.

8

"그야 이 나가야스가 꿈을 버리면 그만이지."

나가야스는 뜻밖에도 침울하고 힘없는 목소리로 말했다.

"나도 많은 인생의 곡절을 겪으면서 출세는 했어. 세상사람들은 나를 부러워하겠지, 나로서는 한없이 쓸쓸하지만. 그렇다고 지금 무츠노카미와 다투고 반역자라는 말은 듣고 싶지 않아."

"정말 그래요."

오코는 갑자기 나가야스의 얼굴에 나이만큼이나 주름살이 생긴 것 같아 애처로운 생각이 들었다.

"그러나 무척 안타까워!"

나가야스는 다시 술잔을 기울였다.

"돈 로드리고가 남만국에서 하는 분배율을 자세히 말해주었어."

"……"

"그 나라 사람들이 우리나라에 와서 금광을 한다면 오고쇼와 바쿠후의 총수입은 산출량의 사분의 일이라는 거야. 반은 덕대가, 나머지 반을 오고쇼와 펠리페 대왕이 반씩 분배한다…… 그 일을 나는 훌륭히 해냈어. 내가 오고쇼나 쇼군의 세 배를 갖는다 해도 이상할 것 없지. 그런데 그렇지 못했어. 세 배는커녕 금고에 넣은 양의 절반 가량…… 그것도 나중에 세계의 바다로 진출하기 위해 부지런히 이곳으로 실어날랐을 뿐. 그러나 쓸데없는 소문이 나서 천하를 뒤집어엎을 작정으로 사욕을 채웠다고 할지도 몰라…… 단념했어. 내 꿈은 이 정도로 접어놓고 겨우 총감독으로 죽어가는 거야. 이 가슴의 큰 꿈은 먼 훗날의 이야깃거리로 덮어두어야지…… 그런 상자이니 훌륭하게 만들어 넣어두고 싶은 거야."

나가야스는 정말 눈물을 뚝뚝 떨어뜨렸다.

오코는 그의 눈물에 그리 쉽게 속아넘어가지는 않았다.

'술버릇 탓이기도 하다……'

그러나 그것만은 아닌 듯. 나가야스 정도나 되는 몽상가가 꿈을 버리지 않을 수 없게 된 아쉬움 또한 작지 않을 터, 자기 자신이 억센 기질인 만큼 오코에게는 동정하는 마음도 생겼다.

"잘 알았으니 그 상자는 이 오코가 정성을 다해 만들겠어요."

"만들어주겠나?"

"오코의 빗이나 비녀를 담을 상자……라고 두 개를 만들게 하지요. 하지만 그 하나를 내게 주겠다……고 하셨어요. 그건 단지 입을 막기 위해 한 말이 아닌가요?"

"아니, 내가 그대에게 주는 선물이야"

"그 밖에는 아무 뜻도……?"

"원 이런, 이 나가야스가 기념으로 준다…… 그대에 대한 사과와 애정의 표시라고 생각해주지 않겠나?"

오코는 실망했다. 역시 그런 말밖에는 못하는 나가야스였다. 오코가 새삼스럽게 그런 질문을 한 것은 또 하나의 상자에 연판장 사본을 넣어 아예 다테 마사무네에게 보냈으면 어떨까 하는 생각 때문이었다. 마사무네의 서명을 맨 끝에 가짜로 써넣은 뒤 보낸다…… 그 정도 일도 하지 않으면 마사무네의 입을 봉할 수 없다……고 생각했는데 나가야스에게 그런 뜻이 없다면 굳이 말할 것도 없었다.

오코는 비로소 자기도 싸늘해진 술잔을 입으로 가져갔다.

9

나가야스의 말처럼 오코는 보통여자가 아니었다. 오코가 만약 남자였다면 사촌동생으로서 혼아미 코에츠와 함께 니치렌 종의 수도자가 되어 깨끗한 설법을 행했을 터. 그러나 오코 역시 여러 가지 번뇌를 갖도록 태어난 여자였다. 그런 여자가 자신의 모습에서 뭐라 말할 수 없는 가을바람을 느끼고 있었다…… 그런 만큼 나가야스가 그릇된 인간인 줄 알면서도 그 입장에 동정하기 시작했다.

오코는 묵묵히 나가야스의 손에서 보석을 받아들었다. 두루마리 연판장의 치수를 손으로 재면서 말했다.

"높이는 문갑 정도로 되겠군요……"

"승낙했다는 말이지, 오코?"

"승낙했기에 이런 말을 하는 거예요. 그 대신 한 개는 분명히 오코가 가지겠어요."

"다짐할 것까지도 없어. 인연이 있어 그대의 남편이 된 오쿠보 나가야스가 평생의 일곱 빛깔 꿈을 봉해넣는 상자야. 백 년 후…… 아니 삼백 년 후, 오백 년 후가 되어도 정말 훌륭하다고 모두가 놀랄 만한 무늬를 부탁해."

오코는 이미 그때 마음속으로 두 개의 상자 가운데서 하나의 용도를 생각하고 있었다.

남만풍으로 자물쇠가 걸리는 상자가 좋겠다, 자물쇠를 잠근 채 오코도 이 세상에 남길 유품으로 삼을 것이다……

'그렇다면 그 안에 무엇을 넣어 남길까?'

인간의 구원은 역시 생각을 꿈속으로 가지고 갈 수 있다는 데 있다. 오코는 만들기 전부터 벌써 그 생각을 하고 있었다. 순간 지난날 나가야스와 갈등을 빚었던 일까지 봄 안개 속에 피어오르는 한 송이 꽃처럼 생각되었다……

그날 밤 나가야스는 여느 때처럼 주정도 하지 않았다.

오랜만에 오코 곁에서 자면서 보기 드물게 차분하고 점잖았다. 날이 밝은 뒤 그는 소중한 듯이 두루마리를 품속에 넣고 나갔다.

오코는 나가야스가 그녀의 방에서 나가고 나서 덧문을 열고 밖을 내다보았다. 이상했다. 한번 떠올린 생각—

'나는 무엇을 남기고 갈까?'

그 생각은 머릿속에서 빙글빙글 맴돌기 시작했다. 밖에는 새벽달이 있었으나, 그 으스름 달빛도 서리도 오코의 눈에는 보이지 않았다.

지고 나면 꽃이라고 할 수도 없는 마타리꽃 한 줄기에 지나지 않는 가을의 여자가 이 세상에 단 하나 살아 있었다는 증거품을 남기려 생각하니 수많은 상념이 떠올랐다.

'그렇다, 자식을 낳지 못한 여자이기 때문인지도 모른다.'

자식을 남길 수 있다면 제일 큰 유물이 될 텐데 오코에게는 자식이 없다. 순간 오코의 얼굴에는 야릇한 미소가 떠올랐다.

10

'살아 있는 유물인 자식은 남길 수 없다. 그 대신 인간에게 무시당하지 않는 운명을 가진 상자를 낳겠다……'

오코는 얼른 덧문을 닫고 서둘러 잠자리로 돌아왔다. 그러나 다시 일어나 하얀 잠옷을 입은 채 이번에는 탁자 앞에 앉았다. 등잔을 끌어당기고 먹을 갈았다. 그리고 붓끝을 까맣게 물들인 앞니로 잘근잘근 깨물고 있는 사이에 묘하게도 가슴이 뛰기 시작했다.

'자식을 낳지 못한 여자……'

그런 생각을 한 것은 큰 잘못이었다. 나가야스에게는 다른 여자에게서 낳은 자식들이 있었다. 그 자식에 못잖은 운명을 작은 상자에게 지니게 한다는 것은 결코 불가능한 일이 아니었다.

오코는 필묵 준비를 끝내고 미친 듯이 문갑 속을 뒤지기 시작했다. 거기에는 오코의 형부 타와라야俵屋가 준 편지지가 들어 있다……

타와라야의 이름은 소타츠宗達, 쿄토의 가난한 토산물 화공이었다. 그 역시 얌전했으나 무서운 고집이 있었다. 장인 코세츠…… 곧 오코의 아버지로부터 전혀 도움받지 않고 혼자서 부지런히 선물용 부채에 그림을 그리면서 입에 풀칠을 하고 있었다. 그 타와라야 소타츠가 절친

한 종이장수 토베에藤兵衛를 시켜, 얇은 종이에 고사리며 사슴 따위의 밑그림을 그려 열 장 한 묶음으로 파는 편지지가 구경꾼들에게 호평받고 있다는 말과 함께 보내온 적이 있었다……

"그 종이는 벌레도 먹지 않고 몇 백 년이라도 보존할 수 있어."

타와라야는 자기 그림의 무늬보다 종이 자랑을 하고, 부채 그림 외에 수입이 많이 늘었으니 안심하라는 사연과 함께 보내왔다.

그 종이를 꺼내 오코는 열심히 붓을 놀리기 시작했다.

작은 초록빛 상자의 유래

이 작은 상자를 만든 자는 오코라는 쿄토 태생의 여자입니다. 오코는 칼을 감정하고 벼리는 혼아미 코에츠에게 연모의 정을 품고 있으면서도 지난해 오쿠보 이와미노카미 나가야스의 아내가 된 불행한 여자입니다. 이와미노카미 나가야스가 이 상자의 제작을 명한 것은 케이쵸 십사년(1609)이 저물어갈 무렵, 따로 이와 같은 형제 상자가 하나 더 있습니다. 형이 되는 그 상자는 오쿠보 이와미노카미 나가야스가 소유하며, 그 속에는 아주 중요한 연판장이 보관될 것입니다. 이 연판장은 다테 무츠노카미가 당연히 서명하게 되어 있으나 거절했기 때문에 이와미노카미는 세상의 이목을 꺼리고……

여기까지 쓰고 오코는 잠시 붓을 놓았다.

'진실을 자세하게 써서 남겨야 한다……'

그런 생각으로 쓰기 시작했으나 생각보다 어려운 일이었다. 기록해서 사실을 남기려는 자신의 뜻이 잘 전해질 것 같지 않았다.

"그렇다, 차라리 코에츠에게 보내는 연문 형식으로 써야지……"

오코는 가만히 두 손을 가슴에 누르고 눈을 감았다. 새삼스럽게 자신이 첫사랑을 느꼈을 무렵의 애처로운 모습이 떠올라 숨이 막혀왔다. 밖에는 벌써 새들이 요란하게 지저귀고 있었다.

11

오코는 일어나서 덧문을 열었다. 부드러운 아침 햇살이 비쳐들어 추억이 그대로 희미하게 지워질 것 같아 불안했다. 그러나 신중하게 마음을 가다듬고 써야 한다는 생각이었다.

'자식 없는 여자가 자식 대신 남기고 가는 유품인 작은 상자……'

기발한 착상이었다. 언젠가는 그 상자가 열려 밝은 햇빛 아래 낯모르는 사람들에게 읽힐 때, 문장에 잘못이 있다면 비웃음을 초래할 뿐만 아니라, 상자 자체의 운명에도 영향을 미칠 것이다.

'작은 상자도 훌륭하지만 이 글을 쓴……'

여인의 처량한 생애가 구구절절 시간의 흐름을 초월해서 공감을 주어야만 한다.

'그렇다, 그렇다면 와카和歌°도 한 수 첨가하고 싶다……'

탁상 앞으로 돌아온 오코는 소타츠가 그린 무늬도 음미해볼 필요가 있을 것 같았다. 소타츠는 은박으로 된 고사리를 즐겨 밑그림으로 했지만, 은은 나중에 먹보다 더 검어진다. 정성들여 쓰지 않으면 카나假名°로 쓴 부분은 판독하기 어렵게 될지도 모른다.

'아아, 코에츠의 필적으로 교본이라도 써달라고 해서 보관했더라면 좋았을 텐데……'

코에츠의 필적은 당시 다이묘와 공경들이 한결같이 칭찬해 마지않는 훌륭한 것이었다. 그러나 오코의 필체는 초라하게 말라버린 나팔꽃의 줄기를 연상케 했다.

'서두를 건 없어. 글씨연습부터 해야지.'

오코는 갑자기 마음이 가벼워졌다. 이제 상자의 무늬를 고르고, 밑 그림을 그려넣은 뒤 보석이나 자개의 위치를 정하려면 상당한 시일이 걸린다…… 그동안에 진정 후회하지 않을 노력을 쏟아야 한다……

"일어나셨나요?"

시녀 하나가 세숫물을 받쳐들고 들어왔다.

"그래. 마음과 손도 깨끗이 하고 시작해야 할 중요한 일이 있어."

"예…… 뭐라고 하셨습니까?"

"호호호…… 나도 이제부터 아기를 낳으려고 해."

"아니, 마님이 아기를?"

"그래. 하지만 낳을 때는 아무도 모르게 혼자 낳겠어."

시녀는 깜짝 놀란 듯 고개를 갸웃거리며, 얼른 침구 곁에 붉은 깔개를 깔고 대야에 물을 부었다.

"참, 카네鐵漿°도 준비하도록. 어머니가 되려면 아름답게 치장해야 하니까."

"어머니가 되려면……?"

"그래, 모두가 넋을 잃고 바라볼 만큼 예쁜 아기를 낳을 거야."

"예…… 그, 그것이 좋습니다."

"호호호…… 너도 재미있는 아가씨구나. 아는 체하고 대답하다니."

"예…… 예. 그러나 전혀 몰랐어요. 마님이 아길 가지신 줄은……"

아버지가 코후의 무사라는 그 시녀의 정색하고 고개를 갸웃거리는 모습에 오코는 다시 소리 내어 웃었다. 웃으면서도 웬일인지 찡하게 가슴이 메이면서 눈물이 나올 것 같아 견딜 수 없었다.

삼백 년의 창窓

1

　오쿠보 이와미노카미 나가야스의 꿈이 다테 마사무네의 경계심에
부딪쳐 일단 좌절되었을 때 미우라 안진과 이에야스의 꿈은 큰 결실을
맺고 있었다.
　이에야스가 기쁜 마음으로 맞아들인 것은 포르투갈과 에스파냐 계
통만이 아니었다. 그는 겐키元龜 3년(1572) 에스파냐로부터 독립한 오
란다(네덜란드)와도, 에스파냐 왕 펠리페 2세의 대함대를 격파한 이기
리스(영국)와도 공평하게 국교 맺기를 바랐다. 그 가운데…… 오란다
와의 국교가 마침내 케이쵸 14년(1609)에 맺어지게 되었는데, 그 기쁨
은 여간 크지 않았다. 물론 그동안 두 나라 사이를 알선한 것은 미우라
안진, 곧 윌리엄 아담스였다. 그 무렵 아담스는 이미 진정으로 이에야
스를 존경하는 일본인 미우라 안진이 되었다고 해도 과언이 아니었다.

　대군大君(이에야스)께서 나를 매우 극진히 대우하여 이기리스의
귀족에 비길 만한 지위를 주시고 팔구십 명의 하인을 내려주셨다. 이

와 같이 귀한 지위를 외국인에게 준 것은 내가 처음이다.

내가 이처럼 대군의 신임을 얻었기 때문에 전에 나를 적대시하던 포르투갈, 에스파냐 사람들이 깜짝 놀라 대부분이 아니라 모두가 아부를 하며 벗으로서 사귀기를 원하고 있다. 나는 원한을 버리고 그들을 위해 전력을 다하고 있다……

미우라 안진은 언젠가는 이기리스 인 손에 들어갈 것을 바라며 계속해 쓴 『아담스 서한』에서 감사하는 심정을 그대로 써서 남기고 있다.

이에야스의 개항開港이 경서의 가르침대로 공평한 '사해형제四海兄弟' 사상에 있다는 데 감화를 받아 그 자신도 어느 틈에 사사로운 원한을 버리고 포르투갈 인이나 에스파냐 인들과도 교우하기 시작했음을 잘 알 수 있다. 생각하면 사람과 사람 사이의 교제 또한 묘하게도 마음가짐에 달려 있음을 알 수 있어서 재미있다.

이렇게 포르투갈, 에스파냐에 이어 일본에 온 것은 오란다 사람이었다. 아니, 오란다 사람으로 맨 먼저 일본 땅을 밟은 것은 안진과 함께 표류해온 야에스八重洲(얀요스)와 야콥 쿠와케르나크였다. 그 중에서 쿠와케르나크는 케이쵸 10년(1605)에 이에야스의 허락을 받아 상트폴트(야에스)와 같이 파탄(인도 중서부)으로 돌아가, 그곳에서 이에야스가 통상할 뜻이 있음을 고한 것이 그해(1609) 오란다 배가 히라도로 온 직접적인 원인이 되었다.

처음 히라도에 들어온 오란다 배 승무원인 쟈크 스펙스가 슨푸로 선물을 가지고 왔을 때의 일에 대해 혼다 마사즈미는 스덴崇傳에게 다음과 같이 회답을 쓰도록 했다.

배에서 오란다의 서한을 보냅니다. 그 나라 글이었으므로 보고도 알 수 없었습니다. 통역에게 풀어서 말하게 한바, 앞으로 배를 보내는 동안 입항을 허락하면 왕래하고 싶다고 했습니다. 순금 술잔 두 개, 실 삼백오십 근, 납 삼천 근, 상아 두 대를 보내왔습니다. 답장을 써서 보내기 바랍니다.

스텐은 곧 이에야스의 뜻을 받아 답장을 썼다. 그렇게 하여 드디어 두 나라 사이에 300년에 걸친 국교를 맺는 길이 열렸다.

2

미우라 안진이 어느 틈에 이에야스의 감화를 받아 사사로운 원한을 버릴 만큼 이에야스의 입장이나 태도는 결코 편협한 게 아니었다. 물론 그 배경에는 침략은 용서치 않겠다는 실력을 가진 자의 자신감이 존재했음은 말할 나위도 없다.

이에야스의 뜻을 받아 외교를 담당하고 있던 콘치인 스텐金地院崇傳은 곧 오란다 국왕에게 답서를 썼다.

일본 국주國主 미나모토노 이에야스源家康 답서

오란다 국왕 전하, 멀리서 보내주신 서신을 받아보니 바로 가까이에서 존안을 대하는 것 같습니다. 더구나 네 가지 선물을 보내주셔서 매우 고맙습니다. 앞서 귀국으로부터 외국에 보내는 병선, 대장과 병졸 등이 히라도에 도착해 특히 우리와 화친동맹을 맺은 것은 제가 바라던 바였습니다. 두 나라가 뜻을 같이한다면 수만 리 떨어져 있다고는 하나 왕래함에 어찌 이의가 있겠습니까. 우리나라는 무도無道를 바로잡아 유도有道로 이끌고 있습니다. 항해하는 상인들이 안전할 것은 의심할 바 없습니다. 귀국에서 사람을 보내 우리나라에 상주시킨다면 관사를 지을 토지나 배를 댈 항구는 귀국의 뜻에 맡겨 분할 해드리겠습니다. 앞으로 더욱 국교가 두터워지기를 바랍니다. 그 밖의 일은 선장이 구두로 보고할 것입니다. 때는 바야흐로 가을 하늘에 늦더위가 기승을 부리고 있습니다. 삼가 올립니다.

원문은 한문이었으나, 그 가운데 나타난 이에야스의 뜻은 300년 동안 두 나라 사이에서 지켜져왔다. 그것은 약속의 존엄을 도의로써 지켜야 한다는 인간의 역사에서 하나의 자랑이 아닐 수 없다. 결국 교류에는 길이 있고, 어기지 않으려고만 하면 불가사의한 그 명맥을 유지할 수 있는 하나의 증명이 된 첫번째 서한이었다.

이 새로운 바람이 일본 국내에 아무 풍파도 일으키지 않고 그냥 지나칠 리 없었다. 미우라 안진은 애써 그들과 공평하게 교제하려 했으나 포르투갈 인이나 에스파냐 인 쪽에서는 안진의 뜻을 그렇게 받아들이지 않았다.

오란다 인은 큰 배 두 척을 무장시켜 포르투갈 배를 노획하기 위해 왔다. 우리 배가 마카오 정박 중 통보받고 급히 출항, 신의 은혜로 적을 피해 무사히 나가사키에 도착했다. 오란다 배가 추격해 일본 땅을 바라볼 수 있는 곳까지 왔으나 끝내 조우하지 못해 노획할 희망을 버리고 항로를 바꾸어 히라도로 가서 그곳에 삼 개월 동안 정박하며 오고쇼를 만나 후한 대접을 받았다. 그 땅에 상인을 머물게 하고 우리 배의 귀항을 기다렸다가 앞서 오고쇼와 약속한 대로 상품을 싣고 다시 오겠다는 생각으로 출항했다……

이상은 『일본 예수교회 연보』에 기록된 것이다……
이 양자를 비교해보면 일본측 의사와는 관계없이 그들의 증오는 쇼와昭和 시대°에 마주치게 되는 동서양 세력의 모습 그대로 일본 근해에서 불길을 더하고 있었음을 알 수 있다. 그런 점에서 미우라 안진은 무척 정의감이 강한 호인이었던 듯.

<h1 style="text-align:center">3</h1>

안진은 자기가 사사로운 원한을 잊고 대하면 그들 역시 자연히 자기에게 친근감을 가진다고 생각하고 있었다. 이에야스는 이른바 '일시동인一視同仁'의 취지 아래 어떤 나라와도 공평한 통상을 바란다는 입장을 취했다.

전쟁을 통한 쟁탈은 일본에서는 이미 '용서받지 못할 일'로 엄하게 과거로 밀려났다. 제후들은 바쿠후의 신하로서 통제에 순응하고, 유교를 신봉하여 도의에서 벗어나는 것을 두려워하게 되었다. 그런데 유럽은 아직 그런 단계에까지는 이르지 못했다. 전쟁이라는 실력행사가 구세력인 에스파냐, 포르투갈과 신흥세력인 이기리스, 오란다 사이에서 당연한 일로 되풀이되고 있었다. 어느 쪽이 도의적으로 진보된 세계인가는 말할 필요도 없다.

이에야스는 만민이 원하는 '평화로운 세상'의 실현자로서 마침내 유럽을 '남만'의 나라(야만)라고 할 수 있을 만큼의 거리를 만들어놓았다…… 이것이 현실이었다. 미우라 안진이 호인인 것도 어쩌면 그러한 이에야스 곁에 오래 머문 탓인지도 모른다. 인간의 성장은 교제하는 사람의 수준과 관계가 없지 않다.

당시 에스파냐 인, 포르투갈 인들이 오란다, 이기리스에 대해 품은 적의와 증오가 얼마나 격렬했던가는 다음의 글을 보면 더욱 뚜렷이 알 수 있다.

위의 배 두 척(오란다 선박)이 일본에 와서 히라도에 입항했을 때였다. 그 모반인(오란다 인)을 절대 환영하지 말라, 나가사키 부근에 머물게도 하지 말라는 뜻을 일본 군주(이에야스)에게 설득했으며, 그들의 성질을 설명하여, 그들은 해적이므로 일본에 크게 이익이 될 상업을 방해한다고 했다. 또한 이 두 척의 배는 지난번에 마카오 선박을 나포한 것처럼 앞으로도 크게 나쁜 짓을 할 것이니, 그 출항을 허가하지 않도록 청했다.

군주(이에야스)는 지난해 난파해 이 나라에 표류한 오란다 배의 승무원으로 그 후 일본에 체류한 자(미우라 안진)의 말을 잘못 받아들였다. 이익을 위하는 마음, 여러 나라 사람이 일본에 오는 것을 보고 싶다는 희망, 포르투갈 선박이 마카오에서 수입하는 것과 같은 중국 상품을 그 배로 싣고 온다는 오란다 인의 말에 매혹되었다. 그래서 귀족과 백성들이 이들을 해적으로 생각해 그 호의를 불쾌하게 여기고 있음에도 불구하고, 군주는 그들을 잘 대접하고 선박 네 척으로 통상할 것과 무역관을 건축하도록 허락했다……

이상은 당시 나가사키에 있던 선교사가 에스파냐 왕 앞으로 보낸 서신의 한 구절이었다. 이 서신으로 보아 미우라 안진뿐만 아니라 이에야스의 공평한 통상정책이 그들에게는 이미 참을 수 없는 노여움이었음을 잘 알 수 있다. 따라서 돈 로드리고나 소텔이 내심으로는 얼마나 안진을 방해하려 하고 이에야스의 공평함을 꺼리고 있었는지는 쉽게 상상할 수 있다.

게다가 소텔이나 로드리고와 연락을 하고 있는 세바스찬 비스카이노 장군이 멕시코에서 와서 부지런히 이에야스와의 접근을 시도하고 있었다. 그렇게 되면 다테 마사무네가 일단 오쿠보 나가야스를 경계하는 것도 당연한 일이었다.

4

다테 마사무네와 이에야스는 해외 지식에 대한 출처가 달랐다.

그 차이를 오랫동안 깨닫지 못하고 있을 마사무네가 아니었다. 그가 소텔에게서 얻은 지식으로는, 로마 교황을 중심으로 한 천주교 세력과 에스파냐와 포르투갈 양국의 왕인 펠리페 3세의 세력은 그 어떤 세력과도 비교할 수 없을 만큼 강대했다.

그럴 수밖에 없었다. 일본과 가까운 필리핀이나 마카오, 그리고 멕시코도 모두 그들의 세력 아래 있었으며, 케이쵸 14년까지는 아직 오란다나 이기리스는 겨우 그 국명을 들을 수 있을 정도였다……

미우라 안진을 통한 이에야스의 해외 지식은 더욱 넓었다.

신흥세력 오란다, 이기리스는 이미 인도에서 말레이 반도를 거쳐 자바 섬 파탄까지 영향을 미치고 있었다. 얼마 있으면 타이를 거쳐 일본에도 올 것이었다…… 이에야스는 정경분리 원칙에 따라 양대 세력과 평등한 관계를 맺고 부국책을 펴야 한다고 내다보고 있었다.

다테 마사무네와 이에야스 두 사람 사이에 있는 오쿠보 나가야스의 견식은 분방한 꿈에서 나온 것인 만큼 다소 공상적인 면이 있었다. 그는 이에야스의 무력에 자기가 파낸 금은과, 활달하고 예민한 이에야스의 후계자를 더하여 세계의 바다로 진출하면 양쪽 모두 두려워할 것 없이 쌍방을 조정해 일본을 7대양의 패자로 만든다…… 아니, 그렇게 되도록 키를 잡아야 한다는 생각을 가지고 있었다.

이처럼 각각 다른 세 사람의 입장이 오란다 선박의 내항과, 그것이 일단 쇠퇴해가던 히라도 항구를 본거지로 삼아 무역관을 상설하게 된 뒤로 서로 약간이지만 미묘한 변화를 보이지 않을 수 없었다.

이에야스는 안진의 전망이 정확함을 인정하고, 그렇다면 이기리스도 히라도에 오도록 해야 한다는 생각을 했다.

한편, 소텔에게 계속 오란다와 이기리스의 해적활동 이야기를 듣고 있던 마사무네는——

'나가야스의 말에 놀아나 함부로 경솔한 말은 못하겠다.'

스스로 경계심을 가지게 되었다. 당연한 일이지만 그는 나가야스의 세계로의 웅비를 위한 꿈 같은 이야기에는 서명을 거부했다. 그러던 어느 날 마사무네의 고개를 갸웃거리게 하는 소식이 전해졌다.

소텔이 히라도에 밀행시켰던 천주교 신자 소베에宗兵衛라는 사나이가 찾아왔다. 이 사나이에게도 남만식 세례명이 있었으나 마사무네는 그런 것은 잊어버리고 기억하려고도 하지 않았다. 나가토長門 태생인 그 사나이는 몇 번이나 소텔의 심부름으로 마사무네에게 온 일이 있어서 얼굴만은 잘 기억하고 있었다.

소베에는 히비야日比谷 문 안에 있는 다테 저택으로 와 비르코(후추)를 드리고 싶다고 마사무네 앞에 나왔다. 그리고는 오란다 선박이 얼마나 불법을 저지르며 무엇을 팔고 앞으로 무엇을 가져다 장사를 하려 하는지 자세히 보고했다.

"예, 히라도에 오게 된 오란다 상관商館의 우두머리는 쟈크 스펙스라는 수상한 사나이입니다."

소베에는 종교적인 증오감을 얼굴 가득히 드러내 보이며 커다란 머리를 흔들어댔다.

5

"오고쇼 님은 욕심이 지나치시다……고 나가사키 주교님도 몹시 노여워하고 계십니다. 예, 이러다가는 언젠가 천주님의 벌을 면치 못할 거라고 하십니다."

마사무네는 여전히 듣는지 안 듣는지 모를 표정으로 소베에를 대하고 있었다. 그러나 상대가 이에야스의 악담을 하는 순간 낯을 찌푸리고 꾸짖었다.

"주교 이야기 같은 건 하지 마라. 그런데 그 상관이란 어느 정도 크기의 건물이냐?"

"예, 관원은 다섯 명, 통역 한 사람입니다. 불이 나도 타지 않는 창고가 딸린 팔십 평 남짓한 건물입니다. 앞으로 계속 크게 개조할 것 같습니다. 그들은 훔쳐온 상품을 팔기 때문에 밑천이 들지 않습니다."

"훔치는 것을 네가 보았느냐?"

마사무네는 날카롭게 찔렀다. 그러나 상대는 광신적인 눈길을 보낼 뿐 전혀 핀잔이라고 느끼지 못했다.

"그야 아주 먼 해상에서 훔치기 때문에 볼 수는 없습니다. 그러나 훔친 물건이기 때문에 싸게 팔아도 밑질 것은 없지요. 예…… 이번 장사는 생사生絲가 주이고, 그 대금은 만 오천이백서른한 굴덴. 납이 백 덩어리, 그 무게는 이천이십오 파운드. 그 외에도 제가 가져와서 드린 후추만 일만이천 피코르와 현금이 삼백 레알이라고 합니다."

"으음, 남만의 단위로는 얼른 납득이 가지 않는구나."

"예, 저도 마찬가지입니다. 어쨌거나 괘씸한 일입니다. 그들은 그 밖에 히라도 원로인 마쓰라 호인松浦法印°님과 그 아드님 타카노부隆信 공에게도, 또 분고 님과 부교에게도 각각 뇌물을 보냈습니다."

"뇌물이라면…… 나도 그대에게 후추 한 자루를 받지 않았느냐?"

"그런…… 후추 따위, 그것은 헌상에 불과합니다…… 그들은 네 사람에게 각각 총포와 생사, 비단과 수자직繻子織 등을 보내 기만했습니다. 예, 그뿐 아니라, 미우라 안진 녀석은…… 주군 쪽에서 어떻게 하실 수 없겠습니까?"

"안진도 불법을 자행했다는 말이냐?"

"아니, 그자는 극악한 자라서 좀처럼 꼬리를 잡을 수 없습니다. 하지만 그자의 지혜가 아니고서는 어떻게 나가사키 부교에게까지 뇌물을 보낼 수 있겠습니까. 안진의 지혜가 작용했을 것이 분명합니다."

"나가사키의 부교라면 하세가와 후지히로長谷川藤廣 말이냐?"

"예. 그 부교의 여동생은 오고쇼 님 소실이라 합니다. 실로 천주님을 두려워하지 않는 불법……이라며 사제님이 몹시 노하고 계십니다."

"그야 화를 낼 테지. 부교에게까지 뇌물을 바쳤다면 앞으로 포르투갈이나 에스파냐의 선주도 모두 선물을 해야 할 테니 예사로운 불법이 아니겠지."

"그렇습니다. 남만 분들은 천주님의 구원을 널리 전하려고 고심하고 계신데 홍모인들은 인간을 지옥에 떨어뜨리려고 뇌물의 습성을 기르고 있으니…… 천주님을 방해만 하고 있습니다."

"그 천주님의 방해자가 나가사키 부교에게는 무엇을 보냈느냐?"

"유리병에 든 올리브 기름과 브랜디라는 포도주, 거기에다 총포 한 자루와 납 열다섯 덩어리, 붉은 색 나사를 여섯 에일 반이나 보냈습니다. 아무튼 밑천도 안 들이고 대담하게 아부를 했습니다……"

6

듣고 있는 동안 마사무네는 몇 번이나 미심쩍은 점에 봉착했다.

양자간의 증오가 이처럼 격렬할 줄이야…… 그 증오의 원인은 도대체 무엇일까?

소베에의 말을 듣고 보니, 그들이 말하는 주교라는 사람은 이에야스에게 몹시 반감을 품고 있는 것 같았다. 혹시 신부들의 생활비가 그들이 통상으로 얻는 이익에서 나오는데, 오란다 배의 내항이 그러한 수입

을 봉쇄하고 있기 때문인지도 몰랐다. 아니, 어쩌면 그와는 달리 오란
다가 해상에서 해적행위를 하고 있는지도 모른다……는 느낌도 들었
다. 그렇다면 소텔의 말은 거짓이 된다. 그의 말에 따르면 펠리페 대왕
은 지금도 7대양을 압도할 만한 대해군을 거느린, 로마 교황과 함께 종
교와 군사 양면에 걸친 절대적인 권력자여야 한다.

그러한 권력자의 나라가 일본 근해에서 나가사키의 부교에게까지
뇌물을 써서 아부를 하는 얌전한 오란다 배에게 화물을 빼앗기고도 가
만히 있다는 사실은……?

'오란다를 두려워할 정도의 펠리페라면 이야기가 안 된다.'

"그럼, 오란다 배는 도둑질한 물건을 값싸게 일본에 팔고 있다……
는 말이냐?"

"그렇습니다. 밑천이 안 든 물건이니까요."

"그 남만인 주교라는 사람이 화를 내는 것은 물건을 값싸게 팔았기
때문이냐, 아니면 해상에서 도둑질을 했기 때문이냐?"

"물론 두 가지 모두입니다. 아니, 그런 불법적인 도적들을 가까이하
는 오고쇼 님도 잘못…… 그러니까 양쪽이 모두 불법이라고 노여워하
십니다."

"으음. 그 세 방향의 불법을 돕고 있는 안진을 합치면 사방팔방이 모
두 불법이 되겠군."

"예, 그렇습니다. 이기리스까지 불러들이면 일본은 캄캄해집니다."

"어떤가 소베에, 그렇다면 그 주교님에게 말해서 오란다 퇴치를 먼
저 하도록 하면……? 그편이 오고쇼를 원망하기보다는 지름길일 텐
데. 에스파냐 대왕은 세계에서 가장 강한 해군을 가지고 있지 않나?"

마사무네는 문득 후회했다. 이런 자에게 쓸데없는 말을 했기 때문.

"바로 그 일입니다."

"그 일이라니……?"

"주교님도 생각하고 계십니다. 하지만 그러기 위해서는 불을 당겨야 할 자가 나타나야만 합니다."

"으음, 불을 당길 자가 말이지."

"아시겠습니까……?"

언뜻 소베에는 기분 나쁜 미소를 떠올렸다.

"저는 다시 히라도에서 나가사키 쪽으로 갑니다마는, 도중에 오사카에 들러 성안 신자들에게 이 사방팔방의 불법을 자세히 설명하려고 합니다. 아니, 이 문제로 주교님과 신부님들이 의지하는 분은 오사카와 이곳 주군뿐입니다."

이번에는 마사무네가 외눈을 크게 떴다.

7

그대로 듣고 흘려보낼 수 있는 말이 아니었다. 그들도 이미 에스파냐왕의 조력을 청하려는 생각을 하고 있다…… 아니, 그뿐이라면 그들의 꿈으로 듣고 흘려버려도 좋았다. 그러나 그 도움과 오사카의 히데요리를 결부시키고, 나아가서 마사무네까지 자기편으로 알고 있다면 충분히 경계할 필요가 있었다.

'그렇지 않아도 오쿠보 나가야스가 이상한 연판장을 가지고 다녀간 후인데……'

어떤 자의 입을 통해 이런 말이 이에야스나 히데타다의 귀에 들어간다면 무슨 오해를 받게 될지 모른다.

마사무네가 본 바에 따르면 토자마 다이묘 중에서 이에야스 부자가 가장 신임하고 있는 것은 토도 타카토라藤堂高虎였다. 그는 이에야스가 처음으로 히데요시의 청을 받아들여 상경했을 때부터 절친하게 지냈으며, 그 뒤에는 후다이와 다름없는 사이가 되었다. 그리고 다음으로 신임받고 있는 것은 마사무네 자신.

이에야스가 무엇보다도 싫어하는 것은 시대의 흐름을 읽지 못하는 어리석음…… 그 점에서 이에야스는 이상할 정도로 날카로운 감각을 지니고 있었다. 고생한 자가 고생을 모르는 자들을 싫어하는 것처럼 이에야스도 앞을 내다보지 못하는 자를 경멸하는 것만으로 끝나지 않는 성격……이라고 마사무네는 보고 있었다.

이처럼 시대를 내다보는 재능에서는 외눈이지만 자신이 이에야스보다 다소는 앞서 있다는 자부심이 있었다. 이에야스가 세키가하라 일전을 결심할 때도, 인질제도를 완화시켜 에도 저택을 짓게 했을 때나 에도 성 개축과 도시건설에도 이에야스 생각보다 한 걸음 앞서 진언했다. 여섯째아들 타다테루의 장인으로서 선견지명과 성의를 가진 소중한 일가……에 알맞은 신뢰를 구축하고 있었다.

그러한 자기가 천주교 신구세력의 묘한 싸움에 휘말려 오사카와 손을 잡고 일을 꾸민다고 여겨진다면 후세까지 웃음거리가 될 것이고, 지금까지 지녀온 자존심도 무너진다.

"소베에, 그대는 묘한 소릴 하는군."

"아니…… 무언가 불쾌하신 점이라도 있습니까?"

"어찌 없을 수 있겠는가. 나는 오란다가 그처럼 질이 나쁜 해적이라면 에스파냐 왕에게 부탁해 퇴치해달라면 되지 않겠느냐고 말했지, 오사카를 그 소동에 끌어들이라고는 하지 않았어."

"이거, 죄송합니다. 종문宗門의 큰일이라 신자들이 가만있지 않을 것이라 말씀 드렸을 뿐입니다. 예, 오사카에도 신자가 많아서요……"

"멍청한 녀석! 그것과 이것은 의미가 달라. 이 다테 마사무네는 오고쇼와 함께 어떻게 하면 평화로운 시대를 이룩할까 하고 뼈를 갈며 일해온 자란 말이다. 일본을 소란스럽게 만들려는 발칙한 자가 있다면 용서

하지 않을 것이다."

"그 점은 이미 잘 알고 있습니다. 그러나 주군, 오란다와 이기리스 따위가 뻔뻔스럽게 일본에 왕래하게 된다면 그 싫어하시는 소란이 일어날지 모른다고 말씀 드립니다. 천주님의 종이 육칠십 만은 될 것입니다. 그들이 소란 피우지 않도록 해야만 하기 때문에……"

"물러가라! 더 이상 그대의 말은 듣기 싫다."

마사무네는 크게 꾸짖을 생각이었다. 그러나 말끝은 뜻밖에도 부드러운 여운을 남기고 있었다.

8

마사무네는 소베에가 물러간 뒤 측근에게 지시했다.

"저자에게 노자로 약간의 황금을 주어라."

씁쓸한 표정으로 말하고 벌써 머릿속으로는 다른 일을 생각하고 있었다.

'무슨 수를 쓰지 않으면 안 되겠어……'

소베에는 정말 오사카에 가서 그런 식으로 말할 것이 틀림없다. 이에 대해 신자들이 어떤 반응을 보일까……? 과연 흥미로운 일이기는 했으나, 그 일당에 마사무네가 가담했다……는 말이라도 나온다면 아무래도 골치 아픈 일이었다.

'그렇다, 쇼시다이 이타쿠라 카츠시게에게 서신을 띄워야겠다.'

'천주교 신자의 무리가 오란다 배의 내항을 싫어하여 불온한 움직임을 보이고 있다. 그 중 어떤 자가 내게 왔기에 주의를 주어 돌려보내기는 했으나, 혹시 그자가 쿄토나 오사카 신자들을 찾아갈지도 모르니 두려워할 것까지는 없으나 미리 조심하기를……'

이렇게 해놓으면 혹시 이야기 가운데 마사무네의 이름이 나오더라도 흘려버릴 것이다.

'그리고 또 한 가지……'

역시 신년인사차 슨푸의 이에야스도 한번 방문해야 한다……고도 생각했다.

'조심하는 것보다 더 좋은 일은 없어.'

마사무네가 지금 특히 주의하고 있는 것은 바로 이에야스의 죽음이었다. 이에야스는 비록 독이 된다고 해도 실력이 있다고 보면 반드시 이를 활용하려 했다. 그렇지 않으면 신불을 대할 면목이 없다는 신의와도 같은 묘한 생각을 가지고 있었다.

쇼군 히데타다는 그렇지 않았다. 이에야스가 신불을 숭상하듯 히데타다는 '이에야스'를 존중하고 있었다. 자기 기량이 아버지보다 못함을 자인하여 이에야스를 절대적인 존재로 생각하는 신앙과도 같은 마음가짐을 가지고 있었다. 노부나가의 자식들이 노부나가에게 미치지 못하고 신겐의 자식들이 신겐에게 미치지 못하며 요시모토의 자식들이 요시모토에게 미치지 못한 사실을 보아온 결과인지도 몰랐다.

히데타다는 우쭐했던 이마가와 우지자네今川氏眞나 타케다 카츠요리武田勝賴, 또 오다 노부오織田信雄와 같은 자가 되어서는 안 된다는 자기반성이 철저하다 못해 어느 사이에 아버지를 절대적인 존재로 생각하게 되었다……고 마사무네는 해석했다.

이에야스가 만약—

"다테 마사무네는 나이기에 활용할 수 있었다. 내가 죽고 나거든 경계하라."

이런 말을 남긴다면 돌이킬 수 없는 일이 될 터였다.

히데타다는 그 한마디를 주야로 머릿속으로 되풀이하면서 결국 기회를 찾게 될 것이 분명하다. 이와 반대로—

"마사무네는 우리 가문을 위해 심혈을 기울였다. 너희 대에 가서도 소홀히 생각하면 안 된다."

이런 말을 남긴다면, 그것은 철벽과 같은 강점이 된다. 성급한 무리들은 부지런히 히데타다의 눈치를 살피기 시작했으나, 마사무네는 이를 잘 분별했다. 이에야스 6부, 히데타다 4부…… 우선 이에야스를 연초에 방문하고 나서, 이에야스의 의견은 이렇다고 히데타다에게 고한다. 그러면 진정으로 호의에 넘치는 조언자의 모습을 갖출 수 있다.

'그렇다. 유럽에서 벌어지고 있는 양자간의 불화, 이 역시 내 입으로 이에야스에게 말해둘 필요가 있겠다.'

마사무네는 천천히 일어났다.

이미 저택의 연말 대청소가 시작될 무렵이었다. 그래서 이에야스에게 받은 네 저택 중 어느 한 곳으로 피해갈 생각이었다.

인생의 마무리

1

케이쵸 15년(1610) 첫 봄을 맞이한 이에야스는 슨푸에 있는 가신들의 신년하례를 받고 나서 안도 나오츠구와 나루세 마사나리成瀨正成에게 남으라고 했다.

두 사람 모두 의아한 얼굴이었다. 이에야스는 지금부터 다실에서 그들을 대접하겠다고 했다. 두 사람은 얼굴을 마주보았다. 물론 거절을 할 수는 없었다. 다만 평소에 없던 묘한 일이라 생각했다. 언제나 신년하례가 끝나면 어서 집으로 돌아가 가족의 세배를 받도록 하라…… 집안의 예절을 지키는 데 가장 중요한 일이라고 쫓아내듯이 물러가게 하는 것이 관례였다.

일부러 다실로 오라고 했으니 무언가 중대한 이야기가 있을 것이 분명했다.

'정초부터 거실에서는 사람들을 물리칠 수도 없을 테니까.'

이렇게 해석하고 두 사람은 다실에 가서 불을 피워 방을 따뜻하게 해놓고 기다렸다.

이에야스는 곧 나타났다. 예순아홉—눈에 띄게 늙어 보였다.

"나오츠구와 나 사이도 꽤나 오래됐어. 자네를 처음 데려간 전쟁터가 어디였더라?"

"예, 아네가와姉川 전투입니다."

"그렇군…… 아네가와 전투 무렵에는 아직 고로타마루 정도의 어린 아이였는데, 지금은 마사즈미와 함께 슨푸의 초석이 되었어."

이번에는 나루세 마사나리에게 시선을 옮겼다.

"마사나리도 오랫동안 사카이에서 수고가 많았어. 쿄토에서는 그대를 훌륭한 부교라고 하며 아쉬워한다더군."

"황송합니다."

"이제 술이 나올 거야. 추우면 이야기를 나눌 수 없으니까."

두 사람은 더욱 긴장했다. 자신을 결코 내세우지 않는 대신 좀처럼 가신들도 칭찬하지 않는 이에야스가 오늘은 사람이 달라진 듯이 말했다. 방심하고 우쭐해 있다가는 언제 엄한 말을 들을지 몰랐다.

"편한 자세로 앉아도 좋아. 다실에 들어오면 상하가 없다. 나도 말일세, 드디어 칠십이 손에 닿을 나이가 되고 보니 감개무량하네. 쇼군에게 가문을 물려준 것이 예순네 살, 그 무렵에는 오늘까지 살 것으로는 생각지도 않았어."

"건강하셔서 무엇보다도 반갑습니다. 아직은 장년들도 당하지 못할 것입니다."

"나오츠구, 입에 발린 소리는 하지 말게."

그리고는 다시 마사나리에게 눈을 돌렸다.

"마사나리는 사카이에서 참선을 많이 했다고? 카츠시게에게 이야기 들었네. 자네 입버릇은 뭐였더라…… 죽고 사는 것은 나도 모르고 부처 역시 모른다……는 것이라지?"

"이것 참, 더욱 황송합니다."

"아니, 황송할 것은 없어. 분명히 그래. 이 세상에 무엇 때문에 왔는지, 왜 이 세상을 떠나게 되는지는 아무도 몰라. 틀림없이 부처님도 마찬가지일 거야."

"예……?"

"그것을 잘난 체하면서 내가 죽을 곳을 안다……는 따위로 말한다면, 건방진 소리야."

"옳으신 말씀이라 생각합니다."

"자네들은 그래도 괜찮아. 나쯤 되면 언제 떠나도 후회는 없다……고 할 만한데, 좀처럼 그렇게 되지 않는군. 그래서 나는 선禪을 하지 않고 염불을 하네."

두 사람은 다시 얼굴을 마주보았다. 이런 말을 하고 싶어서 일부러 다실에 부른 것일까……? 이런 뜻을 주고받는 눈빛의 교환이었다.

2

장수가 된 사람은 물이 새는 배를 타고, 불타는 집에 앉아 있다는 마음가짐이 중요하다고 큰 바위처럼 태연히 살아온 이에야스가 무엇 때문에 이런 푸념 같은 말을 입에 올리는 것일까……?

'반드시 무슨 이유가 있다.'

이렇게 두 사람은 생각했다.

이때 코쇼小姓가 술과 안주를 가지고 왔다. 정초의 상차림이 아니라 다실에 어울리는 소박한 것이었다. 국도 여느 때의 토끼가 아니고 두루미인 것 같았다.

"자, 들게. 내가 술을 따르겠네."

"황송합니다, 그렇게까지."

"아니, 아니야, 죄송스러운 것은 나일세. 생각해보면 자네들이 있어서 나도 있는 거야. 자네들의 지혜를 빌려 한 일까지 내가 칭찬을 받고 있으니까. 앞으로도 잘 부탁하네. 자 들게나."

"예, 들겠습니다."

"감사합니다."

"그런데 뜻밖에도 나는 천수天壽를 얻어 올해에도 이처럼 자네들에게 무리한 말을 하게 되는군. 고마운 일이 아닐 수 없지."

"예……"

"그렇다고 계속 신불에게 응석만 부릴 수는 없어. 그렇군, 나오츠구부터 말을 해보게. 내 수명이 올해로 끝난다고 하세. 그렇다면 올해 안으로 내가 꼭 해야 할 일이 무엇일까?"

나오츠구는 빙긋이 웃었다. 드디어 시작하는구나 하고 생각하니 겨우 안심이 되기도 했다.

"그 일은 오고쇼 님이 더 잘 아실 텐데요?"

"그러지 말게. 그래서야 어디 이야기가 되겠나. 세상에서는 나를 제멋대로 구는 늙은이로 보겠지?"

"아닙니다. 자신을 엄격히 다스리시는 도사라고 할 것입니다."

"그렇지 않아. 나는 키요스의 타다요시를 이은 요시토시義利(고로타마루, 뒷날의 요시나오義直)에게 올해 안으로 나고야名古屋에 성을 쌓아주겠어. 이 공사는 후다이가 아닌 다이묘들에게 명할 생각이야. 마에다, 이케다池田, 아사노, 두 카토, 후쿠시마福島, 야마노우치山內, 모리, 하치스카蜂須賀, 이코마生駒, 키노시타木下, 타케나카竹中, 카나모리金森, 이나바稻葉……"

잔을 놓고 손가락을 꼽으면서 말했다.

"후쿠시마 같은 사람은 잔뜩 화를 내고 있다는 것일세. 에도나 슨푸성 공사는 천하 정치를 위한 것이니 어쩔 수 없으나, 예순이 다 되어 낳은 서자의 심부름까지 시키는 건 있을 수 없는 일이라 한다더군."

"예, 그 일은 저도 알고 있습니다."

"카토 히고노카미加藤肥後守가 나무랐다는 말도 들었나?"

"예, 들었습니다. 카토 님은 그게 싫거든 어서 영지로 돌아가 군사를 일으키라고 했답니다."

"그래. 그뿐만이 아닐세. 타다테루에게 육십만 석을 주어 에치고의 타카다에 축성을 명하겠어. 그 공사는 다테, 우에스기, 사타케佐竹, 모가미最上 등 동쪽 다이묘들 몫이야."

"그 이야기도 들어 알고 있습니다."

"그리고 나가후쿠 요리마사長福賴將(뒷날의 키이 요리노부紀伊賴宣) 말인데, 여덟 살로 지난해에 슨푸 오십만 석의 영주가 되었어. 세상에서는 아주 멋대로 구는 늙은이로 볼 거야. 그런데도 자네들같이 측근에 있는 사람들이 한마디도 간언을 하지 않다니 어찌 된 일일까. 자, 어서 잔을 비우게."

두 사람은 저도 모르게 목을 움츠리다 당황하며 잔을 내밀었다.

'드디어 오늘 이 모임의 정체가 드러나는구나.'

본론이 그렇다면 대답에 궁할 나오츠구도 마사나리도 아니었다.

3

"저희들이 간언을…… 당치도 않으신 말씀입니다. 오고쇼 님에게는 저희들이 비난할 만한 점이 전혀 없습니다. 그렇지 않은가, 안도?"

먼저 마사나리가 입을 열었다.

"혈육이신 아드님들, 타다테루 님이나 요시토시 님이 오십만 석, 육십만 석이라면 과연 큰 녹봉이기는 하나 오사카의 히데요리 님과는 엄

180

연히 차별을 두고 있습니다. 오사카의 히데요리 님이 육십오만 칠천사백 석…… 이를 꺼리시어 큰 다이묘들과 비슷한 녹봉을 주신 것 아닙니까?"

"그 일로 마사나리와 이야기를 나눈 적이 있습니다."

안도 나오츠구가 뒤를 이었다.

"타이코 전하가 오다 츄나곤織田中納言°에게 준 기후岐阜의 녹봉이 십삼만 오천 석…… 그보다 오십이만 이천사백 석이 더 많습니다. 이것이 오고쇼 님과 타이코 전하의 차이…… 아니, 타이코 전하와의 의리에 대한 보답일까 하고……"

"그래, 그렇게 해석한다는 말인가?"

이에야스는 이렇게 중얼거리고 조용히 잔을 입으로 가져갔다. 대답이 마음에 들지 않는 모양이었다.

두 사람은 다시 마주보고 가만히 고개를 저었다.

'어쩐지 잘못 짚은 것 같다……'

두 사람 모두 이에야스가 무엇을 말하려는지 모르겠다는 표정으로 시선을 교환했다.

"그런데 오란다와 에스파냐는 생각했던 것 이상으로 사이가 나쁜 모양입니다."

마사나리가 슬쩍 말머리를 돌렸다.

"에스파냐 계통의 선교사는 입만 열면 오란다가 해적이라 하고, 오란다 쪽에서는 에스파냐를 나라를 훔친 자들이라 한다 합니다."

"으음."

"그들의 난세는 아직 끝나지 않았습니다. 일본보다 늦습니다."

"으음."

"해상에서 조우하면 그야말로 혈안이 되어 싸운다고 합니다."

"으음."

이에야스는 전혀 이야기에 관심을 표하지 않았다. 마사나리는 입을 다물 수밖에 없었다.

"오고쇼 님, 얼마 전에 오쿠보 나가야스가 앓는다는 말을 들었는데 이제 좀 괜찮은지요?"

안도 나오츠구는 지난해 늦가을에 스즈가모리 숲에서 만난 여인의 얼굴을 회상하면서 말을 꺼냈다. 그 일은 농담처럼 이에야스에게 귀띔해두었다. 혹시 나가야스의 일이 아닌가 싶어 탐색해보았다. 이에야스는 무엇을 생각하는지 이 말에도 별로 흥미를 보이지 않았다.

"자, 좀더 들게. 오늘은 격식을 차릴 것 없어."

"예, 벌써 여러 잔……"

"그러지 말고 어서 잔을 비우게."

"그럼, 한 잔만 더……"

"자네들은 어려운 소리만 나오면 굳어지는군."

"그렇다고 버릇없이 주정을 할 수는 없지 않습니까?"

"마음을 편히 가질 때는 한껏 풀어놓아야 해. 나도 좀 따뜻해지면 아베카와阿部川 거리(유흥가)에서 여자들 춤이라도 구경할 생각일세."

두 사람은 다시 얼굴을 마주보지 않을 수 없었다.

무용담이나 정치 이야기라면 또 모른다. 일부러 두 사람만을 불러 화류계 여자 이야기라니 어찌 된 일일까……?

4

"오고쇼 님께 뜻하지 않은 걱정이 생겼는지도 몰라……"

나루세 마사나리가 안도 나오츠구에게 속삭인 것은 두 사람이 실컷 대접을 받고 물러나오는 길목에서였다.

"뜻하지 않은 걱정이라니, 무슨 말인가?"

나오츠구는 휘청거리는 발걸음을 바로잡으면서 되물었다.

이미 사방은 어두워지며, 하얀 안개가 벌거숭이 정원수를 감싸고 있어 수묵화처럼 보였다.

"나는 혹시 병환이 나시지 않았나…… 문득 그런 생각이 들었어."

"병환……이라니?"

"요즘 크게 유행하고 있는 남만창南蠻瘡……"

안도 나오츠구는 깜짝 놀라 물었다.

"뭔가 짚이는 데라도 있나?"

"그래 있어. 오고쇼 님은 그 방면에는 아주 왕성하시지. 그래서 아베카와 거리 여자를 성안에 불러들이신 적이 있다네."

"마사나리!"

"왜 그러나, 그렇게 무서운 눈을 하고?"

"어찌 그런 더러운 상상을 한다는 말인가. 그것은 말이야, 젊은 무사들이 너무 자주 아베카와 거리에 드나들기 때문에 교육지책으로 하신 일이야."

"하하하…… 그렇게도 해석할 수 있겠지. 오고쇼 님의 단골여자가 있다면 섣불리 발을 들여놓을 수도 없으니까 말이야."

"자네는 그렇지 않다고 생각하나?"

"그렇게 정색을 하고 대들지는 말게. 자네 말대로 깊은 생각이 있어서 부르셨다……고 해도 남만창이 옳지 말라는 법은 없지 않나?"

"어쨌든 됐어. 정초부터 입씨름은 하기 싫어. 그런 이야기라면 굳이 자네나 나를 부르실 까닭이 없지. 의사는 얼마든지 있으니까."

마사나리도 머리를 긁적였다. 아무리 나이가 많아 부끄럽다고는 해도 의사를 제쳐놓고 두 사람에게 약을 구해오라고 할 리는 없었다. 뭔가 의논하려다가 끝내 말을 하지 못하고 중단한 모양이었다.

두 사람은 그 길로 마루노우치丸の內에 있는 각자의 집으로 돌아갔다. 그런데 이틀이 지나 두 사람은 다시 다실로 불려갔다. 이번에 나온 요리는 눈이 휘둥그레질 정도로 호화로웠다. 도미 소금구이에 두루미 국, 두 개의 상에는 멧새와 참마, 연근 조림도 있었다. 게다가 술은 오란다에서 선사한 브랜디라는 포도주였다.

"자, 마음 편히 마시게. 이 술이 싫다면 청주도 있네."

두 사람은 다시 이에야스의 용건을 상상해보지 않을 수 없었다.

'혹시 누군가 다이묘 중에 영지를 빼앗을 사람이라도 있어서 그 사자로 보내려는 것이 아닐까……?'

이렇게 생각한 것은 안도 나오츠구였다.

'으음, 어쩌면 젊은 소실을 하사하려는 것인지도 몰라……'

이렇게 생각한 것은 마사나리였다.

사실 이에야스는 종종 젊은 소실을 주겠다고 하는 버릇이 있었고, 일단 주었다가 도로 찾아간 예도 있었다.

그러나ᅳ

그날도 무언가 말을 할 듯 부지런히 두 사람을 대접하면서도 이에야스는 끝내 아무 말도 하지 않았다.

5

안도 나오츠구와 나루세 마사나리가 이에야스의 의중을 깨닫고 저도 모르게 얼굴을 마주보며 대기실로 되돌아온 것은 이틀 후, 곧 5일에 이르러 세번째로 다실로 초대받았을 때였다. 두 사람은 대기실에서 물러갈 준비를 하고 있었다. 그때 도보同朋° 한 사람이 와서 말했다.

"오고쇼 님이 두 분께 대접하시겠답니다. 다실로 오십시오."

순간 두 사람은 왠지 불길한 요술에 걸린 것 같은 느낌이었다.

'또……?'

의문과 놀라움이 깃들일 틈도 없이 자리에서 일어나 복도로 나갔다. 몇 걸음 걷다가 약속이라도 한 듯이 멈추어섰을 때, 나오츠구가 먼저 마사나리의 옷소매를 끌고 다시 대기실로 돌아왔다.

"마사나리, 이제 알 것 같아."

"으음, 나도 알 것 같네."

두 사람은 서둘러 되돌아와 잔뜩 긴장하여 얼굴을 맞댔다.

"안도, 자네는 어떤 생각이 들었나?"

"고로타마루 님과 나가후쿠마루 님에 관계된 일이 아닐까?"

"자네도 그런 생각을 했나?"

"마사나리, 자네도 같은 생각이로군."

확인하고 나서 두 사람은 서로를 노려보았다.

"어떻게 하지, 마사나리?"

"어떻게 하면 좋을까, 나오츠구?"

그대로 입을 다물고 말았다. 두 사람의 상상이 맞는다면, 그것은 그들에게 말할 수 없이 중대한 일이었다.

이에야스는 자기가 죽기 전에 반드시 정리해놓아야 할 일이 있다고 했다. 그 가운데 하나가 새해에 열한 살이 되는 아홉째아들 고로타마루 요시토시와 아홉 살이 되는 열째아들 나가후쿠마루 요리마사에 대한 우려라는 것은 알고 있는 일이었다.

고로타마루 요시토시에게는 나고야 성을 쌓아주기로 하고, 나가후쿠마루 요리마사에게는 슨푸의 50만석을 주기로 결정했다. 그러나 이러한 영지 배당만으로 끝날 일이 아니었다. 여섯째아들 타다테루의 싯세이로 오쿠보 나가야스를 딸리게 한 것처럼 요시토시나 요리마사에게도 믿을 수 있는 중신을 딸리게 할 필요가 있었다.

두 사람이 그 일을 위해 뽑힌다고 하면 이는 새로운 질서의 신분제에
서는 중대한 의미를 지니게 된다.

현재 이에야스의 측근에 있는 혼다 코즈케노스케 마사즈미는 다이
묘 반열에 올라 시모츠케下野의 오야마小山에 3만 3,000석의 조정 신
하가 되었다. 이런 경우는 바쿠후의 통제를 받는다고는 하나 조정의 신
하, 곧 아손朝臣˚이다. 그런데 요시토시나 요리마사의 가신으로 돌려
지면 그 아손의 마타모노陪臣˚로 전락한다.

이러한 결정은 두 사람의 대뿐만 아니라, 자자손손이 이어진다. 그
렇기 때문에 말하자면 세속적인 의미에서 출세의 싹이 잘린다.

"어떻게 하겠나?"

다시 나오츠구가 질문을 던졌다.

"어떻게 하다니…… 정말 어떻게 하겠나?"

마사나리는 얼굴을 일그러뜨리면서 반문하고, 그 길로 자리에서 일
어나 복도로 나갔다.

6

"말 앞에서 전사하라……고 한다면 생각할 여지가 없지. 나는 기꺼
이 죽겠어."

걸으면서 나오츠구가 말했다.

"그러나 자자손손 마타모노가 된다면 다이묘들에게는 물론 하타모
토들에게도 얼굴을 들 수 없게 돼."

"흥."

나루세 마사나리가 웃었다.

"그런 걸 모르시는 오고쇼 님이 아니야. 이제야 알겠어…… 그처럼

말하기 거북해하시던 이유를 말일세."

"그래, 자네는 맡기로 마음을 정했나?"

"어떻게 쉽게 결심할 수 있겠나. 마타모노의 자손으로는 쇼군 님 앞에도 못 나가고, 마사즈미 자손 앞에 나가도 얼굴을 들고 말할 수 없게 되는데."

"으음, 그럼 어떻게 할까. 좀더 의논을 하고 가야 하지 않을까?"

"아니, 이대로 그냥 가세. 오고쇼 님 태도를 지켜보는 거야. 오고쇼 님 태도 여하에 따라 나는 할복할지도 몰라."

"으음, 과연 이건 우리 목숨을 달라는 정도의 일이 아니지. 자자손손의 운명에 관한 어려운 문제야."

"거기까지 알면 충분해. 오고쇼 님의 말씀에 납득이 가지 않으면 할복한다, 그렇게 결심하고 대하도록 하세."

나오츠구는 이 말을 하고 입을 다물었다.

두 사람이 세번째로 다실 안에 들어섰을 때 이에야스는 싱글벙글 웃는 낯으로 맞이했다.

"오늘 챠야와 하세가와 후지히로가 진기한 외국 물건을 보내왔어. 그래서 같이 맛이나 볼까 싶네. 바로 이것이 소금에 절인 고래고기라고 하는군."

상차림은 먼젓번보다 더 호화로웠다. 두 개의 상 곁에 단단한 두부 같은 것이 품위 있게 백지 위에 놓여 있었다.

"어떤가, 그 반죽 같은 것이 뭔지 알겠나?"

"아니 전혀……"

"그럴 거야. 이것을 후지히로가 나가사키에서 보냈어. 정초이기도 해서 술안주가 아닌가 하고 조금 맛을 보았지."

"맛이 어떻습니까?"

"이름은 샤봉(비누)이라고 한다는데, 입에 넣어보고 깜짝 놀랐어. 미끈미끈하고 거품만 자꾸 나오더군. 그때 안진이 와서 깜짝 놀라 양치질을 하라고 했네."

"아니, 그러면……?"

"먹는 것이 아니었어. 얼굴이나 손발을 씻는, 우리의 쌀겨주머니 같은 것이라고 하더군. 과연 더운물에 이것을 문질러 세수를 했더니 때와 기름이 거품과 함께 깨끗이 지워지더군. 자네들도 시험해보게."

그 말을 듣고 안도 나오츠구는 가만히 손바닥에 놓고 들여다보았다. 젊은 마사나리는 얼른 그 샤봉을 깨물었다.

"이봐, 마사나리, 먹는 것이 아니라고 했지 않나."

이에야스가 놀라면서 제지했다. 그 말에 마사나리는 어깨를 잔뜩 치켜올렸다.

"얼굴이나 손발을 씻어 때와 기름이 벗겨진다면 먹어서 마음을 씻어도 지장이 없겠지요. 오고쇼 님! 자, 이것으로 마음도 깨끗이 씻었습니다. 자꾸 음식만 주시지 말고 용건을 분명히 말씀해주십시오."

이에야스는 당황하며 두 사람에게서 시선을 돌렸다.

7

"오고쇼 님은 무언가 저희들에게 하고 싶은 말씀이 있으실 텐데, 사흘 동안 음식만 주시고 전혀 말씀이 없으십니다. 그러면 모처럼의 음식도 맛이 없어집니다."

마사나리가 입을 열고, 나오츠구도 곧 그 뒤를 이었다.

"무슨 일에나 사려 깊으신 오고쇼 님이어서 말씀하실 때까지 조용히 기다리는 것이 도리……라고 생각했습니다마는 더 이상 기다릴 수 없을 것 같습니다."

"으음, 자네들에게도 그렇게 보였는가?"

이에야스는 안도한 듯 한숨 섞인 말로 중얼거리고 얼굴을 돌린 채 가만히 눈두덩을 눌렀다.

'울고 계시다……'

마사나리와 나오츠구는 깜짝 놀라 서로 얼굴을 마주보며 고개를 끄덕였다.

"오고쇼 님! 그 용건이란 요시토시 님이나 요리마사 님과 관계되는 일이 아닙니까?"

마사나리가 무서운 기세로 말했다.

"그러면 그렇다고 분명히 말씀해주십시오. 저희들이 할 수 있는 일이라면 할 수 있다, 할 수 없다면 없다고 대답해드릴 각오가 충분히 되어 있습니다."

"그런가, 미안하게 됐네. 하지만 간단히 말할 수 있는 성질이 아니라서 말이네."

이에야스는 다시 웃는 얼굴로 말했다.

"정치란 일종의 악일세. 일흔을 앞두고…… 죽음의 문을 가까이 보면서…… 나는 절실하게 그것을 통감했어."

"정치는 악……?"

"그래. 만민에게 행복을 보장하고 싶어…… 그러나 그렇게 바라는 것은 탁상 위의 희망. 실제로는 모든 면에 희생자와 불평자가 나오게 마련이야. 그들의 희생에 눈물을 숨기고 대결을 강요한다, 악명을 뒤집어쓰고 저주와 원한도 무릅쓴다……는 각오 없이는 정치를 할 수 없다는 것을 깨달았네."

"오고쇼 님, 그것과 이 일이 무슨 관계가 있습니까? 이건 오고쇼 님과 자제분들 사이의 일…… 도쿠가와 가문 일이 아니겠습니까?"

"마사나리, 그렇지 않네. 도쿠가와 가문이나 도요토미 가문도 각각 개별적으로 흩어져 있는 게 아니네. 인간 세계라는 큰 약속 안에서만 살 수 있게 허락받은 것일세."

"그야…… 그렇습니다마는, 하지만……"

"잠깐, 내 말을 듣게. 나는 설날 자네들에게 말했어. 타이코 정도나 되는 분도 돌아가실 무렵에는 망령이 들어 내 아들을 부탁한다는 말만 하셨어. 나도 그렇게 된 것 같아…… 고로타마루나 나가후쿠마루…… 아니, 또 츠루치요(뒷날의 미토 요리후사水戸賴房)가 있군. 그런 자들에게 오십만 석이나 되는 큰 녹을 주다니 정말 멋대로야…… 그 일에 대해 아무도 내게 간언을 하려 하지 않다니 어찌 된 일이냐고 자네들을 탓했지."

나오츠구와 마사나리는 가만히 서로 얼굴을 마주보았다.

분명히 이에야스는 그런 말을 했다. 그러나 성공적으로 천하를 평정하여 평화를 이룩한 이에야스가 가문의 번영을 꾀하는 것은 당연한 일이라 여겨 굳이 이의를 말하지 않았다.

"어떤가, 자네들은 이에야스도 타이코와 같이 망령이 들어 천하의 일과 사사로운 일을 혼동하고 있다고 생각지는 않나…… 아니, 생각할 것이야. 그런데도 입을 다물고 있어. 그래서 나도 더욱 말하기가 거북해졌던 것이야……"

8

"오고쇼 님! 가령 오고쇼 님이 천하의 일과 사사로운 일을 혼동하고 계시다……는 간언을 드렸다면 어떻게 되었을까요?"

마사나리가 다시 칼을 휘두르듯이 반문했다.

"그랬다면 나도 말하기가 쉬웠을 것이라고 하지 않나. 자네들의 뛰어난 기량을 내가 가장 잘 알고 있기 때문일세."

"저희들의 기량을……?"

"그래. 자네들의 기량은 결코 도이 토시카츠土井利勝나 혼다 마사즈미에게 뒤지지 않아. 에도의 중신으로서 훌륭히 일본을 짊어질 수 있는 사람이라 생각했기 때문에 고로타마루나 나가후쿠마루의 일을 생각하기 전까지 나는 자네들을 다이묘로 승격시킬 생각이었어."

이에야스는 이 말을 하고 나서 두 사람을 번갈아 바라보았다.

"그 무렵 나의 망령이나 푸념이라고 오인될 만한 생각이 떠올랐네. 널리 세상을 돌아보아도 이렇다 할 인물은 아주 드물어. 그래서 고로타마루나 나가후쿠마루를 요소요소에 배치해두고 다음 시대의 공과功過를 우리 가문이 짊어져야 하지 않을까 하는 생각을 했네…… 이 생각 자체만으로 자기 자식이 귀여운 나머지 망령이 나지 않았느냐고 비판하는 자가 나올 것……이라고 나는 은근히 기다렸네. 그런데 말하는 자가 아무도 없어. 아무도 말하지 않는데 내가 먼저 말을 꺼낸다면 아전인수我田引水를 위해 선수치는 것…… 그래서 실은 자네들 두 사람을 불러 부탁하려 했던 것일세."

두 사람은 다시 얼굴을 마주 보았다. 역시 그들의 추측은 빗나가지 않았다.

"막상 이야기를 꺼내려 하는데, 이번에는 자네들이 가련해지더군. 훌륭한 다이묘가 될 수 있는 충분한 기량을 가지고 있으면서도 마타모노라니…… 아니, 자네들은 내가 부탁하면 싫다고는 하지 않을 것일세. 그러나 아들과 손자들도 똑같은 입장, 신분상에 큰 차이가 생긴다…… 그렇다면 부탁해선 안 될 억지가 아닐까…… 그런 망설임이 끝내 자네들에게 힐문을 받게 된 원인이야."

"……"

"이렇게 힐문받고 보니 더 이상 감출 수도 없네. 마사나리는 고로타마루를, 나오츠구는 나가후쿠마루를 각각 맡아주게. 물론 대대로 소홀히 대하지 않도록 내가 쇼군에게 단단히 당부는 하겠네……"

"……"

"그래, 두 사람이 잘 상의해보게. 그리고 나의 사사로운 욕심이고 망령이라 생각되거든 거절해도 좋아. 나도 말하지 않은 것으로 하고, 자네들도 듣지 않은 것으로 하겠어."

이렇게 말하고 이에야스는 가만히 일어서려고 했다. 젊은 마사나리가 얼른 제지했다.

"오고쇼 님! 잠깐만."

"그럼, 상의할 필요도 없다는 말인가?"

"이렇게까지 오고쇼 님이 말씀하시는데, 안 계신 곳에서 상의할 수는 없습니다. 오고쇼 님도 이곳에 계시면서 들어주십시오."

"허허, 나도 들으란 말인가?"

"예. 그러면, 안도."

마사나리는 격앙된 모습으로 나오츠구를 향했다.

"할복할 것인가, 받아들일 것인가 우선 그대 생각부터 듣고 싶군."

목소리는 잔잔했으나 달려들 것 같은 눈매였다.

9

"그대는 고로타마루를, 그대는 나가후쿠마루를…… 이렇게 명하시면 될 것을 오고쇼 님은 말씀을 못 하시고 세 번이나 초대하셨네. 안도, 어떻게 하겠나?"

어조는 의논조였으나 마사나리의 마음은 벌써 정해진 듯.

'어떻게 받아들이지 않을 수 있단 말인가……'

눈도 얼굴도 그런 감격에 떨고 있었다. 나오츠구 역시 가슴이 뜨거워졌으나 간신히 억제하고 자세를 바로 했다.

"오고쇼 님……"

"그래, 생각한 대로 말해도 좋아."

"저희 두 사람이 고로타마루 님, 나가후쿠마루 님 곁에 간다…… 물론 천하를 위해서겠지요?"

"그런 말을 하면 낯이 뜨겁네."

이에야스는 순진하게 얼굴을 붉혔다.

"내 생각이 천하의 평화에서 떠난다면 흔히 볼 수 있는 망령난 늙은이와 다를 바가 어디 있겠는가. 그런 반성은 하고 있으나 자네들 눈에는 어떻게 비칠지 그것은 별문제지."

"……"

"나는 평화를 위해서는 이러한 포석이 필요하다고 여겨 요소요소에 어린 자식들을 배치할 생각이 들었어. 그러나 정직하게 말해서 어린 자식들을 믿고 그럴 마음을 가진 것은 아니야…… 어린 자식들의 능력이 과연 현명할 것인가는 미지수일세. 미지수이기 때문에 성격과 기질을 고려하여 고로타마루에게는 마사나리의 기량을 더하고, 나가후쿠마루에게는 나오츠구의 기량을 보탠다…… 그렇게 되면 공과를 모두 한 가문이 떠맡을 수 있지 않겠는가 생각한 것일세."

이에야스는 곁에 놓았던 붉은 비단에 싼 작은 꾸러미를 집어 무릎 위에 얹었다.

"참, 말만 하려고 한 것은 아닐세. 실은 여기에 두 자루의 단도를 첫날부터 가져다놓았어. 자네들이 내 뜻을 받아들인다면 이것을 주려고 했네. 이쪽은 마사무네正宗, 이쪽은 나가미츠長光일세."

"저희들에게 주시는 것입니까?"

"주는 게 아니라 맡기는 것일세."

이에야스는 오히려 담담한 표정이었다.

"양쪽 모두 유난히 어리석은 자라고는 생각지 않으나 역시 미지수인 어린아이일세. 자네들의 훈계에도 불구하고 소요를 꾀하고 난을 일으키려고 하거든 나를 대신해 이 단도로 찔러주게…… 그런 부탁을 하려고 말이야. 어떤가, 역시 이건 망령든 늙은이의 군소리일까?"

"마사나리!"

참다못해 나오츠구가 불렀다.

"오고쇼 님은 우리에게 두 분의 생명을 맡긴다고 하셨어. 우리에게 오고쇼 님 대신 두 분을 키우라고 하셨어."

"으으……"

무언가 말하려다 말고 마사나리는 심하게 흐느꼈다.

"이, 이처럼 신뢰하시는데 사양할 수는 없어, 안도."

"아니, 잘 상의해보게. 아직 나는 확실하게는 말하지 않았어"

"오고쇼 님!"

나오츠구는 갑자기 머리를 조아렸다.

"마사나리도 각오한 것 같습니다. 저희 모두 기꺼이 뜻을 따르겠습니다. 자자손손에 이르기까지 맹세코 이……이 충성심을 잊지 않도록 하겠습니다."

머리를 조아린 채 심하게 어깨를 떨며 울기 시작했다.

10

이에야스는 잠시 동안 망연한 얼굴로 두 사람을 바라보고 있었다. 그가 여러 가지 각도에서 반성하며 두 사람에게 그 말을 하지 못하고 망설인 것은 사실이었다.

고로타 요시토시五郎太義利에게는 이미 히라이와 치카요시平岩親吉를 사부로 딸려놓았다. 그러나 치카요시는 이에야스가 슨푸에 인질로 있을 때부터의 수행원, 어린 요시토시를 훈육하기에는 너무 연로한 감이 있었다. 이에야스가 자기 수명을 염려하다 보니 치카요시가 먼저 갈지 자기가 먼저 갈지…… 알 수가 없었다. 그렇다면 고로타마루에게는 따로 튼튼한 받침대를 마련해주어야 했다.

나가후쿠 요리마사에게도 같은 뜻으로 미즈노 시게나카水野重仲를 딸려주었다. 그러나 그는 히타치에서 5만 석 녹봉을 받는 정도의 인물에 지나지 않았다.

두 아들에게 50만 석이나 되는 일본 요지를 맡기려 한다면 마땅히 그 구상을 보강해야 했다. 다이묘로 봉하면, '이에야스의 아들'이라는 한 개인인 동시에 봉건제의 엄격한 규율을 받들어 살아가야 하는 공인公人이기도 하기 때문이다.

고로타 요시토시에게는 나루세 마사나리.

나가후쿠 요리마사에게는 안도 나오츠구.

마음속으로 인선은 해놓았으나 그들의 기량을 생각하면 너무도 신불을 두려워하지 않는 자의적인 일 같아 망설였다. 아니, 그들 역시 이에야스에게는 사랑하는 자식과 같은 입장의 기량 있는 사람들…… 그러한 애정과 반성이 망설이게 한 원인이었다.

"그래, 받아들이겠다는 말이지……"

이 말을 했을 때 벌써 두 사람은 심한 격정에서 스스로를 냉정한 자리로 되돌려놓고 있었다.

"자네들은 자자손손이라고 했지?"

"예, 그렇습니다."

마사나리가 대답했다.

"그렇다면 이에야스는 자네들의 자자손손에 이르기까지 빚을 진 셈이군. 그에 대해서 나는 엄숙하게 생각하고 여생의 가훈으로 남기겠네. 자네들도 또한 여느 다이묘와는 비교도 안 될 만큼 엄한 법도를 남겨야 할 것이야."

"그 점, 잘 알고 있습니다."

"고로타마루나 나가후쿠마루에게 잘못이 있을 경우만이 아니야. 그 아들, 그 손자에게도 불법이 있을 때는 자네들의 아들이나 손자들이 그를 찔러야 한다…… 그런 정도의 기개를 계속 이어갈 수 있도록 교육해야 하는데, 그래도 되겠나?"

"이 나라에 전란이 일어나지 않게 하기 위해…… 그 점도 깊이 새기겠습니다."

"고맙네……"

갑자기 이에야스의 음성이 잠겼다. 쳐다보니 주름살로 덮인 두 눈에서 바위를 흘러내리는 맑은 물과 같은 눈물을 떨구고 있었다.

"아무래도 신불은 내게 한 가지 응석을 허락하신 것 같아…… 그럼, 두 사람에게 이 단도를 맡기겠네. 알겠나, 누가 환란을 꾀하거나 그것을 막을 수 없다고 생각할 때는 주저하지 말게."

이에야스는 두 손에 단도 한 자루씩을 쥐고 두 사람에게 건네며 젖은 눈을 확 부릅떴다.

11

인간이란 역시 7할까지는 감정에 따라 진퇴를 결정하는 생물이었다. 잘 생각해보면 이에야스의 희망도, 이에야스에게 감동하여 결정한 그들의 약속도 무리한 일이었다.

자자손손의 생활까지도 조상들이 규제한다는 것은 역시 아집인지도 모른다. 그러나 인간은 자기를 신뢰하는 자를 위해서는 기꺼이 죽을 수도 있는 일면을 버릴 수 없다. 그렇다면 그것은 하나의 아름다운 '의지'라 생각해도 좋을지 모른다.

두 사람은 한 자루씩 단도를 받아들고 밝은 표정으로 돌아왔다.

"이로써 마음에 걸렸던 일 한 가지가 사라졌네. 자, 다 같이 잔을 비우세."

"오고쇼 님! 저희들도 마음이 후련합니다. 그렇지 않은가, 안도?"

"이제 와서 말씀 드립니다마는 저희들도 범부凡夫이므로 오고쇼 님께서 우리를 어느 정도의 다이묘로 삼아주실까…… 쓸데없는 망상을 한 적도 있었습니다. 그런 미망이 이로써 깨끗이…… 다음에는 무엇을 생각하고 무엇을 연구해야 할지 완전히 결심이 섰습니다."

나오츠구도 자신의 잔을 내밀듯이 하여 이에야스의 술을 받았다.

"그렇습니다. 이제는 내일 당장 요시토시 님을 뵙고, 오고쇼 님의 결정을 전하려 합니다."

"알겠네. 그 아이들에게는 하루하루가 소중하니까."

"그리고 또 한 가지, 아까 오고쇼 님은 마음에 걸렸던 한 가지가 사라졌다고 하셨지요?"

"응, 그렇게 말했네마는……"

"그 하나……라는 것이 걱정스럽습니다. 그렇다면 그 밖에 또 몇 가지가 있습니까?"

"하하하…… 마사나리다운 질문이군. 그래, 이에야스는 범부 중에서도 큰 범부일세. 걱정거리라면 아직 산더미처럼 남아 있어."

"산더미처럼……이면 곤란합니다."

"곤란해도 실제로 있으니 어쩌겠나, 나무아미타불일세."

"농담은 마시고 그 한두 가지를 더 후학을 위해 말씀해주실 수 없겠습니까?"

"알겠네. 그 중 한 가지는 이에야스에게 양자가 되는 히데요리 님의 일일세."

"으음……"

마사나리는 고개를 끄덕이고 나오츠구를 바라보았다.

"저도 사카이에서 슨푸로 오기 전부터 그것이 걱정거리의 하나가 아닐까 하고 남몰래 생각했습니다."

"나는 말일세, 머지않아 히데요리 님과 한번 만나려고 하네."

"슨푸로 부르시렵니까?"

"아니, 그래선 안 되지. 아직도 그쪽에는 대세를 보지 못하는 자들이 있으니까."

"그러면 오고쇼 님께서 쿄토 쪽으로 가신다는 말씀입니까?"

"그래. 내가 가지 않으면 타이코에게 미안한 일이야. 얼마나 기량이 있는 젊은이로 자랐는지…… 기량에 따라 대우해달라, 알겠습니다고 한 두 사람의 약속이었으니까. 이 약속을 이행하지 않으면 저승에 가서 타이코와 다투게 될 걸세."

이에야스는 유쾌한 마음이 되어 웃음소리도 한결 밝아졌다.

12

나오츠구와 마사나리도 마음이 차분해졌다.

'정말 천명을 생각하시고 이 세상의 일을 마무리하실 모양이다.'

그들로서는 아직 그러한 심경을 알지 못한다. 그러나 이에야스는 이미 그 한마디, 한 동작을 모두 유언으로 생각하는 듯했다.

"쿄토에 있을 때 가끔 오사카 성을 찾아가보고 히데요리 님은 가엾은 분……이라고 느낄 때가 있었습니다. 오사카에는 진정으로 히데요리 님을 사랑하는 분이 없는 줄 생각합니다."

마사나리가 진지한 표정으로 말을 꺼냈다. 이에 대해 이에야스는 한마디로 부정했다.

"그럴 리가 없네. 카토 히고加藤肥後도 있고 아사노 요시나가淺野幸長도 있어. 다만 그들을 따뜻이 맞아들이려 하지 않는 분위기가 문제일 뿐이야."

"그 분위기의 원인이 무엇일까요?"

마사나리는 자기 의견을 말하기 전에 이에야스의 견해를 묻고 싶었다. 그러나 이에야스는 웃으면서 반문했다.

"남에게 묻지 말고 자네 생각을 그대로 말해보게. 그렇지 않나, 나오츠구?"

"예. 마사나리는 종종 히데요리 님이나 그 생모님도 찾아뵙고 있으므로 당연히 그 원인이 무엇인지도 알고 있을 것입니다."

"모르고 있을 마사나리가 아니지. 그래서 단도도 맡긴 것일세."

마사나리는 머리를 긁고 나서 다시 한 번 소중한 듯이 단도를 받쳐들었다.

"문제는 이처럼 단도를 맡길 만한 부하를 가지지 못했다는 점입니다. 카토, 아사노 두 분마저 자주 찾아오면 생모님은 싫어하십니다."

"어째서 그럴까?"

"실은 생모님이 싫어하신다……고 알고 은근히 싫어하도록 꾸미는 묘한 충성을 하는 자가 생모님 측근에 있습니다. 그도 그럴 것이 카토, 아사노는 모두 코다이인高台院 님이 길러낸 자들, 코다이인 님 편이지 생모님 편이 아니라……는 편견 때문에 그런 것 같습니다."

"무서운 일이야. 세키가하라 이전의 미츠나리와 일곱 장수 간의 반목이 묘한 곳에 아직도 살아서 원수가 되어 있으니."

이에야스도 고개를 끄덕이면서 잔을 거듭했다.

"자네들은 내가 자식들에게 히데요리 이상의 녹봉을 주지 않는다는 사실을 꿰뚫어보았어. 어떤가, 그 단도를 맡긴 것도 어떻게 하면 태평시대를 존속시킬 수 있을까 생각한 끝에 얻은 결과였어. 자네들이 이에야스라면 히데요리를 어떻게 하겠나. 지금 그대로 두겠나, 그렇지 않으면 영지를 더 주겠나? 또 측근 가운데서 누구를 중용하고 누구를 멀리하겠는가? 단도 한 자루를 맡긴다면 누구로 하겠는가? 어디 생각한 대로를 말해보게. 어때, 이번엔 나오츠구부터."

"저부터……?"

나오츠구는 약간 놀란 듯이 말했다.

"저는 주로 남의 말을 들은 대로 말씀 드리겠습니다. 우선 공경으로서 칸파쿠의 지위를 유지하고, 큰 다이묘로서 쇼군의 직영지를 다스리며, 장차 계속 안태安泰의 기초를 튼튼히 하려고…… 한다면 먼저 생모님과 히데요리 님을 떼어놓아야 한다고 생각합니다."

이렇게 말하고 가만히 이에야스의 반응을 살폈다.

13

"역시, 떼어놓지 않으면 다음 돌을 놓을 수 없다는 생각인가?"

"그렇습니다."

이에야스의 반문에 나오츠구는 딱 잘라 말했다.

"측근의 충성하는 무리와 함께 생모님이 다른 곳으로 옮기시지 않고는 참다운 충신이 접근할 수 없습니다. 생모님의 애정을 의심하는 것은 아닙니다마는, 이 일이 선행되지 않으면 어떤 말씀을 드려도 실현되지 않을 것입니다."

"으음, 만일 요도淀 부인이 승낙하면…… 그 다음에는?"

"예. 마사나리와도 자주 이야기했습니다마는, 공경의 대들보로서 거성居城을 오사카에서 쿄토보다 더욱 오래된 도성인 나라奈良로 옮기시도록 청합니다."

"으음, 야마토大和로 말이지?"

"예. 야마토에는 왕실이나 공경들과 인연이 깊은 왕릉과 사찰이 많습니다. 그곳 제례祭禮에 전념하면서 자중하시면 아직까지 불만을 품은 옛 공경들도 불온한 행동을 하지 못할 것입니다. 그렇게 되면 가문의 위상은 쇼군의 가문보다 위이기 때문에 일단 도요토미 가문의 면목도 섭니다. 그때 만약 뜻이 계시면 삼만 석이나 오만 석쯤 더 내리시어 옛 신하들에게 성의 건축에 부역을 하도록 분부하십니다."

나오츠구는 자세히 말하고 나서 당황하며 웃는 낯을 지었다.

"하지만 그 모두 상대방이 이쪽 의견을 받아들일 마음이 없다면 불가능한 꿈…… 그렇지 않은가, 마사나리?"

"물론이지."

마사나리가 맞장구를 쳤다. 이 문제는 그들 사이에 때때로 화제로 올랐던 듯.

"이 마사나리가 히데요리 님 측근이었다면 사찰과 신사에 대한 그 많은 시주를 그만두고, 그 황금으로 새로운, 궁궐을 본뜬 무방비의 성채를 짓도록 말씀 드립니다. 군비 걱정을 떠나 제례와 덕의德義로써 임하는 자의 대궐을 말입니다. 무武에 관한 일은 쇼군에게 일임하고 진정으로 대궐의 뜻을 자기 뜻으로 삼고 살아간다…… 그렇게 되면 적이 있을 리 없기 때문에 멸망할 리 없습니다…… 옛날 같으면 꿈속의 꿈일 테지만, 지금은 쇼군의 사위로 그렇게 할 수 있는 세상이 되어 있습니다. 그렇게 하면 난세에 살아남아 아직도 천하의 대란을 바라는 야심가들도 가까이하지 못합니다. 완전히 새로운 평화 시대를 사는 꿈의 궁전이 하나 불어나는 겁니다."

마사나리는 차차 취기가 도는 모양인지 눈을 가늘게 뜨고 무언가를 쫓는 듯한 얼굴이 되었다.

"으음……"

이에야스도 두 사람의 생각에 상당히 마음이 움직인 모양이었다.

"역시 자네들은 내일 일을 생각할 수 있는 사람들이야. 그렇군…… 이야기를 듣고 있는 동안에 나는 히데요리 님을 만나고 싶어졌어."

"좋은 생각이십니다."

마사나리가 앞으로 몸을 내밀었다.

"오고쇼 님께서 직접 히데요리 님에게 그 말씀을 하신다면 눈물을 흘리며 기뻐하시리라 생각합니다. 어떻습니까, 봄이 되면 오사카로 가시는 것이?"

이에야스는 쓸쓸히 웃으면서 고개를 저었다.

"역시 젊군, 마사나리는."

14

"그러시면, 그리 쉽게 상경하실 수는 없습니까?"

마사나리는 머리를 긁으며 입을 다물었다.

"그래, 그리 쉽게 갈 수는 없어."

이에야스는 오히려 즐겁다는 듯이 말했다.

"내가 갑자기 히데요리를 만나겠다고 슨푸를 떠나면 어떻게 될 것 같은가? 이거야말로 큰일났다고 칼을 들고 소란을 피울 자들이 먼저 나타날 거야, 알겠나?"

"으음…… 과연 그런 분위기가 없지는 않습니다. 그래서 주군께서는 염려하고 계셨군요."

이에야스는 고개를 끄덕이고 나오츠구에게 시선을 돌렸다.

"어떤가, 나오츠구, 좋은 생각이 없나? 내가 히데요리 님을 만나고 싶어한다…… 그런 마음이 모두에게 순순히 통할 수 있게 하는 방법 말일세."

"전혀 없다……고는 할 수 없습니다."

나오츠구는 깊이 생각한 바가 있는 듯 한마디 한마디를 끊어가며 말했다.

"허어, 그럼 자네는 평소에 무언가 생각해둔 것이 있는 모양이군."

"예. 실은 생모님을 에도로 모실 방법이 없을까 여러모로 생각해본 일이 있습니다. 역시 히데요리 님과 생모님을 떼어놓는…… 일이 가장 중요하다고 생각했기 때문에."

"그래, 그 생각의 출처는 알겠네. 그런데 어떻게 하면 되겠나?"

"쇼군의 마님에게 청을 드려……"

"허어, 오에요阿江與에게 말인가……?"

"뭐니뭐니 해도 마님과 오사카 생모님은 피를 나눈 자매입니다. 마님이 마음을 터놓고 진실을 말씀 드리면 오고쇼 님의 뜻도 그대로 오사카에 전해지지 않을까 하고……"

"으음, 그것도 분명히 하나의 방법."

"이 나오츠구는 마님께서 직접 생모님을 에도로 초청하시어 도요토미 가문이 영원히 지속될 방법을 충분히 말씀 드리도록 한다……는 생각이었습니다. 오고쇼 님께서 마지막으로 쿄토 지방에 가시게 되었다, 그 길에 히데요리 님을 뵙고 싶다고 하시니 면담하실 수 있도록…… 알선해주시면 엉뚱한 오해 같은 것은 할 여지가 없으리라고 생각합니다마는……"

"으음…… 그럼, 어디 한번 부탁해볼까, 오에요에게?"

이에야스는 다시 마사나리에게 말했다.

"마사나리는 쇼군에게 신년인사를 하러 가겠다고 했지? 내가 보기에 오에요는 인간으로서는 요도 부인보다 한 단계 위야. 그렇다고 요도 부인이 뒤진다는 것은 아니고…… 그동안에 겪은 고생이 다른 탓이겠지. 그래도 타케치요竹千代의 교육에 소홀함이 있어서는 안 된다 싶어 내가 늘 생각하고 있던 육아에 대한 주의사항을 적어두었어. 자네는 그 것을 가지고 가서 오에요에게 전해주게."

"알겠습니다. 분부시라면 내일 고로타마루 님을 뵙고 그 길로 쇼군 님에게 가서 고로타마루 님 곁으로 간다고 보고 드리겠습니다."

"그래, 그렇게 하게."

이에야스도 나이가 들면서 성질이 급해졌다. 나오츠구의 제의가 매우 마음에 든 모양이었다.

"오에요에게 넌지시…… 내가 몹시 히데요리 님을 만나고 싶어한다, 물론 도요토미 가문의 장래를 위해 중요한 일……이라고 전해주게."

15

주종 세 사람은 보기 드물게 해시亥時(오후 10시) 가까이까지 이야기를 나누고 헤어졌다.

이에야스는 두 사람이 돌아가고 도보들의 도움으로 침소에 들었으나 그날 밤은 좀처럼 잠을 이루지 못했다. 인간이 마지막 정리를 시작하면 생각나는 것이 너무 많아 깜짝 놀라게 된다.

'인사人事를 다하고 천명天命을 기다린다.'

말로 표현하면 다만 그뿐이었으나, 과연 인사를 다했느냐는 문제에 이르면 한없이 많은 미망이 꼬리를 물었다.

쇼군 히데타다는 일단 나무랄 데 없는 제2대라 해도 좋았다. 쇼군의 적자 타케치요는 아직 미지수였다. 그렇다고 해서 가문계승 문제는 기량 여하로 결정할 수 없는 점이 있었다. 지금이 난세라면 당연히 기량 여하에 따라 살아남게 되지만, 평화로운 시대에는 달랐다.

지금 장유유서長幼有序의 전통을 세워놓지 않으면 뛰어난 동생이 태어날 때마다 가문에 소동이 일어난다. 그런 점을 고려해 가문의 상속 문제와 육아관계를 어머니로서 어떻게 생각하며, 처리해야 하는가를 이에야스는 생각나는 대로 적어 오에요 부인에게 보내려 했다.

'그것을 가져가게 하고 아울러 내가 히데요리를 만날 수 있게 요도 부인에게 주선을 부탁한다……'

그 부탁에 요도 부인은 히데요리를 슨푸에 보낼지도 모른다. 보냈을 경우에는 어떻게 대우하여 제후들에게 시범을 보일 것인가……?

'아니, 슨푸에까지는 보내지 않을 것이야……'

마지막으로 다시 한 번 상경하여 후시미나 니죠 성에서 만나게 되겠지. 오에요 부인뿐만 아니라 코다이인도 중재할 것이므로 만에 하나라도 못 만나는 일은 없겠지……

'그러나 잠깐.'

지난번 쇼군이 상경했을 때도 히데요리가 기꺼이 나올 것으로 이에야스는 예상했다. 그러나 누군가의 반대로 중지되었다.

'이번에는 절대로 그런 일이 없다고 생각하는 것은 잘못이다.'

이 경우 뒤에 어떤 영향이 미치게 될 것인가.

저쪽에서 오지 않는다면 그것은 이에야스에 대한 의심에서일까, 아니면 히데요리가 열여섯 살이 되면 천하를 돌려달라고 하는 등 타이코의 마음이 흐트러진 뒤의 풍문을 믿고 있는 자들의 어린아이 같은 원한에 의한 것일까.

'섣불리 말을 꺼내지 않는 편이 나을지 모른다……'

최소한 이에야스의 측근은 그가 얼마나 성심껏 히데요리의 장래를 생각하고 있는지 잘 알고 있다. 그런 사실에 대해 분노하는 단순한 자들도 없지 않다. 마지막으로 히데요리를 만나기 위해 일부러 상경한다는데도 핑계를 대고 오지 않는다……고 하면 그야말로 가신들이 용서할 수 없다고 분개할지도 모른다……

이에야스는 그런 일들이 상념을 마구 휘저어 축시丑時(새벽 2시)에 야경꾼이 순찰을 돌 때까지도 잠을 이루지 못했다.

'그렇다, 이렇게 나 혼자만 생각하고 있을 일이 아니다. 마사나리에게도 생각이 있을 것이고, 오에요는 그 이상 생각이 깊다. 그들의 생각을 들어보는 게 좋겠다……'

그렇게 마음먹고 이에야스는 잠을 청했다.

진한 피, 묽은 피

1

나루세 마사나리가 쇼군 히데타다의 부인을 에도 본성 내전으로 찾아간 것은 정월 11일이었다.

그날 오에요 부인은 직접 주방에서 설을 축하하기 위한 떡 만들기를 지휘하고 있었다. 요즘 성안 여자들의 풍속이 나날이 화려해지고 있었다. 이에 따라 내전의 비용과 고용인의 수도 늘어났기 때문에 오에요 부인은 진두지휘를 하며 절약의 모범을 보이고 있었다……

"비록 쇼군이라 해도 나라의 재산을 맡은 사람에 지나지 않는다. 결코 낭비해서는 안 된다. 절약하여 쓰도록 하라."

지금까지 소금으로 간을 맞추던 팥떡을 올해에는 달게 하라고 슨푸에서 흑설탕을 보내왔다. 그 설탕을 낭비하지 않기 위해 자신이 몇 번이나 맛을 보았다.

이에야스는 그런 것들을 오에요 부인의 장점으로 인정했다. 오에요 부인 또한 해를 거듭하면서 이에야스를 더욱 존경하게 되었다.

내전에서는 오에요 부인과 타케치요의 유모 오후쿠於福(뒷날의 카스가春日 부인) 부인은 뜻이 맞지 않는다는 소문도 없지 않았다. 그러나 그 것은 주로 오에요의 이러한 절약정신 때문이었다.

지난날 여자로서의 불행을 두루 겪었던 오에요, 현재 천하의 대권을 쥔 쇼군 히데타다의 정실로서는 소박했고 사치를 몰랐다. 이러한 오에 요 부인 외에 히데타다는 소실 하나도 두려 하지 않았다. 그 일을 두고 내전 여자들은 이런저런 억측을 한다고 했다. 그러나 히데타다는 뜻밖 에도 오에요 부인 한 사람으로 만족하고 있는지도 모른다고 나루세 마 사나리는 생각했다.

오에요 부인의 거실로 들어간 마사나리는 신년인사와 함께 이에야 스가 보낸 육아에 관한 주의점을 쓴 두루마리를 건넸다. 오에요 부인은 공손히 일어나 두 손으로 받들어 선반 위에 얹어놓고 돌아왔다. 그 동 작은 젊고 화사함이라는 말 대신 '정숙'하다는 말이 더욱 기품을 더해 무르익은 느낌이었다.

'오사카의 생모님과는 과연 어느 쪽이 더 미인일까?'

젊을 때는 비교도 안 될 것 같았는데 지금은 어느 쪽이 아름답다고 쉽게 얘기할 수 없었다.

'여자는 역시 남편의 지위에 따라 아름다워지기도 하고 시들기도 하 는지 모른다.'

마사나리가 그런 감회에 젖어 있을 때 말소리가 들렸다.

"마사나리 님, 오늘은 단 팥떡을 대접하겠어요. 그 맛을 잘 기억해두 었다가 오고쇼 님께 감사를 드려주세요. 모두 기뻐하며 먹었다고."

자기 앞에 의젓하게 앉은 상대는 역시 눈부실 만큼 품위를 갖춘 귀부 인이었다.

"참으로 황송합니다. 결코 아무렇게나 먹지는 않겠습니다."

마사나리는 위압감을 느끼며 머리를 조아렸다. 그리고는 이에야스 가 히데요리와의 대면을 간절히 바라고 있다는 뜻을 전했다.

"히데요리 님이 어떻게 성장하셨는지. 벌써 햇수로 칠 년이나 대면하신 적이 없습니다. 그렇다고 함부로 슨푸에 오시라는 말도 할 수 없는 일이라서……"

자세히 사정을 설명하고 이렇게 말했을 때 오에요 부인은 잠시 미간을 찌푸리고 고개를 갸웃했다.

"쇼군이 상경했을 때도 그랬지요."

이미 마사나리가 무엇을 원하고 있는지 깨달은 모양이었다.

2

"오고쇼 님께서 말씀하시기를 마님은 생모님의 육친, 성격도 잘 아시고 고생도 많이 하신 분이니 혹시 좋은 생각이 계실는지 모른다, 신년인사가 끝나거든 넌지시 여쭈어보도록 하라……고 하셨습니다."

마사나리가 드디어 핵심을 짚었다. 오에요 부인은 생각에 잠긴 채 중얼거리듯 말했다.

"성격이 좀 거센 분이어서……"

물론 요도 부인을 두고 한 말. 곧 밝게 미간을 펴고 말했다.

"이 일은 도요토미 가문이나 히데요리, 센히메를 위해서도 중요한 일…… 생각이 없다면 며느리로서 오고쇼 님께 미안한 일이지요."

"아니, 그렇게 어렵게 생각하실 것까지는……"

"그렇지 않아요……"

오에요 부인은 조심스럽게 고개를 갸웃하며 미소를 떠올렸다.

"오사카에서는 올해야말로 히데요리 님이 천하를 넘겨받으실 해……이런 말이 나돌고, 또 그렇게 믿고 있는 사람이 있다고 해요."

"그럴지도 모릅니다. 우리 가문에서도 오고쇼 님은 언제 오사카를 폐하실까…… 하고 저희들에게 묻는 하타모토가 있을 정도니까요."

"우물 안 개구리라고나 할까…… 그런 자들에게 조종당할 정도로 어리석은 언니라고는 생각지 않지만……"

오에요 부인은 다시 한 번 고개를 갸웃하고 한숨을 쉬었다.

"참."

문득 오에요 부인이 가만히 무릎을 쳤다.

"어떤 묘안이라도……?"

"그래요! 이 일은 나만이 아니라 또 한 분…… 아니, 두 분의 힘을 빌린다면……"

"두 분……이라고 하시면?"

"한 분은 쿄고쿠 타카츠구京極高次의 미망인…… 곧 나의 친언니 죠코인常高院."

"아, 죠코인 님……"

마사나리도 앵무새처럼 되풀이하고 무릎을 쳤다.

요도 부인과 죠코인과 오에요 부인은 오다니 성小谷城 함락 때부터 몇 번이나 함께 전란 속에서 살아남은 세 자매가 아니었던가……

쿄고쿠 타카츠구는 세키가하라 전투 때 도쿠가와 편에서 오츠 성大津城을 지키다가 타치바나 무네시게立花宗茂에게 성을 빼앗기고 패했다. 그 뒤 이에야스에게 와카사若狹 오바마小濱의 9만 2,000석 영지를 받았다……

이 타카츠구는 지난해 5월 3일 오바마에서 죽고 미망인 죠코인은 지금 쿄토의 니시노토인西洞院 경내에서 머리를 깎고 살고 있다.

'그렇다, 타츠히메達姬라 불리던 오에요 부인, 타카히메高姬라 불리던 죠코인 두 분이 말하면 요도 부인도 마음을 바꾸게 될지 모른다.'

이런 생각을 했을 때 오에요 부인이 말했다.

"또 한 분은 타카츠구 님의 누이 마츠노마루松の丸 님이에요."

"아, 마츠노마루 님도……"

마츠노마루란 요도 부인과 총애를 다투던 히데요시의 소실이었다.

히데요시가 살아 있을 때는 두 사람 사이가 좋지 않았다. 하지만 히데요시가 죽은 뒤에는 같은 운명에 놓인 여자로서 미움보다는 그리움이 앞서 때때로 부르기도 하고 찾아오기도 한다고 했다.

"죠코인과 마츠노마루 님에게 내가 말하더라고 하면 언니도 마음을 풀지 않을 수 없을 거예요. 그래요, 죠코인에게 사람을 보내겠어요."

3

'과연, 묘안……'

나루세 마사나리는 마음속으로 머리를 끄덕였다.

비록 요도 부인이 사실과 다른 정보로 이에야스나 에도에 대해 상당한 반감을 품고 있다 해도 혈육인 두 동생과 아사이 가문과 핏줄이 통하는 타이코의 소실 마츠노마루 이렇게 세 사람이 설득한다면 아마 오해만은 풀 것……이라고 생각했다.

"오사카의 생모님은……"

오에요 부인은 다시 웃으면서 말했다.

"젊었을 때부터 한번 말을 꺼내면 그 일에 구애를 받지만, 원래는 정직하고 대쪽 같은 성격…… 오고쇼 님의 심정을 모르실 분이 아니라고 생각해요."

마사나리는 얼른 고개를 숙였다.

"저는 슨푸로 돌아가 희소식을 기다리기로 하겠습니다."

오에요 부인의 조심성이 얼마나 깊은지. 친언니 타카츠구 미망인뿐만 아니라, 죽은 타카츠구의 누이 마츠노마루까지도 가담시키겠다고 한다…… 이 조심성은 오에요 부인이 드디어 이에야스를 닮아가기 때문이라는 생각도 들었다.

요도 부인이 쿄고쿠 가문에 대한 처우만이라도 냉정하게 생각해본 다면 이에야스가 얼마나 히데요시에게 의리를 지키고 있는지 이해할 수 있을 듯.

쿄고쿠 가문은 롯카쿠六角 가문과 함께 오미近江의 겐지 사사키源氏 佐佐木 일족의 직계자손이었다. 타카츠구의 아버지 타카요시高吉 시대에 요도 부인의 아버지 아사이 나가마사淺井長政에게 영지를 빼앗겨, 타카츠구는 어려서부터 몇 번이나 몸 둘 곳 없는 고통을 겪었다.

그런 타카츠구를 이에야스가 늘 비호해준 것은 그의 누나 마츠노마루가 히데요시의 애첩이고 또 요도 부인의 동생이 타카츠구에 출가했기 때문이었다. 물론 시집보낸 것은 히데타다와 오에요 부인의 경우와 같이 히데요시였다. 이에야스는 그렇게 히데요시가 맺어준 인연을 어디까지나 존중해오고 있었다.

마츠노마루 일족에게는 그 사실이 잘 알려져 있을 터…… 이렇게 오에요 부인이 꿰뚫어보고 있듯이 마츠노마루도 이번 일을 기꺼이 맡을 것이 분명하다.

마사나리가 관례인 찬술과 떡을 대접받고 물러간 뒤 오에요 부인은 곧 민부쿄民部卿 부인을 불러 여행 준비를 명했다.

이런 일은 빠를수록 좋다. 정월이므로 '신년축하'라는 명목을 대면 아무리 부자연스러운 방문이라도 일단 명분이 선다.

"수고스럽지만 쿄토의 니시노토인에 가서 신년인사를 드리도록."

그 말을 듣는 순간 민부쿄 부인은 쿄고쿠 가문의 미망인 죠코인을 방문하라는 뜻임을 알아차렸다. 해마다 쿄고쿠 부인 쪽에서도 행복한 동생 오에요 부인에게 정중한 신년인사의 사자가 오곤 했다.

"죠코인을 만나, 해가 바뀌어 탈상도 하게 되었으니 무엇보다도 미망인이 된 적적함을 잘 위로해주었으면."

이렇게 서두를 꺼낸 오에요 부인은 이번에 사자로 가는 뜻을 설명하기 시작했다.

막상 입을 열고 보니 뻔한 일인데도 진정을 전달하기가 어려웠다. 민부쿄 부인은 이미 도요토미 가문과 도쿠가와 가문이 마음속으로는 서로 좋지 않다…… 이렇게 단정하고 있는 것 같았다.

4

무리가 아니라고 오에요 부인은 생각했다.

갖은 모략을 다해 부자도 형제도 마음을 주지 않는 난세가 바로 엊그제까지의 세상이었다. 사람의 사고 자체가 이상해져 정상으로 돌아오지 않은 부분이 많았다.

'나 역시 가난한 공경의 미망인인 채로 있었다면 아무것도 믿지 않았을 것이야.'

사실 두번째로 출가했던 히데요시의 양자 단바노쇼쇼 히데카츠丹波少將秀勝(노부나가信長의 아들)가 죽었을 때부터 자신의 생애는 끝났다, 인생이란 얼마나 가혹한 고문장인가 하며 인간도 세상도 저주해 마지않았다. 세번째 남편과도 사별하고 다시 강제로 연하인 히데타다에게 시집오게 되었을 때는 이미 반은 죽은 듯한 심정이었다.

그런데 그 강제적인 히데요시의 계책이 실은 오에요 부인의 생활을 진정으로 꽃피게 만든 것이 아닌가……

처음에 오에요는 망연자실하기도 하고 반항심에서 일부러 히데타다에게 질투심을 노골적으로 드러내기도 했다.

'어느 때나 인간에게는 만족한 경우란 없다……'

이미 단념하고 있던 사내아이가 타케치요, 쿠니마츠國松 연달아 태어난 뒤 오에요 부인도 세상에 대한 생각을 바꾸어갔다. 이에야스가 입버릇처럼 말하는 '신불'의 존재가 거짓이 아닌 듯 느껴졌다. 그렇게 생각하게 된 뒤로 지금까지 그녀가 겪은 불행은 모두 특별한 뜻을 지니고 되살아났다. 시련…… 과거의 불행은 그 문을 통과한 경우에 한해 주어지는 엄청나게 큰 행운의 전주곡이라는 생각도 들었다.

그 무렵부터 오에요 부인은 이에야스를 진심으로 대하고 존경하기 시작했다. 이에야스야말로 신불의 시련을 이겨낸 현실적인 인물이 아니었던가……

이에야스뿐만이 아니었다. 오에요 부인은 남편 히데타다를 진지하게 재평가하게 되었다. 지금까지는 남자들의 방자한 태도 앞에 질투심의 그물을 잔뜩 펼쳐 꼼짝 못하게 하려는 기묘한 투지가 있었다.

지금은 그런 마음도 남편에 대한 존경으로 변했다. 오늘날의 세상에서는 보기 드문 일부일처에 가까운 히데타다의 깨끗한 몸가짐이 아내의 질투를 두려워해서만은 아님을 알게 되었다. 이에야스가 유교로 새로운 질서를 이루고 그것으로 평화를 유지하려고 결의했을 때, 히데타다는 이를 실천하려 한 데 불과했다.

"유교에 의한 새로운 질서…… 이것이 완성되면 일본은 동방의 군자君子 나라가 될 것이야. 모든 사람을 성자로 만든다……는 이 이상理想은 아름다워. 나는 아버지에게 못 미치는 아들이었어. 그런 만큼 아버지의 이상만이라도 엄격하게 지키며 살아가고 싶어."

히데타다가 자주 입에 올리는 이 말이 그녀의 가슴에 파고들었다.

'그렇다, 오고쇼 님은 나를 꺼리면서 사시는 분이 아니었다.'

그 뒤부터 오에요 부인의 생활은 달라졌다. 그에 따라 피부의 색깔까지 달라지기 시작했다.

그런 오에요 부인인 만큼 이에야스가 깊이 생각을 거듭한 오사카에 대한 호의…… 그 깊은 뜻을 큰언니인 요도 부인에게 알려주고 싶은 마음이 태산 같았다……

5

"이제는 언니도 지난번에 쇼군이 상경하셨을 때와 같은 일은 하지 않을 거야."

오에요 부인은 언니 죠코인 앞으로 보낼 자세한 서신을 민부쿄 부인에게 건네고 다시 주의의 말을 덧붙였다.

"세상에서는 그때 일에 이상하게 꼬리를 달아 정말로 에도와 오사카 사이가 나쁜 것처럼 말하고 있지만, 전혀 근거가 없는 말이야."

민부쿄 부인은 바로 대답하지 않았다. 그녀 자신도 가신들이나 하타모토들에게서 갖가지 귀엣말을 듣고 있었기 때문이다.

"그대도 내 말을 믿지 않는군."

오에요 부인은 밝게 웃으면서 말했다.

"그야 사이가 나빠져 다투게 된다면 세상사람들에게는 훨씬 더 재미 있겠지…… 그렇지만 우리 자매로서는 난처한 일이야. 내가 그러더라고 죠코인과 마츠노마루 님에게도 말하도록."

"예. 물론 그 점에 대해서는 잘 말씀 드리겠습니다마는……"

"난 말이야, 두 언니와 함께 에치젠越前의 키타노쇼北の庄에서 피신할 때 우리 자매처럼 불행한 사람이 이 세상에 또 있을까 하고 여간 한탄하지 않았어."

"정말이지…… 지금 생각만 해도 눈물이 나서 못 견디겠어요. 오다니 성에서도 키타노쇼에서도……"

"그런데 그 자매들이 낳은 자식들이 한 사람은 섭정 칸파쿠, 한 사람은 뒷날 쇼군이 되어 두 사람이 일본을 짊어진다…… 이렇게 정해져 있으니 얼마나 신기한 행운인지 몰라."

"예…… 저도 그렇게 생각합니다마는……"

"오사카 생모님은 그렇게 생각하지 않는다는 말인가?"

"예. 아니…… 그래야 될 줄은 압니다마는…… 앞서 쇼군께서 상경하셨을 때의 일도 있고 해서……"

"호호호…… 사자로 가는 그대가 이래서는 안 되지. 상대가 오해를 하면 내가 풀어주겠다…… 그런 심정으로 가야만 해."

"예…… 예."

"그대가 직접 생모님을 설득해야 할 일은 없을 거야. 죠코인이 마츠노마루 님과 같이 그대를 데리고 가서 설득할 거야. 그대는 죠코인에게 말만 하면 돼. 오에요도 바로 얼마 전까지는 오고쇼 님을, 미안하지만, 냉정하신 시아버님……이라 생각했다고."

"예…… 예."

"하지만 그렇지가 않았어. 인간이란 언제나 뻗어나는 것…… 오고쇼 님은 그것을 잘 아시고, 오에요도 앞으로 깨닫게 될 테니 깨달았을 때 일깨워주자고 조용히 내가 성장하기를 기다려주신 분이었어. 그 증거로 육아법에 이르기까지 이렇게 자세히 적어주셨어."

"물론 오고쇼 님의 애정은……"

"바로 그거야. 그것을 잘 납득하도록 죠코인 님에게 말씀 드리는 거야. 오고쇼 님도 요즘은 더욱 연로하셔서 내게 하시는 교훈도 하나하나가 유언같이 되었어. 올해엔 히데요리 님을 만나고 싶다…… 얼마나 성장하셨는지 보고 싶으시다는 거야. 만약 상경하시게 되면 기꺼이 만나뵙도록…… 참, 생모님도 함께 만나면 오고쇼 님이 얼마나 기뻐하실지…… 하고 말해줘."

말하는 동안 정말로 눈물을 흘리는 오에요 부인이었다.

6

"오고쇼 님이 히데요리 님을 미워하신다면 그때 왜 일부러 타다테루 님을 오사카에 보내셨겠어? 말할 것도 없이 생모님이나 주위 사람들이 반성할 날을 기다리시는 심정에서였던 거야. 반성한다면 다시 화목해질 수 있다고 일부러 타다테루 님을 보내셔서 유감이 없도록 주선하셨어. 그처럼 관대한 분이 과거나 지금이나 우리 주변에 계셨을까. 우선 그대부터 이 점을 잘 납득하고 가도록 해."

오에요 부인의 차분한 설명에 민부쿄 부인은 울음을 터뜨렸다.

"잘 알았습니다. 참된 사람이란 언제나 같다고는 할 수 없습니다. 그 성장하는 모습을 조용히 기다려주시다니…… 그야말로 신불의 마음이십니다."

"그래. 그런 마음을 가지신 분이 가까이 계셨다는 것이 우리 자매가 지금과 같은 유례 없는 행운을 누리게 된 근본원인이었어."

"정말 그렇습니다."

"오고쇼 님께서 이 세상에 계시지 않았다면 우선 쿄고쿠 가문부터 없어졌을 거야."

"그렇습니다."

"다음에는 세키가하라 때 도요토미 가문도 결정적인 타격을 받았을 거야. 그렇게 되지 않게 한 것도 오고쇼 님의 배려. 나 역시 이렇게 고마우신 시아버님이 계셨기 때문에 오늘의 행복을 만난 거야. 이런 일을 쵸코인 님에게 잘 말해주길 바라겠어, 알겠지? 아사이 가문 세 자매의 진정한 수호신은 오고쇼 님이었다는 생각으로 오에요는 주야로 슨푸에 계신 분에게 합장한다고……"

이 말은 추호도 거짓 없는 오에요 부인의 심정이었다. 처음에는 그녀도 이에야스를, 속을 알 수 없는 차고 탁한 늪처럼 생각했다. 그런데 그 감정을 표면에 드러내지 않는 무서운 마음이 실은 사람은 죽을 때까지 성장한다고 하는 이에야스 나름의 인간관에서 비롯된 겸손과 위안에서 오는 '인내'였음을 알았다.

며느리인 자신에게까지 여러모로 인내해온 이에야스인데 어찌 요도 부인이나 히데요리에게만은 그렇지 않을 리 있겠는가.

"난 말이지, 오사카가 가깝다면 당장 달려가 직접 요도 부인에게 부탁했을 거야. 언니 자식의 장래도 내 자식의 장래도 격의 없이 끝까지 염려해주시는 오고쇼……도 얼마나 더 오래 사실지 몰라. 어떻게 해서든지 기쁘게 해드려달라고……"

"그 일을 죠코인 님에게 말씀 드려서, 마님의 뜻이 오사카에 통하도록 저도 목숨을 걸고 노력하겠습니다."

"그리고, 만약 오사카에 함께 가서 센히메 측근으로부터 좋지 않은 말을 듣더라도 노해서는 안 돼."

"예…… 예."

"센히메의 일은 센히메의 일. 이번에는 우리 자매를 위해서야."

"예, 깊이 명심하고 가겠습니다."

"우리 자매를 위한 일이 바로 시아버님에 대한 보답…… 이 일을 완수하지 못하면 이 오에요는 인간이 아니야. 잘 부탁하겠어."

민부쿄 부인은 그 다음 날 바로 에도를 떠나 쿄토로 향했다……

7

민부쿄를 쿄토로 보내기에 앞서 오에요 부인은 당연히 쇼군 히데타다의 허락을 청했다. 이에야스가 나루세 마사나리를 통해 뜻을 전해온 사실을 안 히데타다로서는 이의가 있을 리 없었다. 그러나 이 말을 들은 도이 토시카츠로서는 그냥 있을 수 없었다.

"오고쇼 님이 그런 일을……"

토시카츠는 정치적인 일을 담당한 자로서 그 일에 대해 히데타다처럼 무관심할 수 없었다. 이에야스도 충분히 검토했겠지만, 토시카츠는 이 일에 성과를 얻지 못했을 경우의 영향을 우려했다.

이 모두를 여자들이 하는 일……이라고 무시해버리기에는 이에야스와 히데요리의 대면은 너무나 중대한 일이었다. 도요토미 가문의 은혜를 입은 다이묘들 가운데는 아직도 열여섯 살이 되면 천하를 히데요리에게……라는 꿈을 꾸고 있는 자들이 적지 않았다. 물론 그런 일은 이미 있을 수 없다는 사실을 알고 있으면서도.

'오고쇼는 그 일을 어떻게 히데요리에게 고할 것인가?'

모두 이 문제에 흥미를 느껴 주시하고 있었다. 그런 때 이에야스가 히데요리를 만나려 하다니, 시기적으로 얼마나 좋지 않은지……

'오고쇼 님도 연로하셨어……'

노망기가 있는 푸념을 가장 싫어하는 이에야스가 자신의 경우는 깨닫지 못한단 말인가?

'아니, 그럴 리가 없다……'

도이 토시카츠는 이렇게 판단했다.

'오고쇼 님은 히데요리의 기량을 알고 이쯤에서 오사카에서 몰아낼 결심을 하셨음이 틀림없다.'

바쿠후로서는 히데요리를 그대로 오사카 성에 있게 할 수 없었다. 그 가장 큰 이유는 전설과도 같은 풍문에 기인했다. 그 전설이 방심할 수 없는 폭풍을 몰고 올 것만 같았다.

그 하나는 오사카가 난공불락難攻不落의 뛰어난 성이라는 전설. 총포만이 아니라 텐슈카쿠를 송두리째 날려버릴 만큼 위력 있는 대포가 등장했다. 난공불락이란 이미 옛날 이야기에 지나지 않지만, 세키가하라 전투 이후 실직한 무사들은 아직도 그 전설을 믿고 있었다.

다른 하나는 타이코가 남기고 간 황금이었다. 물론 수없이 많은 사찰과 신사의 보수나 건축으로 이미 바닥을 드러내 보이고 있었다. 그러나 실직한 무사들이나 일반 서민들은 아직도 오사카 성에 황금이 열리는 나무라도 있는 듯이 알고 있었다.

이 두 가지가 도이 토시카츠의 마음에 걸렸다.

이럴 때 이에야스 쪽에서 히데요리를 만나고 싶어한다……는 소문이 퍼진다면 잠들어 있는 자식을 깨우는 것과 같은 일.

누구도 천하를 히데요리에게 돌려주리라고는 생각지 않았다.

"드디어 에도에서 어려운 문제를 들고나올 모양입니다……"

오히려 이에야스가 히데요리를 괴롭히려 한다고 생각하기 쉽다.

'이대로는 내버려둘 수 없다……'

도이 토시카츠는 은밀히 요네자와 칸베에米澤勘兵衛를 불러 민부쿄 부인의 뒤를 밟도록 했다. 그녀를 방해하려는 것은 아니었다. 부인보다 먼저 쿄토에 도착해서 쇼시다이 이타쿠라 카츠시게에게 엉뚱한 소문이 나지 않도록 미리 손을 쓰려는 것이었다.

"칸베에 님, 쇼시다이에게 오사카 성에 가서 신년인사를 드리는 체하고 카타기리 카츠모토片桐且元와 우라쿠를 만나도록 청하시오."

이때도 신년인사는 좋은 구실이었다.

8

피의 짙기에서 볼 때 오에요 부인의 육친으로서의 감정과 도이 토시카츠의 정치적인 배려 사이에는 비교도 안 되는 차이가 있었다. 토시카츠는 이 대면을 이에야스가 바란 것이 아니라 히데요리 쪽에서 이에야

스를 그리워하여 청했다는 형식으로 꾸미고 싶었다. 그런 생각을 하게 된 이유는 말할 나위도 없이 ──

"어떻게든 히데요리를 오사카에서 나오도록 해야 한다."

이러한 필요성 때문. 이 필요성은 정치상·치안상 근본이 되었다. 이에야스도 그 점에서는 마찬가지였다. 다만 양자의 차이는 정치적인 필요와, 도요토미 가문의 영속을 위한 애정의 차이였다.

토시카츠는 자세한 주의를 주고 요네자와 칸베에를 곧 출발시켰다.

이타쿠라 카츠시게를 오사카 성에 보내 히데요리에게 신년인사를 하게 한 뒤 카타기리 카츠모토와 오다 우라쿠를 만나 그들에게 히데요리의 영지이동을 은근히 승낙시키겠다는 것이 그의 목적이었다. 아니, 카츠모토나 우라쿠에게도 기회 있을 때마다 그런 의사를 전해왔다. 따라서 그들로서도 이 일은 생소하지 않을 것이었다.

"오고쇼 님이 만나보고 싶어하신다……는 소문이 나지 않도록. 만약 세상이 시끄러워지면 손해는 히데요리 님이 입게 될 것이야."

토시카츠는 싯세이답게 현실적 이해를 중심으로 말을 진행시켰다.

"그보다 오고쇼 님께서 노령이시라 히데요리 님이 문안 드리기를 원했다. 여기에 마님과 쿄고쿠 미망인의 중재도 있고 해서 아사이 가문 세 자매끼리 가족적인 대면을 하게 됐다. 화기애애한 가운데 영지이동 말도 나와, 도요토미 가문의 영속을 위해서는 최선의 길이라 여겨 결정을 보았다…… 이렇게 되는 것이 천하를 위해 바람직한 일, 아니, 그렇게 하지 않으면 안 된다고 나는 굳게 믿고 있어. 또한 영지이전에 필요한 일꾼들의 동원이라면 아무도 반대하지 않을 거야. 이 경우에는 나고야 성과는 반대로 후다이 다이묘들에게 돕도록 명할 수도 있다. 공사가 끝났을 때 히데요리 님을 칸파쿠로 천거하면, 그 무렵에는 또 센히메 님에게 장남이 태어나게 될지도 몰라. 아무튼 두 가문 사이에 풍파가 일지 않도록……"

토시카츠는 이렇게 말하고 나서 다시 덧붙였다.

"영지이동 후의 거성은, 오고쇼 님의 생각은 어떤지 모르나 쇼군과 내 생각으로는 야마토의 코리야마郡山가 좋지 않을까 생각하고 있더라고, 이 말도 필요하거든 말하게."

요네자와 칸베에는 그 말을 명심하고 출발했다. 토시카츠로서는 이것을 최상의 방법이라 자신하고 있었다.

후다이 다이묘나 하타모토 가운데는 아직도——

"적은 빨리 쓰러뜨릴수록 좋다."

이런 센고쿠 시대의 낡은 사고방식이 뿌리내리고 있었다. 새로운 질서가 수립된 오늘날, 도요토미 가문은 이미 적이 아니다. 히데요시의 피와 이에야스의 피가 같은 목표인 '평화의 실현'이라는 높은 이상으로 하나가 되어 있다…… 이렇게 생각했다. 그러나 그 역시 정치가로서의 견해일 뿐 오에요 부인의 견해도 과연 그와 같을지……?

이렇게 하여 무대는 오사카로 옮겨갔다……

쓸쓸한 윤기

1

사람은 태어난 달의 차이로 더위에 강한 체질, 추위에 강한 체질이 있다. 요도 부인은 그런 점에서 계절과 보조가 잘 맞는 체질이었다.

추운 계절이 오면 몸마저도 홀쭉해지고 생각과 행동까지도 몹시 소극성을 띤다. 여름에는 반대였다. 체내의 분비가 왕성해져 생각과 행동이 적극성을 띤다. 따라서 한여름에 요도 부인을 만난 사람은 그녀가 위압적으로 다가오는 무서운 폭군처럼 보인다. 그러나 겨울의 그녀는 자못 인생의 서글픔을 이해하는 조심스러운 환자처럼 보였다.

그 요도 부인이 이른봄 오사카 성 내전에서 조용히 화로 곁에 앉아 있는 모습을 대하면 히데요리는 무척이나 애처로운 느낌이 들고는 했다. 아니, 그런 느낌을 가지게 된 것도 히데요리 자신이 무엇에 대해서나 반항하던 사춘기로부터 차차 청년기의 분별력을 지니기 시작한 데 그 이유가 있을지도 모른다……

히데요리는 요즘 어머니에게 반항하지 않았다.

소실도 오미츠於みつ, 곧 사카에 외에 이토 무사시伊藤武藏의 딸 치

구사千種 한 사람이 더 늘었다. 성안에서는 그 치구사를 요도 부인이 소실로 들여놓았을 때 여러 가지 풍문이 나돌았다.

"생모님은 도련님이 센히메 님을 가까이 하시는 게 싫으신 거야."

그래서 눈에 띄게 여자다워진 센히메로부터 눈을 돌리게 하려고 자기 시녀 가운데서도 특히 예쁜 치구사를 골라 권했다고 한다……

히데요리의 귀에도 그런 소문이 안 들어갔을 리 없다. 그러나 히데요리는 웃으면서 그냥 흘려버렸다.

"항간에서는 도요토미 가문과 도쿠가와 가문은 사이가 나쁘다, 싸울 수밖에 없다고 하는 모양입니다. 그렇지 않으면 재미가 없다……는 것이 무책임한 구경꾼 근성…… 또 하나, 싸우지 않으면 자기들이 출세할 길이 없다고 계산하고 있는 것이 떠돌이무사들. 그런 소문이나 풍문의 주술에 걸려서는 안 됩니다. 주술에 걸려 경솔하게 행동하면 손해를 보는 것은 우리 쪽일 뿐입니다."

기회 있을 때마다 설득하는 카타기리 카츠모토가 말하는 뜻을 희미하게나마 히데요리는 알기 시작했다.

요즘에는 추위에 약한 어머니 곁에서 이것저것 위로하고 돌아오는 일이 히데요리가 갖는 기쁨의 하나였다. 그런 때는 언제나 훈훈한 충족감…… 아니면 기쁨이 가슴에 차오르고는 했다.

'이 마음이 효심인지 모른다.'

이러한 히데요리의 성장이 요도 부인의 마음에도 그대로 절절하게 스며들었다.

'도련님도 어른이 되었군…… 이제는 센히메와 정말 부부가 되도록 해야겠어……'

요도 부인은 내전의 못된 소문에 대해서는 전혀 개의치 않았다.

그보다는 주변에서 친숙했던 사람들이 하나둘 죽어가는 것이 여간 쓸쓸하지 않았다. 그 쓸쓸함이 계절과 겹쳐 요도 부인의 수척함을 더하게 했다. 소녀시절에 훌륭한 신랑감이라 생각했던 쿄고쿠 타카츠구도 죽었다.

"나는 히데요리 님의 형입니다."

언제나 이런 말을 하며 위로해주던 에치젠의 히데야스도, 함께 타이코의 총애를 다투던 미모의 카가 부인도 죽고 없었다……

2

'사람은 누구나 늙어 언젠가는 이 세상에서 사라지게 마련……'

이러한 마음은 지금의 요도 부인으로서 시시각각 자신을 죽음으로 이끌어가는 삶에 대한 애처로운 반성의 하나였다.

'누가 먼저 가고, 누가 남을 것인지……?'

근소한 시간의 차이가 있을 뿐 누구나 죽음에서 벗어날 수는 없는 것…… 그런 생각이 들면서, 사소한 은혜에 대한 집념 따위는 미련하기 짝이 없는 일처럼 여겨졌다.

'이 손도 이 발도, 그리고 이 무릎도 이 얼굴도 얼마 후에는 재로 변할 것인데……'

그런 생각으로 신년인사를 오는 자들에게 되도록 친절하게 대하고 있는 요도 부인. 그러한 때 찾아온 것이 쿄고쿠 타카츠구의 미망인 죠코인과 타카츠구의 누나 마츠노마루였다. 안내한 것은 히데요리의 코쇼인 키무라 시게나리의 어머니 우쿄노다유右京太夫 부인이었다. 그녀는 일부러 요도 부인에게 미리 전갈을 하지 않았다.

"마님, 뜻밖의 귀하신 손님이 오셨습니다."

"아니, 귀한 손님……? 또 나를 놀리려드는군."

"아닙니다, 알아맞혀보십시오…… 어떤 분이실 것 같습니까?"

"글쎄…… 대관절 누가 왔다는 말이야?"

그때는 이미 머리를 깎은 죠코인이 기다리다 못해 모습을 나타내고 있었다.

"어머…… 타카히메가 아니야!"

이어 마츠노마루도 죠코인의 상체를 밀듯이 방안으로 들어왔다.

"심기가 불편하다는 말을 들었으나 그렇지 않은 것 같아요. 옛날보다 더 아름다워졌어요."

"오오, 마츠노마루 님!"

"만나고 싶었어요."

"어머나, 어서 오세요."

이해관계를 초월했을 때 나누는 여자의 인사는 소녀처럼 호들갑스럽고 정감어린 것이었다.

"생각이 나요, 그 후시미에서의 나날들이……"

"어쨌든 잘 왔어요. 자, 좀더 이리 가까이."

"참, 카가 부인은 돌아가셨다면서요?"

"그래요. 그분만은 타이코 전하가 돌아가시자 얼른 마데노코지 미치후사萬里小路充房 경에게 재가해 우리를 부러워하게 했는데……"

"어제 진 꽃, 내일 지는 꽃, 때는 다르지만 모두……"

"정초부터 그런 말은 하지 않는 게 좋아요. 타카히메는 올 봄에 탈상했지? 우선 축하해……"

"어머, 내 정신 좀 봐. 다 같이 신년인사를 하러 왔으면서도…… 생모님, 신년을 축하합니다."

얼른 두 사람은 요도 부인 앞에 머리 숙여 인사했다.

그때 이미 우쿄노다유 부인의 모습은 거기에 없었다. 하객 대접을 시녀들에게 지시하고 있을 것이다.

정오를 막 지난 때여서 밖은 따뜻했으나 실내는 으스스 추웠다.

"정말 언니는 수척해졌어. 저번에 왔을 때보다 더 여위고……"

"그렇지만 한층 더 젊고 아름다워졌어. 그렇지, 죠코인?"

3

마츠노마루의 말대로 요도 부인은 여위었기 때문에 오히려 죠코인이 보기에도 요염한 윤기가 돌고 있었다. 그러나 죠코인은 빤히 속이 들여다보이는 것 같아 차마 입 밖에 내지 못했다. 오노 슈리大野修理와의 소문 때문에 꺼리는 마음이었는지도 모른다.

이 언니는 우쿄노다유 부인의 아들 키무라 시게나리까지도 총애하려 한다……는 소문까지 났던 적이 있었다……

"아무튼 몸을 소중히 가져야 해. 참, 우리가 오사카에 온다는 것을 알고 에도 마님도 안부를 여쭤달라고 했어. 나도 가서 세 사람이 손 잡고 카이아와세貝合° 놀이를 하던 옛날을 회상하고 싶다……고."

이렇게 말하면서 죠코인은 언니의 모습을 주의깊게 바라보았다.

"어머, 오에요로부터도 소식이 있었어?"

"응. 에도에서 쇼시다이에게 신년을 축하하러 온 사자가 있을 텐데, 아마 대궐에 인사가 끝나면 이리 오시겠지."

"에도에서 신년축하를 하러 사자가……?"

갑자기 생각에 잠기는 요도 부인에게 죠코인은 다시 말했다.

"그래. 참, 슨푸의 오고쇼도 올 정월에는 꽤나 약해지신 모양이야. 하기야 연세가 연세이니 만큼……"

"그렇겠지, 벌써 일흔이 되셨으니."

"아니, 예순아홉일 거예요."

죠코인을 대신해서 마츠노마루가 입을 여는 순간, 요도 부인은 장난꾸러기 소녀처럼 고개를 갸웃하고 얼굴을 붉혔다.

"참 다행이야. 오고쇼의 아내가 되지 않아서……"

"어머, 언니는 어떻게 그런 말을……"

"만일 그렇게 되었더라면 두번째 이별이지. 남편은 한 사람이 좋아. 천수를 다한 이별이 있으니까."

죠코인은 자기도 모르게 안도의 가슴을 쓸어내렸다.

이에야스와 요도 부인 사이에 한두 번은 관계가 있었다는 소문도 있었다. 아니, 요도 부인으로서는 그대로 이에야스의 아내가 될 작정이었으나, 이에야스가 고로타마루의 생모인 오카메於亀 부인과 나가후쿠마루의 생모인 오만於萬 부인만을 가까이했기 때문에 사이가 나빠졌다고 믿는 여자들이 지금도 적지 않았다. 그런 만큼 지금의 한마디는 정말 다행한 일이었다.

'특별히 미워하지는 않는 것 같다……'

죠코인은 힐끗 마츠노마루와 시선을 교환하고 일부러 넌지시 질문을 던졌다.

"그렇다면 오고쇼가 제일 좋아한 여자는 누구였을까……?"

"어머, 죠코인은 모르고 있었나요?"

마츠노마루는 얼른 말을 받았다.

"그건 여기 계신 요도 부인이에요."

마츠노마루는 목을 움츠리고 웃었다.

"아니, 마츠노마루 님…… 무슨 말을 하는 거예요."

"정말이에요. 돌아가신 타이코 전하가 제일 좋아하신 분은 생모님의 어머님…… 그리고 오고쇼 님이 제일 좋아하시는 분은 요도 부인…… 남자들은 그래도 묘하게 수줍어하는 면이 있어서 마음속으로 좋아하는 여자에게는 좀처럼 말을 건네지 못해요. 감히 손도 댈 수 없다…… 그런 심정이기 때문에 좋은 기회를 놓치게 된다고……"

"그런 말을 누구에게 들었어요?"

"타이코 전하에게……"

마츠노마루는 시치미를 떼며 대답하고 얼른 입으로 손을 가져갔다.

4

마츠노마루와 요도 부인은 타이코의 총애를 다투었다. 때로는 양쪽 하인들의 다툼에까지 참견해 두 사람이 입씨름을 벌인 일도 적지 않았다. 그래서 마츠노마루는 깜짝 놀라 입으로 손을 가져갔던 것인데 요도 부인은 가볍게 웃어넘겼다.

시간의 흐름이 두 여자의 어색한 감정을 멀리 흘려보내고, 공통되는 추억을 그리운 석양빛으로 바꾸어놓았다. 잠시도 사이를 두지 않고 마츠노마루가 다그치듯 말했다.

"가령 말이에요, 생모님. 오고쇼 님 병세가 여의치 않아 마님이나 도련님을 보고 싶다고 조르면 어떻게 하겠어요?"

요도 부인은 깜짝 놀라 시선을 마츠노마루에게 보냈다가 얼른 죠코인에게로 옮겼다.

"죠코인, 오고쇼 님의 병세가 그렇게도 나쁘신가……?"

"역시 연세는 어쩔 수 없으니까……"

요도 부인은 분명히 당황했다. 아니, 확실히 불안의 빛을 띠었다고 하는 편이 옳았다.

"그 일도 오에요의 편지에 있었니?"

"응. 도련님과 생모님을 한 번 더 만나고 싶다고, 여느 때와는 달리 그리운 듯이 말씀하셨다고 해."

다시 마츠노마루가 죠코인의 말을 가로챘다.

"이미 천명이 다했다……고 깨닫고 계신 것이 아닐까요? 그래도 타이코 전하보다는 육 년이나 장수하셨으니까."

"어머, 그렇기는 하지만……"

"만일 이승에서 마지막으로…… 이렇게 말씀하시면 어떻게 하겠어요, 마님은?"

요도 부인은 눈을 크게 뜬 채 한숨을 쉬었다.

"세상의 이목이 없다면……"

"세상의 이목……?"

"내가 슨푸로 달려간다…… 무엇 때문인가 하고 소문이 나지 않을 리가 없어요. 도련님은 그렇다 하더라도……"

"그럼, 도련님만 보내겠어요?"

마츠노마루의 탐색이 자연스럽게 상대방의 가슴에 파고들었다.

"그것은 물론…… 아니, 내가 말할 수 있는 성질이 아니에요. 이미 히데요리도 열여섯이 됐으니까."

"정말 그렇군요. 벌써 훌륭한 이 성의 성주, 중신들이 결정할 일이겠어요."

마츠노마루는 한 눈을 가늘게 뜨고 죠코인에게 신호했다.

'이 정도로 알아냈으니 나머지는 당신이…… 요도 부인은 별로 오고쇼 님에게 적의를 품은 것 같지는 않아요……'

그런 뜻의 시선 교환이었다.

"언니."

신호를 받은 죠코인은 진지한 표정으로 목소리를 떨구었다.

"도련님에게 오고쇼 님을 직접 뵙도록 하지 않으면…… 안 될 것 같아. 만일 돌아가시게 된다면 죽은 사람에겐 입이 없다고, 이것이 오고쇼의 유언이었다느니 하며 터무니없는 소리를 하는 도쿠가 가문의 후다이가 없지도 않을 것 같아."

요도 부인은 당장에는 대답하지 않았다. 여전히 미간에 불안한 빛을 짙게 떠올리고 계속 한숨만 쉬었다.

5

"그래…… 그렇게 건강이 안 좋다는 말이지."

요도 부인이 중얼거렸다. 마츠노마루가 자르듯 냉담하게 말했다.

"그렇지 않다고 해도 앞으로 얼마 못 사실 연세……라면 한번 신중히 생각해볼 문제일 거예요. 오고쇼 님을 만나는 것이 좋을까, 아니면 가만히 있는 편이 도요토미 가문의 이익이 될까를. 오고쇼 님이 돌아가신 후 상대가 어떤 말을 해도 상대하지 않을 수만 있다면 굳이 만날 필요가 없겠지만……"

요도 부인은 그 말에는 대답하지 않았다.

"죠코인은 어떻게 생각해, 역시 생전에 도련님과 만나게 하는 게 좋겠나……? 아니, 그럴 때는 어떻게 주선하는 것이 좋을까……?"

"글쎄……"

죠코인은 일부러 신중하게 고개를 갸웃했다.

"그러면 내가…… 에도의 마님에게 은근히 주선을 부탁하는 것이 어떨지……"

말끝을 흐리면서 시선을 마츠노마루에게 보냈다.

"그 방법밖에 없어요."

마츠노마루가 얼른 고개를 끄덕였다.

"남을 내세워 괜한 소문을 내기보다는 혈육끼리 은밀히 일을 진행시키는 것이 좋아요. 에도 마님도 이쪽 어른도 모두 아사이 가문의 피가 흐르는 자매니까요."

"마츠노마루 님."

"예, 무슨……"

"그럼, 먼저 카타기리 이치노카미를 문안차 보내기로 할까요?"

"문안차……라기보다 신년인사가 좋겠지요. 저쪽에서 병환을 알려 온 것은 아니니까."

"정말 그렇군요. 만일 병환 중이라 해도 어쩌면 비밀로 하고 있을지 모르니까."

"그렇게 하면 신년인사를 겸해 슬쩍 문병도 한다…… 그게 중요하겠어요. 모르는 동안에 돌아가셨다……고 한다면 실수가 되니까. 그러고 보니 이치노카미를 만난 지도 오래되었어요. 우리가 왔다고 하면서 이치노카미와 우라쿠 님을 이 자리에 부르는 게 어떨까요?"

"과연 묘안인 것 같군요."

"어쩌면 병세 같은 것은 이치노카미가 우리보다 더 잘 알고 있는지도 몰라요. 물론 슨푸의 일이나 에도의 일들도 여러모로 탐색해두었을 테니까. 그렇겠지요, 죠코인 님?"

마츠노마루는 과연 타이코가 총애하던 여자들 가운데서도 뛰어난 재색의 소유자, 이런 경우에도 놀라운 재치를 발휘했다.

"그래, 그게 좋겠어. 거기 누구 없느냐?"

요도 부인은 성급하게 탁자의 종을 울렸다.

"부르셨습니까?"

와타나베 쿠라노스케渡邊内藏助의 어머니 쇼에이니正榮尼였다.

"카타기리 이치노카미와 우라쿠사이有樂齋 님을 불러오라고 일러줘요. 쿄토에서 죠코인과 마츠노마루가 와서 보고 싶다고 해요. 집안끼리 모였으니 격식을 차리지 말고 오라고 전해줘요."

"알겠습니다."

그동안에 마츠노마루와 죠코인은 다시 의미 있는 시선을 교환했다.

'뜻대로 됐다! 이런 분위기라면 본론으로 들어갈 수 있겠어……'

이 모든 일이 도요토미 가문을 위하고 요도 부인을 위해서라 생각하고 있기 때문에 두 사람은 마음으로부터 자랑스러웠고 즐거웠다.

6

카타기리 카츠모토와 우라쿠가 앞서거니 뒤서거니 하며 나타났을 때 요도 부인의 거실은 마치 봄날같이 부드러운 가운데 주연이 열리고 있었다. 세 여자는 발그레하게 눈언저리를 물들이고 있었다. 오쿠라大藏 부인과 쇼에이니도 같이 어울렸고, 우쿄노다유 부인이 부지런히 술을 따랐다.

손님과 주인 사이에는 두 개의 상이 놓여 있었다. 말할 나위도 없이 우라쿠와 카츠모토를 위한 것이었다.

"이거 뜻밖에도 뒤늦게 벚꽃이 만발했군. 이치노카미, 조심해야 하네. 자칫하면 잡아먹히겠어."

우라쿠는 인사에 앞서 눈을 크게 뜨고 농담을 했다.

"참 잘 오셨어요. 죠코인도 마츠노마루 님도 이번 봄에 탈상을 하셨으니 우선 축하합니다."

카츠모토는 우라쿠와 같을 수 없었다. 우라쿠는 요도 부인이나 죠코인의 외숙부가 된다. 그러나 카츠모토는 히데요리의 싯세이이다.

"그런데, 이치노카미."

잔을 건네면서 요도 부인은 카츠모토 쪽을 향했다.

"슨푸의 오고쇼가 건강이 좋지 않다고 하는데 무슨 소식이 없던가요?"

"예…… 그 일에 대해서는 쇼시다이로부터…… 아니, 에도에서 요네자와 칸베에 님이 신년인사차 상경하셨는데, 하루 이틀 후 도련님을 찾아뵙고 말씀이 있을 것으로 알고 있습니다."

"아니, 에도에서 신년축하를 하러 사자가…… 이치노카미, 그렇다면 때가 좀 늦지 않았을까요?"

"때가 늦었다고요……?"

"그래요. 요네자와라는 사람이 도착하기 전에 먼저 슨푸로 신년인사차 가야 하지 않겠어요? 그렇지요, 우라쿠 님?"

우라쿠는 히죽히죽 웃으면서 잔을 놓고 말했다.

"이치노카미, 생모님은 모처럼 오고쇼의 비위를 맞춰드리겠다……는 말씀인 것 같네."

요도 부인은 정색을 하고 말했다.

"농담하고 있는 게 아니에요. 어찌 되었건 오고쇼 님은 천하님을 대신해서 도련님을 지켜주신 소중한 은인이셔요. 병환인 줄 알면서 그냥 있는 것은 불성실한 일. 이치노카미, 어떻게 생각하나요?"

카츠모토보다 먼저 우라쿠가 입을 열었다.

"이건 늙은 벚꽃들이 내린 결론이라고 생각하게…… 그러나저러나 저번에 쇼군이 상경했을 때와는 공기가 너무 달라. 그 무렵에는 코다이인과 내가 그렇게 권했는데도 후시미 성에까지도 보내지 않았지. 그런데 이번에는 소중한 은인이라니…… 이건 깊이 생각해서 대답하는 게 좋겠는걸."

"우라쿠 님!"

"아, 깜짝 놀랐군. 또 꾸중이 시작되는 건가요, 생모님?"

"농담도 때를 가려야 해요. 그 무렵 나는 주위 사람들이 떠들어대서 그만 생각대로 하지 못한 거예요. 이번에는 달라요."

"허어…… 이번에는 진심이고 그때는 본의 아니게 거절했다는 말이군요……"

"그래요, 잘 생각해보세요. 도쿠가와 가문에서 오고쇼 님을 제외하고는 누가 도련님 장래를 염려해주겠어요. 가신들은 기회만 있으면…… 하고 매처럼 노리고 있어요. 그 오고쇼 님이 없는다는 거예요."

요도 부인은 가만히 손으로 눈두덩을 눌렀다.

7

우라쿠는 내심으로 여간 기쁘지 않았다.

'이것으로 도요토미 가문도 안전하게 될지 모른다……'

그러나 본심을 드러내 보일 수는 없었다. 이에 그는 야유하듯 웃음을 떠올렸다.

"그렇다면 히데타다 님은 어떻게 되나요? 오고쇼는 도련님 편이지만 쇼군은 중신들과 마찬가지로 방심할 수 없는 매란 말이오?"

"지금 그런 말을 하고 있는 게 아니에요. 다만 오고쇼 님만큼 도련님 일을 염려해주는 사람이 없지 않을까 하는 의미예요."

"하하하…… 이치노카미, 생모님의 판단을 어떻게 생각하나…… 나는 사위이므로 아무래도 쇼군 쪽이 더 믿음직하다고 생각하는데, 자네는 어떻게 생각하나?"

"잠깐, 우라쿠 님."

요도 부인이 다시 큰 소리로 가로막았다.

"내심은 어떻든지 오고쇼 님과 쇼군은 가신들에 대한 무게가 크게 다르다는 말이에요."

"으음……"

"비록 쇼군이 어떻게 생각하건, 오고쇼 측근이 오고쇼 님이 돌아가신 후 유언이었다……고 우긴다면 쇼군은 거절할 수 있는 사람이 아니지 않은가요?"

"아, 그 말은 옳아요. 과연 거기까지 생각하고 말씀하십니까?"

"그러니 우라쿠 님은 잠시 입을 다무시고 술이나 드세요. 나는 지금 이치노카미에게 말하고 있으니까."

"예, 그럼 첫번째 꾸중은 우선 이 정도로……"

우라쿠는 옆머리를 긁으면서 잔을 내밀었다.

"이치노카미, 좀더 일찍 신년인사를 드리라고 나와 히데요리 님이 명했는데도 그만 늦어졌다고 말씀 드리세요."

"늦어졌다…… 그 이유는 제가 감기에 걸렸기 때문이라고……?"

"아니에요! 그 늦어진 이유로 특별한 인정을 내세우라는 거예요."

"그 이유에 인정을……?"

"그러니까 말이에요, 히데요리 님도 센히메 님도 이제 훌륭히 성장했으니 드디어 이번 봄에 성혼시키라고 생모가 분부했기 때문에……"

"아! 과연."

"아무리 집안끼리의 성혼이라 해도 한쪽은 도요토미 가문의 주인, 한쪽은 쇼군의 따님…… 택일, 공경이나 다이묘들에게 보낼 선물의 결정 등…… 그래서 늦어졌다고 말하는 거예요."

카츠모토는 저도 모르게 무릎을 치고 고개를 끄덕였다. 그로서는 우라쿠 이상의 기쁨이요 안도감이었다.

'역시 현명한 부인……'

아니, 원래가 현명한 부인이었던 만큼 까다롭기도 했다…… 그런 생각과 함께 저절로 눈물이 나오려 했다.

"이의가 없는 모양이군요."

"예, 무슨 이의가 있겠습니까. 말씀 하나하나가 모두 지당합니다…… 오고쇼 님에게는 그보다 더 좋은 문안이 없을 것입니다. 반드시 오고쇼 님도 눈물을 흘리며 기뻐하실 것입니다."

"그래요, 그대도 그렇게 생각하나요?"

요도 부인은 다시 흐르는 눈물을 옷소매로 닦으며 잔을 내밀었다.

"자, 감기에 걸리면 안 돼요. 한 잔 더 들고 내가 한 나중 이야기를 잘 명심해주세요."

8

죠코인과 마츠노마루는 얼굴을 마주보며 안도의 숨을 쉬었다. 자기들의 지혜에 요도 부인은 또 하나 아름다운 인정의 꽃을 더했다.

'히데요리와 센히메의 성혼이라니, 생각지도 못한 일이야.'

그러고 보니 벌써 두 사람 모두 자연스럽게 맺어져도 좋을 만큼 성장했다. 이 말로 이에야스도 틀림없이 즐거운 생각을 할 것이다.

'아니, 이에야스보다도 오에요가……'

우라쿠는 때때로 살며시 좌석을 둘러보면서 그답지 않게 야유를 삼간 채 잔을 거듭하고 있었다.

"자, 어서 잔을 비우고 내 말을 들어주세요."

요도 부인이 카츠모토에게 말했다.

"예, 고맙게 마시겠습니다."

"나는 도련님이 누구에게 모욕이라도 받지 않을까 싶어 아주 거칠게 행동해왔지만, 그것은 모두 뒤에 오고쇼 님이 계시다…… 이렇게 생각하기 때문에 할 수 있었던 거예요. 그 은혜…… 그 그리운 정…… 결코 잊지 못할 것이라고."

"저어, 그 말을 오고쇼 님에게도 말씀 드릴까요?"

"그래요, 내가 한 말 그대로…… 그러면서 두 젊은이를 위해 선물을 달라고 말씀 드리세요."

"도련님과 신부에게 선물을……"

"그래요. 세상에서 말하는 확인서…… 도요토미 가문의 장래는 만만세라는 축하의 말씀, 거기에다 두 사람에 대한 훈계의 말씀을 곁들여 달라고 하세요."

"하하하……"

갑자기 우라쿠가 웃기 시작했다. 웃기는 했으나 이번에는 야유를 퍼붓지 않았다. 실은 우라쿠도 울고 싶어졌다.

"아아, 훌륭해요! 과연 노부나가 공의 조카딸…… 아니, 아사이 비쥬노카미 나가마사淺井備中守長政의 자녀다운 데가 있소. 두 사람의 혼사에다 확인서…… 이보다 더 훌륭한 선물이 어디 있겠소. 생모님, 이 우라쿠도 비뚤어져 있는 자만은 아니오. 감격하면 이처럼 눈물도 흘리고 콧물도 흘립니다. 아아, 오늘의 음식은 어찌 이렇게도 맛이 있는지. 술도 좋고 잔도 좋고……"

그리고는 술을 따르러 온 우쿄노다유 부인에게 말했다.

"늙은 벚꽃 또한 최고로 좋군."

이렇게 말하면서 손을 뻗어 어깨를 툭 쳤다.

"그대의 아들 중에도 훌륭한 사람이 있어. 바로 시게나리야. 그 시게나리를 이런 때 이치노카미에게 딸려 슨푸에 보내면 좋겠는데…… 여기 있는 사람 중에서 내가 제일 먼저 이 세상을 하직하게 될 테지. 그러나 생모님도 그대도, 아니 이치노카미도 언제까지나 살아서 충성할 수는 없지. 그렇다면 시게나리 정도가 도련님의 오른팔이 될 날이 올 거야. 그때를 위해 조금이라도 더 세상 구경을 시켜야 해. 정말 감탄했소, 생모님!"

우라쿠는 울다 웃고, 마시고는 또 먹었다.

"호호호…… 우라쿠 님은 언제나 젊으시군요. 그야말로 오사카의 명물이에요."

마츠노마루가 비로소 큰 소리로 웃기 시작했다. 죠코인도 뒤를 이어 말했다.

"오사카의 명물이 아니라 타이코 전하가 계실 때부터 천하 제일의 명물이셨어요."

요도 부인도 그만 웃음을 터뜨렸다.

우라쿠가 크게 눈을 굴리며 술에 사레들린 시늉을 했기 때문이다.

9

"이치노카미, 잠시 내 집에 들르지 않겠나?"

요도 부인의 거실에서 나왔을 때 오다 우라쿠사이織田有樂齋는 빨갛게 취기가 돈 얼굴로 카타기리 카츠모토에게 말했다.

죠코인과 마츠노마루는 오늘밤 요도 부인과 같이 지내게 되었다. 벌써 주위는 밤의 기운이 짙어가고 있었다.

"저는 속히 슨푸에 신년인사를 가야…… 그 준비도 해야 하고."

카츠모토가 입을 열었다. 우라쿠가 제지했다.

"바로 준비, 그 준비를 위해 집에 가서 한잔 더 하자는 말이야."

"더 이상 술을 드시면 몸에……"

"그게 좋은 거야. 자, 따라오게. 실은 자네가 기다리던 에도의 사자보다 한발 먼저 쇼시다이가 내게 와 있어. 정말, 이렇게 마음이 놓인 적도 없네. 이건 지금껏 자네가 꾸준히 충성을 바친 결실이야. 생각하면 우스운 일이야. 하하하……"

여전히 큰 소리로 웃었다. 어둠 속에서 보는 우라쿠의 눈에는 반짝반짝 빛나는 것이 있었다.

"허어, 그럼 이타쿠라 카츠시게 님이 와 계시다는 말입니까?"

"그렇다니까. 이치노카미, 타이코가 살아 있었을 때 자네나 이 우라쿠는 바보 취급을 당했어."

카츠모토는 웃으면서 우라쿠와 어깨를 나란히 했다.

그 말은 사실이었다. 후쿠시마 마사노리福島正則나 카토 키요마사加藤淸正는 말할 것도 없고 카토 요시아키加藤嘉明, 이시다 미츠나리石田三成, 호리오堀尾, 호리堀, 와키사카脇坂 등 모두 카츠모토보다 높이 사서 중용했다.

"자네는 그래도 좀 나은 편이야. 이 우라쿠는 처음부터 무시당해 도요토미 가문의 곡식이나 축내는 존재……라고 여겨졌던 거야. 그렇지 않나?"

"과연 그런 감이 없지도 않았지요……"

"그런데 지금은 어떤가. 그 바보 이외에 누가 진정으로 도요토미 가문을 위해 눈물을 흘리는가……"

그 말에 카츠모토도 그만 가슴이 뜨거워졌다.

"모시고 가겠습니다, 우라쿠 님. 바보끼리 한잔 더 하자는 말씀을 듣고는 사양하지 못하겠군요."

"실은 이타쿠라에게 들은 말도 있어. 어쩌면 이제 바보 임무를 끝낼 수 있을지도 모르겠어. 요도 부인이 자세를 굽히게 될 줄은……"

두 사람은 자갈을 밟으면서 성 모퉁이를 돌아 어느 틈에 어깨동무를 하듯이 바싹 붙어 있었다. 발 밑은 아직 밝았으나 본성 성곽을 벗어났을 때 무사들의 집에는 이미 점점이 불이 켜져 있었다.

"자, 이로써 이타쿠라에게도 대답할 수 있게 됐군. 이타쿠라라는 사나이는 영악스러운데도 몰인정하고 편협한 자와는 달라서 말이 통하는 데가 있어."

"그건 물론……"

카츠모토는 우라쿠가 깨닫지 못하도록 눈물을 닦으면서 짐짓 과장되게 맞장구를 쳤다.

"도쿠가와 가문의 충신이면서도 도요토미 가문의 적도 아닙니다. 어쩌면 오고쇼 님 마음을 가장 잘 이해하는 사람인지도 모릅니다."

"카츠모토, 만취한 체하고 어디 한번 큰 연극을 해볼 생각 없나?"

"큰 연극…… 이타쿠라 앞에서……?"

"물론이지. 이타쿠라는 말이야, 도련님에게 이 성을 비우고 어디 가라는 말은 하지 않았어. 그런데 에도의 쇼군 측근에서는 야마토의 코리야마로 이미 결정을 내린 모양일세. 코리야마……라면 타이코 동생인 히데나가秀長의 거성이었지. 그렇게 되면 도련님이 말이지……"

우라쿠의 저택 현관 가까이 온 두 사람은 어느 틈에 목소리를 낮추고 있었다……

10

"그런데, 큰 연극이라니요?"

카츠모토는 안에 이타쿠라 카츠시게가 와 있다고 들었기 때문에 바로 신을 벗지는 않았다. 우라쿠는 기인이었으나 어떤 의미에서는 귀재鬼才였다. 따라서 그가 무엇을 생각하고 있는지 잘 알고 나서 이타쿠라와 만날 작정이었다.

"큰 연극이라고 해도 대수로운 것은 아니야. 자네와 내가 요도 부인을 회유했다고 하자는 말일세."

"생모님을 회유……?"

"그래. 요도 부인은 오고쇼를 좋게 보고 있다, 그 증거로 이치노카미를 슨푸에 보내 신년인사를 드리게 했다, 우리는 그렇게 하기 위해 여간 애를 쓰지 않았는데 에도에서는 어떤 상을 주시겠는가……? 그렇게 떠보는 거야. 그러면 반드시 이타쿠라도 속을 털어놓을 것일세. 오고쇼의 뱃속, 쇼군의 뱃속을 말이지."

빠르게 말하고 우라쿠는 성큼성큼 안으로 들어갔다.

카츠모토는 약간 걱정이 되었다. 그 정도의 연극으로 과연 신중하기로 유명한 이타쿠라 카츠시게가 말려들 것인가? 기회 있을 때마다 에도의 본심을 탐지하지 않으면 곤란한 처지인 카츠모토였다.

'해보기로 할까……'

이런 생각이 든 것은 이타쿠라가 기뻐할 일이 두 가지 있다……고 믿고 있기 때문이었다.

그 하나는 슨푸로의 신년축하 사자, 그리고 다른 하나는 히데요리와 센히메의 성혼이었다. 두 사람이 언제 실질적인 부부가 되는가…… 두 사람의 성혼이 실현되면 완전히 새로운 세계가 열릴지…… 모른다. 그 기대가 지금 명암明暗 두 가지 파문을 조용히 일으키고 있다. 두 사람 사이가 화목하여 곧 아들이 태어나면, 에도와의 쐐기가 된다고 보는 자…… 그 반대로 두 사람의 충돌이 표면화되어 양가의 새로운 대립이 시작될 것이라고 보는 자.

그 두 가지 명암의 흐름 속에서 이타쿠라 카츠시게가 전자에 속한다는 것만은 확실히 믿어도 좋았다.

"이거, 자리를 비워 실례가 많았소."

우라쿠는 자기 거실로 들어갔다.

"진심으로 축하할 일이 있어서 이치노카미도 끌고 왔소. 이치노카미가 생모님 분부로 내일 아침 일찍 슨푸로 신년인사를 드리러 출발하게 되었소. 요네자와가 올 때는 성에 없을 것이오."

"허어, 생모님이 슨푸에 신년인사를 드리기 위해 사자를 보내신다고요?"

이타쿠라 카츠시게는 깜짝 놀라 반문했다. 그들 사이에도 이미 술상 준비가 되어 있어 잔을 주고받았던 모양이다. 요도 부인의 호출이 있어서 손님접대를 집사에게 맡기고 우라쿠가 자리를 비웠던 듯.

"참, 쇼시다이 님은 새해 들어 처음 뵙는군요. 복 많이 받으십시오."

"저도 축하 드립니다. 올해에도 변함없이……"

카츠모토와 카츠시게가 인사를 나누는 동안 우라쿠는 가만히 있을 수 없다고 생각했는지 자신이 말한 큰 연극을 시작했다.

"이타쿠라 님, 나이는 약이라는 말이 옳아요. 새해가 되면서 생모도 허영의 옷을 벗어버렸소."

"허영의 옷을……"

"하하하…… 벗고 보니 놀라운 일이 생겼소. 다름 아니라 생모는 오고쇼에게 반해 있었던 거요. 와하하하……"

11

이타쿠라 카츠시게는 깜짝 놀라 우라쿠를 바라보았다. 당장에는 그 말의 뜻을 이해하지 못했다.

"생모님이…… 뭐라고…… 하셨습니까?"

"오고쇼에게 반해 있었다……고 했어요. 그렇지, 이치노카미?"

우라쿠는 이때다 하고 몸을 앞으로 내밀었다. 카츠모토도 맞장구를 치지 않을 수 없었다.

"그렇습니다…… 저도 깜짝 놀랐습니다. 실은 생모님이 가장 믿고 계시던 분은 우라쿠 님이나 제가 아니라 오고쇼였습니다. 쿄고쿠 가문의 죠코인 님이 오셔서 오고쇼께서 몸이 불편하시다고 했어요. 생모님은 즉시 제게 명하여 어서 가서 문안 드리고 오라고 하셨습니다. 눈에 눈물이 가득해지셔서 말입니다."

이타쿠라 카츠시게는 진지한 표정으로 고개를 끄덕였다.

오다 우라쿠가 얼른 카츠모토에게 가세했다.

"이치노카미는 겸손해하고 있으나 분명히 생모는 그런 말을 했소. 오고쇼에게 만일의 일이라도 생기면 큰일이라고 낯빛까지 달라지더군요. 이렇게 되도록 한 것은 이치노카미. 이치노카미는 역시 도요토미 가문의 대들보예요."

"으음, 그렇습니까. 사실 이 카츠시게도 그렇게 되어야 한다고 양가를 위해 남몰래 속을 태우고 있었습니다."

"쇼시다이 님, 그뿐만이 아니오. 오고쇼에게 무엇보다 좋은 선물이 또 있어요."

"무엇보다 좋은 선물?"

"도련님과 센히메 님의 혼인…… 어떻소, 좋은 선물 아니오?"

"그럼, 이 일도 생모님이……?"

"물론이오! 아직 좀 이르지 않냐고 말했으나 생모는 받아들이지 않았어요. 오고쇼를 안심시키기 위한 일편단심에서요. 날짜는 봄 안으로…… 이로써 두 가문 사이의 안개는 깨끗이 걷혔소."

"으음."

"어떻소 쇼시다이 님, 이쯤 되었으니 에도에서 우리 두 사람에게 약간의 상을 내려주지 않을까요?"

"상……?"

"물론 녹봉이나 감사장 같은 것을 말하는 것은 아니오. 하하하…… 그 외에 우리가 좋아할 상. 아니, 성안에 있는 죠신 뉴도常眞入道(오다 노부오)도 더없이 좋아할 상을……"

그 말을 듣고 이타쿠라 카츠시게도 깨달은 모양이었다.

"알겠습니다."

눈에 흥분의 빛을 크게 띠고 고개를 끄덕였다.

"여러분이 기뻐하실 에도의 상…… 그것은 생모님과 도련님이 같은 성에 거처하셔도 좋다는 보장이겠지요. 미흡하지만 이 카츠시게가 그 뜻을 쇼군께 전하도록 하겠습니다."

"와하하하……"

우라쿠는 엄청나게 큰 소리로 웃기 시작했다. 웃으면서 또다시 눈물과 콧물을 함께 흘렸다.

"훌륭하신 쇼시다이요! 이타쿠라 님은 대단한 분이오…… 아니, 웃지 마시오. 나는 노부나가 공의 못난 동생으로 역시 요도 부인이 귀엽단 말이오. 그녀의 어머니처럼…… 오이치お市 부인처럼…… 비참한 최후를 맞게 하고 싶지 않소. 아니…… 이건 죠신 뉴도도 마찬가지일 거요. 되도록이면 모자가 화목하게…… 하하하…… 어리석은 숙부의…… 노부나가 공의 못난 동생의…… 단 하나뿐인 소원이오."

12

좌중이 갑자기 조용해졌다.

이미 해는 완전히 저물어 촛대의 불이 세 사람의 주객에게 묘한 명암을 새겨주고 있었다. 깨닫고 보니 울고 있는 것은 우라쿠만이 아니었다. 카츠모토는 연신 휴지로 눈을 닦고 있었고, 카츠시게는 하카마 자락을 움켜쥐고 고개를 숙인 채 어깨를 들먹이고 있었다.

이 세 사람에게 요도 부인은 각각 다른 면에서 가슴 아프게 하는 존재였다.

카츠모토로서는 말할 것도 없이 가문 내의 분열된 의사였다. 요도 부인을 중심으로 한 오노 하루나가大野治長, 그리고 오쿠라 부인이나 쇼에이니 같은 여자들이 사사건건 히데요리의 측근과 대립하여 터무니도 없는 일로 물의를 일으키고 있었다. 모든 것이 요도 부인의 즉흥적인 발언이 원인이었는데, 좀더 깊이 파고들면, 이에야스에 대한 열등감에서 나오는 대항의식에 불과했다.

'드디어 깨달으셨다.'

그것만으로 카츠모토는 울음이 북받쳤다……

오다 우라쿠는 여기에 혈육에 대한 사랑이 있었다. 우라쿠는 에치젠의 키타노쇼에서 딸들과 헤어져 시바타 카츠이에柴田勝家와 함께 불속에 뛰어들어 죽은 오이치 부인의 동생이다. 두 사람의 나이가 비슷한만큼 남매 사이에 잊을 수 없는 추억이 얽혀 있었다.

이타쿠라 카츠시게의 입장은 전혀 다른 것이었다. 그는 현재의 이에야스가 애처로워 견딜 수 없었다……

이에야스는 노부나가와 히데요시로 이어져온 '평화의 정착'이란 큰 사업을 완성시켜야 하는 입장. 따라서 그 평화에 방해가 되는 것은 비록 자식이라 해도 베어야 할 처지였다. 가까운 예로 장남 노부야스가 그로 인해 할복했다. 이번에는 오사카 쪽 태도 여하에 따라 똑같은 슬픔을 되풀이하지 않으면 안 될 입장의 이에야스였다.

'정치란 냉정한 계산에 따라 천하를 다스리는 것, 혈육애나 인정과는 때때로 무섭게 상극한다……'

그러한 현실을 직접 보아온 이타쿠라 카츠시게로서는, 타이코의 두 가지 유언 사이에서 어느 것을 취할 것인지 괴로워하는 이에야스를 더 이상 이대로 보고 있을 수 없었다.

타이코의 첫번째 유언은 말할 것도 없이 '천하태평'이었다. 그리고 또 한 가지는 '히데요리를 부탁한다'는 것이었다. 그러나 이 태평의 가장 큰 방해자가 만약 히데요리라고 한다면 이에야스의 고통이 얼마나 심각해질 것인지 상상할 수 있다……

'이제 그 가장 큰 장애가 하나 줄어들었다.'

카츠시게는 요도 부인이 그렇게 솔직한 심정이 되었다면 도요토미 가문을 위해 어떤 노력이라도 아끼지 않겠다고 생각했다.

지금까지는 히데요리와 요도 부인을 따로 갈라놓지 않으면 도저히 무사할 수 없을 것으로 여기고, 에도의 방침도 그렇게 기울고 있었다. 그렇지만 이제 그런 걱정은 기우로 변했다…… 그것만으로도 그는 더할 나위 없이 기뻤다……

13

"문제는 말이오, 요도 부인의 마음속에 있었소."

우라쿠가 그답지 않게 차분한 어조로 말하기 시작한 것은 세 사람이 각자 나름대로의 감회에 젖어 잠시 동안 말없이 잔을 거듭한 뒤의 일이었다.

"그 마음만 잔잔해진다면 당분간 일본에는 풍파의 씨가 없을 것이다…… 생각은 하면서도 그렇지 못한 초조감…… 아니, 내게는 역시 가련하고 불행한 조카니까 말이오."

이 감회에는 카츠모토나 카츠시게도 동감이었다. 그렇지만 쉽게 맞장구를 칠 수는 없었다. 우라쿠의 애정을 안타까울 정도로 잘 알고 있었기 때문이다.

"두 분도 생모를 용서해주시오. 그 입장, 그 성질로 봐선 지금까지…… 그럴 수밖에 없었던 거요."

"이미 지나간 일…… 그만 고정하십시오, 우라쿠 님."

카츠모토가 입을 열었다. 우라쿠는 힘없이 웃으며 말했다.

"이치노카미, 지나간 일이어서 말할 수 있네. 생모의 가엾은 오기가 얼마나 히데요리에게 해를 끼치는지 그녀는 잘 알고 있어…… 알고 있으면서도 어쩔 수 없는 기질…… 그것을 고쳐주려는 고승과 명승은 여태껏 그녀가 섬겨온 열이 넘는 사찰과 신사에도 없었어."

"그래서 이렇게 되었습니다. 이렇게 된 이상에는 생모님의 마음을 위로해드리기로 하십시다."

카츠시게는 이렇게 말하지 않을 수 없었다. 우라쿠도 위로해주고 싶었다. 그보다 이에야스가 안도하리라는 것을 알기 때문에 마음이 놓였다. 입으로는 지성이 통한다고 말하기 쉽다. 그러나 인간이 가지고 태어난 기질과 지성의 격돌, 그것을 알고 있다…… 알고는 있으나 인간은 어쩔 수 없는 업상業相을 그려나간다.

'그 하나가 아마 지금 풀린 모양이다.'

카츠시게는 얼른 잔을 비우고 우라쿠에게보다 먼저 카츠모토에게 내밀었다.

"카타기리 님, 기쁠 때는 웃기로 합시다. 귀하는 이 큰 기쁨의 사자가 아니오."

카츠모토는 당황하여 자세를 고치고 잔을 받았다.

"이거 죄송합니다. 그렇군, 그렇습니다! 웃어야 합니다, 우라쿠 님."

다시 좌석은 흥겨운 좌담의 응수로 되돌아갔다.

이들의 기대가 과연 뜻대로 밝게 전개되어나갈 것인지……?

이때 벌써 같은 오사카 성 한 모퉁이에서는 무서운 태풍의 기운이 싹트고 있었다.

다름이 아니다.

"오쿠보 나가야스가 뇌졸중으로 쓰러졌다……"

뜻하지 않은 소식이 그의 부하로부터 아카시 카몬明石掃部을 통해 하야미 카이에게 전해지려 하고 있었다.

아카시 카몬은 말할 것도 없이 나가야스의 꿈을 기록한 그 연판장에 함께 서명한 구교의 신봉자…… 아니, 그 자신이 거기에 서명한 정도

가 아니었다. 나가야스와는 전혀 다른 목적으로 히데요리를 비롯해서
많은 천주교 다이묘들에게 서명을 청하며 다닌 사람이었다.

나가야스가 쓰러졌다는 소식은 바로——

"연판장은 어떻게 되었는가?"

큰 불안으로 연결되지 않을 수 없었다.

물론 거기에는 이에야스의 아들 마츠다이라 타다테루의 서명도 있
다. 하지만 그것이 나가야스의 손에서 떠나면 어떤 폭약으로 변해 새로
운 풍파를 부를지 알 수 없었다.

붉은부리갈매기

1

마츠다이라 타다테루는 자기 또래인 히데요리가 마침내 오는 3월, 센히메와 정식으로 부부가 된다는 말을 어머니 챠아 부인에게 듣고는 왠지 낯간지럽고 우스워 견딜 수 없었다.

'그렇군, 히데요리도 드디어 나와 같은 경험을 하게 되는군.'

겨우 어른이 된 남자로서 축하해야 할 일인지 부자유스러움을 동정해야 할 것인지 알 수 없었다.

"왜 혼자 웃고 계십니까?"

그의 눈앞에는 한발 앞서 묘한 밧줄로 그를 묶어놓은 신부 이로하히메가 단정히 앉아 있었다.

"아, 아무것도 아냐. 붉은부리갈매기들이 너무 정답게 어울려 헤엄을 치고 있어서 그랬어."

스미다가와隅田川에 면한 방문을 활짝 열어놓고 느긋하게 술상 앞에 앉은 마츠다이라 카즈사노스케 타다테루는 6척 가까운 체격으로 이미 눈매와 뼈대 등이 모두 훌륭한 청년이었다.

타다테루는 알지 못한다. 그러나 이에야스의 측근이나 쇼군 히데타다의 중신들은 그를 보면 한결같이 말했다.

"큰아드님 지로사부로 노부야스次郎三郎信康 님을 닮았습니다."

생모 챠아 부인은 이 칭찬의 말을 좋아하지 않았다. 노부야스는 불운한 츠키야마築山 마님이 낳은 자식이고 또 노부나가에 의해 비참하게 할복을 강요당한 비화의 주인공이었기 때문이다.

타다테루는 전혀 개의치 않았다. 아니, 오히려 자랑스럽기까지 했다. 노부야스는 성질이 급했으나 무예가 출중하고 아버지에 못지않은 기량을 지녔다는 회고담을 자주 들었기 때문이다.

"그런 형이 살아 있었다면 지금 어떤 일을 하고 있을까?"

이런 말을 하기도 하고——

"어쩌면 아버님이 너무 형에 대해 애석해하시니까 신불이 가엾게 여겨 다시 이 타다테루로 환생하게 했는지도 모른다."

이런 말로 자기가 노부야스인 체하기도 했다.

챠아 부인은 타다테루가 그런 말을 할 때마다 한사코 말렸다.

"절대로 그런 말을 함부로 입에 담아선 안 된다. 만일 쇼군인 형님의 귀에 들어가면 어떻게 하겠어?"

타다테루는 일소에 부쳤다.

"설마 형이 내게 반심이 있다고는 생각지 않겠지요. 아무튼 알았습니다, 삼가도록 하지요."

이런 타다테루였던 만큼 다테 마사무네의 딸이 시집오기 전에 타다테루는 이미 여자를 알고 있었다.

가신 쿠제 한자에몬久世半左衛門의 딸로 오타케阿竹라는 여자였는데, 그는 손을 대기에 앞서——

"나는 여자와 관계를 가지고 싶은데 그대가 상대해주겠나?"

큰 소리로 이런 말을 했다고 해서 지금껏 여자들 사이에 화제가 되고 있었다.

이러한 타다테루에게 마사무네의 사랑하는 딸이자 천주교 신자인 아내가 엄격한 계율을 가지고 출가해왔다. 타다테루로서는 답답하고 거북스러웠을 것이 틀림없다.

"붉은부리갈매기가 어울려 헤엄치는 것을 보시면 왜 우습습니까?"

"마치 나와 그대를 보는 것 같아서."

"그렇다면 조금도 우습지 않습니다. 그 새들도 부부니까 같이 있을 것 아니겠어요?"

"으음, 그럼 히데요리도 이제 그렇게 될 모양이군."

2

이로하히메는 타다테루의 말에 진지한 얼굴로 고개를 갸웃거렸다.

"그 말씀을 저는 이해하지 못하겠습니다."

"그래…… 어디가 이해되지 않나?"

"히데요리 님이 부인을 가까이하면 안 될까요?"

"아니, 좋아. 나는 상관없어."

"저는 주군 이야기를 하는 게 아니에요. 히데요리 님의 일…… 히데 요리 님이 부인을 가까이하면 곤란한 이유라도 있습니까?"

"글쎄…… 있을지도 모르고 없을지도 모르지."

타다테루는 약간 말하기 거북하다는 듯 얼버무렸다.

"그건 그렇고, 그대는 오쿠보 나가야스…… 나가야스가 좋은가?"

"주군의 가신이므로 싫더라도 좋아해야 한다고 생각합니다."

"으음, 바로 그거야. 히데요리 님 역시 센히메가 싫어도 좋아해야 한 다……고 생각하고 있는지도 몰라."

"주군……"

"왜?"

"주군도 저를 그렇게 생각하고 계신가요?"

"아…… 또 이야기가 내게로 되돌아오는군…… 나는 달라…… 나는 그대를 아주 좋아해."

이번에는 이로하히메의 얼굴에 시선을 고정시켰다.

"그대는…… 내가 남편이어서 싫으면서도 좋아해야 한다……고 생각하는 모양이군."

이러한 불안은 타다테루가 이미 그녀를 사랑하기 시작했다는 증거였다. 이로하히메는 타다테루 이상으로 고지식했다.

"싫은…… 것이 아니라 처음에는 무서운 분……이라 생각했어요."

"무서운 사람……이라고, 내가?"

"예, 그 무서운 눈으로 쳐다보실 때마다 가슴의 고동이 멈추는 것 같았어요. 하지만……"

"하지만……?"

"하지만, 무서운 분이 아니다, 마음속은 부드럽다고……"

"그래, 그 부드러움을 알았다는 말이지……? 그렇다면 일단 기쁘기는 하군."

이로하히메를 따라온 시녀들이 뒤에서 고개를 숙이고 킬킬 웃었으나 타다테루는 별로 나무라지 않았다.

"히데요리 님은 나보다도 한 뼘이나 키가 커. 거기에 살만 찐다면 풍모는 가히 천하호걸이라 할 수 있겠어."

"주군도 그분에 못지않습니다."

"그래? 아무튼 솔직히 말해서 센히메 님은 너무 몸집이 작아. 나는 그대처럼 듬직하고 대범한 여자가 좋아."

"주군!"

"왜 그래?"

"주군은 히데요리 님을 좋아하시겠지요?"

"그래. 싫지는 않아. 나이도 같은 또래니까."

"하지만 지나치게 좋아하시지 않는 편이 좋을 거예요."

"그것은 또 왜……?"

"에치젠의 재상(히데야스)께서는 생전에 입만 여시면 히데요리 님이 좋다고 하여 중신들이 달갑게 여기지 않았다고 합니다."

"그런 말을 누구에게서 들었어?"

"친정아버님에게서 들었어요."

마사무네의 이름이 나오자 타다테루는 눈이 휘둥그레졌다.

3

"무츠노카미 님은 매우 신중하신 분인데 아주 날카로운 인물평을 하셨군."

타다테루는 얼른 말에 복선을 깔고 물었다.

"그럼, 도요토미 타이코에 대해서는 뭐라고 평하시던가?"

"그분에 대해서는……"

이로하히메는 여전히 아무 의심도 하지 않은 부드러운 표정이었다.

"부러운 성장과정을 거치신 분……이라고 하셨어요."

"뭐, 도요토미 타이코의 성장과정이 부러워……? 오와리 나카무라 中村의 가난한 농부 아들로 태어나 어려서부터 전국을 돌아다니며 아이나 봐주던 도요토미 타이코가 어째서 부러우실까?"

"어린아이를 업었지만 어깨에는 아무 짐도 없다, 홀가분하게 마음대로 뛰어다닐 수 있었다, 민들레 홀씨처럼 훨훨…… 그러므로 한없이 부러운 분……이라고 하셨어요."

"민들레 홀씨처럼……?"

"예. 그에 비해 오고쇼 님이나 나 같은 사람은 태어나면서부터 일족과 부하의 운명이라는 피할 수 없는 무거운 짐을 짊어지게 되어 곁눈질 한 번 못하고 숨도 제대로 못 쉬었다……고."

"나에 대해서는 뭐라고 하셨나? 분명히 내 인물평도 하셨을 텐데."

타다테루가 묻고 싶은 것은 타이코의 인물평 따위가 아니었다. 사위인 자기를 마사무네가 자기 딸에게 어떻게 말했는가였다.

그녀는 비로소 재미있다는 듯이 웃었다.

"무엇이 우스워? 이 타다테루를 웃기는 사람이라고 하시던가?"

"아니, 그렇지 않아요. 좀더 일찍 태어났더라면 좋았을 뻔했다고 하셨어요."

"좀더 일찍……?"

"예. 그랬더라면 지금쯤 형님인 쇼군에게 턱으로 지시하고 있을지도 모른다고……"

"으음, 그럼 나쁘게 보시지는 않았군."

"예. 그 대신 칭찬하신 것도 아니라……고 저는 생각했습니다."

"어째서?"

"지금 무료한 나날을 보내고 있기 때문에 언제 무슨 일을 할지 모른다고 하셨습니다. 오쿠보 나가야스 님과 주군이 손을 잡으면 천마天馬에 여우를 태워 하늘로 날게 하는 격이 될 것이다, 나는 어이없는 천마의 고삐를 쥐게 됐다고 탄식하셨어요."

"뭐……뭐라고? 내가 천마라고……?"

"예. 나가야스는 여기에 탄 여우라고 하십니다."

"이로하히메!"

"예."

"그대는 이런 아버님의 평이 잘못되었다고 생각지 않나?"

"글쎄요……"

"글쎄요……라니, 옳다는 생각이로군."

"옳은 점도 있어요. 그러나 옳지 않은 면도……"

"그만 해, 알았어! 무츠노카미 님은 왜 그런 말씀을 하셨을까?"

"아버님으로서는 힘에 겨운 데가 있다……고 보셨겠지요."

"흥, 어쨌든 그다지 좋은 평은 아니군. 이런 말은 다른 데서는 하지 말도록 해."

"주군! 사람을 물리쳐주십시오."

그때 부리나케 들어온 하나이 토토우미노카미花井遠江守가 새파랗게 질린 얼굴로 타다테루 앞에 무릎을 꿇었다.

4

하나이 토토우미노카미는 챠아 부인의 딸을 아내로 둔 카이즈 성海津城 성주 대리로 있는 중신이었다. 그가 에도에 와 있는 것은 드디어 타다테루가 카와나카지마川中島의 옛 영지를 아우르고 에치고의 후쿠시마福島 성주 호리 타다토시堀忠俊의 영지를 병합하여 60만 석 다이묘가 되기에 이르렀기 때문에 협의하기 위해서였다.

에치고의 후쿠시마 성은 타카다에서 조금 떨어진 나오에츠直江津 북쪽에 있었다. 그곳은 타이코의 옛 가신인 호리 히데하루堀秀治가 호쿠리쿠北陸를 제압하기 위해 주둔하고 있었다. 현재의 영주 타다토시 대에 이르러 영내에 내분이 끊이지 않을 뿐 아니라, 타다토시는 어려서 통치를 할 수 없다고 하여 이와키磐城로 옮겨지고 다테 마사무네의 사위인 타다테루가 이를 통치하게 되었다.

이렇듯 신구 합해 60만 석에 달하는 큰 영지가 되어, 하나이 토토우미노카미는 신슈의 카와나카지마에 남고, 오쿠보 나가야스가 다테 마사무네와 의논하여 새로운 정치의 기초를 닦아야 할 때였다.

그 하나이 토토우미노카미가 사색이 되어 달려와 사람을 물리치라고 하니 무언가 큰일이 생긴 것이 틀림없었다. 토토우미노카미의 말에 여자들이 일어섰다.

"무슨 일인가? 아내도 동석하지 않는 편이 좋겠나?"

타다테루는 느긋하게 앉아 움직이려고 하지 않는 이로하히메 쪽을 바라보고 나서 물었다.

"예. 아니, 마님께서는 그대로 계셔도 좋을 것 같습니다마는……"

토토우미노카미는 이로하히메는 괜찮다는 듯이 말끝을 흐렸다.

"실은 오쿠보 나가야스 님이 뇌졸중으로 쓰러져 당분간은 거동할 수 없다고 합니다."

"뭐, 나가야스가 뇌졸중으로?"

"예. 평소 술이 과했던 탓이 아닌가 합니다…… 하필이면 에치고의 새 영지로 이전하셔야 할 중요한 때에…… 큰일입니다."

"으음, 나가야스 녀석이 이런 때에."

"생명에는 지장이 없을 것이다, 그러나 곤란한 일이 있다면서 오다와라의 오쿠보 님으로부터 급한 전갈이 왔습니다."

"곤란한 일이라니, 나가야스가 병으로 쓰러진 것 말고도 또 무슨 사정이 있단 말인가?"

"예."

"말하도록 하라. 망설일 것 없어, 이로하히메는 내 아내야."

"다름이 아니라…… 실은 그 연판장에 관한 것입니다."

"뭐, 연판장……? 연판장이라니 무슨 소린가?"

"원 이런, 잊으셨습니까? 나가야스 님이 생각한…… 세계의 바다로 나간다는……"

"아, 그것 말이군. 그게 어떻게 되었다는 말인가?"

"거기에는 오쿠보 타다치카 님을 비롯하여 오사카 성의 히데요리 님, 에치젠의 히데야스 님 등이 모두 서명하셨습니다. 그런데 이 일에 대해 요즘 이상한 소문이 에도 성에 나돈다고 합니다."

"어떤 소문인가?"

"예, 그것이……"

"망설이지 말고 말하라고 하지 않았나?"

"그게 매우 악의에 찬 소문이라…… 실은 주군을 비롯해 서명한 분들이 현 쇼군 정치가 바람직하지 못해 모반을 도모하려는 속셈…… 아니, 그런 연판장이 있다고 한다……는 소문이라고 합니다."

이 말을 듣고 타다테루는 비웃었다.

"그런 하찮은 소문이란 말인가…… 그 따위보다 나가야스의 병은 어떤가, 재기할 수 있나, 없나?"

5

연판장에 대해 전혀 개의치 않는 타다테루의 모습에 하나이 토토우 미노카미는 안도하는 한편 걱정이 되기도 했다.

'소문과 같은 일은 절대로 없다……'

이런 생각에 안도하는 동시에 사실 여부와 관계없이 연판장이 무언가에 이용될 경우도 있지 않을까 하는 불안을 느꼈다.

"황송하오나 주군께서는 요즘 오쿠보와 혼다 두 원로 사이가 극히 나쁘다는 말을 들으셨습니까?"

"그러니까 혼다 코즈케 부자와 오쿠보 타다치카 사이 말인가?"

"그렇습니다. 항간의 소문은 두 원로는 불원간 격돌이 불가피하다, 조심하여 어느 편에도 가담하지 말라……고 경계하고 있습니다."

"그 일과 이 타다테루가 무슨 상관이 있다는 말인가. 나는 그대에게 나가야스의 병세를 묻고 있는 거야."

"황송하오나 저도 그 말씀에 대답을 올리고 있습니다. 오쿠보 나가야스 님은 아시다시피 오쿠보 사가미노카미 타다치카大久保相模守忠隣 님의 추천으로 출세를 하셨습니다."

"아, 그 말인가?"

"그렇게 가볍게 말씀하시지 말고 잘 들어보십시오…… 성姓까지도 사가미노카미에게 받았을 정도. 만약 나가야스 님에게 무슨 잘못이 생기면 혼다 부자는 기회가 왔다고 오쿠보 타다치카 님을 공격할 재료로 삼을 것입니다."

하나이 토토우미노카미는 자신의 불안을 필요 이상으로 과장했다.

"제가 우려하는 것은 바로 그 점입니다."

"으음."

타다테루는 담담하게 고개를 끄덕였다.

"그러니까 나가야스가 병으로 쓰러졌다, 그때 연판장이 세상에 알려져 터무니없는 소문이 퍼진다면 오쿠보 타다치카가 난처해진다……는 말인가?"

"그렇지 않습니다. 그 연판장이 양자 싸움의 불씨가 된다면 난처해지는 것은 사가미노카미 타다치카 님만이 아닙니다. 오사카의 히데요리 님도, 돌아가신 에치고 히데야스 님의 이름도 모두 알려집니다."

"좋아, 괜찮아. 그때는 내가 직접 모두에게 설명하겠어."

"주군!"

"왜 그래, 그렇게 묘한 얼굴을 하고?"

"만약의 경우를 위해 여쭙니다마는, 그 연판장을 이용하여 한쪽 원로를 제거하려고, 오사카 쪽과 결탁한 모반을 위한 연판장……이라고 모함하면 어떻게 하시겠습니까?"

"뭐, 내가 오사카와 결탁하고……?"

대담한 타다테루도 그만 표정이 굳어졌다.

연판장의 전문에 무엇이 씌어 있었는지 잘 기억이 나지 않았다. 물론 모반이니 오사카와 결탁하느니 하는 생각이 없었기 때문에 별로 신경을 쓰지 않고 있었다.

"흐음, 그렇다면 나가야스가 병으로…… 죽을 경우도 있을지 모르는데, 그러면 죽은 자는 말을 못할 테니…… 과연 무고한 혐의를 받을 수도 있겠군……"

"주군! 그러므로 은밀히 하치오지에 가셔서 나가야스 님을 문병하시기 바랍니다."

토토우미노카미는 굳은 목소리로 말하면서 머리를 조아렸다.

6

"으음, 그렇게 되면 문병이 먼저라는 말이지?"

타다테루는 약간 긴장한 듯했으나 곧 본래 얼굴로 돌아왔다.

"그대의 말에도 일리가 있군. 이로하히메, 하치오지에 다녀오지 않겠나? 부인 같으면 어떻게 하겠나?"

이로하히메는 타다테루보다 더 대범했다.

"주군이 데려가신다면……"

"그럼, 날씨도 좋은 계절이니 꽃구경이나 하면서 찾아가볼까."

이렇게 말하고 타다테루는 약간 엄한 표정을 지었다.

"이건 비밀이야, 토토우미노카미. 표면적으로는 나가야스의 문병…… 마츠다이라 카즈사노스케 타다테루는 가신을 지극히 생각하는 사나이. 하타모토들이 아버님이나 형님에게 고하게 되면 큰일이야."

이에야스의 얼굴이 떠올라 일부러 한 말이었다. 토토우미노카미는 그 뜻을 깨달은 것 같지 않았다. 그는 나가야스와는 달리 한 가지 일을 생각하면 거기서 한 걸음도 벗어나지 못하는 사나이였다.

"문병하신 후 그 연판장을 반드시 가져오십시오."

"나가야스가 어디에 두었는지 의식이 없다면 어려운 일일 텐데."

"그 경우에는 가족에게 명하여 샅샅이 뒤져야 합니다."

"여간 귀찮지 않군. 좋아, 그럼 자네도 같이 가세. 자네까지 데리고 왔다……는 것을 알면 나가야스도 가족들도 기뻐할 거야."

타다테루는 역시 연판장 같은 것은 별로 두려워하지 않았다. 그는 다시 태연한 얼굴로 이로하히메를 돌아보고 말했다.

"이렇게 되면 에치고 축성은 모두 장인어른 뜻대로야. 차라리 이렇게 된 것이 장인어른도 귀찮지 않아 좋으시겠지. 나가야스는 다루기가 아주 까다롭거든."

이로하히메는 그때 이미 다른 일을 생각하고 있는 모양이었다. 조용히 강으로 눈길을 보내고 있는 복스러운 얼굴에 봄 물결의 반짝이는 빛이 반사하고 있었다.

타다테루는 그 모습이 무척 아름답게 보였다. 그러나 무어라고 칭찬할지 적당한 말이 떠오르지 않아 잠자코 있었다.

"주군……"

갑자기 이로하히메가 취한 듯한 시선을 타다테루에게 돌렸다.

"주군도 저와 같은 신앙에 귀의하십니오. 그러면 반드시 천주님의 은총이 내릴 거예요."

"뭐, 나도 천주교도가 되라고?"

"예. 전 지금과 같은 축복을 놓치기 싫어요."

"알겠어, 생각해보지. 서둘러 대답을 듣겠다는 생각은 갖지 않는 게 좋아. 슨푸에 계신 아버님의 신앙은 보통이 아니야. 요즘에는 염불용 글을 육만 번이나 쓰시겠다고 날마다 틈만 나면 붓을 드신다고 하더군…… 에치젠의 형님이 선종禪宗 계통의 절에 묻어달라고 유언했는데도, 그건 안 된다, 우리는 대대로 정토종淨土宗이므로 다시 묻으라고 하셨다는 것이었어……"

"어머, 그런……"

"그래서 서두르지 말라고 했어. 서둘러 공연히 눈총받을 건 없어."

타다테루에게는 지금이 한창 인생의 봄이었다.

7

이로하히메는 무어라 말하려다 말고 입을 다물었다.

"어째서 신앙 문제로 그처럼 오고쇼 님을 염려해야 하나요?"

이렇게 타다테루에게 물어보려다가 그만두었다. 아버지 다테 마사무네는 그 문제에 관한 한 늘 이에야스를 칭찬하고 있었다.

"자기 신앙을 측근에게 강요하려 하지 않거든. 그 점에서 오고쇼는 훌륭해. 역시 고생하면서 배운 겸손이시지."

믿고 안 믿는 것은 이론이 아니므로 강요해서는 안 된다…… 그러한 아버지의 말이 그녀에게 이중으로 작용했다.

'나도 주군에게 강요해서는 안 되지 않을까……?'

좋은 일을 권하는데 무엇을 꺼릴 것인가. 얼마든지 권해도 좋지 않은가…… 이러한 젊은이다운 용기와 함께 또 하나의 의문이 강력하게 고개를 들었다.

"주군……"

드디어 그녀는 그 의문에 졌다.

"오고쇼 님 정도나 되시는 분이 왜 에치젠 님의 개장改葬을 명하셨을까요? 오고쇼 님은 자신의 신앙을 남에게 강요하시지 않는 분…ᵧ·이라고 들었는데."

"하하하……"

타다테루는 재미있다는 듯이 웃었다.

"에치젠은 아버님에게는 남이 아니라 자식이기 때문이지."

"그럼, 자식에게는 강요해도 괜찮다……고 주군도 생각하시나요?"

"아니, 그렇지는 않아. 아버님은 말이지, 천주교를 권한 자가 어떤 실언을 했을 때 이렇게 말씀하셨어."

"실언이라니……?"

"다른 종교로는 천국에 갈 수 없습니다, 지옥에 떨어집니다고 했어. 아버님은, 그렇다면 개종을 못하겠다고 하셨어. 왜 그러냐면, 조상들은 모두 지옥에 떨어졌을 게 아닌가, 더구나 이미 돌아가신 분이니 황천에서 개종도 못할 것 아닌가, 조상이 모두 지옥에 떨어졌다면 이에야스도 지옥에 가야지 그렇지 않으면 효도를 다할 수 없다, 나는 조상을 버릴 수 없다……고 하셨어."

타다테루는 다시 한 번 밝게 웃었다.

"에치젠의 형님에게도 너무 조상들과 떨어져 있지 말라……는 뜻으로 조심성 없는 개종을 나무라신 것이겠지."

이로하히메는 다시 입을 다물었다. 그렇다고 해서 의문과 불만이 사라진 것은 물론 아니었다.

"조상들이 지옥에 떨어져 있다. 그러니 나도 지옥으로 가겠다."

젊은 이로하히메로서는 그 말이 상대에 대한 가벼운 야유임을 알아차리지는 못했다. 오히려 구제받을 길 없는 노인의 고집으로 여겨져 이해할 수 없었다. 그러나 그 말은 인정론으로나 효도론으로도 이론이 서 있었다. 그래서 일단 입을 다물었다. 다음 기회를 기다리기 위한 침묵이었다.

"이로하히메!"

이번에는 타다테루가 먼저 불렀다.

"우리들이 진정으로 일심동체인 부부가 되려면 시일이 얼마나 걸릴까?"

"글쎄요……"

"글쎄……라니, 아직 우리 사이에는 묘한 틈이 있는 것일까?"

"그것은……"

이로하히메가 당황해하며 대답했다. 그녀 자신도 똑같은 느낌이 들었기 때문이다.

"저어, 나가야스 님의 문병을 마치고 돌아온 후에…… 참, 저도 데려가주세요."

광기狂氣 들린 정기正氣

1

오코는 완성된 작은 초록빛 상자를 탁자 위에 놓고 아까부터 가는 글씨로 뭔가를 썼다가는 지우고 지웠다가는 다시 쓰고 있었다.

나가야스에게서 받은 보석을 공작날개에 박아넣은 초록빛 상자는 다른 자개와 함께 아름다움을 다투어 눈부실 만큼 화려했다. 그 하나는 약속대로 나가야스에게 주고 다른 하나는 그녀가 가졌다. 그것이 서원의 창살로 스머드는 햇빛을 받아 방안의 분위기를 한발 먼저 화창한 봄으로 만들고 있었다. 그런데도 오코의 표정은 밝지 않았다.

'폐병에 걸렸구나……'

때때로 피가 섞인 가래가 나오고, 그런 뒤에는 불쾌한 미열이 계속되어 수면을 방해했다. 언제나 깊이 잠들지 못하고 꿈을 꾸면 무언가에 쫓겨다니기만 할 뿐……

깊이 잠들지 못하는 것을 오코는 나가야스의 탓으로 여겼다. 오쿠보 나가야스라는 인물은 혹시 뭔가 불길한 괴물의 화신이 아닐까……

요즘은 그 정체를 꿈을 통한 현몽으로 알게 된 듯한 기분이었다. 다름이 아니라 거대한 산거머리. 산거머리는 사람이 깊은 산속을 걷고 있을 때 위에서 물방울처럼 뚝뚝 떨어져, 깜짝 놀라 정신을 차리고 보면 이미 사람의 피를 잔뜩 빨아먹고 두꺼비처럼 불룩해져 있다.

나가야스는 그런 무시무시한 큰 산거머리가 아닐까……?

이런 생각을 하는 순간 나가야스의 행동은 모두가 소름끼쳤다. 그는 언제나 바다를 말하고 교역을 말하면서도 결코 산을 떠나지 않았다. 아니, 도리어 이 산 저 산으로 여자들을 불러들여 그 피를 다 빨아먹고 나서는 죽여버릴 것처럼 생각되었다……

나가야스가 50명씩 또는 70명씩 광산촌으로 끌어간 여자들 대부분이 어디론가 사라져버렸다…… 아니, 그런 묘한 느낌이 드는 것도 오코의 쇠약해진 체력 탓으로 떠올리게 되는 공포인지도 모른다…… 오코는 자기 눈에도 보이지 않는 이러한 불안과 공포를 어떻게 해서라도 기록에 남겨두고 싶은 소원을 갖게 되었다.

상대는 오코가 늘 마음속에 깊이 감춰온 첫사랑 혼아미 코에츠였으며, 지금까지 쓴 일기는 현재 눈앞에 놓인 작은 초록빛 상자에 넣어두었다가 눈을 감을 때 코에츠의 손에 들어가도록 해야지…… 하는 심정이었다.

오코는 붓끝에 침을 발라 다시 붓을 움직이기 시작했다.

오늘 아침도 오코는 큰 산거머리에게 안겨 소리도 지르지 못하고 생명의 불길이 꺼져가고 있음을 느꼈습니다. 그 산거머리는 무슨 생각에선지 제게 초록빛 상자를 건네고 이틀 후 뇌졸중으로 쓰러져 중병에 빠졌다는 것을 가신들에게 알리게 했습니다. 그리고 밤마다 제 곁에 와서 무서운 저주의 말을 퍼붓습니다.

쓰다 말고 갑자기 오코는 종이를 갈가리 찢어버렸다. 이러한 문장으로는 병을 핑계로 안방에 틀어박혀 태연하게 뭔가 기괴한 음모를 꾸미고 있는 나가야스의 소름끼치는 행동을 도저히 표현할 수 없다는 생각이 들었기 때문이다……

2

나가야스는 의사의 지시라고 하면서 일절 면회를 허용하지 않았다. 자기 거실에 마련한 병상에는 새하얀 천을 씌운 푹신한 침구를 깔게 하고, 자신은 감색 승복과 같은 색의 두건을 쓴 괴상한 수도사 차림으로 이따금 오코의 방에 나타났다.

"오코, 내가 이 세상에서 가장 사랑하는 것은 그대야. 그렇고말고! 여편네는 많이 있지만, 내 마음을 아는 사람은 그대 한 사람뿐…… 나머지는 내 신변의 장식물에 지나지 않아."

그리고는 이렇게 병을 위장하고 있다는 사실을 누구에게도 말해서는 안 된다……고 덧붙이기를 잊지 않았다.

그도 그럴 것이었다. 나가야스가 뇌졸중으로 쓰러졌다……는 통보는 지금 슨푸의 오고쇼에서부터 에도의 쇼군, 사가미의 오쿠보, 주군인 마츠다이라 가문에도 각각 전달되었다.

'도대체 무엇을 생각하고 있는 것일까……?'

문병객이 와도 병실에는 절대로 들어오지 못하게 했다. 지금은 모두가 정식으로 마님이라 부르고 있는 이케다池田 부인도 나가야스가 정말 중병인 줄 알고 있었다.

이케다 부인은 혼간 사 켄뇨顯如 대사의 중신 이케다 요리타츠池田賴龍의 딸로 이케다 테루마사池田輝政의 일족이었다. 정실이라는 이케다 부인마저 꾀병이라는 것을 모르고 있는 형편이니 다른 소실이나 아이들이 모르고 있는 것은 당연하다……

이 집안 가족 구성은 놀랄 정도로 복잡했다.

오코는 처음에 자기와 동년배인 소실들이 낳은 어린아이들만 있는 줄 알고 있었다. 그런데 이미 성인이 된 자식도 아들이 다섯, 딸이 둘이나 있었다.

'아니, 그 밖에도 더 있을 것이야……'

같은 일족으로서 중신인 줄 알았던 오쿠보 토쥬로大久保藤十郎는 알고 보니 나가야스의 장남이었다. 그는 신슈 마츠모토松本에 있는 이시카와 야스나가石川康長의 딸을 아내로 삼고, 하치오지 저택의 바깥일을 맡고 있었다. 차남 게키外記˚의 아내는 왜 그리 콧대가 높은가 해서 알아보니 비젠의 태수 이케다 테루마사의 셋째딸이었다.

두 딸이 출가했다는 것도 최근에야 알게 되었다. 과연 나가야스답게 묘한 곳으로 시집보냈다.

나가야스는 맏딸을 이가伊賀 무리˚의 우두머리인 핫토리 한조 마사나리服部半藏正成의 차남 마사시게正重에게 시집보냈다. 그리고 둘째 딸은 코슈甲州의 무사 미츠이 쥬에몬 요시마사三井十右衛門吉正에게 시집보냈는데, 요시마사는 오다 노부나가가 코슈를 손에 넣었을 때 노부나가의 대리로 코후에 있던 카와지리 히젠노카미 친다이川尻肥前守鎭臺를 노부나가가 죽은 뒤 반란을 일으켜 살해한 인물이었다.

이렇듯 나가야스의 손길은 슨푸나 에도, 다테 가문뿐만 아니라 혼간사에도 히젠에도 이가 무리와 코슈 무사에게까지 미칠 정도로 널리 퍼져 있었다……

그 나가야스가 작은 초록빛 상자가 완성되고 나서 갑자기 병으로 쓰러진 것처럼 꾸미고 몰래 일을 꾸미기 시작했다. 이로써 상상해본다면 그 목적은 연판장을 처리하는 데 있었다.

다테 마사무네에게 은근한 주의를 받고 난 뒤부터 그 역시 걱정되었던 듯. 그렇다 해도 수도사 같은 차림으로 남몰래 돌아다닌다는 것은 아무래도 해석할 수 없는 소름끼치는 일이었다. 그동안에도 나가야스는 몸에 넘치는 욕망의 분출구를 찾아 오코만은 찾아오고 있었다……

3

오코는 다시 붓을 들고 새로 무언가를 쓰기 시작했다.

오코의 마음에 비치는 나가야스의 이상한 행동을 그대로 쓴다면 오히려 자기가 미친 사람 취급을 받을 것 같아 두려웠다. 그렇다고 해서 극명하게 사실을 나열하는 것도 부질없는 일처럼 생각되었다. 한 마리의 거대한 산거머리가 피를 모두 빨아먹을 때까지 자신을 놓아주지 않을 것을 오코는 잘 알고 있었다. 현재 소실 중에서 나가야스의 기괴한 행동을 아는 것은 오코 한 사람뿐이었다.

'살해당할지도 모른다……'

그 공포가 이중삼중으로 겹쳤다.

탐욕스런 욕망의 희생자……가 될 뿐만 아니라, 지금 하고 있는 일이 끝나고 나가야스가 병상으로 돌아가 사람들을 면회할 때가 되면—

"비밀을 안 여자는 살려둘 수 없다."

이렇게 될 것만 같았다.

오코는 서둘러 글을 남기려고 하는데, 아직도 산거머리에게는 그녀로서도 풀 수 없는 수수께끼가 수없이 얽혀 있었다. 무엇보다 나가야스가 밤마다 어디에 가는가 하는 의문이었다. 그래서 잠자리에서 넌지시 물어본 일이 있었다.

나가야스는 오코에게만은 뭐든지 감출 것이 없다고 하면서 순순히 털어놓았다.

"새로운 금광을 채굴하는 거야."

"어머…… 또 어디에?"

"멀리 있으면 내가 다니기에 피곤해. 그런데 바로 가까이에서 황금 냄새가 나거든."

"바로 가까이에서?"

"쿠로카와黑川 골짜기야. 오코, 아직은 그걸 누구에게도 말하면 안 돼, 알겠지?"

"쿠로카와 골짜기……? 그래서 직접 그곳에 가시나요?"

"그래. 실은 이번 금광은 타케다 신겐 공이 생전에 발견해놓았던 광맥이야. 그걸 일부러 조금만 파고 그냥 내버려두었던 거야……"

나가야스는 거의 경계하는 눈치도 보이지 않고 털어놓았다.

쿠로카와 골짜기라면——

"코슈 키타하라北原에 이르러 덴바田波 쿠로카와에서 설법하다."

분에이文永 연간(1264~1275)에 쓴 니치렌 대사의 글에 나온다. 덴바는 야마나시고리山梨郡의 타마야마玉山로서 다이보사츠大菩薩 고개를 말한다. 츠루고리都留郡와의 경계에 해당하며 타마가와玉川의 수원지로서 『카이노쿠니시甲斐國誌』에는——

"쿠로카와야마는 그 북쪽 야마나시고리 하기와라萩原 마을에서 오륙십 리 떨어진 곳에 있는 큰 산이다. 금이 많이 산출된다고 한다."

이렇게 기록되어 있다. 아닌 게 아니라 쿠로카와 골짜기로 사금을 캐러 가는 아이들이 아직 있다는 말을 들었다.

그 금광을 다시 채굴할 결심을 했다고 해도 나가야스는 어째서 병을 위장하면서까지 혼자 뛰어다녀야만 하는가? 새로 금광을 채굴한다는 것은 구실이고, 그 초록빛 작은 상자를 감추려는 것은 아닐까?

이런 생각이 들어 그 일에 대해서도 슬쩍 물어보았으나 나가야스는 대답해주지 않았다.

"하하하…… 작은 상자는 그 일과는 관계가 없어. 그것은 창고에 소중히 보관해두었어."

4

나가야스는 그날도 새벽녘이 되어 홀연히 오코 곁에서 일어났다.

저택 안에는 비밀통로가 여러 군데 있었다. 나가야스는 복도를 통해 오지 않을 때는 반침을 통해 만들어놓은 층계로 내려왔다. 그 층계 위 중간 2층은 오코가 부리는 어린 여자 종들의 잠자리였다. 물론 지금은 빈방으로, 그 방에서 천장 위 지붕 밑에 몇 개의 출입구가 있는 모양이었으나 오코는 무서워서 조사해보지 않았다. 어디로 나가는지도 모르는 통로 따위는 모르는 편이 좋다는 경계심에서였다.

"오코, 날 따뜻하게 해줘."

나가야스가 말했다.

"나는 그대에게만은 무리한 말을 할 권리가 있어. 그대만을 의지하고 그대만을 사랑하고 있으니까."

멋대로 지껄이면서 들어온 나가야스의 몸은 얼음처럼 차가웠다.

"어머…… 이렇게 차다니…… 이러면 몸에 해로워요."

"하하하…… 몸이야 중병으로 거실에 누워 있지. 알고 보면 나도 제법 대단한 사람이야."

오코는 마지못해 나가야스의 상체에 두 팔을 감아 안아주었다. 미열이 있기 때문에 상대는 기분이 좋았을 것이다. 그러나 오코는 부들부들 떨려오는 것을 참을 수 없었다.

"이런 무리를 하시다니…… 이 집에서 비밀을 아는 것은 몇 사람이나 되나요?"

귀에 입을 갖다 대고 속삭였다.

"열한 사람."

나가야스는 대답했다.

"여자는 그대뿐이야. 그대만은 땅끝까지도, 아니 저 멀리 남쪽 바다의 공작 섬까지도 데려갈 생각이니까."

"공작 섬이라니요……?"

"그런 이름의 섬은 없어. 그대가 작은 상자에 그린 섬이야."

"그럼, 그 비밀을 아는 열한 사람이란?"

"내 수족인 사천왕四天王과 여섯 명의 비장裨將, 여기에 나를 보태면 열한 사람이지."

"그 열한 사람이 밤중에 무얼 한 거죠? 가랑비도 내리는데."

"정말 귀찮게 묻는군. 좋아, 그대에게는 숨기지 않겠어."

몸이 좀 녹은 듯 나가야스는 쪽 소리를 내며 오코와 입을 맞췄다.

"그대는 내가 무엇을 운반했을 것 같나?"

"예? 무엇을 운반해요……?"

오코로서는 이 '운반한다……' 는 말은 금시초문이었다.

"그렇겠군……"

나가야스도 바로 알아차린 모양이었다.

"아직 거기까지 그대에게 말하지 않았던가?"

"예. 쿠로카와 골짜기에서 새로 황금을 채굴한다는 말만 들었어요."

"하하하…… 그렇겠군. 그건 구실이고 실은 그게 아니야."

"그럼, 어디에 무엇을 운반하고 계신가요?"

"아무에게도 말하면 안 돼. 알려지면 이거야."

나가야스는 자기 목을 베는 시늉을 했다.

"장소는 쿠로카와 골짜기지만 목적은 정반대야."

이 말을 하는 그의 두 눈은 무서울 정도로 차분해져 있었다.

5

오코는 다시 오싹 소름이 끼쳤다.

'이번에는 정말 무언가 진실을 털어놓을 것 같다……'

그 말을 듣게 되는 것이 오코로서는 다행한 일인지 불행한 일인지 판단할 수 없었다. 그러나 무슨 일이 있어도 이 산거머리의 정체를 알아내고 말겠다는 집념의 불은 꺼지지 않았다.

"무엇 때문에 제가 그런 말을 남에게 하겠어요……? 제 목숨은 이미 진작부터 주인의 것인데요."

"그 각오를 잘 알고 있어서 이처럼 그대 곁에만 오는 거야."

나가야스는 얼른 그럴듯한 말로 얼버무렸다.

"실은 세상일이 좀 걱정스러워졌어. 지난해 연말에 큐슈의 다이묘가 포르투갈 배의 약탈에 격분해 배를 태워버렸다고 생각해봐."

"그런 일이 있었나요?"

"어쨌든 좋아. 그대에겐 자세한 말은 할 필요 없으니까…… 실은 사이고쿠의 어떤 다이묘와 상의해 교역에 발을 들여놓고 있었어."

"어머 교역까지……?"

"그래. 마지막 꿈은 세계의 바다를 제패하는 것…… 팔짱을 끼고만 있을 순 없지. 포르투갈 배가 마카오 근처에서 이쪽 짐을 탈취한 뒤 배를 불사르고 선원을 몰살시켰어. 그 복수를 한 거야…… 내가 알았더라면 말렸을 텐데. 큐슈 해변에 나타난 포르투갈 배에 보복을 했어…… 아직 오고쇼의 귀에는 들어가지 않았지만, 그 일 때문에 나의 은인인 오쿠보 님과 혼다 부자간에 심한 반목이 생겼지."

"어머나……"

"원래 두 사람은 도쿠가와 가문 측근에서는 용과 호랑이 격인 두 중신, 일단 사이가 나빠지면 끝없는 세력 다툼으로 번지게 될 거야……

내게 연판장을 조심하라고 하고 자신은 서명하기를 거부한 다테 마사무네는 그런 사정을 꿰뚫어본 것 같아."

나가야스는 쾌씸한 듯 입술을 일그러뜨리더니 쪽 하고 소리 내어 오코의 입술을 빨았다. 오코는 구역질이 났으나 이야기가 너무 뜻밖의 방향으로 흐르고 있어서 숨을 죽이고 고개를 끄덕였다.

"다테는 과연 민감해. 역시 그의 움직임에는 주목해야겠어. 이렇게 되고 보니 나도 함부로 꿈 같은 이야기를 하고 다닐 수 없게 됐어. 오쿠보 일당을 공격하려면 우선 눈엣가시가 바로 이 나가야스…… 그래서 나는 쿠로카와 골짜기의 광산을 채굴하는 게 아니라 일단 거기에 황금을 감출 생각이 들었던 거야."

"그럼…… 그럼…… 이 저택의 금고에 있는 황금을……?"

"그래. 금고……라고 그대들은 생각하겠지. 실은 즐비한 쌀창고도 무기고도 마루 밑도 모두 황금…… 물론 모두 내 몫은 아니지. 코즈케노스케 님의 몫도, 오쿠보, 이시카와 가문의 것도 있어. 이것으로 세계의 바다에 나가도 당분간 황금 교역에는 부족을 느끼지 않아."

"어머……"

"혼다 부자가 눈치채면 그대로 둘 것 같은가? 눈치채고 조사한다면 나가야스는 무엄하기 짝이 없는 모반자…… 변명은 할 수도 없어."

나가야스는 말끝을 흐리고 한숨을 쉬었다.

6

오코는 나가야스의 목을 끌어안은 채 숨을 죽이고 있었다.

'거짓말은 아닐 것이다……'

혼다 부자와 오쿠보 타다치카 두 실력자가 어떤 일로 반목하여 금방이라도 격돌할 듯한 분위기가 된다면 가장 위험한 것은 역시 나가야스일 터였다. 그래서 나가야스는 작은 초록빛 상자를 만들게 해서 연판장을 감춘다. 그리고 마침내 위험이 박두했다는 사실을 깨닫고 지금까지 축적해온 황금을 숨길 작정을 한다.

그 장소를 다이보사츠 고개에서 가까운 쿠로카와 골짜기에 있는, 옛 타케다 가문의 광산에 숨긴다고 생각하면 충분히 납득할 수 있는 말이었다.

나가야스는 황금을, 새로 쿠로카와 골짜기 금광을 채굴하기 위한 광구광구(鑛具)로 포장했을 것이다. 포장해서 창고의 마루 밑에서 일정한 장소까지 반출시키고 나면, 나머지는 많은 일꾼들의 손에 의해 저절로 목적지까지 쉽게 옮겨지게 될 것이다……

"절대로 남에게 말해서는 안 돼, 알겠지? 비밀만 지켜진다면 언제든지 다시 가져다가 이 나라를 위해 훌륭하게 쓸 수 있어……"

오코는 차차 전율이 가라앉았다. 우스운 생각이 들었다.

'인생이란 이 얼마나 짓궂은 희극의 무대인가……'

원래 사루가쿠猿樂°의 광대 쥬베에十兵衛, 세상을 비뚤어지게 보아온 사나이가 기묘한 인연으로 이에야스에게 인정받아 순식간에 전국의 금광을 파헤치는 총감독이 되었다. 이 금광 총감독은 자기가 캐낸 황금의 빛에 홀려 큰 꿈을 꾸게 되고 말았다.

'나가야스의 행렬'이란 말이 생겼을 만큼 호화로운 행렬을 지어 산과 하치오지 사이를 왕복하고, 그때마다 열심히 옮긴 금, 깨닫고 보니다시 흙 속으로 돌려놓지 않으면 자기 목이 위태로워졌으니 이보다 더짓궂은 연극의 줄거리도 달리 없을 터였다. 뿐만 아니라 이를 흙으로되돌리기 위해 금광의 귀신, 명인이라던 사나이가 뇌졸중으로 쓰러져서 꼼짝도 못하는 몸이라 속이고 몰래 일을 하고 있다.

'원래 그런 복과 운을 타고나지 못한 인간이 금을 너무 지나치게 가

지게 된 것이야……'

따지고 보면 타이코도 그랬고, 오고쇼 역시 그렇지 않다고 잘라 말할
수는 없었다.

"호호호……"

참지 못하고 오코가 웃음을 터뜨렸다. 나가야스는 다시 무서운 얼굴
이 되었다.

"쉿!"

"매장 일이 끝나면 다시 거실의 병상으로 돌아오시겠군요."

"물론이지. 앞으로 이삼 일이면……"

나가야스는 가만히 머리를 들고 아무도 없는 침실을 둘러보았다.

"그런 뒤 완쾌 축하연을 벌이고는 다시 쿠로카와 골짜기를 개척하는
거야. 그때면 근처 산에 진달래가 만발하겠지. 모두 데려다가 말이야,
골짜기 가득히 자리를 마련하고, 술과 가무로 한바탕 잔치를 벌이겠
어…… 사실 그 산에서는 또 다른 황금도 나오고 있어."

오코는 웃는 대신 벌써 허옇게 센 나가야스의 가슴 털을 만지작거렸
다. 그는 오코에게 거대한 산거머리임과 동시에 왠지 모르게 우스꽝스
러운 희극에 나오는 다이묘와도 같았다.

7

오코는 그 이튿날에도 코에츠 앞으로 보내는 형식의 편지인지 일기
인지 분간할 수 없는 글을 부지런히 쓰고 있었다.

생각해보면 오쿠보 나가야스도 희극에 나오는 우스꽝스러운 다이묘
였지만, 오코 역시 어릿광대라 해도 과언이 아니었다. 오코가 만약 나
가야스로부터 도망칠 생각이 있었다면 불가능한 일이 아니었다. 그런

데도 언제부터인지 이 거대한 산거머리의 손에서 빠져나갈 수 없다고
여겨 다가오는 파멸을 뜻밖에도 순순히 기다리고 있었다. 지금 오코는
나가야스의 몸에 매인 화풀이로, 짐짓 코에츠의 환상을 그리며 스스로
를 위로하고 있는지도 모른다.

'그래도 좋다……'

쓸 것이 많아졌다.

오쿠보 타다치카와 혼다 부자간의 반목이란 어떤 것일까? 큐슈 어딘
가에서 포르투갈 배를 불태웠다고 하면 코에츠는 당장——

"아, 그 사건인가?"

이해할 것이다. 아직 모르고 있다면 챠야에게 물을 것이다. 아무튼
그것이 원인이 되어 오쿠보 나가야스는 막대한 황금을 감추지 않으면
안 되게 되었다……는 사실만은 적었다.

나가야스 님의 말에 따르면 지하에 막대한 황금을 묻고 그 위에 진
달래를 잔뜩 심어놓으면 황금의 기운을 빨아들인 진달래가 얼마 후
에 검은 꽃을 피울 것이라고 합니다…… 쿠로카와 골짜기라는 이름
도 실은 그 검은 진달래와 무관하지 않은 모양인지……

이렇게 쓰고 나서 오코는 왠지 온몸에 소름이 끼쳤다. 지금까지 생각
지 못했던 한 가지 공포에 부딪쳤다.

나가야스 님은 그 일이 끝난 뒤 산에서 호화로운 잔치를 벌이겠다
고 합니다…… 아니, 그 말 가운데는 쿠로카와의 깊은 골짜기 위 높
이 좌석을 마련하여……

골짜기를 가득 메운 좌석…… 혹시 모두가 그 위에서 취흥에 도도해

있을 때, 덩굴풀로 만든 줄을 끊어 떨어뜨릴 셈이 아닐까…… 문득 그런 예감이 오코를 사로잡았다…… 이 뜻밖의 상상은 얼마 지나지 않아 이 저택에 전해진 또 하나의 소식으로 일단 관심권 밖으로 밀려났다. 그 소식이란, 나가야스의 문병을 위해 마츠다이라 카즈사노스케 부부가 은밀히 하치오지까지 왔다는 것.

저택 안은 갑자기 소란스러운 분위기에 휩싸였다.

신슈 마츠모토의 이시카와 야스나가의 딸을 아내로 삼은 장남 토쥬로가 오코에게 와서 말했다.

"오코 님도 접대를 하시도록."

"알았어요. 그런데 주인 어른의 명령이시겠지요?"

시치미를 떼고 물었다. 토쥬로는 잠시 당황하는 것 같았다.

"물론입니다. 표면적으로는 주군의 문병이 아니고 매사냥 나왔던 길에 들르신 것……으로 하신다고 하니 그렇게 아십시오."

토쥬로는 나가야스를 아버지라 부르지 않고 주군이라 불렀다.

'이 사람도 황금 매장을 알고 있는 모양이다……'

오코는 정중하게 승낙한다는 뜻을 표하고 토쥬로를 돌려보냈다.

8

오코는 쓰고 있던 일기를 문갑에 넣고 시녀를 불러 옷을 갈아입기 시작했다. 뜻하지 않은 때에 타다테루를 맞이하게 되어 나가야스가 얼마나 당황하고 있을까 생각하니 오코는 묘하게도 가슴의 고동이 빨라졌다…… 이 얼마나 얄궂은 일인가. 나가야스가 자기 꿈속에서 항상 우상으로 받들고 있는 타다테루가 뜻하지 않은 곳에서 그의 큰 방해자로 모습을 나타내다니……

무엇보다 나가야스가 과연 이 저택 안에 있을까……? 만일 쿠로카와 골짜기에 가고 없다면 도대체 어떻게 인사를 해야 할 것인지.

타다테루는 아직 젊다. 게다가 사나운 기질이라고 들었다. 가령 장남인 토쥬로가 중태임을 구실로 삼아—

"어질러진 병실로 드시게 하는 것은 실례가 되겠기에……"

적당히 만류한다 해도 과연 그 말이 통할까?

"그럴 것 없다. 일부러 왔으니 일단 보고 돌아가겠다."

이렇게 말했을 때는 어떻게 할 것인가?

어쨌건 매사냥이란 구실로 일부러 하치오지까지 왔다. 타다테루가 정말 나가야스를 '훌륭한 싯세이'로 신임하고 있다면 양자 사이에는 마땅히 남이 알 수 없는 애정도 있을 것이다.

물론 그 반대의 경우도 있으리라. 아버지가 보낸 귀찮은 가신……이라고 경원되고 있다면 문병도 아버지나 주위 사람들에 대한 겉치레이고 실은 유람이 목적일 수도 있다.

타다테루의 갑작스런 방문이 지금 나가야스가 하는 일에 큰 방해가 되는 것만은 사실이었다.

'타다테루만 없었더라면 나가야스도 이렇게 위험한 꿈은 꾸지 않았을 텐데……'

이런 생각을 하자 오코는 웃음이 치밀었다.

'인생이란 이 얼마나 얄궂은 것인가……?'

서둘러 화장을 고치고 옷을 갈아입었을 때 이번에는 차남 게키가 감정이 없는 인형 같은 표정으로 들어왔다.

"곧 카즈사노스케 님이 객실로 드십니다. 객실로 나오셔서 일행을 맞이하십시오."

그 말만 하고 얼른 일어나려는 것을 오코가 급히 불러세웠다.

"아, 잠깐…… 그럼, 주인께서는 객실에서 카즈사노스케 님을 뵙게 되나요?"

이렇게 물으면 나가야스가 저택에 있는지 없는지 알 수 있으리라는 속셈이었다.

"뵙지는 않을 겁니다."

게키는 딱 잘라 대답했다.

"중태이시기 때문에."

"그래도 카즈사노스케 님이 굳이 병자의 머리맡으로 가 문병을 하시겠다고 하면?"

"그럴 때는 어쩔 수 없겠지요."

"어쩔 수 없다는 것은 병상에 드시도록 하겠다는 말인가요?"

"그래요. 문병이니 다른 데로 안내하면 의미가 없지요. 그때는 부인이 병실로 안내하십시오."

태연하게 말하고 일어나 나갔다.

9

오코는 다시 고개를 갸웃했다.

'차남 게키에게는 비밀을 털어놓지 않았을까……?'

그러나저러나 객실에서 손님을 마중하라고 했다. 타다테루보다 늦어지면 예의가 아닐 것이다. 오코는 시녀 두 사람을 데리고 서둘러 바깥채의 객실로 갔다.

이미 객실 장지문이 열려 있고, 상좌에는 눈이 휘둥그레질 만한 호피와 사방침이 놓여 있었다. 사람은 그녀 외에는 아무도 없었다.

토쥬로와 게키는 하인들을 데리고 현관 밖이나 대문 앞까지 마중을 나가 있겠지만 여자들은 어떻게 된 것일까?

오코가 모르는 곳에서는 나가야스가 정실이라고 부르는 모양인 이
케다 부인, 혼간 사 중신의 딸로 태어났으나 천주교 신자로서 오래 전
부터 부부관계는 맺지 않고 있는 모양이었다. 이케다 부인이 얼굴을 보
이지 않는 것도 무리가 아니었다. 그러나 이시카와 야스나가의 딸인 토
쥬로의 아내나 이케다 테루마사의 딸인 게키의 아내는 당연히 나와서
맞이하고 인사를 해야 할 손님이었다.

'나 말고 다른 사람을 내보냈다가 기밀이 샐까 싶어 조심하는 것일
까……?'

나가야스가 진정 믿고 있는 것은 자기뿐인지도 모른다……는 생각
이 들어 콧등이 시큰해지기도 했다.

오코는 시녀 하나를 주방으로 보냈다. 접대 준비는 물론 명해놓았겠
지만, 만일의 경우를 생각해서였다. 그때 복도 끝에서 사람의 말소리와
발소리가 들려왔다. 오코는 남아 있는 시녀를 재촉하여 객실 앞을 가로
막듯이 하고 복도에 꿇어엎드렸다.

"아니, 그렇게 위독한가? 어째서 맨 먼저 알리지 않았느냐?"

젊음에 넘치는 타다테루의 우렁찬 목소리였다.

"예, 염려를 끼쳐서는 안 된다, 의사 진단이 확실해질 때까지는 알리
지 말라고 아버님이 말씀하셔서……"

"허어, 그럼 말은 할 수 있는 모양이구나."

"예…… 아니, 사실은 필담이었습니다."

"그럼, 오른쪽 반신은 자유로운가?"

"왼손입니다."

처음에 대답한 것은 토쥬로이고, 다음으로 당황하며 왼손……이라
고 한 것은 게키였다.

오코는 섬뜩하여 온몸에서 땀이 흘렀다. 미리 말을 맞춰두었던 모양
이다. 그렇다면 웃음이 터져나올 법도 한데 우습기는커녕 자기 책임이

기라도 한 듯 당황스럽기만 했다.

'내가 이런 자리에?'

그토록 미워하고 있었을 텐데…… 그런 생각을 했을 때 엎드려 있는 오코의 머리 위에서 뜻밖에도 여자의 목소리가 들렸다.

"폐를 끼치게 됐어요. 그러나저러나 뜻하지 않은 발병으로 무척 걱정되겠어요."

자기에게 하는 말인 줄 알았을 때 오코는 더욱 당황했다.

"일부러 문병을 오시다니 황송하기 이를 데 없습니다."

얼굴을 들었을 땐 이미 금박이 박힌 눈부신 겉옷이 반쯤 방안에 들어와 있었다.

'아아, 이로하히메 님도 함께 오시다니…… 이건 도대체 어떻게 된 일일까……'

어지간한 오코도 그만 눈앞이 캄캄해졌다.

10

오코가 단단히 마음먹고 호피 위에 앉은 노바카마野袴° 차림의 타다테루의 얼굴을 올려다보았을 때는 벌써 이야기가 엉뚱한 곳으로 흐르고 있었다.

"여기서 잠시 쉬었다가 곧 병상으로 가세. 필담을 할 정도라면 이쪽 말을 알아들을 수 있겠지. 내가 왔으니 안내하겠다고 전하게."

토쥬로보다 먼저 게키가 대답했다.

"알겠습니다. 그럼, 잠시 여기서 휴식을 취하십시오."

오코는 깜짝 놀라 토쥬로를 바라보았다. 토쥬로만은 나가야스가 병상에 있는지 어떤지 알고 있으리라 생각했기 때문이다. 그런데 토쥬로

는 아무 말도 하지 않았다. 게키가 나가는 것을 조용히 배웅하고 나서
코쇼가 가져온 차를 서툰 솜씨로 타다테루 앞에 놓았다.

"너무 갑작스럽게 오셔서…… 아무런 준비도 하지 못했습니다."

"염려하지 말게. 내가 놀랄 정도였으니, 그대들이 당황하는 것도 무
리가 아니지. 나는 오는 도중에 나가야스의 공적을 아내에게 설명하면
서 왔어. 만일의 경우가 생기면 가장 크게 영향을 받을 사람은 나일지
도 몰라."

"고마우신 말씀, 아버님이 들으시면……"

"참, 그리고 갑자기 생각난 일인데, 그대의 아내는 이시카와 야스나
가의 딸이라고?"

"예…… 예."

"게키의 아내는 이케다 테루마사의 딸이라지?"

"그렇습니다."

"그렇다면 전혀 남은 아니군. 그 일도 오는 길에 말했지만, 나보다도
아내가 더 잘 알고 있더군. 나도 천주교도가 되어 세례를 받으라는 권
유를 받았어."

"예……? 무어라고 하셨습니까?"

"그대들은 특별히 염려할 것 없겠지. 천주교도 말일세. 이시카와의
딸이나 이케다의 딸도 모두 내 아내와 마찬가지로 독실한 천주교 신자
라는군. 나는 오고쇼가 염불에 열중하고 계시기 때문에 좀 곤란하지만,
그대들은 일부일처의 깨끗한 생활이 좋을지도 모르지."

오코는 깜짝 놀라 새삼스럽게 이로하히메와 토쥬로를 보았다.

토쥬로의 표정에 특별한 변화는 없는 것 같았다. 그러나 이로하히메
는 아주 만족한 듯한 얼굴이었다. 화색이 도는 얼굴……이란 말이 그
대로 어울리는, 젊음이 넘치는 두 뺨에 조그만 볼우물을 짓고 약간 기
울인 고개가 그대로 애교가 되었다.

그때 게키가 돌아와 말라빠진 나무껍질 같은 어조로 말했다.

"아버님이 주군께 전하라고 했습니다."

내민 것은 무언가 거친 글씨가 씌어 있는 부채였다.

타다테루는 부채를 받더니 고개를 끄덕이며 묵독했다.

"너무 어질러져 있으니 부인은 오지 말라고 하는군. 좋아, 나 혼자 가겠어. 오코……란 그대인가?"

갑자기 말을 거는 바람에 오코는 더욱 당황했다.

"나가야스도 내게 하고 싶은 말이 있을 거야. 그대가 안내하고, 자식들은 오지 말라고 했군. 안내를 부탁하네."

타다테루는 짧게 말하고 부채를 접어들면서 자리에서 일어났다.

11

오코로서는 거의 생각할 겨를도 없었다.

부채에는 오코의 안내로 타다테루 혼자 병실에 들어오도록…… 이렇게 씌어 있음이 분명하다.

'무엇 때문에 그런……?'

생각해보려 했으나 타다테루의 질문이 그럴 틈을 주지 않았다.

"오코……라고 했지?"

"예…… 예."

"그대는 혼간 사와 연고가 있는 이케다 가문 태생이라고 들었는데 사실인가?"

타다테루는 오코를 정실인 줄 잘못 알고 일부러 친밀감을 보이려는 듯했으나, 그렇지 않은 오코는 이 말에 더욱 당황했다.

"아……아닙니다. 저는 소, 소, 소실이기 때문에……"

"오, 그래? 간호는 주로 그대가 하고 있는 모양이군. 그런데 병세가 어떤가? 나가야스가 다시 전과 같은 건강한 몸으로 돌아와 이곳저곳으로 뛰어다닐 수 있을까?"

"글쎄요, 그것은……"

"의사가 뭐라고 하던가? 참, 이 부근에 명의가 없다면 곧 돌아가서 수소문하겠어. 그보다 차라리 아사쿠사 병원의 부르길리요에게 보이면 어떨까……? 나가야스는 물 건너 온 것을 좋아하니까, 뜻밖에 기뻐하며 그것을 원할지도 몰라. 그렇군, 부르길리요에게 보이도록 하지."

두 사람은 이미 복도를 건너 나가야스 거실 앞에 이르렀다.

오코는 온몸이 흠뻑 젖었다. 그처럼 부채에 왼손으로 글씨를 썼을 정도이니 나가야스가 병상에 돌아와 있는 것은 확실한 모양이다. 하지만 어떤 얼굴로 말 못하는 흉내를 내며 누워 있을까……?

이런 것을 생각하니 견딜 수가 없었다.

'그렇다. 내게 안내를 명한 것은 도움을 청하기 위해서다.'

장지문을 열어 우선 타다테루를 들여보내고 둘러쳐진 병풍 안을 살며시 들여다본 오코는 그만 아연실색했다.

거기에 나가야스의 모습은 없고 하얀 이부자리가 깨끗이 포개져 있지 않은가……

"원 이런, 나 때문에 일부러 일어나 있는 모양이군."

타다테루는 약간 고개를 갸웃거렸다. 거실 안에 선명한 반점이 있는 표범가죽이 깔려 있고 사방침이 놓여 있는 것을 보더니 그대로 성큼성큼 걸어가 빈 침구를 향해 앉았다.

순간 병풍 밖에서——

"주군, 잘 오셨습니다."

격식을 차린 또렷한 목소리가 나더니 무사의 예복으로 단정히 차려입은 나가야스가 모습을 나타냈다.

"아……"

오코는 너무나 뜻밖의 일에 당황하며 물러서서 그대로 사방을 살피는 자세가 됐다.

타다테루도 놀란 모양이었다.

"아니, 어쩌자고 무리하게 일어났는가? 옷을 갈아입을 것까지……"

말하다 말고 타다테루도 눈치를 챈 모양이었다.

"나가야스! 그대는 병이 아니었군."

"그렇습니다."

나가야스는 태연히 옷의 주름을 바로잡으며 앉았다.

12

"으음."

타다테루는 의표를 찔려서인지 신음했다. 무슨 필요가 있어서 꾀병을 가장했던 것일까…… 나무라는 눈빛. 나가야스도 앉자마자 정면으로 타다테루를 응시하고 잠시 동안은 입도 열지 않았다.

4, 5분 동안 서로 쏘아보다가 타다테루가 먼저 큰 소리로 말했다.

"나가야스, 사정을 말해봐."

"말씀 드리지 않으면 모르시겠습니까?"

"그럼, 꾀병도 나를 위해서란 말인가?"

"그렇습니다."

"닥쳐. 나는 세상을 기만하는 꾀병을 앓게 하면서까지 가신들을 움직이게 할 생각은 없어. 지나친 행동은 용서할 수 없어."

"변명을 하는 것 같습니다마는……"

"그래, 말해보게."

"나가야스는 주군을 위해서라면 꾀병이 아니라 죽는 흉내라도 내겠습니다!"

오코는 간신히 두 사람에게 등을 돌려 입구와 좌우의 경계를 할 수 있는 위치로 물러났다.

"으음."

타다테루는 다시 말을 중단했다. 여전히 무서운 눈으로 나가야스를 상대하면서 그는 나름대로 생각을 가다듬는 모양이었다. 나가야스는 질문이 나올 때까지 가만히 있을 생각인 것 같았다.

"나가야스, 무슨 일이 생겼느냐?"

"아무 일도 생기지 않았습니다. 일이 벌어진 뒤면 이미 늦습니다."

"으음…… 그렇다면 무슨 일이 벌어지려고 하느냐? 이 대답은 할 수 있겠지?"

"그럼, 대답하겠습니다. 나가야스는 주군을 위하는 생각으로 교역에 약간 손을 대보았습니다."

"교역에……? 그런 일이라면 별로 문제될 것 없겠지. 오고쇼 님도 장려하시어 큐슈 등지에서는 시마즈, 카토, 쿠로다, 아리마, 마츠라 등이 모두 하고 있으니까."

"그런데 뜻밖에도 복잡한 문제를 일으켰습니다."

"허어, 그 교역을 통해 무엇을 팔고 어떤 물건을 사려고 했나?"

"사는 것은 제쳐놓고, 황금과 도검류刀劍類를 팔아보았습니다. 이것이 호평을 받았기에 한 다이묘에게 부탁하여 마카오로 보냈는데, 그 배가 고스란히 해적에게 습격당했습니다."

"뭐, 해적에게 습격을 당했다고?"

"예. 습격당했다는 것은, 황금이든 일본의 무기든 그들이 몹시 탐내는 것들……이라는 증거, 그것으로 충분하다 생각하고 이 나가야스는 여러모로 중재했습니다. 그런데 이 일에 관계된 다이묘는 격노하여 포르투갈 배가 나가사키에 입항했을 때 습격해 보복했습니다."

"관계가 되었다는 그 영주의 이름은?"

"주군을 위해 지금은 말씀 드릴 수 없습니다."

"그렇다면 묻지 않겠어. 포르투갈 배에 보복을 했다니, 해적은 포르투갈 사람이었겠군."

"그렇습니다."

나가야스는 간단하게 대답했다.

"그래서 저는 병을 앓지 않으면 안 되었습니다. 뜻밖의 일로 교역품목이 황금이라는 사실이 누설되었을 때를 대비하기 위해 이 집에서 황금을 옮길 수밖에 없게 된 일……을 이해해주시기 바랍니다."

13

타다테루는 다시 침묵했다.

타다테루에게는 아직 오쿠보 나가야스라는 인물을 평가하여 그 공죄를 운운할 만한 기량은 없었다. 따라서 함부로 입을 열면 그것은 감정론이 되기도 하고 자기 주장이 되기도 한다. 그렇기 때문에 연로한 아버지가 중신으로 파견한 사람이다…… 타다테루는 반성했다.

'아버님이 보내신 노신이므로 충분히 존중해야 한다……'

이 경우 존중은 동시에 ──

'믿어야 한다……'

이러한 자계自戒로 직결되는 것은 당연한 귀결이었다.

"그런가? 그러니까 그 포르투갈 배를 불지른 다이묘……는 내가 모르는 편이 좋다는 말이지?"

"그렇습니다. 아시게 되면 주군의 명으로 교역을 시도했다……는 의심을 받을 경우 일이 시끄러워집니다."

포르투갈 배와 분규를 일으킨 다이묘는 아리마 하루노부였으나 나가야스는 끝내 이름을 밝히지 않았다. 만일 누설되어 젊은 타다테루가 분쟁에 휩쓸린다면 그 자신도 불리해진다.

"그렇다면 내가 그대에게 물어볼 것은 아무것도 없어…… 그대를 믿고 나는 그대가 정말 중태라고 하면서 돌아가면 되겠군."

"아닙니다. 주군께서 문병을 오셨기 때문에 나가야스의 몸에 기적이 일어났다…… 적어도 이 하치오지의 집에서 제가 자유롭게 다녀도 좋을 만큼 주선해주시고 돌아가셨으면 합니다."

"뭐라고? 나더러 가만히 있지 말고, 그대가 내 문병을 받고 훨씬 좋아졌다…… 이렇게 말하고 돌아가란 말인가?"

"주군…… 승낙하실 수 없습니까?"

"거짓말은 싫어. 나는 그럴 수 없어."

"말씀 드립니다."

"무언가?"

"오쿠보 나가야스는 주군을 위해서라면 죽는 흉내라도 내겠다고 했습니다."

"그러니 나도 똑같은 일을 하란 말인가?"

"그렇게는…… 말씀 드리지 않았습니다. 이 나가야스는 주군이 완전히 성인이 됐을 때 오고쇼 님의 아들로서, 쇼군의 동생으로서 일본의 모든 다이묘 위에 당당하게 지위를 굳히시도록 하기 위해 재정상으로도 여러 가지를 축적해왔습니다."

"그 점은 나도 알고 있어."

"그런데 그 축적이 좀 많아졌습니다. 지금 그 총액이 세상에 누설된다면 이를 질시하는 자들로부터 갖가지 중상을 받게 됩니다."

"그래서 병으로 쓰러진 체하고 그 황금을 다른 곳으로 옮겼다……고

하는 게 아닌가?"

"아직도 사려가 부족하십니다. 그런 일 정도라면 나가야스가 병으로 쓰러졌다느니 하는 불길한 거짓말을 퍼뜨리지 않습니다. 주군을 비롯해 중신들과 상의해 함께 일을 처리할 것입니다. 그것으론 충성이 되지 않습니다. 만일의 경우 주군에게 폐가 될까 해서입니다. 이 나가야스는 제 목숨뿐만 아니라 일족의 목숨까지 걸고 사고가 일어났을 때는 나가 야스 혼자의 일, 주군도 모르시는 일로 하여 죄를 한 몸에 받을 각오…… 그런데도 주군은 거짓말을 못하겠다고 하십니까?"

대들듯이 말했다. 타다테루는 똑바로 나가야스를 쏘아보았다.

"그럼, 어떻게 하라는 말인가? 그대는 지나친 일을 하고 있어."

14

오쿠보 나가야스는 원망스러운 듯이 타다테루를 응시하다가 이윽고 눈을 내리깔고 뚝뚝 눈물을 흘렸다.

"역시 전 주제넘은 놈이었습니다. 이 나가야스가 저지른 일이니 저 자신이 재치를 부려야겠습니다. 오코, 나를 눕혀줘. 지나친 일을 한 이 오쿠보 나가야스는 분명히 말을 못하고 할말은 왼손으로 필담한다, 그렇게 정해져 있었지?"

"예…… 예."

오코는 차마 입을 열 수 없었다. 시키는 대로 일어서서 나가야스의 윗옷을 벗겨주었다.

"그럼, 실례하겠습니다."

나가야스는 타다테루의 눈앞에서 거칠게 하카마를 벗어던지고 그대 로 벌렁 드러누웠다.

"벼루와 종이를……"

내뱉듯이 오코에게 말하고는 그대로 눈을 감고 입을 다물었다.

그 모습은 결코 평소와 같이 말 많고 쾌활하던 나가야스가 아니라, 칼을 뽑아들고 육박해오는 것과도 같은 귀기鬼氣 어린 표정이었다.

"으음."

타다테루의 이마에 불거진 핏줄이 두 줄이 되고 석 줄이 되었다.

이제 나가야스는 절대로 움직이지 않을 것이다. 아니, 다시 일으켜서 대담하게 하려면 타다테루가 손을 짚고 빌어야만 할 것이다.

"나가야스!"

나가야스는 가늘게 눈을 뜨고 왼손으로 붓을 잡았다. 그리고 ―

"예."

이렇게 썼다. 이처럼 사람을 무시하는 행동도 달리 없을 터.

오코는 이런 무서운 나가야스의 투지를 처음 보는 듯 가슴이 두근거리기 시작했다.

"그대는 내 말 한마디에 그토록 화가 나는가?"

다시 붓을 들어 뻔뻔스럽게도 ―

"그렇습니다."

"일, 일어나거라, 나가야스!"

나가야스는 천천히 일어났다. 여전히 대답은 왼손에 든 붓이 했다.

"놀라운 일입니다. 주군의 말씀을 들으니 이처럼 일어나게 되었습니다. 아아…… 감사합니다. 나무아미타불……"

젊은 타다테루의 무릎이 한 발 다다미 위를 기어갔다. 갑자기 그 손이 나가야스의 목덜미에 닿았다.

"이 건방진 놈!"

연이어 세 번 주먹이 어깨로 날아갔다. 그러자 나가야스는 얼굴을 쳐들고 히죽 웃었다.

타다테루는 퉁기듯이 물러났다. 호흡이 몹시 거칠어져 있었다.

나가야스는 그런 타다테루 앞에서 태연하게 다시 드러누웠다. 드러누워 그대로 눈을 감고 이번에는 오코도 부르지 않았다.

타다테루는 더 이상 나가야스를 보고 있지 않았다. 잔뜩 허공을 노려보며 자신의 분노와 싸우고 있었다.

후회로 가슴이 멍들어 있을지도 모른다. 아무튼 나가야스를 때린 것은 너무 성급했다. 지나친 감은 있어도 이번 일이 타다테루를 위해서가 아니라는 증거는 없다. 아니, 그보다 더 타다테루를 난처하게 한 것은 이 일의 결과를 어떻게 처리하는가 하는 문제였다.

바로 그 순간이었다. 다시 드러누운 나가야스의 코에서 조용히 잠자는 숨소리가 새나온 것은……

15

타다테루는 깜짝 놀라 나가야스에게 시선을 옮겼다.

자는 체하는 것일까? 그렇지 않으면 정말 잠이 들었을까……?

나가야스는 아직은 짧은 타다테루의 인생 경험의 항아리 속에 들어갈 인물이 아니었다.

"으음!"

타다테루의 미간에 살기가 번뜩였다.

그때 오코가 타다테루에게 말을 걸었다.

"잠깐만……"

타다테루 쪽으로 두세 걸음 무릎걸음으로 기어와 말없이 한 손을 들고 시선을 출구로 돌렸다. 물론 오코로서는 지시를 할 수 없다. 그러나 그것은 분명히 —

"이대로 그냥 돌아가십시오."

뒷일은 오코에게 맡겨주십시오……라는 뜻의 애원으로 보였다.

타다테루는 부들부들 떨기 시작했다.

잠자는 자를 그대로 베어버릴 수는 없다. 아니, 만일 그런 일을 한다면 타다테루도 무사히 이 집을 나갈 수 없다. 공식적으로 외출한 것이 아니라, 몇몇 사람만을 데리고 몰래 나온 행차였다. 거기에 오늘은 이로하히메도 따라와 있다.

오코는 다시 한 손을 출구 쪽으로 쳐든 채 공손하게 절을 했다.

"좋아, 그대에게 맡기겠어."

타다테루가 혀를 차며 말했다.

"내가 돌아간 후 눈을 뜨니 나가야스는 완전히 나아가고 있었다……말도 할 수 있게 되었다. 하하하…… 그러면 되는 것이겠지?"

"예…… 예."

"난 말이지, 내가 문병을 갔더니 나가야스가 미친 듯이 좋아하더라고 말하겠어."

결국 타다테루는 졌다. 아니, 인간으로서 타다테루와 나가야스는 아직 승부를 겨룰 수 없다.

타다테루는 성큼 일어나 손에 들고 있던 부채를 화가 난다는 듯이 그 자리에 내던지고 가슴을 젖히면서 나가버렸다.

오코는 그 뒷모습을 바라보다가 그가 객실을 향해 사라진 뒤 소리를 죽이고 웃기 시작했다. 오쿠보 나가야스라는 사나이는 이 얼마나 대담하단 말인가.

'역시 언제나 자기 자신을 내던지고 사는 모험가일까……?'

귀를 기울여보니 여전히 같은 숨소리가 조용한 실내에 퍼지고 있었다. 오코는 얼른 머리맡으로 가까이 가서 우뚝한 나가야스의 코를 꼬집어 숨을 막았다.

나가야스의 몸이 비로소 꿈틀거리고, 이어 천천히 눈을 떴다.

"돌아갔어?"

"알면서도 묻는군요."

"그럼, 됐어. 그대는 나가서 배웅하도록."

오코는 웃으면서 그대로 거실을 나갔다.

사정을 아는 오코가 객실로 들어가자 타다테루는 시선을 피했다. 객실에는 상이 차려져 있었다. 여전히 여자들은 오코 외에는 모습을 보이지 않았다.

코쇼가 공손히 타다테루 앞에 잔을 가져갔다.

"독이 들었는지 제가 먼저 시험하겠습니다."

토쥬로가 술병을 받쳐든 또 하나의 코쇼에게 술을 따르도록 하고 그 잔을 단숨에 비웠다.

오코는 다시 웃음이 터질 것만 같아 얼른 토쥬로의 뒤로 숨듯이 하고 앉았다.

땅울림

1

혼아미 코에츠가 카가에서 직접 빚은 찻잔 등을 구우면서 지낸 기간은 별로 길지 않았다.

카가의 마에다 가문으로부터는 아버지 코지가 살아 있을 때부터 수당을 200석씩 받고 있었다. 아버지가 죽은 뒤에도 마에다 토시나가는 코에츠에게 같은 대우를 약속했다. 그래서 본가와의 불쾌한 감정의 갈등을 피할 곳으로 카나자와를 택했다. 그러나 쿄토를 떠나고 보니 코에츠는 도리어 마음이 놓이지 않았다. 아직도 장인匠人의 기분을 주체하지 못해서 그런지도 모른다. 이것저것 세상일에 신경이 쓰여, 바람결에 들리는 갖가지 정보가 한층 더 그를 초조하게 했다.

'역시 쿄토로 돌아가 정신을 차리고 있는 편이 좋을 것 같다……'

토시나가는 종종 그를 불러 풍류 이야기를 하면서 사이사이에 세상의 동향을 물어왔다. 그런 때 애매하게는 대답하지 못하는 것이 코에츠의 성격이었다.

"아리마 하루노부가 나가사키 부교와 상의하여 포르투갈 배를 불태웠다는데……?"

이런 질문을 받았을 때도 사실 코에츠는 가슴이 철렁했다. 그런 이야기는 정말 아닌 밤중에 홍두깨 격이었기 때문이다.

"포르투갈에서는 선교사를 보내 우선 백성들과 사귀게 하고 나서 그 나라를 무력으로 점령한다고 하더군. 그 증거로 바다에 나가기만 하면 해적이 된다고 해. 그러니까 아리마의 배가 어딘가에서 포르투갈 배에게 약탈을 당하고 침몰한 모양이야."

코에츠는 즉시 현재는 미나미보南坊라 칭하면서 같은 카나자와 거리에 살고 있는 타카야마 우콘을 찾아갔다.

기독교 중에서도 구교의 열렬한 신자인 미나미보가 이 사건을 과연 모르고 있을까? 그런데 미나미보는 잘 알고 있었다.

그는 이 사건을 신교인 오란다나 이기리스가 드디어 미우라 안진을 통해 이에야스에게 구교 탄압을 결의케 하는 시초라고 해석했다. 과연 그러하다면 일본 국내에서도 머지않아 남만인과 홍모인의 싸움이 벌어진다……는 답이 나온다. 그러나 카나자와 미나미보는 신앙과 다도 이야기 외에는 결코 하려 하지 않았다.

미나미보는 자신의 신앙을 지키기 위해 다실로 피해왔노라고 했다.

와케이세이쟈쿠和敬淸寂°를 위주로 하는 리큐利休의 다도는 그에게 다다미 넉 장 반짜리의 기도할 장소를 갖게 해주었다. 찻잔 하나를 쟁탈하기 위해 녹봉을 걸 정도로 빗나간 이 세상에서 참다운 다도와 신앙이 그를 위로해주는 유일한 것이 되었다고 ─

"리큐 거사도 좀더 장수했더라면 선禪과는 인연을 끊고 천주교와 차를 연결시켰을지도 모르지요."

이런 말도 했다.

미나미보의 말에 따르면 죽은 가모 우지사토蒲生氏鄉나 지금 오사카에 있는 오다 우라쿠사이도 본심은 천주교이고, 그 밖에 마키무라 마사하루牧村政治, 시바야마 켄모츠芝山監物, 후루타 오리베吉田織部, 호소카와 타다오키細川忠興, 세타 카몬瀨田掃部 등은 물론이고, 마에다 토시나가도 같은 생각을 갖고 있다고 했다.

"올바른 신앙만이 올바른 다도와 통하는 것 같습니다."

그런 말까지 했으나 정치적인 일에는 애써 이야기를 피하려는 듯한 태도가 보였다.

'피하려 하는 태도가 이상하다……'

미나미보, 곧 타카야마 우콘과 만난 일 또한 코에츠를 쿄토로 돌아가게 한 원인의 하나가 되었다.

2

코에츠는 미나미보가 하는 말 중에 납득할 만한 내용도 있었지만, 반발을 느끼게 하는 것도 있었다.

미나미보는 결백 일변도의 이상가理想家였다. 그 점에서는 혼아미 코에츠와 동질의 인간인지도 모른다. 그것이 미나미보였다…… 곧 남만식 승려라 자칭할 만큼 천주교 신자로서는 조그마한 빈틈도 없었다.

그런데 불교 이야기, 신도神道의 이야기, 특히 선禪에 대한 이야기가 나오면 아예 귀도 기울이지 않았다. 언젠가 만난 승려가 몹시 타락한…… 아니, 파계승이었는지 모른다. 그 뒤 그는 파계승인 그 승려를 불교로 보고 선이라고 결론지었는지도 모른다.

'내가 니치렌 대선사에게 바치는 신앙은 그런 편협한 게 아니다.'

코에츠는 그 일로 해서 자기를 돌아보게 되었고, 그 결과 다소 부끄러운 점이 없지 않았다.

신앙은 사람들을 행복하게도 하지만 맹목적으로 만들기도 한다. 맹

목적인 신앙은 미신에 빠지고, 이윽고 신앙하는 자에게 뼈아픈 배신으로 보답해온다…… 문제는 이러한 열렬한 신앙을 가진 자가 종교의 위기를 깨달았을 때 어떻게 움직이는가에 있다.

가령 오고쇼가—

"니치렌 종문을 탄압하라."

이러한 명령을 내렸다고 하자. 그런 때 코에츠는 과연 소매를 걷어붙이고 그 명령에 따를 수 있을까……?

'그럴 수 없다!'

그와 마찬가지로, 당연히 미우라 안진에 의해 종문의 위기가 초래된다고 믿는 미나미보를 비롯한 수많은 천주교 신자가 잠자코 승복할 리가 없다는 대답이 나온다. 그 대답이 확실해졌을 때 코에츠는 카가에서 몸을 일으켰다고 해도 좋았다.

일본인은 결코 기독교 신자들만 있는 게 아니다. 그렇다면 기독교 신구 양파가 대립하여 싸우는 일로 인해 다른 일본인들을 싸움에 휘말리게 해서는 안 된다……

생각해보면 자신과 본가인 코세츠의 싸움 따위는, 그 점에서는 정말 니치렌 대선사에게 그다지 부끄러운 일이 아니었다. 인간은 이러한 사소한 일을 초월하여 보다 높은 진리를 향해 살아가야만 보람을 느낄 수 있다…… 이런 생각을 하고 코에츠는 얼른 토시나가를 만나 다시 쿄토에서 살고 싶다는 뜻을 고백했다.

토시나가는 대찬성이었다. 그가 코에츠의 생활을 도와주고 있는 것은 그로부터 쿄토의 정보를 얻고 싶었기 때문이지 결코 그를 곁에 두어 섬기게 하기 위해서는 아니었다.

코에츠가 카가를 떠나 쿄토로 나왔을 때는 벌써 여름이었다.

"그동안 찾아뵙지 못했습니다. 쿄토에서 오래 살다보니 시골생활이 여간 불편하지 않습니다."

코에츠는 본가의 숙부 코세츠를 찾아갔다. 그때 그는 코세츠에게 아름다운 초록빛 작은 상자를 받았다. 부슈의 하치오지에 있는 오코가 코에츠에게 전해달라……고 하며 보내와서 카가로 보낼 인편을 구하고 있던 참이라고 했다.

"허어, 이런 상자를 오코가……?"

코에츠는 그 상자의 훌륭한 칠과 구도의 아름다움에 잠시 넋을 잃고 바라보고 있었다.

3

"코에츠, 실은 이 상자와 함께 보낸 오코의 서신에 약간 의심나는 점이 있어서 상자 안을 조사해보았네. 그런데 안에는 아무것도 들어 있지 않았어."

어머니 묘슈의 동생 코세츠 역시 니치렌 신자로 세상사람의 보통 눈으로 보면 결코 불결한 인물이 아니었다.

자신에게 보낸 상자 안을 조사했다는 말에 코에츠는 불쾌한 기분이 들었으나 꾹 참고 반문했다.

"그 서신에 무어라 씌어 있었습니까?"

"서신이 도착할 무렵에는 오코는 이미 이 세상에 없을지도 모른다, 그러므로 이것이 도착하는 날을 죽은 날인 줄 알고 공양을 부탁한다, 절대로 그 이상 오쿠보 가문에 문의를 하거나 행방을 찾지 말도록…… 그런 일을 한다면 오히려 우리 집안에 누가 미칠지도 모른다…… 이런 투로 쓴 내용의 편지였어."

"허어……"

"자네도 알다시피 오코는 우리 집안의 말썽꾸러기…… 공양은 해주겠지만 오히려 마음이 놓이는 기분일세. 그대로 있다가는 무슨 짓을 할지 모르니까."

억센 기질의 코세츠는 백발이 된 머리를 긁으면서 말을 이었다.

"자네도 그냥 내버려두게. 나는 누님에게도 말하지 않았어."

누님이란 코에츠가 쿄토에 남겨둔 어머니 묘슈를 말한다.

코에츠는 아무 말도 않고 물러났다.

그 작은 상자는 결이 고운 삼나무 상자에 넣고 유서 깊은 붉은 비단으로 싸여 있었다. 그것을 들고 어머니가 계신 호리카와堀川 데미즈出水에 있는 챠야 시로지로 키요츠구의 별장에 도착했다. 그날은 상자 보따리를 선반에 올려놓은 채 열어보지 않았다.

챠야의 주인은 나가사키에 가고 없었다. 그러나 코에츠가 쿄토에 돌아왔다는 것을 알고 하이야 쇼에키灰屋紹益와 스미노쿠라 소안角倉素庵, 타와라야 소타츠俵屋宗達 등이 찾아와 각각 오랜만에 인사를 하고 돌아갔다. 그 뒤에는 쇼시다이 이타쿠라 카츠시게가 와서 이야기를 나누었기 때문에 코에츠는 오코의 일을 생각할 겨를이 없었다. 그래도 카츠시게에게 넌지시 나가야스의 일만은 물어보았다.

카츠시게는 아무렇지도 않은 일이라는 듯이 대답했다.

"나가야스도 운이 센 사나이. 지난봄 뇌졸중으로 쓰러졌다고 해 이제 은퇴인가 했더니 다시 일어나 마지막 충성이라고 코슈 쿠로카와 골짜기 금광으로 달려가 씩씩하게 일을 시작했다고 하더군."

그런 뒤 목소리를 낮추고 나가사키 항 밖에서 포르투갈 배를 불태운 일을 잠깐 이야기했다. 카가에서 들은 말과는 상당히 거리가 있었다. 카가에서는 아리마 하루노부가 자기 무역선이 마카오 근해에서 약탈당한 보복으로 불질렀다는 소문이었다. 그런데 배를 불태운 것은 하루노부가 아니라 포르투갈 배의 선장 자신이라고 했다.

"실은 아리마의 배에 많은 무기가 실려 있었기 때문에 이쪽에서 습격하기 전에 그쪽에서 불태워버린 게 진상인 것 같네."

이타쿠라 카츠시게는 이렇게 말하고 나서 슬쩍 덧붙였다.

"그 일에 오쿠보 나가야스가 관련되어 있다는 소문이 나서 그것을 해명하려고 골머리를 앓고 있는 중이라네."

4

코에츠가 깜짝 놀라 반문했다.

"허어, 나가야스가 포르투갈 배를 불태운 일에……?"

"아니 그게 아니라, 나가야스가 세계에 일본 무기를 팔면 반드시 큰 돈벌이가 된다고 지혜를 빌려준 모양일세. 자네도 알다시피 현재 세계 는 둘로 갈라져 곳곳에서 싸움을 하고 있네. 에스파냐, 포르투갈과 오란다, 이기리스가 말이지…… 일본 무기가 환영받는 것은 잘 알겠으나, 그것이 어느 쪽 손에 들어가는가는 남만이나 홍모로서는 큰 문제가 되겠지. 천축, 자카르타, 말레이에서부터 루손, 향료섬〔香料島〕에 이르기까지 곳곳에서 격전을 벌이고 있으니까. 그래서 에스파냐 왕의 은밀한 명령으로 포르투갈 배가 무기를 실은 일본 배를 습격하게 된 것이지. 단지 짐을 빼앗았을 뿐만 아니라, 배를 침몰시키고 선원을 몰살하는 등 폭거를 감행한 모양일세. 아리마는 불처럼 격분하게 되었지…… 포르투갈 배는 모처럼 빼앗은 무기가 다시 일본인에 의해 적에게 건너가면 지금까지의 노고가 수포로 돌아간다고 여겨 스스로 배를 불태우고 짐과 함께 침몰시키고 말았어. 이것이 오고쇼의 귀에 들어가지 않기를 바라지만……"

이에야스의 방침은 평화로운 교역에 있었다. 세계에 소동의 불씨를 뿌리는 무기 수출은 당치도 않은 일이었다. 저쪽에서 스스로 배를 불태워버렸기 때문에 나가사키 부교나 아리마 하루노부는 아주 난처해하고 있었다.

"화물은 면사였다, 엄청난 면사를 싣고 왔는데 실은 일본 배에서 뺏은 것을 일본에 팔러 왔다……는 것을 알게 되어 당황하여 배를 불태웠다고 떠들어댄다고 하더군."

카츠시게는 코에츠의 인물됨을 잘 알고 있었기 때문에 이에야스에게 보고할 수 없는 것까지도 털어놓았다.

"허어…… 다소 미심쩍은 데가 있는데요……"

"어떤 점이 미심쩍다는 말인가?"

"포르투갈 배가 일본 무기를 강탈했다…… 여기까지는 알겠습니다. 과연 그들에게는 중대한 일이겠지요. 자카르타나 샴, 천축이나 루손도 반대 세력의 손에 이들 무기가 넘어가면 분명히 불리합니다. 그러나 모처럼 위험을 무릅쓰고 손에 넣은 무기를 어째서 다시 일본으로 싣고 왔는가…… 어째서 위태로운 나가사키 항에 들어왔는가…… 그 점이 납득되지 않습니다."

"바로 그걸세."

카츠시게는 이맛살을 찌푸리며 고개를 저었다.

"나도 그 무기를 어딘가에 운반하려다가 무슨 사정이 생겨 나가사키에 들렀다…… 그렇다고 생각했는데, 세상의 소문이란 신기한 것을 좋아하게 마련이어서."

"세상의 소문이라니요……?"

"에스파냐나 포르투갈은 이미 일본에서 일전이 불가피하다…… 오고쇼와 쇼군은 미우라 안진에게 속아 벌써 철저한 오란다와 이기리스파가 되었다…… 더 늦기 전에 오사카 성으로 잔뜩 무기를 반입하여 그곳에서 농성을 하며 일전을 벌인다…… 그 때문에 무기를 일부러 나가사키로 옮겨왔는데 그만 아리마 하루노부의 반감으로 탄로가 날 것 같아 태워버렸다…… 오쿠보 나가야스도 히데요리 님도 모두 말려든 다……는 난처한 소문이 나돌고 있네."

5

"허어……"

혼아미 코에츠는 순간 호흡을 멈추고 이타쿠라 카츠시게를 응시했다. 자신도 그런 상상을 하고 몸을 떤 일이 있었기 때문이다.

"그러니까 포르투갈 배는 일본 배로부터 뺏은 무기를 다시 일본에 싣고 와서 오사카 성에 쌓아두려고 했던 것이군요……?"

잠시 후 코에츠가 되풀이해서 물었다. 카츠시게는 당황하며 손을 흔들어 제지했다.

"아니, 확인된 사실처럼 말하면 안 돼. 그런 소문이 퍼졌기 때문에 난처하다고 했을 뿐이야."

"으음. 그러면 오사카에 포르투갈이나 에스파냐의 편을 들어 오란다와 이기리스 편에 선 오고쇼 님과 일전을 벌여도 좋다…… 이런 생각을 가진 사람이 있는 모양이군요?"

"바로 그 일일세. 모든 일은 천주님을 위해……이렇게 생각하는 열성적인 천주교 신자가 전혀 없는 것은 아니지. 포르투갈 선교사들이 교묘하게 포섭하면 그들이 그런 생각을 하지 않는다고는 할 수 없다…… 는 대답이 나오기 때문에 난처하다는 말일세."

"도대체 오사카에 출입하고 있는 선교사는 누구입니까?"

"코에츠 님에게는 숨길 필요가 없겠지. 포를로라는 신부일세. 어떻게 보면 오사카 중신들은 모두 이 신부와 관련이 있다고 할 수 있어."

"어……어……어떤 관련입니까?"

"신자가 아니면 후원자일세. 오다 우라쿠도 카타기리 카츠모토도, 아카시 카몬도 하야미 카이도…… 그런 사정을 은폐하려고 요도 부인에게 대불전의 재건을 열심히 권하는 자도 있네. 말하자면 대불전 재건의 그늘에 숨어 오사카 성을 천주교 거점으로 삼으려는 계획……이라는 게 소문의 뒷받침…… 오사카에는 지난해 전 루손 태수 돈 로드리고 일행을 돌려보낸 답례로 비스카이노 장군이란 사람이 올해 안으로 일본에 온다……는 것까지 알고 있는 자가 있어. 소문이 소문을 낳게 했지. 오사카가 남만인의 거점이 된다면 에스파냐 왕은 대포를 실은 군함을 일본으로 보낸다…… 일본인들만의 소문이 아니라, 그것이 에스파냐와 포르투갈, 곧 남만인의 수단이라고 오란다 사람도 말하고 있네. 물론 나는 그대로 받아들이지 않지만."

코에츠는 카츠시게의 인품을 잘 알고 있었다. 결코 적당하게 둘러대는 사람이 아니었다. 그 모두가 소문이라 해도 그가 마음 아파하고 있는 것은 사실……이라 판단해도 틀림이 없었다.

"자네가 쿄토에 돌아와서 나도 마음이 놓이네. 챠야도 스미노쿠라 요이치도 자네를 인생의 스승으로 우러러보고 있으니까. 그들에게 무슨 이야기라도 있거든, 평화를 유지하기 위해서니 넌지시 알려주게."

그 말을 남기고 카츠시게는 돌아갔다. 코에츠는 잠시 망연히 앉아 있다가 불현듯 오코가 보냈다는 초록빛 작은 상자가 생각났다.

'그렇다, 안에 무언가 감추어져 있는지 모른다……'

6

코에츠의 상상은 적중했다. 그는 오코가 보낸 작은 상자의 뚜껑을 열었다. 속은 비어 있었으나 귀에 대고 흔들어보니 희미하게 종이가 스치는 듯한 소리가 났다. 속에 틈이 있고 바닥이 이중으로 되어 있다는 증거였다. 한 번 더 조심스럽게 끈을 풀고 뚜껑이 닫히는 부분을 살펴보았다. 순간 금붙이로 된 안쪽 상자가 소리도 없이 분리되었다.

"아…… 역시 그랬구나!"

그 밑바닥에는 코에츠도 낯이 익은 소타츠가 파는 선물용 그림종이가 차곡차곡 쟁여 있었다. 더구나 그 한 장 한 장에 작은 글씨가 가득 씌어 있었다. 각각 쓴 날의 날짜가 있고, 때로는 한 장에 '코에츠 님'이라는 수신자의 이름이 두세 번이나 씌어 있었다.

코에츠는 숨을 죽이고 읽었다. 읽으면서 가끔 얼굴을 붉히기도 하고 혀를 차기도 한 것은 오코가 어울리지 않게 코에츠를 잊지 못할 첫사랑의 상대로 하여 감상을 토로한 부분이 나왔기 때문이다.

'그 여자…… 자기 생활에 불만을 느낄 때마다 난데없는 곳으로 도피를 하는군……'

오코가 코에츠를 진정으로 사랑하고 있었다는 말을 고지식한 코에츠로서는 그대로 믿을 수 없었다. 처제가 형부를 연모한다…… 그런 상상은 코에츠가 볼 때 정신 못 차린 용서할 수 없는 부도덕한 일로 여겨졌다. 오코가 자신에게 적의를 품는 대신 육친으로서 크게 의지하고 있었다는 심정은 잘 알 수 있었다. 애처롭게도 느껴졌다.

오코는 코에츠가 상상한 대로 오쿠보 나가야스와의 애욕생활에 그대로 몰입할 수 있는 여자가 아니었다. 미워하면서도 사랑하고, 사랑하면서도 미워하는 여자의 숙명이 그 글에는 애절하게 담겨 있었다.

모두 읽을 때까지 1각(2시간) 남짓 걸렸다.

오코가 코에츠에게 호소하려 한 것은 무엇이었던가……? 내용을 냉정하게 반추하면서도 코에츠는 그다지 놀라지 않았다. 오코의 수기를 읽기 전에 이타쿠라 카츠시게를 만났기 때문인지도 모른다.

오쿠보 나가야스는 다테 마사무네의 사위가 될 마츠다이라 카즈사노스케 타다테루의 싯세이로 승격했을 때부터 하나의 꿈을 발견했던 듯. 그 꿈은 아직 직제에도 없는 무역 총감독이라는 지위를 타다테루에게 받아 다테 마사무네와 같이 세계의 바다로 진출하여 세계 7대양을 그 날개 아래 넣고 활약하려 했다.

그 꿈을 실현하기 위해 그는 해외와 연락이 닿는 천주교 다이묘를 규합하려고 연판장을 만들었다. 아니, 그뿐만 아니라 그때 자금으로 쓰기 위해 곳곳의 금광에서 엄청난 양의 황금을 은밀히 하치오지에 옮겨다 놓은 모양이다. 그런데 도중에 다테 마사무네가 등을 돌렸다. 세상에 뜬소문이 퍼졌다……고 오코는 썼다.

'그 소문이 혹시 이타쿠라 카츠시게가 말한 포르투갈 배의 소각과 관계 있는 것이 아닐까……?'

오코의 수기에도 이 물음까지는 밝혀져 있지 않았다……

7

나가야스는 사이가 원만치 않게 되었을 때에야 비로소 마사무네란 존재의 크기를 깨달은 모양……이라고 오코는 쓰고 있다.

그때까지는 마사무네가 배후에 있다고 하여 꽤나 기고만장했던 모양이지만, 마사무네가 등을 돌리는 순간 이번에는 처치곤란한 적이 되었다. 오고쇼나 쇼군도 마사무네를 만만하게 보지는 못한다. 더구나 나가야스에게는 주군인 타다테루의 장인. 이 장인이 만일 나가야스는 타다테루를 위해 바람직하지 못한 싯세이라고 오고쇼나 쇼군에게 고하면 그의 목은 언제 날아가버릴지 모른다.

낙천적인 나가야스는 마사무네가 등을 돌릴 때까지 그 일에 대해서는 생각이 미치지 못했던 듯. 후일의 활약을 위해 부지런히 황금을 축적해왔는데, 그 일에 대해 ——

"모반의 준비로 간주되면 어떻게 하겠나?"

마사무네의 주의를 받고 또 그가 등을 돌리게 되어서야 나가야스는 깜짝 놀라 자신을 보호하는 방향으로 시선을 돌렸다. 그러한 그에게 가장 방해가 되는 것은 연판장…… 다음으로는 그때까지 축적하고 있던 황금……이라고 오코는 쓰고 있었다.

'그럴지도 모른다……'

코에츠는 생각했다.

원래 금광은 청부제, 뿐만 아니라 광맥을 찾았다거나 놓쳤다거나 하는 일은 보통사람으로서는 전혀 알 수 없다. 따라서 금 산출량의 증감 등은 나가야스의 생각 여하에 따라 좌우된다.

문제는 나가야스에 대한 이에야스나 히데타다의 신뢰 여부에 달려 있었다. 그가 어디까지나 정직하게 축재를 하고 있었다 해도 일단 의심받아 조사를 당하게 된다면 변명할 여지가 없다.

"그토록 화려한 생활을 하면서도 이러한 황금을 축적하다니…… 부정이 있다."

이렇게 간주되면, 실제로 화려한 생활을 해온 만큼 약간의 미곡수입밖에 없는 절약 위주의 다이묘들은 모두 그렇게 알고 나가야스의 적으로 돌아설 터.

나가야스는 그 황금을 쿠로카와 골짜기의 옛 광산에 감출 계획을 세웠다. 자신은 병으로 쓰러진 체하고, 그동안에 황금을 운반해놓았다가 완쾌되었을 때 옛 광산을 다시 채굴하려는 복안. 막상 필요할 때는 언제든지 다시 파서 반출할 수 있고, 만약 잘못되어 하치오지 집을 수색당한다 해도 황금이 없으므로 문제가 될 리 없다……

오코는 이런 말을 쓴 뒤 병중에 있는 여자로 생각될 만한 묘한 감상을 적어넣고 있었다.

이러한 비밀을 아는 것은 오쿠보 집안에서는 오직 자기 한 사람……
나가야스에게 진실로 신뢰를 받았던 것은 오코뿐이었다…… 그렇게
생각했는데 자신의 착각이었음을 깨달았다. 실은 많은 소실들 중에 누
군가를 죽일 생각을 하다가 오코를 점찍은 모양이라고.

머지않아 자기는 쿠로카와 골짜기로 끌려가 아무도 모르게 살해된
다, 오코가 불쌍하다고 생각되거든 코에츠도 한번 쿠로카와 골짜기로
찾아와주기 바란다, 그때가 초봄이라면 내 피로 그 부근 진달래를 검게
꽃피우겠다……고 씌어 있었다……

8

코에츠는 오코의 성격을 잘 알고 있다고 생각했다. 지기 싫어하고 장
난스러우며 엉뚱한 일을 좋아했다. 그런 오코에게 어울리지 않는 마지
막 감상 따위에는 그다지 신경이 쓰이지 않았다.

'검은 진달래꽃을 피우다니 당치도 않은 일이다……'

오코가 코에츠에게 보내온 것과 똑같은 다른 하나의 상자에 나가야
스가 연판장을 넣고 봉한 뒤 어딘가에 감추었다고 쓴 대목이 묘하게도
마음에 걸렸다.

웬만한 사람이라면 그런 것은 깨끗이 불태워버렸을 터. 나가야스의
기질로는 그렇게 할 수 없었다. 그럴 수밖에 없을 만큼 그는 꿈에 살고
꿈을 좇는 유형의 인간. 죽은 뒤에도 그가 어떤 이상을 품고 있었는가
를 남겨두려 했을 터였다. 이는 나가야스 나름의 허영이기도 하고, 열
등감의 표현이라고도 할 수 있다.

'나는 단순한 광산쟁이나 사루가쿠 배우가 아니었다……'

이렇게 생각하다가 문득 코에츠는 또 하나의 불안과 마주쳤다. 나가

야스가 포르투갈 배의 소각사건과 관계가 있는 것 같다고 한 이타쿠라 카츠시게의 말이 떠올랐다.

'나가야스의 꾀병은 황금을 은닉하기 위해서보다 그쪽이 두려워 잔 꾀를 부리고 있는 게 아닐까……?'

'나가야스가 무기를 오사카에 들여놓고 숨기려 하고 있다면……?'

이 상상은 너무 과장되었을지도 모른다. 그러나 나가야스의 두뇌회전은 보통사람과는 상당히 다른 점이 있다…… 그의 이상理想은 당당하게 세계의 바다로 진출하는 데 있다. 그러기 위해서는 포르투갈, 에스파냐 양국의 왕인 펠리페 3세와 긴밀한 관계를 맺을 필요가 있다……고 생각했다면 혹시 그 교량역할을 위해 오사카 성에 출입하는 신부들과 접근할 필요가 있었을지도 모른다.

'그냥 내버려둘 수 없는 일일지도 몰라.'

코에츠는 그때에야 비로소 오코에게 편지를 쓸 마음이 들었다.

초록빛 작은 상자를 받았다…… 이렇게 노골적으로 쓰는 것은 좋지 않다고 생각해 슬쩍 그 냄새를 풍기기만 했다.

"나가야스 님이 요즘 교역에까지 손을 대셨다고 하니 여러 가지 진기한 이야기도 있겠군. 틈이 나거든 그런 일도 좀 알려주기 바란다."

마침 그 편지를 봉했을 때 또 한 사람의 내객이 있었다.

"이 서신을 챠야의 에도 상점에 가지고 가서 하치오지로 전해달라고 부탁해라."

그 무렵에는 에도의 니혼바시에 챠야의 지점이 있었기 때문에 가끔 심부름꾼이 오가고 있었다. 코에츠는 어머니가 데리고 있는 하녀에게 서신을 건네주고 객실로 갔다.

"오오, 이게 웬일이야! 나야納屋의 따님이군."

사카이의 나야가 보낸 사람이라고 하여 점원이 왔나보다 생각했는데 뜻밖에도 오사카의 히데요리를 모시던 오미츠가 아닌가.

"오랜만입니다."

오미츠는 머리모양이나 옷차림도 상인의 딸로 돌아와 있었다.

9

"아저씨가 쿄토로 돌아오셨다고…… 우선 모습이라도 뵙고 싶어 찾아왔습니다."

그렇게 말하는 오미츠는 이미 예전의 사카에가 아니었다. 온몸에 반가움을 가득히 담은 상인의 딸이었다.

"언제 그만두었지? 좀 여윈 것 같은데 몸이 불편하기라도……?"

코에츠는 손뼉을 쳐서 어머니 묘슈를 부르면서 자신을 잊고 웃는 얼굴이 되었다.

"지난봄에 센히메 님과 도련님이 혼인을 하셨기 때문에."

"허허, 두 분이……? 으음, 그렇게 되었군."

"예. 사이도 좋으시고, 그야말로 오랜만에 오사카 성에 봄이 돌아왔습니다."

"그것 참 잘됐군. 정말 수고가 많았어……"

코에츠는 얼른 눈물을 닦았다. 챠야 시로지로 키요츠구의 약혼자였던 오미츠에게 히데요리가 손을 뻗어…… 그 후부터의 괴로움이 자기 일처럼 아프게 느껴졌기 때문이다.

"그래, 생모님도 별고 없으시겠지?"

"그분은 많이 변하셨어요."

"변하다니?"

"안심하십시오. 연세 탓인지 정말 착하고 좋은 어머님이 되셨어요."

"허어, 그분이……"

"예. 센히메 님도 제가 낳은 치요千代를 양녀로 삼아 키우시겠다는 고마우신 말씀…… 아저씨, 오미츠를 묶어놓았던 사슬, 이제 깨끗이 끊어졌어요."

"천만다행이야! 그렇다면 수고한 보람이 있다고 할 수 있지. 그래, 치요를 센히메 님의 양녀로?"

"예. 게다가 그만둘 때 고마우신 말씀을…… 내가 너무 어려서 그대에게 고생을 시켰어, 용서해줘요…… 하시며……"

오미츠도 가만히 손끝으로 눈물을 닦았다.

코에츠는 다시 손뼉을 쳐서 어머니를 불렀다.

"귀한 손님입니다. 다과 준비는 나중에도 좋으니 어서 오십시오."

단둘이 마주보고 있으면 눈물이 쏟아질 것 같아 참을 수 없었다.

사실 생각해보면 오미츠로서는 어이없는 재난…… 챠야의 3대째가 똑똑했기에 망정이지, 히데요리에게 사랑을 받았다는 이유만으로 요도 부인에게 미움을 받고 노신들은 난처해했으며 도쿠가와 가문에서 온 자들에게는 사사건건 적대시된 어려운 처지에 몰렸다. 여간 강한 기질의 여자가 아니고는 그 무렵 자살했을지도 모른다. 그녀는 적당한 기회에 손을 떼고, 여위기는 했으나 여느 때처럼 환하게 웃는 얼굴을 보여주고 있다.

"오오! 이런……"

차를 가지고 들어온 묘슈도 입구에서 눈이 휘둥그레져 그만 걸음을 멈췄다.

"할머님, 여전하신 것을 보니 여간 기쁘지 않습니다."

"여전하다고……? 호호호…… 너무 변했어. 이 백발을 좀 봐, 벌써 검은 머리카락은 하나도 없어."

어머니가 이야기에 끼어들었으므로 코에츠는 얼른 휴지를 꺼내 코를 풀었다.

10

"앞으로는 종종 들르겠어요. 잠시 동안이지만 이렇게 일을 그만두고 나와 보니 세상이 완전히 달라진 것 같아요."

오미츠의 말에 묘슈는 시치미를 뗀 표정으로 머리를 흔들었다.

"아니, 세상은 조금도 변하지 않았지. 여전히 가난한 사람도 있고 도둑도 있어서 저마다 가업에 열중하고 있으니까."

"어머, 재미있는 말씀을……"

"정말이야. 내가 변하는 건 좋지 않지만, 아들은 좀 변해달라고 부탁하고 있던 참이야."

"아니, 아저씨에게……?"

"그래. 여전히 목석이야. 아내가 죽었는데도 아직 혼자야. 하이야 님의 아드님께 요시노 다유吉野太夫를 소개했던 것처럼 어디서 기녀라도 데려오면 좋으련만……"

"참, 아저씨에게…… 위로의 말씀도 드리지 않았군요."

"오미츠, 이 집 주인에게 어울릴 좋은 후처감 없을까? 이 늙은이도 이제는 아파서."

묘슈도 그동안 이야기 상대가 없어 적적했던지 계속 입을 놀렸다.

코에츠는 오코의 일을 물어볼까 하다가 그만 입을 다물었다. 어머니가, 아직도 아들이 죽은 아내의 모습을 잊지 못하고 있다…… 그런 생각을 하게 해서는 안 된다는 생각 때문이었다.

"정말 오랜만이야. 성안 이야기도 많겠지. 나는 곧 경단 준비를 하겠어. 오미츠는 경단을 좋아했지?"

"예, 무척 좋아하기는 하지만……"

"좋아, 알았어. 그 무척 좋아하는 경단을 만들기도 하고 주기도 하는 것을 이 늙은이는 아주 좋아하거든."

나이는 들었지만 묘슈는 아직 구석구석까지 위로하는 마음을 잊지 않고 있었다. 그녀는 오미츠가, 챠야 키요츠구가 그 후 어떻게 지내는 지 물으러 왔다고 짐작하고, 적당한 기회에 다시 부엌으로 갔다.

"오미츠, 아까 생모님이 변하셨다고 했지?"

"예. 정말 변하셨어요. 요즘에는 나무랄 데 없는 생모님이셔요."

"생모님을 변하게 한 원인은 연세 탓…… 그것뿐일까?"

오미츠는 잠시 표정을 바꾸고 고개를 저었다.

"그럼, 달리 생각나는 것이 있나……?"

"예. 생모님 역시 여자……라는 사실을 절실히 깨달았어요."

"역시 여자……라니?"

"오고쇼 님이 친절하게도 사자를 보내셨어요. 아니, 서신도…… 그 래서 마음이 풀리신 것 같아요."

"허허…… 나로서는 전혀 모를 소리를 하는군. 그렇다면 지금껏 오 고쇼 님은 생모님을 괴롭혔던가?"

"호호호…… 아저씨 같은 분도 여자 마음은 모르시는군요."

"그렇다면 이 기회에…… 자세히 말해주었으면 좋겠군."

"생모님은 다른 여자 때문에 오고쇼 님에게 버림받았다……고 생각 하셨던 것 같아요."

"다른 여자라니……?"

"코다이인 님…… 호호호…… 아저씨는 알고 계시는 줄 알았는데."

11

"뭣이, 코다이인 님?"

코에츠는 웃음을 터뜨릴 뻔했다.

그런 이야기라면 들을 것도 없었다. 아이를 낳지 못한 코다이인은 분명 나이보다 훨씬 젊어 보였다. 그렇더라도 이미 연정 따위와는 거리가 먼 늙은 여자…… 오미츠가 그런 생각을 하고 있었는가 하는 마음에 그야말로――

"너도 여자인가."

핀잔하고 싶은 느낌이었다.

그런데도 오미츠는 도리어 똑바로 코에츠를 향했다.

"아저씨, 아저씨는 제가 다른 여자 때문에 버림받았다……고 한 뜻을 착각하셨군요."

"하하하…… 그런지도 모르지. 생모님께서 정말 그런 생각을 하셨다면 그건 병이라고 할 수밖에 없지."

"병이 아니라 그게 진정한 여자 모습이에요. 결코 연정은 아니에요. 오고쇼 님은 코다이인 님은 믿으시면서 생모님은 믿지 않으신다…… 그런 생각을 하셨을 무렵 생모님은 그야말로 귀신과 같았어요."

"그렇다면 그건 세상에서 말하는 질투가 아니었을까?"

"그보다 여자의 경쟁심, 여자의 집념이에요. 아시다시피 오고쇼 님은 코다이인 님을 위해 두 번이나 절을 세워주시고, 게다가 쇼군이 상경하셨을 때는 히데요리 님을 코다이인 님 아드님으로서 후시미에 부르시려고 하셨어요."

"으음, 그 일 말이로군……"

"아저씨, 생모님에게 그것이 얼마나 괴로운 외로움이었는지 남자들은 모를 거예요. 저도 치요를 낳고서야 비로소 알게 되었어요."

"생모님의 그 오만함은 모두 자식을 빼앗기지 않으려는 어머니의 몸부림이었다는 말인가?"

"그뿐만이 아니에요. 어느 날 생모님이 취하셔서 제게 털어놓으신 말이 있어요."

"무슨 말을……?"

"생모님은 몇 번이나 오고쇼 님에게 몰래 가신 일이 있었대요. 오고쇼 님이 서쪽 성에 계실 때의 일일 거예요."

"으음."

"하지만 결국 단념하게 만든 것은 히데요리 님…… 자식을 위해서는 귀신도 되고 뱀이라도 되어야 할 몸이 연정에 빠질 수 있는가…… 그토록 생각하시는 히데요리 님도 세상 법도로는 코다이인 님의 자식이에요. 코다이인 님은 타이코 전하의 정실이시니까…… 그 정실에게는 친절하게 대하고 자기에게는 엄하게 대하는 오고쇼…… 그런 생각을 했을 때가 생모님의 지옥이었다고 생각해요."

코에츠는 조용히 눈을 감고 대답하지 않았다. 오미츠 역시 그 지옥을 거쳐왔을 것이 분명하다.

'그렇구나, 그 때문에 그렇게까지 거칠게 반항했던 것이로군……'

"아저씨, 사람의 참모습은 뜻하지 않은 곳에 있는 것 같아요. 생모님이 만일 타이코 전하의 정실이었다면 전혀 다른 부덕을 지닌 분이 되셨을 텐데……"

그럴지 모른다고 코에츠도 생각했다.

'오코 역시 내 아내였더라면……'

12

"생모님은 이런 말씀도 하셨어요…… 지금 타이코 전하에게 단 한 가지 원망하는 것이 있다고……"

오미츠는 말을 이었다. 괴로운 성안 생활을 끝내고 나니, 가슴에 쌓인 것을 모두 한꺼번에 털어놓고 싶다……는 생각을 하고 있는 듯.

"전하에게 원망……이라니, 정실이 아니라는 점일까?"

코에츠의 물음에 오미츠는 묘한 미소를 떠올리고 고개를 저었다.

"아니에요. 전하는 병석에서 생모님에게, 그대는 아직 젊으니 히데요리를 데리고 이에야스에게 출가하라……고 하셨대요."

"그 일에 대해서는 나도 들은 적이 있지."

"생모님은 그 일을 생각하며 며칠 밤을 뜬눈으로 새우셨다……고 털어놓으셨어요."

"그것도 이해할 수 있겠어."

"그럴 마음이 생긴 것은 칠 일이 지난 후…… 그런데 전하는 벌써 그 일을 잊은 듯 아무 말씀도 않으셨다고 해요. 그뿐 아니라 이번에는 이시다 미츠나리 님으로부터 전혀 다른 말을 들으셨대요."

"무슨 말을 들었는데?"

"전하의 유언이므로 마에다 님에게 재가하시라고……"

"그 말도 들었어. 타이코 전하가 정신이 혼미해져서 그랬을 거야."

"여자의 마음을 몰라준다는 단 하나의 원망……이라고 하셨어요. 어째서 그렇게 섣부른 말씀을 하셨는지, 그 때문에 생모님은 오고쇼 앞에서는 마음에 걸리는 것이 있어 무심해질 수 없었다고."

"으음."

"하지만 지금은 그것도 옛날이야기…… 코다이 사 공사도 끝나고 히데요리 님과 같이 다른 성에 가서 살도록 하라는 말도 나오지 않게 되었다…… 무엇보다 오고쇼 님이 후시미에서 코다이인 님과도 아주 먼 슨푸로 옮기신 것이 생모님을 보살로 만드셨다…… 저는 그런 생각이 들어요."

코에츠도 그 일에 대해서는 마음을 놓았다. 천하에 다시 싸움이 일어나는 날이 있다면 생모의 모진 마음이 그 원인의 하나가 된다…… 전부터 그렇게 생각하고 있었기 때문이다.

"그렇군, 생모님이 그처럼 변하셨다는 말이지."

"예. 센히메 님도 반드시 행복해지실 거예요."

"오미츠, 그런데 부탁이 하나 있는데."

"저에게……?"

"그래. 변하신 생모님이나 센히메 님의 행복을, 나나 그대가 튼튼히 지켜드려야 해."

"그야 물론……"

"이 코에츠에겐 아직 소름끼치는 땅울림이 들리는 것만 같아."

"땅울림……?"

오미츠는 양미간을 모으고 귀를 기울이는 표정이 되었다.

"어떤…… 땅울림인가요?"

"아니, 땅울림이라기보다 바다의 포효……라는 편이 정확할지 몰라. 사카이로 돌아가면 오미츠는 다시 나야의 딸이 돼. 오미츠는 이 바다 저 바다에서 온갖 배가 가지고 들어오는 소식을 알게 될 거야. 그래서 부탁하는데, 아리마 가문이 포르투갈 배를 불태웠다……는 그 사건의 자세한 내용을 알아낼 수 없을까? 아무래도 방심할 수 없는 수상한 연기를 피우고 있는 것 같아."

13

오미츠는 다시 고개를 갸웃했다. 그녀는 이 일에 대해서는 아직 아무 것도 모르고 있는 모양이었다.

"아리마 가문에서 포르투갈 배를……?"

"그래. 그 사건이 뜻밖의 태풍을 몰고 올지도 모른다…… 그런 기분이 들어 견딜 수 없어."

"아저씨, 왜죠? 그 줄거리…… 아니, 요점만 말씀해주세요."

코에츠는 고개를 끄덕였다. 요점을 말해주지 않으면 오미츠도 그물을 칠 수 없다……고 생각했기 때문이다.

"이 사건에서 가장 중요한 것은 아리마 슈리노타유 하루노부 님이 사사로운 울분에 따라 자의적으로 남만의 배를 공격했는가, 아니면 오고쇼 님의 내락을 얻고 싸울 결심을 했는가…… 하는 점이야."

"그러니까 아직 그 점이 확실하지 않다는 말씀인가요?"

"그래. 나가사키 부교도 관계가 있는 것 같다……고 짐작은 되지만 나머지 일은 아직……"

"오고쇼 님의 내락을 받지 않았다면……?"

"그렇다면 별로 염려할 건 없겠지. 사건은 일본과 포르투갈의 국가적인 분쟁이 되지는 않아. 선장과 아리마의 싸움이 되니까. 아리마 님에게 잘못이 있다면 오고쇼 님이 꾸짖는다……는 정도로 수습될 거야."

"그럼, 그 반대의 경우는……?"

"내 걱정도 바로…… 오미츠도 알고 있겠지만 지금 교역은 오고쇼 님이 가장 바라고 있는 일본의 중요한 국책이거든. 그건 남만인도 홍모인도 잘 알고 있어. 그러한 오고쇼 님이 포르투갈 배의 공격을 내락하셨다……고 하면, 불지르도록 명하신 것으로 받아들일 수도 있어."

"물론 남만 쪽에서는 그렇게 받아들이겠지요."

"내가 염려하는 것은 바로 그 점이야…… 유럽은 지금 남만, 홍모로 완전히 둘로 나뉘어 한창 싸움을 하고 있다고 하더군."

"예. 에스파냐, 포르투갈과 오란다, 이기리스로 갈라져서……"

"그 일이야. 그 싸움은 예사롭지 않은 것 같아. 같은 기독교도이면서도 종파가 둘로 갈라져서 말이지. 이 바다, 저 섬 이르는 곳마다 피를 흘리고 있는 모양이야."

"그 일에 대해서는 저도 들었어요."

"그 싸움의 와중에 오고쇼 님이 남만의 배를 불태워라……고 명하셨다면 남만 쪽에서는 어떻게 받아들일까. 홍모인인 미우라 안진이 드디어 오고쇼 님을 움직여 홍모인 편을 들게 했다…… 머지않아 남만인은 일본에서 추방되거나 아니면 전멸한다…… 이렇게 받아들이면 오고쇼 님의 이상이나 우리의 희망을 산산이 부셔버릴지도 모르는 큰 소동으로 번지게 되는 거야."

"어머……"

"우리가 지금까지 오고쇼 님을 작은 힘으로나마 도와드린 것은 모두 평화로운 세상을 바랐기 때문이었어. 난세는 싫다, 다시는 그와 같은 악몽의 세계는 진저리가 난다고…… 겨우 일본에 평화가 왔다고 생각하는데 이번에는 남만인과 홍모인의 싸움에 말려든다…… 그렇다면 어떻게 되어가겠나, 온 일본 백성들의 소원은 어떻게 될까?"

코에츠는 그답지 않게 흥분하여 심하게 무릎을 쳤다.

14

오미츠는 숨을 죽이고 코에츠를 똑바로 바라보았다.

코에츠가 무엇을 염려하는지 잘 알 수 있었다. 부탁한 이야기의 요점도 분명해졌다. 아니, 그 이상으로 지금의 오미츠에게 얽혀 있는 것은 오사카 성에 있는 요도 부인의 얼굴, 센히메와 치요히메千代姬의 얼굴이었다.

"아저씨, 그 공격이 오고쇼 님의 뜻에서 나온 것이라면 일본이 다시 난세로 돌아가게 된다……는 점을 걱정하시나요?"

코에츠는 엄한 눈으로 고개를 끄덕였다.

오미츠는 다시 쫓기듯이 자신의 불안을 털어놓았다.

"그리고…… 만일에 그렇게 되면 오사카와 에도의 싸움은 불가피하다……고 보시나요?"

"그래!"

코에츠는 내뱉듯이 대답했다.

"오고쇼 님이 홍모인 쪽으로 돌아섰다……고 하면 이에 대항하기 위해 남만 쪽이 일본에서 찾을 거점은 오사카 이외에는 없지."

"……"

"더구나 그 오사카는, 지금 이야기를 듣고 보니 오고쇼 님의 인내가 드디어 결실을 맺어 봄바람이 불기 시작했다는데……"

"아저씨!"

"그 봄바람이 부는 성은 말이지, 건물은 비할 데 없이 견고하지만 인물 배치란 점에서 본다면 무방비에 가까운 여자들의 성……"

"……"

"오미츠도 나야 쇼안의 핏줄이므로 알 수 있을 거야. 오사카 성에서 봄바람이 그치게 해서는 안 돼. 이 성에 봄바람이 불고 있는 한, 쿄토 부근은 물론 일본의 모든 백성들에게도 봄바람……이지만, 지금 수상한 싸움의 바람이 몰려온다면……? 내가 카가에서 돌아온 것은 사실 그게 염려되어서였어. 조심하는 것보다 더 중요한 일은 없어…… 소켄 總見(노부나가) 공으로부터 타이코 전하의 대를 거쳐 오고쇼 님의 대에 이르러 겨우 성취한 우리들의 평화…… 남만인이나 홍모인에게 빼앗겨서야 될 일인가?"

듣고 있는 동안에 오미츠의 몸도 와들와들 떨리기 시작했다.

"아저씨, 잘 알았습니다. 사카이에 돌아가거든 나가사키에서 오는 선원들과 접촉하겠어요. 여자인 제게도 겨우 땅울림이 들려오는 것 같으니까요……"

코에츠는 고개를 끄덕여 보였으나, 흥분은 쉽사리 가시지 않았다.

'진정으로 염려하고 있구나……'

오미츠의 심장 고동이 새삼스럽게 빨라졌다.

'일본인이 남만인과 홍모인 두 파로 갈려 피를 흘린다……'

그런 상상은 전혀 가공적인 것만은 아니었다.

"옛날에는 리큐 거사도 계셨고, 쇼안 님이나 소쥬宗拾(소로리曾呂利) 님처럼 타이코 곁에서 우리의 동료가 눈을 빛내고 있었지만, 지금 히데요리 님 곁에는……"

잠시 후 코에츠는 비로소 세게 고개를 흔들고 화제를 바꾸었다.

"이거, 내가 하고 싶은 말만 했군. 챠야 님으로부터 소식은 있지?"

"예…… 예."

"챠야도 몹시 기다렸을 거야. 일을 그만두고 나왔으니 서두르는 편이 좋겠어."

말하고 나서 아차 싶었다. 이번에는 오미츠의 얼굴에 소름이 끼칠 듯한 냉소가 떠올랐기 때문이다.

15

코에츠는 오미츠의 입가에 떠오른 차가운 웃음을 놓치지 않았다.

'챠야와의 사이에 무슨 일이 있었구나……'

그것도 결코 바람직하지 않은 일이…… 이렇게 직감하면서도 당장에는 입을 열 수 없었다. 그 정도의 혼인 이야기를 듣고 떠올린 오미츠의 미소에는 싸늘하고 메마른 체념이 깃들여 있었다.

"아저씨, 그 일로 제가 말씀 드려야 할 일이 있어요."

"그 일이라니……?"

코에츠는 일부러 딴전을 부렸다. 그러면서도 오미츠가 불쌍해서 견딜 수 없었다.

"저는 챠야의 아내가 되지 않겠다고 결심했어요."

"뭐……? 그렇다면 그때의 약속을 어기겠단 말인가?"

"예."

똑바로 얼굴을 들어 대답하고 이번에는 오미츠가 밝게 웃었다.

"처음에는 약속을 지켜야 한다……고 생각했어요. 지금은 약속 중에는 지켜서 좋은 약속과 지켜선 안 될 약속이 있다……는 것을 깨달았어요."

"그럼, 챠야가 싫지는 않다…… 그러나 혼인은 하지 않겠다…… 그 편이 챠야의 행복…… 이렇게 생각을 바꾼 것이 되는데……?"

"그래요."

"오미츠."

"예."

"나는 그 생각이 옳은지, 내가 그 생각에 찬성해야 할지…… 유감스럽게도 당장에는 대답할 말이 없어."

"아저씨는 챠야 님에게 어떤 공경이 딸을 주고 싶어하는 사실을 모르시나요……?"

"그것과 이것은 별개의 문제야!"

코에츠는 약간 언성을 높였다.

"약속이란 쌍방이 대화하여 서로 납득했을 때 성립되는 거야."

"그 점은…… 잘 알고 있지만……"

"그렇다면 오미츠 혼자 독단적으로 약속을 깨뜨려서는 안 돼…… 알겠나, 충분히 챠야 님의 의사도 확인해봐야 해. 남자의 의지란 때로는 타산을 초월해. 오미츠의 계산이 반드시 상대를 위해 이롭기만 한 것은 아니야."

오미츠는 깜짝 놀란 듯이 고개를 숙이고 어깨를 떨구었다.

이미 아무것도 물을 필요가 없었다. 히데요리의 자식을 낳은 자신이 부끄러워 몸을 빼려고 생각했음이 분명하다. 그 생각은 여자로서는 바람직할 수도 있다. 착한 마음에 뿌리를 박은 겸손이라고 해도 좋다. 그러나 그 마음이 남자에게 그대로 통용된다고는 할 수 없다.

챠야 키요츠구가 그런 일을 초월하여 포근히 오미츠를 감싸주겠다고 한다면……? 더구나 그 소문은 키요츠구 자신의 주변에서는 널리 알려져 있다. 만일 오미츠 쪽에서 파혼을 했다……고 하면 키요츠구의 마음만이 아니라 체면까지 상처를 입을지 모른다……

"참, 그렇지!"

코에츠는 말했다.

"조금 전에 말한 포르투갈 배에 대한 일…… 나한테 부탁받았다고 나가사키에 있는 챠야에게 물어보았으면 싶군. 그게 좋겠어! 그 대답에 따라 약속을 지키는 게 좋을지 결정짓는 데도 보탬이 될 거야."

코에츠의 말을 듣고 오미츠는 조용히 눈물을 닦았다.

선진국 일본

1

겉으로 보기에 세상은 아주 조용했다.

'이 정도라면 이미 평화가 뿌리를 내렸다고 해도 좋다……'

그해(케이쵸 15년, 1610) 이에야스를 안심시킨 것은 무엇보다도 오사카 쪽의 공기가 부드러워진 일이었다.

정월 초 카타기리 카츠모토가 히데요리의 대리라기보다 요도 부인의 사자로 슨푸까지 인사하러 왔다. 그리고 센히메와 히데요리를 봄에는 같이 있게 하겠다고 했고, 실제로 실행되었다.

2월에 다이묘들에게 나고야의 축성을 명한 결과도 만족스러웠다.

이 축성은, 형 시모츠케노카미 타다요시의 뒤를 이어 오와리 영주가 된 고로타마루 요시나오가 거성을 옮긴다……는 의미는 극히 작았다. 세상에서는 늦게 낳은 자식이어서 몹시 귀여워한다……는 소문이 나고, 이에야스 자신도 그때까지 키요스 성을 둘러싼 고죠五條 강의 범람이 해마다 성의 기초를 파괴한다는 세상 소문을 구실로 삼았다. 그러나 목적은 전혀 다른 데 있었다.

이미 일본 국내에서는 마음대로 성채를 증축하는 것이 금지되어 있었다. 수리할 때도 바쿠후에 신고하게 하여 태평 시대의 수비에 필요할 정도로 제한하고 있었다.

이는 무엇보다 백성의 경제 전반을 고려하여 내린 조치였다. 이제는 각자가 자기 위세를 과시하는 센고쿠 시대가 아니었다. 오랜 습관과 허영은 아직 그대로 남아 있어서 멋대로 성채 구축을 허락한다면 그야말로 성 만들기에 저마다 경쟁을 벌이게 될 터. 그래서 개간과 수리, 민정의 충실을 장려하면서 축성은 금했다.

'일단 유사시에는 언제든지 바쿠후 군사를 보내 지원한다. 그러므로 축성은 금한다.'

세상은 센고쿠 시대와는 달라 영지를 가진 다이묘는 무력 제일주의보다 민정관民政官으로서의 능력이 우선해야 했다.

그렇다고 국방이나 자위조치를 등한시하지는 않았다. 종래와 같은 개개 성채 방비는 최소한으로 제한하고 몇 개 영지의 중심이 되는 요소요소에는 오히려 이전보다 더 거대한 바쿠후 구원군을 수용할 수 있는 완벽한 성채가 있지 않으면 안 된다.

나고야는 토카이도東海道 지방의 중심부에 있었다. 그러므로 당연히 적극 절약한 비용으로 위풍당당한 성을 쌓아두는 것이 중앙집권의 성공을 시위하는 요체이고 국가의 백년대계이기도 했다. 세상사람들이 무엇이라고 하건 고로타마루는 그곳에 잠시 머무르는 장식물에 지나지 않았다. 진정한 관리자는 이에야스의 엄격한 심사에 합격한 히라이와 치카요시, 나루세 마사나리, 타케코시 마사노부 세 사람. 그 세 사람 중에서도 큰 잘못을 저지르면 이에야스를 대신해 고로타마루라도 찌르라는 밀명을 받은 나루세 마사나리가 중심이었다.

이에야스는 이 축성을 마에다, 이케다, 아사노, 카토, 후쿠시마, 야마노우치, 모리, 카토(요시아키), 하치스카, 이코마, 키노시타, 타케나카, 카나모리, 이나바 등 동북지방을 제외한 거의 모든 제후들에게 일을 할당시켜 명했다. 이는 자신의 건국이념과 새로운 질서가 얼마나 제후들에게 잘 이해되었는지 시험하는 것이 주된 목적이었다. 그 일도 잘되어 공사는 착착 진행되고 있었다……

2

에치고의 축성도 같은 의미를 가지고 있었다. 지역적으로 보아 이곳을 내륙 일본에 대한 방비의 요지로 삼고, 마츠다이라 타다테루를 보내 굳게 지킬 생각이었다.

2월 중에 벌써 신슈에서 후쿠시마 성으로 타다테루의 이전이 끝났다. 사실은 후쿠시마 성을 폐하고 타카다에 상당한 규모의 축성을 하고 싶었다. 그러나 자연적인 조건이 칸사이와는 비교가 되지 않는 동북 일본의 경제상태로는 아직 무리하다는 판단에서 연기했다.

에치고의 축성에는 나고야 축성에 동원되지 않은 칸토와 오우奧羽 지방의 다이묘들이 다테 마사무네를 중심으로 돕도록 하자고 이미 쇼군 히데타다와의 상의를 끝냈다.

지금 이에야스의 마음에 한 가닥 불안을 남기고 있는 것은 실은 생각지도 못한 궁전의 일이었다.

천황과 황태자 코토히토政仁 친왕 사이가 원만하지 않고, 여러 공경들이 개입해 '집안 소동'이라는 분규를 일으키려 하고 있었다. 노부나가 시대의 곤궁에서 벗어난 공경들이 다시 저마다의 생각에 따라 옛날의 꿈을 꾸기 시작한 데 그 원인이 있는 것 같았다.

히데요시가 칸파쿠에 올랐을 때는 그에게 다섯 셋케攝家° 가문의 하나를 물려줘도 좋다는 자까지 있었을 정도였다. 그런데 겨우 생활이 안

정된 지금 히데요리를 우다이진에 임명하는 것은 당치 않은 일, 나라의 체통을 모욕하는 일이라는 논의까지 일고 있었다. 히데요리가 공경으로서 그들 위에 군림하고 더구나 바쿠후 직할영주로서 60만 석 영토와 무력을 아울러 소유한다면, 그들에게 묵과할 수 없는 방해물이 될지도 모른다.

"도요토미 가문은 원래 비천한 농사꾼 혈통이 아닌가? 다만 무력에 의지하여 세상에 나왔다. 무인정치 아래서 무장이 다이묘로 존재하는 것은 좋다고 해도, 공경으로서 높은 자리를 차지하고 궁전 일에 관여한다는 것은 무엄하기 짝이 없다."

물론 그런 말을 드러내놓고 할 수는 없었다. 그 감정의 모닥불은 천황 부자의 불화라는 우려할 만한 곳으로 연기를 내뿜기 시작했다. 그 결과 고요제이後陽成 천황이 조기에 양위하고 싶다고 했으나, 이에야스가 연기하도록 상주해 그럭저럭 제지시키고 있었다.

'궁전의 분쟁만 없다면 나도 한번 상경하고 싶으나……'

마음에 걸리는 중요한 일은 대개는 해결되었다. 한 번 더 상경하여 천황에게 문안한다는 명목으로 실은 히데요리나 센히메, 그리고 요도 부인도 만나고 싶었다.

이에야스의 상경은 섣불리 실행에 옮길 수 없게 되었다. 지금 상경한다면 궁전 쪽에서는 그가 공경들을 간섭하기 시작했다고 할 것이고, 히데요리를 대면하면 더더욱 심한 반감을 히데요리가 받게 될지도 모르기 때문이다.

'모든 게 다 좋다……는 일은 좀처럼 있을 수 없군.'

때때로 히데요리와 센히메의 다정한 소꿉장난을 상상하면서 이에야스는 일단 상경을 단념했다.

그러던 어느 날 나고야 성 공사에 힘을 쏟고 있는 카토 키요마사가 슨푸로 이에야스를 찾아왔다. 이에야스는 기쁘게 그를 맞았다.

3

이에야스의 눈에 비친 카토 키요마사는 무장으로서도 훌륭했지만 민정관으로서도 충분한 실력을 가지고 있었다. 결코 재기발랄하다고는 할 수 없었으나, 이시다 미츠나리 같은 사람보다는 훨씬 더 정세를 잘 내다보는 일면을 가지고 있었다.

미츠나리와 키요마사는 고집 세기로는 서로 뒤지지 않았다. 그러나 미츠나리는 이른바 권력을 농락하는 유형의 날카로운 자, 키요마사는 극단적으로 이를 싫어하는 성실형이었다. 키요마사는 어릴 때부터의 정의를 잊지 못하는 코다이인 쪽 사람, 미츠나리는 요도 부인 편으로 보여 오히려 그녀를 궁지로 몰아넣는 일을 했다.

"오오, 잘 오셨소. 나고야 성 공사계획에 변화라도 있소?"

대부분의 접견은 넓은 접견실에서 했다. 문안 드리는 다이묘와 이에야스의 거리는—

"가까이 오라."

이렇게 말해도 예닐곱 간은 떨어지는 것이 보통이었다. 그러나 키요마사는 처음부터 이에야스의 거실로 안내되었다.

가까이서 모시고 있는 것은 여전히 혼다 마사즈미. 오늘은 나가후쿠마루인 요리노부에게 딸린 안도 나오츠구도 같이 있었다. 요리노부는 당시에는 아직 스루가, 토토우미의 50만 석 영주로 슨푸의 아버지 곁에 있었다.

키요마사는 여윈 얼굴을 그의 자랑인 긴 수염으로 감추고 있었다. 아부하기를 가장 싫어하는 키요마사는 사람을 만나면 우선 그 수염을 가슴으로 쓸어내리며 거만하게 위풍을 보였다. 그 발언도 큰 기침을 한 번 하여 중후감을 내보였다.

"여느 때와 다름없으신 오고쇼 님의 존안을 뵙고……"

그런 키요마사의 말투는 인사인 것 같기도 하고 위협인 것 같기도 하며 때로는 설교 같기도 했다.

"인사는 필요치 않소. 그 수염의 공덕은 내가 잘 알고 있어요. 자, 이리 가까이 오시오."

"하하하……"

앞으로 가까이 와서 앉으면서 키요마사는 웃었다.

"오고쇼 님은 오늘도 키요마사가 불평을 하러 온 줄 아시고 조심하시는 것 같군요."

"불평하러 온 것 같지 않소. 웃음소리가 천장에 울리는 걸 보니."

"그 일입니다. 오고쇼 님, 이 키요마사는 이번에 일생 일대의 연기를 하렵니다. 온나가부키 배우에게 지지 않는 멋진 연기를 나고야에서 말입니다."

"허어, 재미있는 말이군. 그래 어떤 일을 생각했소?"

"실은 지난번에 이 키요마사가 오랫만에 오사카 성의 히데요리 님을 방문했습니다."

"허어, 센히메와는 화목하게 지내던가요?"

"그 일에 대해 카타기리 카츠모토와 이것저것 이야기했습니다마는, 오고쇼의 성의에 감동하여 눈물을 흘렸습니다."

"그래…… 이치노카미를 만났다는 말이오? 사실은 지난 설에 요도 부인이 사람을 보내 문안을 하셨소. 내게는 이번 봄만큼 밝은 봄도 없었소. 그런데, 이치노카미는 무슨 말을 하지 않던가요?"

그 말은 키요마사의 딸인 야소히메八十姬를 아직도 슨푸에 있는 나가후쿠마루와 약혼시켰으면 한다는 이야기였다. 키요마사는 전혀 아무 말도 듣지 못한 모양이었다.

"저는 오사카에서 남만인을 만났습니다. 저도 오고쇼의 방침에 따라 교역을 해야 한다는 생각으로 남만인 신부 포를로라는 자를 만났는데,

그때 포를로가 뭐라고 했을 것 같습니까, 오고쇼 님……"

키요마사는 이렇게 말하고 다시 가슴을 젖히고 수염을 쓸어내리면서 목젖까지 보일 정도로 웃었다.

4

"그 신부가 뭐라고 하던가요?"

이에야스도 사방침 앞으로 몸을 내밀었다. 이런 그의 태도에도 심술궂은 데가 전혀 없다고는 할 수 없었다. 상대가 다소 자세를 허물어뜨리면 더욱 위엄을 부리고, 상대가 키요마사처럼 의식적으로 가슴을 펴고 있을 때는 앞으로 몸을 내밀며 아주 무너진 자세를 취했다.

마사즈미나 나오츠구는 이에야스의 그런 버릇을 잘 알고 있기 때문에 살짝 시선을 교환하고 키요마사의 말을 기다렸다.

"오고쇼 님은 지금 세계에서 가장 발전된 훌륭한 나라가 어느 나라라고 생각하십니까?"

"글쎄, 세계에서 제일…… 까다로운 질문이군요. 그 신부는 에스파냐 대왕이 다스리는 나라라고 자랑했겠군요."

"아니, 그렇지 않습니다."

키요마사는 크게 고개를 흔들며 무릎에 부채를 세웠다. 오늘은 보기 드물게 소년처럼 장난스러운 눈빛이었다.

"허어, 그럼 아부를 한 모양이군요. 전에도 에도에 있는 어떤 천주교 신자가 와서, 이 슨푸를 세계 제이의 대도시라고 했어요."

키요마사는 기분이 좋아 싱글벙글 웃기 시작했다.

"허어, 그럼 세계 제일의 대도시는 어느 나라에 있습니까?"

"그게 에도라고 하더군요. 하하하…… 에도가 제일, 슨푸가 제이, 그리고 쿄토와 오사카가 제삼이라고. 에스파냐든 노비스판(멕시코)이든 유럽이든 이처럼 인가가 즐비하고 인구가 많은 도시는 없다고. 물론 나는 아부라고 생각했지만."

"그런데 그것은 아부가 아닙니다."

"그럴 리가 없소. 히고肥後 님은 보고 온 것처럼 말하는군요."

"보고 온 것이나 마찬가집니다. 포를로는 거짓말이나 아부를 하는 인간이 아닙니다. 그는 이렇게 말했습니다. 현재 세계에서 가장 진보하고 평화로운 나라는 일본이라고 말입니다."

"허어, 그걸 믿는단 말이오?"

"말에 거짓이 없기에 믿었습니다. 실은 지난 케이쵸 구년(1604) 팔월, 그는 토요쿠니豊國 신사의 제례를 보고 와서, 이런 평화가 오륙 년쯤 계속되었으면 좋겠는데…… 이렇게 생각했다고 합니다."

"으음."

"남만인이나 홍모인의 나라에서는 오 년 동안 전쟁이 없으면 축제를 지낸다고 합니다. 그런데 일본에서는 벌써 십 년 동안이나 전쟁이 없다, 전쟁이 없으니 마을에 점점 집이 들어서고 모두가 안심하고 생활을 즐긴다, 그런 뜻에서 일본은 현재 세계에서 가장 발전한 나라…… 진정으로 그렇게 말했습니다."

"그래서…… 히고 님은 어떻게 하겠다는 것이오? 일생 일대의 연기를 보여주겠다는 것이……"

"그것은……"

키요마사는 가슴을 펴고 다시 부채를 세웠다.

"일본이 세계에서 가장 좋은 나라가 되었다…… 그렇다면 축하하지 않을 수 없습니다."

"으음, 그렇기는 하군요."

"이 키요마사도 아주 시골뜨기는 아닙니다. 그래서 나고야 성에 나무나 돌을 운반할 때 전대미문의 화려한 행사를 벌이려고 합니다. 쿄토의 하라 사부로자原三郎左, 하야시 마타이치로林又一郎 등에게 명해 수백 명의 기녀를 부르고, 현재 유행 중인 온나가부키 배우를 곁들여 같은 의상을 입혀서 이 키요마사가 직접 장단을 맞추어 춤을 추겠습니다. 이 일에 이의가 없으신지요?"

키요마사는 다시 가슴을 펴고 이에야스를 바라보았다.

5

순간 이에야스는 당황하여 귀에 한 손을 갖다댔다.

"히고 님, 지금 뭐라고 했소? 직접 기녀들의 선두에 서서 춤을 추겠다는 말이오?"

키요마사는 일부러 웃는 얼굴을 쓸쓸한 표정으로 바꾸었다.

"이의가 계십니까?"

"아니, 이의가 있고 없고간에 그게 진심이오?"

"무엇 때문에 제가 슨푸까지 일부러 거짓말을 하러 오겠습니까? 일본이 세계에서 가장 평화로운 나라가 되었다, 이것을 축하하기 위해 이 키요마사는 기녀들의 무리에 섞여 같은 옷을 입기도 하고 춤도 추겠습니다. 타이코 전하도 저승에서 신명이 나 달려나오실 축제소동을 벌이고 싶어졌습니다. 그러나……"

키요마사는 다시 수염을 쓸어내렸다.

"오고쇼 님이 반대……하시면 단념하겠습니다마는."

"으음."

"잘 생각하시고 대답해주십시오. 아시다시피 히데요리 님도 요도 부인도 요즘 마음을 푸시고 감사한 마음으로 대불전의 재건을 시작하신다니…… 그래서 이 키요마사는 일생 일대의 명연기를……"

"알았소. 알았으니 우선 차나 드시오. 으음, 나고야 축성에 일생 일대의 명연기를 펼치겠다는 말이군요."

"그렇습니다."

"그리고 보니 쿄토 기녀들의 우두머리인 하라나 하야시도 이전에는 타이코 전하의 말구종들이었소."

"예. 평화로운 시대가 온다……고 앞을 내다보고 전하께 청원하여 유곽의 허가를 받고 야나기 마장에서 기녀 우두머리가 된 자들…… 그들이 한마디만 하면 쿄토 기녀들은 두말없이 달려올 것입니다."

"그렇다면 타이코 전하와도 전혀 관계가 없는 행사는 아니겠군."

"오고쇼 님."

"왜 그러시오, 히고 님?"

"제가 지금 오고쇼 님 비위를 맞추어 오사카 일을 잘 부탁한다……는 속셈이 있어서라고 생각하시면 당치도 않습니다."

"아니, 누가 그런 말을 했다는 말이오."

"아니, 그렇게 생각하시면 당치도 않으므로, 만일 오고쇼께서 허락해주신다면 이 키요마사가 다시 청할 일이 있어서 말씀 드렸습니다."

"허어…… 그것이 무엇이오?"

"우선 일생 일대의 명연기를 허락하실지 아닌지…… 그것부터 여쭙지 않고는 말씀 드릴 수 없습니다."

"좋아요, 찬성하기로 하지요. 원래 나는 무의미한 낭비를 좋아하지 않지만, 히고 님이 설마 무의미한 낭비를 해서 일부러 백성들을 괴롭히는 어리석은 일은 하지 않겠지요. 그 하라나 하야시 외에는 동원하지 마시오. 이에야스도 찬성하겠소."

"하하하……"

키요마사는 다시 격의 없이 웃었다.

"틀림없이 절약하라는 말씀이 나올 줄 알았습니다. 하하하…… 그래서 젊은이들은 오고쇼 님을 경원합니다. 그런데 오고쇼 님, 여기서부터 일이 좀 거북스러워집니다."

"뭐, 거북스러워지다니……?"

"예. 아무튼 일본이 세계 제일이 됐다, 이를 축하하는 것이므로 오고쇼 님도 눈을 감아주셔야 하겠습니다."

"그러니까 나더러 금은을 내놓으라는 말이오?"

"조금이 아닙니다. 듬뿍 내놓으셔야 합니다. 하하하……"

6

키요마사가 크게 웃었다. 이에야스는 다시 고개를 갸웃했다.

'나쁜 일은 아닌 모양이다……'

근엄한 키요마사의 눈동자가 장난꾸러기 아이처럼 빛나고 있었다. 보기 드문 일이었다. 무언가 이에야스를 놀라게 하고 또 기쁘게 해주려는 악의 없는 장난 비슷한 계획이 있음이 분명했다.

이번 나고야 축성에 기울인 키요마사의 성의는 여간 아니었다. 축성을 명령받은 다이묘들은 각자 자기 영지에서 수많은 일꾼들을 이끌고 나고야에 와서 야전 진지처럼 막사를 지어놓고 공사에 착수했다. 그들 중에는 부근 여자들을 위협하기도 하고 술에 취해 싸우기도 하여 인근 농부와 상인들로부터 빈축을 사는 자도 적지 않았다. 그러나 키요마사가 데려온 '히고의 일꾼'들만은 아주 평이 좋았다. 그들은 옛 나고야 성名護屋城 주변에 있는 구릉지대의 흙을 파와 골짜기와 저지를 메워주기까지 했다.

"우리 자신의 성을 쌓는다고 생각하라. 이 낮은 땅 그대로는 토카이도 제일의 성곽도시가 되지 못한다. 방해가 되는 언덕이나 산을 허물어서 땅을 고르게 해야 한다."

이렇게 말하면서 산을 허물고 골짜기를 메워 널찍한 평지를 조성해 주었다고, 히라이와 치카요시도, 다섯 명의 건축 감독으로부터도 감사하다는 뜻을 전해왔다.

새로운 나고야 성은 옛 성터인 카메노오다이龜の尾臺를 중심으로 지진에도 견딜 수 있도록 지층 밑에 암반이 있는 지대를 택했다. 감독에는 마키노 우에몬 노부츠구牧野右衛門信次, 타키가와 부젠노카미 타다유키瀧川豊前守忠征, 사쿠마 카와치노카미 마사자네佐久間河內守政實, 야마시로 쿠나이쇼山城宮內少輔, 무라다 곤자에몬村田權左衛門 등 다섯 명이 뽑혀 일하고 있었다. 이들 중 누구의 보고에도 키요마사의 지시에 대한 감사의 말은 반드시 적혀 있었다.

"히고 사람들의 활동에는 정말 감탄했습니다. 규율이 철저합니다."

그런가 하면 ─

"히고 사람들이 수고를 아끼지 않고 골짜기와 저지를 메워주어서 감사하다는 노래가 백성들 사이에서 유행하고 있습니다."

이런 보고도 섞여 있었다.

완고한 옛 미카와 무사인 히라이와 치카요시는 ─

"지난날 히고의 군사가 조선과의 전쟁 때 강했던 이유를 잘 알게 되었습니다. 키요마사는 사람을 잘 쓰는 명인입니다."

이렇게 칭찬했다.

그런 키요마사가 어린아이처럼 눈을 빛내며 금은을 산더미만큼 내놓으라……는 말을 하므로 이에야스도 가능한 한 그의 흥을 깨뜨리지 않으려고 생각했다.

"그렇다면 절약가……라기보다도 구두쇠로 이름난 이 이에야스에게 히고 님은 황금을 내놓으라는 말이오?"

"그냥 내놓으라는 게 아닙니다. 축의금을 청하는 것입니다."

"같은 의미가 아니오?"

이에야스도 반문했다.

"내는 쪽으로는 마찬가지지요. 히고 님은 인색한 자의 마음을 모르는 모양이군요."

"하하하……"

키요마사는 또 즐거운 듯이 웃었다.

"어쨌든 오고쇼 님이 세계 제일의 나라를 만드신 축하입니다. 이를 축하하기 위해 축조하는 후세에 남을 나고야 성, 그 텐슈카쿠는 이렇게 말씀 드리는, 세계에서 제일가는 축성의 명인인 이 카토 히고노카미 키요마사……가 여기에 어울리는 장식을 하지 않는다면 후세 사람들에 대한 선물이 되지 않습니다."

7

이에야스는 가슴을 떡 펴고 있는 키요마사를 바라보고 있다가 문득 마음에 짚이는 것이 있었다.

일본이 세계 제일이 된 데 대한 축하…… 그리고 축성에서는 자타가 공인하는 명인인 키요마사가 손을 대는 텐슈카쿠…… 그리고 여기에 장식을 한다면 용마루 양단에 장식하는 '샤치鯱°'밖에는 없다…… 누가 생각해도 그 한 가지에 귀착된다.

'그렇군…… 금으로 샤치를 만들어 달자는 것이로군.'

이에야스는 무릎을 치거나 앞질러 말하지 않았다. 좀더 키요마사를 즐겁게 해주고 싶었다.

"점점 더 묘한 말을 하시는군……"

일부러 다시 한 번 고개를 갸웃거렸다.

"다름 아닌 히고 님의 부탁…… 아니, 축하금의 청구. 지난날의 정의로 보아서도 거절할 수야 없지요. 좋소, 그렇게 합시다."

"무사에게는 일구이언이 있을 수 없다는 것을 아시지요?"

"무슨 소리를 하는 거요. 아직 이에야스는 거짓이나 불의와는 인연을 맺은 적이 없소."

"하하하…… 이제 됐습니다. 그렇다면 말씀 드리지요. 텐슈카쿠를 장식할 샤치 말씀입니다. 세계 제일의 성이라면 흙으로 구운 것으로는 안 됩니다. 황금으로 만들어야 합니다."

"아니, 황금으로 샤치를……?"

이에야스는 눈이 휘둥그레졌다.

"그, 그, 그것은 보통 일이 아니오."

"안 된다는 말씀입니까?"

"황금으로…… 그런 것을 만들다니 불필요한 일이오……"

곁에서 듣고 있던 안도 나오츠구와 혼다 마사즈미는 숨을 죽였다. 그들은 아직 이에야스가 짐짓 놀라고 있다는 것까지는 꿰뚫어보지 못하고 있었다. 후시미 성의 텐슈카쿠 기와에다 황금을 입히게 한 타이코 히데요시의 사치를 은근히 비난했던 이에야스임을 알고 있기 때문이다. 어떤 때는, 그 사치를 응징하기 위해 하늘이 지진으로 벌했다…… 이런 말까지 한 적이 있었다. 그런 이에야스를 향해 키요마사가 이 얼마나 엉뚱한 말을 한 것일까……

그러나 일단 말을 꺼낸 키요마사도 물러서지 않았다.

"겨우 두 마리입니다. 지붕 전부를 황금으로 하자는 것도 아니고…… 언젠가 광산 감독인 오쿠보 나가야스는, 황금을 아낄 필요는 없다, 황금은 놀랄 만큼 많이 있다, 얼마든지 써도 좋다고 큰소리를 쳤습니다. 오고쇼 님! 세계에서 제일가는 기념물이 될 축성입니다."

"으음, 뜻하지 않은 일을 떠맡게 되었군."

"떠맡으셨다…… 하하하…… 이것으로 결정되었습니다. 그럼 지금 곧 승낙하신다는 잔을 주시기 바랍니다."

"알겠소. 그만한 성이라면 작은 샤치로는 안 되겠지. 이거, 히고 님에게 한방 먹었는걸."

키요마사는 보기 드물게 몸을 흔들어대며 좋아했다.

"하하하…… 이제는 키요마사도 가슴을 펴게 되었습니다. 몇 천 냥이든 몇 만 냥이든 어쨌거나 오고쇼 같은 분이 금을 내놓으셨다…… 후세에까지 자랑거리가 되겠습니다. 와하하하……"

"히고 님."

이에야스는 등을 낮게 구부렸다.

"히고 님에게만 좋아하도록 해줄 수는 없소. 나도 하나 청이 있소."

고양이 같은 목소리로 말했다. 고지식한 키요마사는 흠칫 놀라 웃음을 거두었다.

8

"오고쇼 님도 이 키요마사에게 청하실 일이……?"

키요마사는 적잖이 흥이 깨졌다. 이런 정도의 청이라면 교환조건을 내세우지 말고 웃으면서 승낙해도 좋을 일이 아닌가.

'어디까지나 철저하게 계산하시는 분!'

이에야스는 키요마사의 긴장하는 모습이 재미있었다.

"설마 히고 님은 자신의 제안만은 강요하다시피 승낙시키면서 이 이에야스의 청을 들을 귀는 안 가졌다……고는 하지 않겠지요?"

"그것은…… 대관절 어떤 일이십니까?"

"받아들일 생각은 충분히 있다는 말이오?"

"글쎄…… 좌우간 들은 다음에 생각해보겠습니다."

"히고 님."

"예, 말씀하십시오?"

"히고 님은 이 이에야스를 무리한 요구를 하는 사람……으로 보시는 모양이군요."

"아니, 결코 그렇지 않습니다. 오고쇼 님은 누구보다 많은 고난을 겪으신 분, 절대로 무리한 말씀은 하지 않으신다……고는 생각하면서도 말씀도 듣기 전에 가볍게 대답은 하지 않는 것이 키요마사의 천성…… 이라는 점을 이해하시고 용서하시기 바랍니다."

이에야스는 우스워졌다. 벌써 키요마사의 이마에는 핏줄이 서 있었다. 참으로 고지식한 성격이었다.

"알겠소, 그렇다면 말하지요."

"예."

"히고 님은 따님을 두고 있지요?"

"딸이라니, 야소八十 말씀입니까?"

"아, 그렇소. 미우라 타메하루三浦爲春가 눈독을 들이고 있어요. 분명 야소히메라고 했소."

"미우라 님이 제 딸한테 눈독을 들였다……?"

"그래요. 분명히 눈독을 들였소. 놀라지는 마시오. 설마 미우라 자신이 열 살도 되지 않은 아이를 아내로 달라고 하지는 않을 테니."

"으음……"

"미우라가 눈독을 들인 것은 나가후쿠마루의 배필로서 그렇다는 말이오. 나가후쿠마루도 올해부터는 슨푸와 토토우미의 주인, 요리노부로 이름을 바꾸고 머지않아 조정으로부터 벼슬도 받게 될 것이오. 어떻소, 야소히메를 나가후쿠마루에게 주지 않겠소?"

이에야스는 이렇게 말하고 일부러 담담한 표정으로 키요마사를 바라보았다.

키요마사의 표정이 두 번 변하고 세 번 변했다. 잠시 당황하는 빛을 보였으나 이윽고 웃음으로 변했다.

"그러니까 오고쇼 님의 청은 제 딸을 달라는 것입니까?"

"어울리지 않는 연분일까요, 히고 님? 나가후쿠마루는 온화한 성품이고, 미즈노 시게나카水野重仲와 미우라 타메하루를 딸려 키웠으나 그것만으로는 아직 마음이 놓이지 않아요. 그래서 여기 있는 안도 나오츠구를 중신으로 보내기도 했소. 물론 양쪽이 아직 어리니까 약혼만 하자는 것이지만, 히고 님이 승낙하시면 곧 택일해 미즈노와 미우라를 보낼 생각이오. 이 말을 하는 것은 히고 님 핏줄을 내 손자에게 잇게 하고 싶어서요. 나는 정말 욕심이 많은 것 같소, 히고 님."

그 말을 듣는 동안 엄하게 자세를 바로 한 옛날의 맹장 키요마사의 눈에 희미하게 눈물이 맺히기 시작했다.

9

키요마사로서는 전혀 예기치 못한 제안이었다.

"키요마사가 이에야스의 청을 들어 딸을 주었다."

이렇게 되면 여기저기서 비난의 소리가 일어날 터. 인질로 빼앗겼다고 보는 자도 있을 것이고, 키요마사도 역시 자기 보전을 위해서는 이에야스에게 꼬리를 치는 사나이라고 혹평할 자도 없지 않을 터였다. 그러한 남의 생각 따위는 초월한 데 키요마사의 성격이 있었다.

'누가 뭐라고 하건 나는 내 소신을 관철하겠다……'

키요마사는 두 눈에 맺힌 눈물을 감추려고도 하지 않았다.

"그 일이라면 사양하겠습니다."

이번에는 신중한 평소의 키요마사로 돌아와 있었다.

"그 혼담이 키요마사가 아니라 오고쇼 님에게 큰 손실⋯⋯이라고 생각되기 때문입니다."

"허어⋯⋯"

이에야스는 키요마사의 대답을 예상하고 있었던 모양이어서 전혀 놀라는 기색이 없었다.

"내가 자신의 욕심을 부려서 손해가 된다는 말이오?"

"예, 오고쇼 님이 또다시 정략을 끄집어냈다, 키요마사를 포섭하고 나서 오사카에 어떤 어려운 문제를 제기할 속셈인지도 모른다⋯⋯ 이런 소문이 난다면 큰 손해가 될 것입니다."

"히고 님."

"예, 말씀하십시오."

"그 손익계산은 너무 한쪽에 치우쳤소. 이에야스는 히고 님으로부터 사랑스런 딸을 뺏고 싶을 뿐이오. 이건 몹쓸 악인의 계획이오."

"무슨 농담의 말씀을⋯⋯ 키요마사는 딸보다도 나가후쿠마루 님을 훨씬 더 좋아합니다. 딸을 아껴 그런 말씀을 드리는 게 아닙니다."

"거짓말하지 마시오. 눈에 넣어도 아프지 않을 것이오. 그러니까 더욱 원하오. 히고 님은 내가 목숨 다음으로 소중하게 여기는 황금을 빼앗으려 하고 있소. 그러니 복수라고 생각하는 것이 좋겠소."

이에야스는 나오츠구를 돌아보고 말했다.

"자네도 말을 좀 하게. 미우라가 얼마나 야소히메에게 반했는지, 그 이야기를 하게."

"예."

나오츠구는 똑바로 키요마사를 향했다. 그 순간 키요마사가 손을 들어 나오츠구의 말을 제지했다.

"안도 님, 알고 있습니다. 더 이상 말씀하지 마시오."

"그렇다면 승낙하겠다는 말이오?"

이에야스가 그제야 소리 높이 웃었다.

"좋아요, 결정되었소. 술을 듭시다. 이의는 없지요. 히고 님?"

"예. 그렇게까지 말씀하시니…… 키요마사로서는 할 말이……"

"어떻소, 크게 당했다고 생각지 않소? 황금을 빼앗기고 그냥 돌려보낼 이에야스가 아니오. 그러나 키요마사 님, 이것으로 좋은 거요, 이것으로……"

키요마사는 대답 대신 다시 잔뜩 가슴을 펴고 이에야스를 바라보았다…… 마사즈미나 나오츠구에게는 말없이 불가사의한 적의를 나타내는 자세로 보였다. 이때 시녀들이 상 셋을 받쳐들고 들어왔다.

10

키요마사가 다시 전과 같이 밝은 표정을 되찾은 것은 잔이 두세 차례 돌고 난 뒤부터였다. 그때까지는 어떤 후회와 자책감으로 괴로워하는 듯이 보였기 때문에 마사즈미와 나오츠구는 몹시 조심하며 접대했다. 다시 밝은 낮이 되어 조선에서 고생한 이야기 등을 자못 즐거운 듯이 이야기하고 숙소인 세이간 사誓願寺로 돌아간 것은 여덟 점 반(오후 3시)경이었다.

키요마사가 물러간 뒤 이에야스는 마사즈미에게 나고야 성 설계도를 꺼내오게 하여 돋보기를 쓰고 잠시 들여다보았다.

"어떻던가? 오늘 히고노카미의 기분이?"

별로 성에 대해서는 말하지 않고 다시 도면을 접으며 누구에게랄 것 없이 물었다.

"처음에는 사람이 달라진 것처럼 보였습니다. 일본이 세계 제일의 나라가 되었다…… 그 말을 듣고 마음속으로부터 기뻤던 모양입니다."

혼다 마사즈미가 이렇게 말했다. 이에야스는 비로소 똑바로 고개를 들고 마사즈미와 나오츠구를 번갈아 바라보았다.

"나오츠구도 그렇게 생각하나? 나고야 성에 황금 샤치를 얹는다…… 그것은 일본이 세계 제일의 나라가 된 기쁨 때문이라고?"

"아니, 그것만은 아니라……고 생각합니다."

"허어, 그럼 무엇 때문이라고 생각하나?"

"오사카와 우리 가문의 화목이 기뻤기 때문이 아닐까 하고……"

"으음, 그럼 마사즈미는 어떤가?"

"안도 님 말씀처럼 카토 님의 뇌리에서 히데요리 님이 떠나는 일은 없을 것입니다. 오고쇼 님과 같은 기쁨에 젖은 것으로 생각합니다."

"생각이 부족하군."

"예? 그뿐만이 아니라는 말씀입니까?"

"한 가지가 더 있어. 모르겠나?"

"또 한 가지가?"

두 사람은 이구동성으로 말하고 서로 얼굴을 마주보았다. 어느 쪽도 그 이상 무엇이 있는지 판단할 수 없었다.

"모르겠나? 황금 샤치는 네 개가 필요하네. 두 개씩 두 쌍이."

"황금 샤치가……?"

이에야스는 고개를 끄덕이고 나고야 성 도면을 문갑에 넣었다.

"히고는 고지식한 사람이지만 생각은 결코 얕지 않네. 언젠가는 히데요리 님이 오사카 성을 나와야 한다고 내다보고 있는 것일세."

"정말 내다보고 있을까요?"

마사즈미가 물었다.

"내다보고 있기 때문에 쿄토의 여자들을 데리고 자재를 운반할 때

흥을 돋우겠다는 것일세."

다시 두 사람이 얼굴을 마주보았다.

"나고야 축성공사에 아무런 불평을 하지 않은 것도, 일생 일대의 명연기를 보이겠다는 것도, 황금 샤치도 모두 앞을 내다보고 한 히고다운 전략이라고 생각하게."

"아!"

나오츠구가 작은 소리로 외쳤다.

"언젠가는 히데요리 님의 새로운 거성도 역시 국가적인 공사……여야 한다는 포석일까요?"

나오츠구가 이렇게 말하는 것과 마사즈미가 무릎을 친 것은 동시의 일이었다. 두 사람에게 이에야스가 한 말의 뜻이 통한 모양이었다.

11

겨우 두 사람은 이에야스가 무슨 말을 하려는지 알았다.

키요마사의 염두에서 떠나지 않는 히데요리……라는 것만으로는 아직 관찰이 부족했다. 키요마사는 결국 오사카 성에서 나오지 않으면 안될 히데요리의 입장을 예견하고 있었다.

히데요리가 갈 곳은 나라일지 코리야마일지, 아니면 훨씬 더 에도와 가까운 카즈사나 아와安房 부근일까……?

어느 쪽이든 그때의 축성은 나고야가 선례가 될 터. 나고야 성 텐슈카쿠에 황금 샤치를 얹으면 당연히 히데요리의 성도 그에 못지않은 호화스런 규모의 것이 되어야 한다. 이를 내다보고 직접 일생 일대의 명연기를 보이겠다고 했을 터였다.

"그렇군요, 이제야 납득되었습니다. 안도 님, 역시 우리 눈은 한낱

구멍에 지나지 않았군요."

마사즈미의 말에 나오츠구도 감탄하며 맞장구를 쳤다.

"실은 그런 속셈으로 일본이 세계 제일이라고 했군요……"

이에 대해서도 이에야스는 고개를 저었다.

"감탄하는 점이 좀 달라."

"아직…… 그렇지가 못합니까?"

"자네들 생각대로라면 이 이에야스는 황금 샤치도 일생 일대의 명연기도 모두 키요마사에게 한대 얻어맞은 것이 되지."

"실은…… 그런 속셈이 있어서 열심히 일했다고……?"

"내 생각은 그게 아니야."

이에야스는 즐거운 듯이 식후의 차를 마셨다.

"나는 히데요리 님에 대한 키요마사의 그런 성의와 앞을 내다보는 능력을 높이 사고 있어. 일본이 세계 제일의 나라가 되려면 여기 사는 인간이 우선 세계 제일의 기량과 식견을 가져야만 해, 알겠나?"

"그것은…… 분명히 그렇습니다! 아무리 멍청이들이 많아도 세계 제일이 될 수는 없습니다."

"바로 그 점일세, 내가 그를 높이 산 것은…… 히고노카미는 정세를 내다보는 눈을 가지고 있어. 그렇다고 그 눈만으로는 일류라고 할 수 없지만."

"그 눈만으로는……?"

"그래. 아무리 앞을 내다보는 자라도 지성이 따르지 않으면 그건 위험한 몸부림밖에 되지 않아. 이시다 미츠나리가 그 좋은 예일세. 타이코가 죽은 후의 천하는 이에야스의 것이 된다고 내다보았기 때문에 오히려 서둘러 그 난리를 일으켜 멸망했어…… 자신이 망할 때는 자기에게 호의를 가진 귀중한 사람들을 모두 희생시키게 된다는 사실을 깨닫지 못했어. 그렇게 되면 눈이 없는 것보다도 나빠."

"과연……"

"그런데 히고노카미는 앞을 내다보고 우선 내 일에 열심히 협력하고 있어. 협력은 지성의 표현…… 그렇게 되면 이에야스도 가만있을 수 없지. 지성이 사람을 움직인다는 좋은 본보기가 바로 이것일세."

두 사람은 저도 모르게 자세를 바로 하고 얼굴을 마주보았다.

"알겠지. 오늘의 약속, 가령 이에야스가 갑자기 세상을 떠나는 일이 있더라도 마사즈미나 나오츠구가 약속만은 지켜주어야 해. 그것이 바로 히고노카미가 말하는 세계 제일로 향하는 길일세. 이를 망각한다면 어찌 나라의 번영이 있겠는가."

문득 이에야스는 조용히 눈을 감았다.

"언젠가 히데요리 님에게 이 히고노카미의 지성을 두 사람 가운데서 누군가가 말해주는 게 좋아."

작은 소리로 말했다.

── 27권에서 계속

≪ 주요 등장 인물 ≫

가라시아ガラシア 부인 | 1563~1600 |

아케치 미츠히데의 차녀로 이름은 타마, 가라시아는 세례명. 텐쇼 6년 (1578)에 호소카와 타다오키와 결혼하고, 혼노 사의 변이 일어나자 아케치 미츠히데의 딸이라는 이유로 탄바 미토노에 유폐된다. 세키가하라 전투 때 남편인 타다오키가 이에야스를 따라 아이즈 정벌에 나서고 없는 틈을 타 이시다 미츠나리 군이 그녀의 집을 포위하며, 인질이 될 것을 요구하지만, 이를 거부하고 죽음을 택한다.

나오에 카네츠구直江兼続 | 1560~1619 |

우에스기 카게카츠의 가신으로 세키가하라 전투에서는 서군에 가담하여 우에스기 군을 이끌고 모가미 군과 전투를 벌이지만, 서군의 패배를 예상하고 철수한다. 그 후 우에스기 가의 존속을 위해 도쿠가와 가와의 융화를 꾀하는 등 정치 공작을 펴 패전 후 처벌을 면한다.

다테 마사무네伊達政宗 | 1567~1636 |

다테 테루무네의 아들로 텐쇼 18년(1590) 오다와라 전투에서 히데요시의 수하로 들어간다. 히데요시 사후에는 도쿠가와 가에 접근하여, 장녀인 이로하히메를 이에야스의 아들 타다테루에게 시집보낸다. 소년 시절에 오른쪽 눈을 잃어서 "애꾸눈 용장"이라 불린다.

도요토미 히데요리豊臣秀頼 | 1593~1615 |

도요토미 히데요시의 차남으로 어머니는 히데요시의 첩인 요도 부인. 히데요시의 양자 히데츠구의 자살에 의해 정식으로 도요토미 가의 상속자가 된다. 이에야스의 손녀 센히메와 결혼하여 도요토미 가의 존속을 꾀한다. 히데타다의 쇼군 취임 축하를 위한 상경 요구에 불응한다.

도쿠가와 이에야스德川家康 | 1542~1616 |

히데요시 사망 후 1600년 세키가하라 전투에서 우키타, 시마즈, 쵸소카베, 이시다, 코니시 등 서군을 격파하여 대항 세력 일소에 성공한다. 1603년 세이이타이쇼군에 임명되어 에도에 바쿠후를 열지만 1605년 쇼군 직을 아들 히데타다에게 물려주고 자신을 오고쇼라 칭한다. 은퇴 후에는 슨푸 성에서 산다.

도쿠가와 히데타다德川秀忠 | 1579~1632 |

아명은 나가마츠. 도쿠가와 이에야스의 셋째아들이다. 세키가하라 전투에서는 우에다 성에서 사나다 마사유키의 저항으로 참전이 늦어지게 된다. 셋째아들이지만 쇼군의 자리를 이어받는데, 실권은 여전히 이에야스가 잡고 있었다. 온후하고 신중한 성격이었으며, 정치 외교면에서 뛰어난 수완을 발휘, 이에야스의 뜻을 충실하게 받들며 다이묘 통제, 바쿠후의 기반을 견고하게 다지는 데 공헌한다.

마에다 겐이前田玄以 | 1539~1602 |

처음에는 히에이잔의 승려였으나 나중에 오다 노부나가를 모신다. 혼노사의 변 때는 노부타다의 아들인 히데노부를 호위하며 키요스 성으로 도망치고, 그 후 히데요시에게 소속되어 쿄토의 다섯 부교 중 한 사람이 되며 탄바 카메야마 성의 성주가 된다. 세키가하라 전투에서는 서군과 뜻을 같이하지만, 이에야스의 허락으로 영지는 평화를 유지한다.

모리 테루모토毛利輝元 | 1553~1625 |

빗츄 타카마츠 성 공방 이후 히데요시에 소속되어 히데요시 수하의 다이묘 중 최대의 영지를 소유한다. 히데요시 사후에는 유언에 의해 히데요리를 보좌하고, 세키가하라 전투에서는 서군의 맹주로 추대되지만, 패전으로 영지가 스오, 나가토로 축소된다. 아들인 히데나리에게 대를 물려주고, 출가하여 겐안, 소즈이라 불린다.

미우라 안진三浦按針 | 1564~1620 |

에도 전기에 최초로 일본에 도래한 영국인 항해사. 본명은 윌리엄 아담스. 해외에 대한 관심이 많은 이에야스가 오사카 성에서 처음 만나고는 대외 정책의 고문으로 중용한다. 이에야스에게 국제 정세, 서양 사정을 알려주며, 무역을 위해 내항하는 에스파냐 선, 이기리스 선과의 교섭에도 참가한다. 일본 여성과 결혼하여 자녀를 둔다.

사나다 마사유키眞田昌幸 | 1545~1609 |

텐쇼 13년에 이에야스가 호죠와 강화하기 위한 조건으로 사나다의 영지인 누타를 양도하자, 마사유키는 이에 불복하고 이에야스와 단교한다. 그 후 도요토미 히데요시와 뜻을 같이하고, 그 명에 따라 한때 누타를 호죠에게 양도하지만, 오다와라 전투 후에 다시 회복한다. 세키가하라 전투에서는 서군에 가담하여 세키가하라로 향하는 히데타다 군을 고전하게 한다. 패전 후 동군에 가담한 장남 노부유키의 공로로 목숨을 보전한다.

사나다 유키무라眞田幸村 | 1567~1615 |
마사유키의 차남으로 처음에는 우에스기 카게카츠를 섬기다 텐쇼 15년 도요토미 히데요시의 근신이 되고, 세키가하라 전투에서는 서군에 가담하여 우에다 성에서 농성하며 도쿠가와 히데타다 군과 대치한다.

사카키바라 야스마사 榊原康政 | 1548~1606 |
열세 살부터 이에야스를 섬긴다. 세키가하라 전투 이후에는 천하의 정사에 힘을 쏟는다. 케이쵸 11년(1606)에 사망한다.

스미노쿠라 료이角倉了以 | 1554~1614 |
금융업자이자 의사인 요시다 소케이의 장남으로 쿄토에서 출생. 아명은 요이치이고, 이름은 미츠요시. 호상豪商으로 안남(베트남)과의 해외 무역을 통해 막대한 부를 쌓는다. 케이쵸 15년(1610)에는 오사카와 쿄토를 직접 수운水運으로 연결한다.

시마 사콘島左近 | ?~1600 |
이시다 미츠나리의 군사軍師로 활약한 명장으로 카츠타케勝猛라고도 불렸다. 세키가하라 전투에서는 이에야스 타도를 위해 진력하며 습격과 야습을 계획하지만, 어떤 이유에서인지 미츠나리에 의해 관직에서 물러나게 된다. 그때 미츠나리의 건강이 좋지 않아 판단력이 저하되었기 때문이라고도 한다. 세키가하라로 이동한 결전 당일 이시다 군의 선봉 2,400을 이끌고 쇄도하는 동군 장수들과 격전을 벌이다가 쿠로다 나가마사의 군대가 발사한 총탄에 쓰러진다. 그러나 시신은 확인되지 않았다.

시마즈 요시히로島津義弘 | 1535~1619 |
통칭 마타시로. 텐쇼 14년에 분고로 침공하여 오토모 가를 괴멸 상태에 빠지게 하고, 치쿠젠, 부젠을 제외한 큐슈 전역을 제압한다. 하지만, 이 듬해 도요토미 히데요시의 큐슈 정벌에 저항하지 못하고 항복하여 오스미 한 지방만을 소유하게 된다. 세키가하라 전투에서는 서군에 소속되었는데, 패전을 앞두고 동군의 중앙을 돌파하여 사카이에서 해로로 탈출, 칩거에 들어간다.

아마노 야스카게天野康景 | 1537~1613 |
아마노 야스카게는 이에야스가 여섯 살 때 이마가와 요시모토의 인질로 가던 중, 토다 야스미츠에게 잡혀 오와리의 오다 노부히데에게 보내졌을 때 같이 따라갔던 시동 중 한 명이다. 이에야스의 유년 시절부터 근시近侍였고, 이에야스를 따라 여러 전투에서 전공을 세웠으나 융통성이 없는 완고한 성격 때문에 예순다섯 살이 되어서야 코코쿠지 성이 그에게 주어졌을 정도로 출세는 늦었다.

안코쿠지 에케이安國寺惠瓊 | ?~1600 |

승려로 선종 최고의 자리까지 오른다. 히데요시 사망 후에는 이시다 미츠나리와 함께 이에야스와 맞서다가 세키가하라 전투 이후 미츠나리와 함께 처형된다.

야마노우치 카즈토요山內一豊 | 1546~1605 |

노부나가의 수하였지만, 스물다섯 살에 노부나가의 명으로 히데요시의 신하가 되고, 가신단 중에서는 고참에 들어간다. 히데요시 사망 후, 이에야스를 따라 아이즈를 정벌하고, 세키가하라 전투에서는 재빠르게 이에야스의 동군에 가담한다.

오다 노부오織田信雄 | 1558~1630 |

오다 노부나가의 차남. 혼노 사의 변 후 천하쟁탈전에 뒤늦게 참가하여 도요토미 히데요시와 적대 관계에 놓인다. 나중에 히데요시의 오토기슈가 되고, 히데요시 사후에는 히데요시의 아들 히데요리의 후견인이 되지만, 도쿠가와와 내통한다. 요도 부인과의 혈연을 핑계로 오사카의 정보를 도쿠가와 쪽에 흘리며 자신의 보신을 꾀한다.

오다 우라쿠사이織田有樂齋 | 1547~1621 |

오다 노부나가의 동생으로 이름은 나가마스. 혼노 사의 변 때 니죠 성에 있었는데, 오다 노부타다 자살 후에 탈출하여 기후로 도망간다. 한때 노부오를 지지하지만 결국 히데요시의 수하가 된다. 세키가하라 전투에서는 동군에 가담하며, 이후 오사카 성에 머물며 도요토미 가문의 안녕을 꾀한다.

오쿠보 나가야스大久保長安 | 1545~1613 |

카이의 타케다 가에 속해 있었는데, 타케다 신겐으로부터 잔재주를 부린다는 이유로 성姓을 박탈당한 후 쥬베에 나가야스라는 이름으로 광대 생활을 전전한다. 우연히 노쿄겐 공연을 구경온 이에야스의 눈에 띄어 오쿠보라는 성을 받고, 사도의 광산 책임자가 되어 사도가시마를 서양

인들이 말하는 황금의 섬으로 만들고자 한다. 각종 광산을 운영하며 경제적으로 이에야스의 천하제패에 결정적인 역할을 한다.

오타니 요시츠구大谷吉繼 | ?~1600 |
초기의 행적은 명확하지 않지만, 텐쇼 11년(1583)의 시즈가타케 전투에서 무공을 세운다. 큐슈 원정에서는 군량을 맡아 출전하고, 임진왜란에서는 명군과의 교섭을 담당한다. 세키가하라 전투에서는 서군에 가담하여 병을 얻은 몸을 이끌고 참전하지만, 동군에 가담한 코바야카와 군의 습격을 받고 결국 전사한다.

오하치お八 | 1578~1642 |
오카츠라고도 불렸다. 열세 살에 이에야스의 측실이 되었는데, 측실이 된 나이는 이에야스의 측실 중에서 가장 어렸다. 재기 넘치는 여성으로, 이에야스와는 36년의 나이 차이가 있었다. 딸 이치히메를 낳았다.

요도淀 부인 | 1567~1615 |
아명은 챠챠. 아사이 나가마사의 장녀로, 어머니는 오다 노부나가의 여동생인 오이치. 스물세 살에 히데요시의 측실이 되고, 아들인 츠루마츠鶴松를 출산하고 요도 성을 받는 등 히데요시의 총애를 한 몸에 받으며 히데요시의 정실인 키타노만도코로와 대립한다. 츠루마츠는 어려서 사망하지만, 2년 후에 아들 히데요리를 출산하여 다시 히데요시의 총애를 받는다. 히데요시 사후 히데요리와 함께 오사카 성에 살면서, 이에야스가 히데요리에게 천하인 자리를 넘겨주기를 기다린다.

우에스기 카게카츠上杉景勝 | 1555~1623 |
우에스기 켄신의 아들. 텐쇼 14년(1586) 오사카 성에서 도요토미 히데요시에게 신의 예를 올리고, 그 후 에치고를 통일한다. 히데요시 사후에는 다섯 타이로의 한 사람이 되고, 케이쵸 5년(1600) 이시다 미츠나리와 함께 도쿠가와 이에야스 협공작전을 모색하지만, 세키가하라 전투의 패전 소식을 듣고 이에야스에게 항복한다.

우키타 히데이에宇喜多秀家 | 1572~1655 |
시코쿠 평정, 큐슈 평정에서 활약하고, 이 무렵 마에다 토시이에의 딸로 히데요시의 양녀가 된 고히메와 결혼한다. 조선 출병에서 큰 무공을 세워, 곤노츄나곤의 자리에 오르며 후에 다섯 타이로의 한 사람이 된다. 히

데요시 사후에도 도요토미 정권의 중진으로 활약하며, 세키가하라 전투에서는 서군의 부대
장으로 참전한다. 전쟁에 패한 후 스스로 출두, 그의 아들 히데타카와 함께 하치죠 섬으로
유배되어, 그 섬에서 50년을 보내고, 84세의 나이에 죽는다.

유키 히데야스結城秀康 | 1574~1607 |

아명은 오기마루. 이에야스의 차남이다. 코마키 전투 후 인질로 히데요
시의 양자가 된다. 그 후 유키 하루토모의 양자가 되어 유키 가를 상속받
는다. 세키가하라 전투에서는 우에스기 카게카츠의 진격을 저지한다.

이시다 미츠나리石田三成 | 1560~1600 |

관직명은 지부쇼유. 미츠나리는 원래 학문 수행을 위해 절의 소승이 되
었던 사람이어서 무력보다는 지략이 뛰어난 인물 쪽이다. 히데요시는
그것을 간파하고, 사카이 부교 등 부교 직에 임명하여, 미츠나리는 도요
토미 정권에서 다섯 부교의 한 사람으로서 강력한 실권을 발휘한다. 히
데요시 사후에도 도요토미 정권을 유지하기 위해 이에야스와 대립한다.
세키가하라 전투에서 서군의 주역으로 참가하지만 패하여 처형된다.

이이 나오마사井伊直政 | 1561~1602 |

토토우미의 이이 집안은 대대로 이마가와 가의 가신이었지만, 나오마사
가 두 살 때, 오다 가와 내통했다는 의심을 사서, 아버지가 살해된다. 나
오마사는 친족 집에 숨어 지내다가 열다섯 살 때 이에야스에게 발탁된
다. 세키가하라 전투에서 입은 총상이 계기가 되어 42세의 나이에 급사
한다.

이케다 테루마사池田輝政 | 1564~1613 |

츠네오키의 차남. 초기에는 노부나가를 따라 각지의 전투에 참가했다.
혼노 사의 변 후에는 히데요시의 수하로 들어간다. 히데요시의 중개로
도쿠가와 이에야스의 딸인 스케히메와 결혼한다. 세키가하라 전투에서
는 동군에 소속되어 활약하고, 도쿠가와의 시대가 되자 테루마사는 하
리마 히메지의 52만 석 성주가 되지만, 다이묘 중에서는 실력이 아니라
아내의 힘이라고 야유하는 사람도 많았다. 그렇지만 테루마사는 그런 평판을 듣고도 화를
내지 않았다고 한다.

챠아茶阿 부인 | ?~1621 |

토토우미 카나야의 주물공의 아내였지만 남편이 살해되어 미망인이 되었다. 자세한 내력은

알려져 있지 않다. 세 살짜리 딸을 데리고, 사냥을 하고 있는 이에야스에게 남편의 복수를 직소했다고도 하고, 또 남편을 베어 죽이고, 딸을 데리고 도망치다가 이에야스에게 도움을 받았다고도 한다. 이에야스는 모녀를 그 길로 하마마츠 성으로 데리고 갔다. 하녀부터 시작하여 결국에는 측실까지 출세했다. 오히사ぉ久라고도 불린다. 이에야스와의 사이에 여섯째 아들 타다테루를 비롯하여 2남 1녀를 두었다.

챠야 시로지로 키요츠구茶屋四郞次郞淸次 | 1584~1622 |

통칭 마타시로. 챠야 시로지로 키요노부의 차남으로 2대 챠야 시로지로인 형 키요타다의 뒤를 이어 3대 챠야 시로지로가 된다. 병약한 형에 비해 활달한 성격과 건강한 몸을 타고난 키요츠구는 이에야스의 어용 상인으로 거상이 된다. 이에야스를 도와 해외 무역에 힘을 쏟는다.

카토 키요마사加藤淸正 | 1562~1611 |

관직명은 히고노카미. 히데요시의 외가 쪽 친척으로, 어렸을 때부터 히데요시를 섬겼다. 히데요시 사후에도 히데요리를 보좌하며, 도요토미 가문의 안태를 위해 노력한다.

코니시 유키나가小西行長 | ?~1600 |

통칭 야쿠로. 히데요시의 가신으로, 네고로, 사이가의 반란을 진압한다. 임진왜란 때 선봉으로 조선에 침공하여, 부산, 평양을 점거한다. 케이쵸 2년(1597) 정유재란 때 재차 조선으로 침공하지만, 이듬해 히데요시의 죽음으로 조선에서 철수한다. 무단파인 카토 키요마사, 후쿠시마 마사노리, 쿠로다 나가마사 등과 대립하고, 세키가하라 전투에서는 서군의 주력으로 활약하다가 패해 처형된다.

코바야카와 히데아키小早川秀秋 | 1582~1602 |

키타노만도코로의 조카. 세 살 때 히데요시의 양자가 되어 나중에 코바야카와 가를 계승하게 된다. 세키가하라 전투에서는 서군의 장수로서 1만 5천의 군사를 이끌고 마츠오야마에 포진하여, 2개 지방을 할양받는 조건으로 도쿠가와 쪽의 편을 들겠다고 약속하지만, 전투가 시작되자 기회주의적인 태도를 보이며 움직이지 않는다. 화가 난 이에야스는 마츠오야마에 총포를 발사하여 히데아키를 위협하자 이에 겁을 먹은 히데아키는 즉시 마츠오야마를 내려와 오타니 요시츠구의 진영을 공격한다. 서군에 있어서는 치명적인 배신이었다. 전투 2년 후에 21세의 나이로 사망한다.

쿠로다 나가마사黑田長政 | 1568~1623 |

요시타카의 적자로 아버지가 히데요시의 수하이기 때문에 오다 노부나가의 인질로 히데요시의 거성 나가하마에서 유년기를 보낸다. 노부나가 사후에도 히데요시를 섬기며, 시즈가타케 전투, 코마키·나가쿠테 전투 등에서 활약한다. 세키가하라 전투에서는 동군에 가담하여 무공을 세운다. 그 후 오사카 진에도 참전하며 토자마 다이묘로서 도쿠가와 가에 철저하게 순종적인 자세를 보인다.

쿠로다 요시타카黑田孝高 | 1546~1604 |

칸베에官兵衛 또는 죠스이如水라고도 불린다. 텐쇼 5년(1577), 오다 노부나가의 명을 받은 히데요시의 츄고쿠 정벌에 참가하여 각지에서 활약하였다. 그렇지만 아라키 무라시게의 모반 때는 아라키를 설득하러 사자로 갔다가 그대로 체포되어 이듬해에 다리가 불구가 된 채 구출된다. 노부나가 사후에도 히데요시의 무장으로서 활약하지만 너무 재주를 부려 히데요시로부터 소외당한다. 세키가하라 전투에서는 서군에 소속되어 있는 큐슈의 성들을 차례로 함락시키며 천하제패에 대한 꿈을 갖기도 한다.

쿠키 요시타카九鬼嘉隆 | 1542~1600 |

이세의 시마타 성주로 처음에는 이세의 키타바타케를 모시지만, 쿄토 입성 중인 오다를 알현하고, 오다의 수하로 들어온다. 그 이전에는 이세 해적 칠인방 중 한 명으로 꼽혔고, 오다 군에서도 해군의 지휘자로 활약한다. 혼노 사의 변 이후에는 히데요시의 수하가 되고, 코마키·나가쿠테 전투에서는 반 노부오 파로 활약한다. 세키가하라 전투에서는 서군에 소속되어 전투를 벌이다 패하여 자살한다.

키타노만도코로北の政所 | 1548~1624 |

네네라고도 불린다. 열네 살 때 노부나가의 하인이던 도요토미 히데요시와 결혼한다. 히데요시 사후에는 코다이인이라 이름을 바꾸고 비구니가 되어 쿄토에 은거하지만 도요토미 가문의 안녕을 위해 끊임없이 노력한다. 도쿠가와의 비호를 받으며 이른여섯 살까지 산다.

킷카와 히로이에吉川廣家 | 1561~1625 |

킷카와 모토하루의 셋째아들. 임진왜란과 정유재란 때 히데요시를 따라 조선으로 출병한다. 케이쵸 5년(1600) 세키가하라 전투에서는 서군의 패배를 예측하고 도쿠가와 이에야스의 동군에 가담한다.

타나카 요시마사田中吉政 | 1549~1609 |

히데요시의 가신으로 오다와라 정벌 후 미카와 오카자키의 성주가 된다. 히데요시의 천주교 탄압 아래에서도 일족이 모두 세례를 받는다. 세키가하라 전투에서는 동군에 소속되어 이시다 미츠나리를 생포한다.

타치바나 무네시게立花宗茂 | 1569~1642 |

도요토미 히데요시로부터 "동쪽에 타다카츠(혼다 타다카츠)가 있다면 서쪽에는 무네시게가 있다"라는 말을 들을 정도로 전술에 뛰어나다. 세키가하라 전투에서는 서군에 소속되어 쿄고쿠 타카츠구를 공격하지만, 도쿠가와 쪽의 승리를 예측하고 오사카 성으로 퇴각한다. 오사카 농성에 대비한 것이다. 서군에 가담한 죄로, 방랑의 세월을 보낸다.

텐카이天海 | 1536~1643 |

괴승 즈이후가 개명한 이름. 출생과 경력은 명확하지 않지만, 이에야스와 만난 것은 73세경. 불교 교리에 대한 문답을 하다가 그 탁월함에 이에야스가 반했다고 한다. 노부나가의 히에이잔 토벌 이후 쇠퇴해가던 천태종을 부흥시키는 등 종교적인 면에서 이에야스의 자문 역할을 했다.

토도 타카토라藤堂高虎 | 1556~1630 |

아사이 나가마사 등 여러 주군을 섬기다가 도요토미 히데요시의 수하가 되어 코마키 · 나가쿠테 전투, 큐슈 정벌 등에서 활약한다. 히데요시의 사후 도쿠가와 이에야스에게 가서 그의 신뢰를 받게 된다.

토리이 모토타다鳥居元忠 | 1539~1600 |

이에야스의 가신으로 아네가와 전투, 미카타가하라 전투 등에서 많은 무공을 세운다. 진실한 인물로 기탄 없이 이에야스에게 간언을 했다. 세키가하라 전투에서 수비하던 후시미 성이 이시다 미츠나리의 대군에 포위되자, 신하의 자살 권유를 뿌리치고 100분의 1에도 미치지 못하는 병력으로 맞서다가 전사한다. 훗날 "미카와 무사의 귀감"이라 칭송받는 충

절의 무장이다.

하야시 라잔林羅山 | 1583~1657 |

에도 전기의 유학자로, 후지와라 세이카의 수제자. 상인 가문에서 태어나지만 병약하여 독서에 심취한다. 10대 때부터 쿄토에서『논어』를 강의하였고, 스승인 후지와라 세이카의 추천으로 이에야스의 수하로 들어간다. 주자학의 수용과 보급에 가장 큰 공이 있고, 바쿠한幕藩 체제하의 관

학으로서 기초를 쌓았다. 유학뿐만 아니라 국문학, 사학 등에도 업적을 쌓았다.

호소카와 타다오키細川忠興 | 1563~1645 |

호소카와 후지타카의 아들. 아버지와 함께 오다 노부나가를 섬기며 마츠나가 히사히데 공략 등에서 공명을 떨쳤다. 혼노 사의 변이 일어났을 때는 아케치 미츠히데의 딸 타마(가라시아)와 결혼한 상태였지만, 히데요시의 수하에 있었다. 히데요시 사후에는 도쿠가와 이에야스의 수하가 되어 세키가하라 전투 등에서 공을 세운다.

호소카와 후지타카細川藤孝 | 1534~1610 |

통칭 유사이. 혼노 사의 변 후 인척인 아케치 미츠히데의 협조 요청을 거부하고, 히데요시의 수하로 들어간다. 세키가하라 전투 때는 타나베 성에서 서군에 포위되어 60일 간 저항하지만, 조정의 칙령으로 서군은 포위를 풀고, 후지타카는 성을 연다. 이것은 유사이의 재능을 아끼는 고요제이 천황이 그의 죽음을 막기 위해 조치한 배려였다고 한다.

혼다 마사노부本多正信 | 1538~1616 |

이에야스의 가신. 혼노 사의 변 후 히데요시의 시대가 되자, 내정이나 외교정책이 중시되게 된다. 마사노부는 무인으로서의 능력은 떨어지지만, 실무에는 뛰어나서 이에야스의 두터운 신임을 받아, 자신의 행정능력과 지략을 유감없이 발휘하기 시작한다. 에도 성의 경영, 세키가하라 전투 후 처리에도 수완을 발휘하고, 2대째 히데타다의 후견인으로서 국정의 중추를 맡는다.

혼다 타다카츠本多忠勝 | 1548~1610 |

"이에야스에게는 과분한 것이 두 개 있다. 중국의 갑옷과 혼다 헤이하치로(통칭)다"라는 말을 들을 정도로 극찬을 받는 이에야스의 가신이다. 노부나가조차 "꽃과 열매를 겸비한 용사"라고 칭찬했을 정도다. 혼노 사의 변 후 이에야스를 안내하여 이가를 넘은 것은 유명하다. 텐쇼 12년 (1584)의 코마키 · 나가쿠테 전투에서는 히데요시의 수만에 달하는 군대를 단 300기로 맞서려는 담력을 보여 히데요시로부터도 "서쪽에 타치바나 무네시게가 있다면 동쪽에 혼다 헤이하치로가 있다"는 격찬을 듣는다. 또 그는 미카와의 명물 사슴뿔 투구를 썼는데, 적군들은 이것을 보기만 해도 혼비백산했다고 한다.

혼아미 코에츠本阿彌光悅 | 1558～1637 |

혼아미 코지의 아들로 미술 공예 부문에 금자탑을 쌓은 예술가다. 당대 일본 문화의 꽃이라 칭송받았으며, 이에야스로부터 타카가미네에 광대한 토지를 하사받아, 그곳에 예술가 마을을 세워 예술가 지도자로서도 걸출한 면을 보인다.

후쿠시마 마사노리福島正則 | 1561～1624 |

관직명 사에몬다이부. 히데요시의 아버지 쪽 친척이라 하고, 키요마사와 마찬가지로 소년 시절부터 히데요시를 섬긴다. 히데요시 사후, 이시다 미츠나리 등과 대립하여, 세키가하라 전투에서는 동군의 선봉에 선다. 그 때문에 전후에 아키 · 히고 49만 8천 석을 받고, 히로시마 성주가 된다.

《 에도 용어 사전 》

게키外記 | 다이죠칸太政官의 직명. 쇼나곤 아래에 있으면서 조칙, 상주문 등을 기초했다.

나이다이진内大臣 | 다이죠칸의 장관. 료게슈外 관직의 하나. 천황天皇을 보좌하는 사다이진과 우다이진 다음의 지위. 헤이안平安 시대부터 원외員外 대신으로서 상치常置.

남만南蛮 | 무로마치室町 시대에서 에도江戸 시대에 이르기까지 해외 무역의 대상이 된 동남아시아나 그곳에 식민지를 가진 포르투갈·스페인을 일컫는 말. 또 그 시대에 건너온 서양 문화(기술, 종교). 네덜란드를 홍모紅毛라고 한 데 대한 말.

노바카마野袴 | 옷자락에 넓은 단을 댄 무사들의 여행용 하카마.

니치렌 종日蓮宗 | 일본 불교 13종宗의 하나. 니치렌日蓮을 개조開祖로 한다. 『법화경法華經』에 의거하며, 교의敎義는 敎敎·기機·시時·국國·서序의 오강五綱과 본존本尊·제목題目·계단戒壇의 3대 비법을 세우고, 즉신성불卽身成佛·입정안국立正安國을 주장한다.

다다미疊 | 일본식 주택의 바닥에 까는 것으로, 짚으로 만든 판에 왕골이나 부들로 만든 돗자리를 붙인 것. 일반적으로 크기는 180×90cm이며, 일본에서는 지금도 방의 크기를 다다미의 장수로 나타내는 경우가 많다.

다이묘大名 | 넓은 영지와 많은 부하를 둔 무사의 우두머리.

다이칸代官 | 에도 시대 다이묘가 연공 징수와 지방 행정을 맡게 하던 관리. 또는 바쿠후의 직할지를 다스리던 지방관.

도보同朋 | 쇼군이나 다이묘를 섬기며 신변의 잡무나 예능상의 여러 가지 일을 맡아보는 사람.

로죠老女 | 쇼군이나 영주의 부인을 섬기는 시녀의 우두머리.

리프데 호 | 1600년, 분고 우스키에 정박한 네덜란드의 배. 로테르담 동방 무역회사의 탐색선 5척 가운데 하나.

마타모노陪臣 | 가신家臣의 가신.

바쿠후幕府 | 무신정권 시대에 쇼군이 집무하던 곳, 또는 그 정권.

부교奉行 | 행정, 재판, 사무 등을 담당하는 무사의 직명.

사루가쿠猿樂 | 일본의 중세 시대에 행해진 민중 예능. 익살스러운 동작이나 곡예를 주로 하다가 차츰 연극화되어 노와 쿄겐으로 갈라졌다.

샤치鯱 | 머리는 호랑이 같고 등에는 가시가 돋친 물고기 모양의 장식물.

셋케摂家 | 섭정이나 칸파쿠에 임명될 수 있는 지체 높은 집안.

소가 고로曾我五郎 | 1174~1193. 카마쿠라鎌倉 시대의 무사. 본명은 소가 토키무네曾我時致.

쇼군將軍 | 무력과 정권을 장악한 바쿠후 최고의 실권자.

쇼시다이所司代 | 에도 시대에 쿄토의 경비와 정무를 맡아보던 사람.

쇼와昭和 **시대** | 1926~1989. 일본사의 시대 구분 중 하나. '밝은 평화'라는 뜻의 쇼와는 1926년 왕위에 오른 히로히토裕仁의 연호에서 따온 것이다.

싯세이執政 | 로쥬老中 또는 카로家老를 이르는 말.

아손朝臣 | 5품 이상인 사람의 성 또는 이름에 붙여 쓰는 경칭. 본래는 3품 이상인 사람은 성 뒤에, 4품은 이름 뒤에 붙여 썼다.

야마우바山姥 | 깊은 산 속에 살고 있다는 마귀 할멈.

오고쇼大御所 | 은퇴한 쇼군이나 그의 거처.

온나가부키女歌舞伎 | 가부키歌舞伎는 에도 시대에 발달하고 완성된 일본 특유의 민중 연극이다. 그 중에서 온나가부키는 에도 시대에, 여자가 중심이 되어 연기를 하던 가부키를 말하는데, 풍기상의 이유로 1629년에 폐지되었다.

와카和歌 | 일본의 고유 형식인 5음, 7음을 바탕으로 하여 만들어진 정형시. 5·7·5·7·7의 5구 31음으로 된 시.

와케이세이쟈쿠和敬清寂 | 다도에서 유의해야 하는 말고, 남에게는 화경和敬으로 대하고 다실이나 다구는 조심스럽고 깨끗이 하는 일.

이가伊夏 **무리** | 이가 출신의 첩보 담당 무사들.

이치리즈카一里塚 | 도로 양쪽에 10리마다 흙을 높이 쌓아 이정표로 삼는 곳.

이토 왓푸絲割符 | 외국배가 가지고 온 면사를 특정 상인이 독점적으로 취급하게 하던 제도.

일시동인一視同仁 | 누구나 차별 없이 똑같이 사랑함을 이른다.

잇코一向 **신도 반란** | 정토진종 혼간 사本願寺의 신도가 킨키, 토카이, 호쿠리쿠 지방 일대에서 일으킨 반란. 오다 노부나가에게 저항한 이시야마 혼간 사와 이세 나가시마, 도쿠가와 이에야스에게 대항한 미카와 잇코 반란 등 각지에서 다이묘에 대항했다.

정토종淨土宗 | 일본 정토종의 원조는 호넨法然 법사(1132~1212)로서, 오직 진실한 마음으로 아미타불의 이름을 부르기만 하면 정토에 왕생한다는 단순한 신앙 운동을 전개하여 많은 대중적 호응을 얻었다. 호넨의 제자들 가운데 믿음을 중시하는 신란親鸞(1173~1263)의 출현으로 정토진종淨土眞宗이라는 새로운 종파가 성립되었다. 현재 정토진종은 일본 불교의 최대 종단을 형성하고 있다.

진구 황후神功皇后 | 70년 동안 섭정했다는 고대 전설상의 왕후.

츄나곤中納言 | 다이죠칸의 차관. 다이나곤大納言의 아래.

카나假名 | 한자의 음과 훈訓을 따서 만든 일본 특유의 음절 문자.

카네鐵漿 | 쇠를 물 또는 초에 담가 산화시켜서 얻은 암갈색의 액체. 주로 치아를 물들이고 염색하는 데 썼다.

카마쿠라鎌倉 시대 | 1192년에 미나모토노 요리토모源賴朝가 바쿠후를 연 이후 1333년에 멸망할 때까지의 무신정권 시대.

카이아와세貝合 | 360개의 진기한 조가비를 왼쪽 짝과 오른쪽 짝으로 갈라, 제짝을 많이 찾아서 맞춘 편이 이기는 부녀자의 놀이.

카치徒步·徒士 | 도보로 주군을 따르거나 선도하던 하급 무사. 카치자무라이와 같다.

칸파쿠關白 | 천황을 보좌하여 정무를 담당하는 최고위의 대신.

코쇼小姓 | 주군을 측근에서 모시며 잡무를 맡아보는 무사.

타이코太閤 | 본래 섭정攝政 또는 다죠다이진太政大臣의 경칭敬稱. 나중에는 칸파쿠의 직위를 그 자식에게 물려준 사람에 대한 높임말.

텐슈카쿠天守閣 | 성의 중심부 아성牙城에 3층 또는 5층으로 쌓아올린 망루.

토자마外樣 | 카마쿠라 시대 이후의 무가 사회에서 쇼군의 일족이나 대대로 봉록을 받아온 가신이 아닌 다이묘나 무사.

하카마袴 | 일본옷의 겉에 입는 아래옷. 허리에서 발목까지 덮으며 넉넉하게 주름이 잡혀 있고, 바지처럼 가랑이진 것이 보통이나 스커트 모양의 것도 있다.

하타모토旗本 | (진중에서) 대장이 있는 본영. 또는 그곳을 지키는 무사.

해자垓字 | 성밖으로 둘러서 판 못.

혈판血判 | 서약을 배반하지 않는다는 결의를 보이기 위해 손가락 끝을 베어 그 피를 도장 대신 찍는 것.

호인法印 | 호인다이카쇼이法印大和尚位의 준말. 승려의 최고직.

홍모국紅毛國 | 붉은 머리털을 가진 서양인의 나라. 구체적으로는 네덜란드를 가리킨다.

후다이譜代 | 대대로 같은 주군, 집안을 섬기는 일이나 또는 그 사람.

《 일본 중세의 해외 무역 》

● 금교禁敎와 무역 정책

연대	사항	대외관계
1543	포르투갈 인 타네가시마種子島 표착漂着	
1549	천주교 전래(하비에르)	
1584	스페인 선 히라도平戸에 내항	
1587	히데요시 천주교 신부 추방령	
1596	성 펠리페 호 사건. 나가사키에서 26명 순교	
1600	오란다(네덜란드) 선 리프데 호 분고豊後 표착	
1604	이토 왓푸絲割符 제도를 창설	
1607	조선 사절 일본 방문(1609 기유조약)	
1609	오란다, 히라도에 상관商館을 설립하고 무역 개시	
1610	이에야스, 멕시코에 타나카 쇼스케田中勝介를 파견	
1611	중국선의 나가사키 무역 허가	
1612	이에야스, 바쿠후 관할지(1613 전국)에 금교령	
1613	이기리스(영국), 히라도에 상관 설립	
1614	타카야마 우콘 등 천주교도 148명을 국외 추방	
1616	유럽 선의 기항지를 히라도, 나가사키로 제한	
1622	겐나元和의 대순교	
1623	이기리스, 히라도 상관 폐쇄. 일본에서 철수	
1624	스페인 선의 내항 금지	
1629	이 무렵, 나가사키에서 에후미繪踏(천주교도의 색출을 위해 마리아나 천주교 관련 성상聖像을 밟게 한 것) 시작	
1630	천주교 관계 도서의 수입 금지(금서령)	

대외관계 세로 항목: 오란다 / 스페인 / 포르투갈 / 중국(명·청) / 이기리스 / 조선 / 슈인센

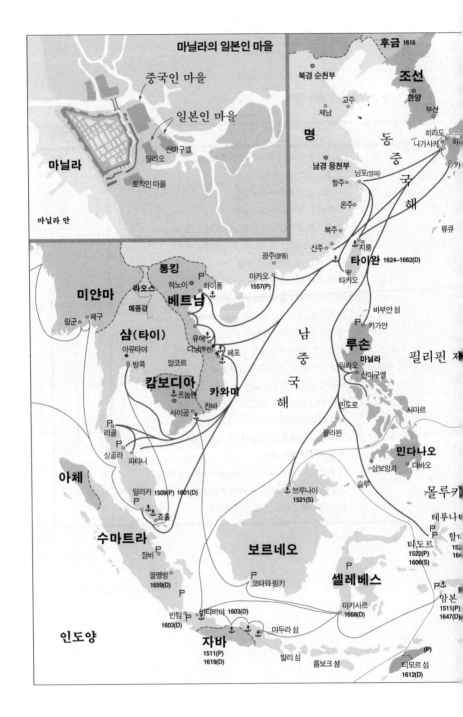

마닐라의 일본인 마을

중국인 마을

일본인 마을

마닐라

산미구엘

딜라오

토착민 마을

마닐라 만

후금 1616

북경 순천부

조선

교주

한양

제남

부산

명

히라도

나가사키

하

동

남경 응천부

중

닝포(영파)

국

항주

해

온주

복주

류큐

신주

지룽

광주(광동)

타이완 1624~1662(D)

마카오

타카오

1557(P)

통킹

바부안 섬

미얀마

라오스

하노이

하이퐁

카가안

메콩강

베트남

랑군

페구

유에

남

루손

샴(타이)

다낭(투란)

중

마닐라

아유타야

페포

딜라오

방콕

앙코르

국

산미구엘

필리핀 저

캄보디아

카와미

해

프놈펜

민도로

사마르

사이공

찬바

팔리완

리골

민다나오

싱골라

파타니

삼보앙가

다바오

아체

슬루

몰루카

말라카 1509(P) 1601(D)

브루나이

테루나테

1521(S)

할

수마트라

조홀

티도르

1522(P)

15

잠비

1606(S)

16

보르네오

셀레베스

팔렝방

1659(D)

코타와링키

암본

1511(P)

빈탐

잘타바아 1603(D)

마카사르

1647(D)

1603(D)

마두라 섬

1668(D)

인도양

자바

1511(P)

(P)

1619(D)

발리 섬

롬보크 섬

티모르 섬

1612(D)

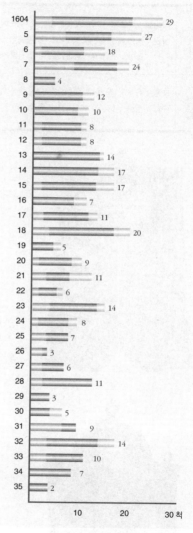

● 슈인센 도항수

1604	29
5	27
6	18
7	24
8	4
9	12
10	10
11	8
12	8
13	14
14	17
15	17
16	7
17	11
18	20
19	5
20	9
21	11
22	6
23	14
24	8
25	7
26	3
27	6
28	11
29	3
30	5
31	9
32	14
33	10
34	7
35	2

10   20   30 척

도항지

남중국, 타이완
인도차이나
루손, 남양

● 일본인의 해외 진출

(16 ~ 17C 전반)

●   ······ 일본 마을 소재지

⌐   ······ 일본인 거주지

⚓   ······ 일본선 무역항

━━━━ ······ 슈인센의 항로

───── ······ 기타 항로

(P)   ····· 포르투갈 령

(S)   ····· 에스파냐 령

(D)   ····· 오란다 령

◆숫자는 각국의 발견
또는 점령 연도를 나타낸다

365

● 해외무역

무역가	**다이묘** : 마츠라 시게노부松浦重信, 시마즈 이에후사島津家久, 아리마 하루노부有馬晴信 등
	상인 : 스에츠구 헤이조末次平藏(나가사키), 스에요시 마고자에몬末吉孫左衛門(셋츠), 　　스미노쿠라 료이角倉了以, 챠야 시로지로茶屋四郎次郎(쿄토)
무역품	**수출** : 은, 동, 철 등(은 : 세계 은 산출량의 약 3분의 1) **수입** : 생사, 견직물, 설탕, 사슴 가죽, 상어 가죽 등

진바오리陣羽織

남만 무역으로 수입된 직물로 만든 것으로 도요토미 히데요시가 사용했다고 전해진다.

스페인 제 시계(도쿠가와 이에야스 사용)

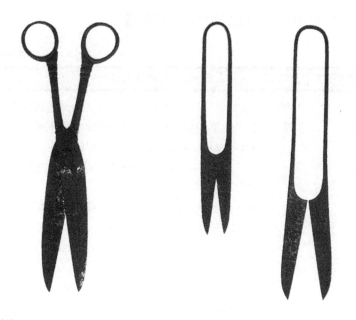

가위

이에야스가 사용한 가위로 세 개 중 한 개(左) 고려 가위라 전해진다. 형태는 서양 가위와 다르지 않지만, 고려를 거쳐 일본에 도래하였기 때문에 그렇게 불린다. 나머지 두 개는 일본제.

루손 항아리

엽차를 담는 항아리다. 분로쿠文祿 3년 (1594), 루손(필리핀)에서 일본으로 건너와 히데요시에게 헌상되었다.

367

《 도쿠가와 이에야스 관련 연보(1608~1610) 》

◆—서력의 나이는 도쿠가와 이에야스의 나이

일본 연호		서력	주요 사건
케이쵸 慶長	13	1608 67세	정월 11일, 바쿠후는 서양, 안남의 도항 슈인죠를 내준다. 쇼코쿠 사의 쇼타이가 입적했기 때문에 엔코 사의 칸시츠 모토노부에게 슈인죠를 작성하게 한다. 이달, 바쿠후는 화재로 불에 탄 슨푸 성 재건을 여러 다이묘에게 명한다. 2월 14일, 바쿠후는 미즈노 시게나카를 히타치 미토 성주 도쿠가와 요리노부의 사부로 삼는다. 3월 11일, 슨푸 성의 재건축을 마치고 이에야스가 이곳으로 옮긴다. 7월 25일, 전 루손(필리핀) 태수 돈 로드리고의 배가 카즈사에 표류한다. 9월 초순, 돈 로드리고는 미우라 안진이 건조한 120톤 배를 빌리기 위해 슨푸로 가서 이에야스와 회견한다. 이해, 바쿠후는 야마시로 후시미의 긴자를 쿄토로 이전한다. 이해, 아리마 하루노부가 파견한 상선의 승무원이 마카오에서 포르투갈 인에게 폭행을 당한다.
	14	1609 68세	정월 20일, 이에야스는 사이고쿠의 다이묘가 성을 쌓고 있다는 정보를 듣고 불쾌함을 드러낸다. 이달, 히데요리가 야마시로 히가시야마의 대불전을 재건하려 하자, 여러 다이묘가 미곡을 보낸다. 4월 5일, 사츠마 카고시마 성주 시마즈 이에히사가 류큐 국의 슈리 성을 공략한다. 5월, 이에야스는 류큐 국을 시마즈 가문의 사유지로 인정한다. 7월 4일, 카라스마루 미츠히로 등 7명의 공경公卿이 여관女官과 간음하여 처벌을 받는다.

일본 연호	서력	주요 사건
케이쵸 慶長		7월 25일, 오란다(네덜란드) 국왕이 서한을 보내어 통상을 요구하자, 이에야스는 이것을 허락하고 슈인죠를 준다. 7월 29일, 아키 히로시마 성주 후쿠시마 마사노리가 거성을 수리하지만, 이에야스의 뜻에 어긋남을 알고 이것을 부순다. 8월 20일, 슨푸 성의 7층 텐슈카쿠를 낙성한다. 이달, 오란다가 히라도에 상관商館을 짓고, 쟈크 스펙스를 우두머리로 삼는다. 10월 27일, 시나노 마츠시로 성주 마츠다이라 타다테루의 노신 등이 타다테루의 바르지 못한 행실을 호소한다. 이에야스는 노신들을 바꾼다. 12월 9일, 아리마 하루노부가 포르투갈 배를 나가사키에서 잡아 짐을 몰수하고 배를 침몰시킨다. 이달, 이에야스는 히타치 미토 성주 도쿠가와 요리노부를 슨푸, 토토우미 50만 석에 봉한다. 또 히타치 시모츠마 성주 도쿠가와 츠루치요(요리후사)에게 미토 성 25만 석을 준다. 이해 초겨울, 이에야스는 덴즈인 건립을 위해 에도를 출발한다. *이해, 갈릴레오가 굴절 망원경을 발명한다. *이해, 케플러가 "유성운동의 법칙"을 발견한다.
15	1610 69세	정월, 이에야스는 나루세 마사나리를 오와리 도쿠가와 요시토시의 사부로 삼고, 안도 나오츠구를 슨푸 도쿠가와 요리노부의 사부로 삼는다. 2월, 이에야스는 오와리 나고야 성의 축성을 개시하고, 홋코쿠, 사이고쿠의 여러 다이묘에게 부역을 명한

일본 연호	서력	주요 사건
케이쵸 慶長		다. 윤2월 2일, 이에야스는 시나노 마츠시로 성주 마츠다이라 타다테루를 에치코 후쿠시마 성으로 영지를 옮기게 한다. 이해 봄, 히데요리와 센히메가 정식으로 혼례를 치른다. 6월 13일, 돈 로드리고가 예수회 선교사 프라이 아로스 무니요스와 함께 미우라 안진이 건조한 배를 받아서 우라가에서 멕시코로 향한다. 일본인 상인 23인이 동승한다. 9월 11일에 캘리포니아 주 마탄체르에 도착한다. 이달, 카토 키요마사가 나고야 성 텐슈카쿠를 공사한다. 7월 25일, 이에야스는 재외국인의 폭력을 호소하는 캄보디아 국왕의 편지에 대해 답장을 보낸다. 8월 20일, 호소카와 타다오키의 아버지 후지타카(겐지·유사이)가 사망한다. 향년 77세. 9월, 오와리 나고야 성이 준공된다. 부역을 돕던 다이묘들이 귀국하고, 키요스의 주민이 나고야로 이주한다. 같은 달, 이에야스는 히고 쿠마모토 성주 카토 키요마사의 딸을 슨푸 성주 도쿠가와 요리노부와 결혼시키려고 미우라 타메하루를 히고로 보낸다. 10월 18일, 혼다 타다카츠가 사망한다. 향년 63세. 이해, 이에야스는 오와리 나고야 성주 도쿠가와 요시나오(요시토시)를 위해 키이 사와야먀 성주 아사노 요시나가의 딸과 혼인을 약속한다.

옮긴이 이길진李吉鎭

1934년 황해도 출생. 1958년 서울대학교 사회학과를 졸업하였다.
일본 문학 작품 및 일본 문화에 관련된 많은 책들을 유려한 우리말로 옮겼다.
주요 역서로는 가와바타 야스나리의 『설국』, 이마이 마사아키의 『카이젠』,
오에 겐자부로의 『사육』, 기쿠치 히데유키의 『요마록』,
야마오카 소하치의 『오다 노부나가』, 『사카모토 료마』 등이 있다.

| 부록의 자료 제공 및 감수는 고려대학교 일어일문학과 최관 교수님께서 해주셨습니다.

도쿠가와 이에야스 제26권

1판 1쇄 발행 2001년 6월 30일
2판 3쇄 발행 2023년 5월 1일

지은이 야마오카 소하치
옮긴이 이길진
펴낸이 임양묵
펴낸곳 솔출판사

주소 서울시 마포구 와우산로29가길 80(서교동)
전화 02-332-1526
팩스 02-332-1529
이메일 solbook@solbook.co.kr
홈페이지 www.solbook.co.kr
출판 등록 1990년 9월 15일 제10-420호

ISBN   979-11-86634-51-6   04830
ISBN   979-11-86634-22-6   (세트)

• 잘못된 책은 구입한 곳에서 바꿔드립니다.
• 책값은 뒤표지에 표시되어 있습니다.